Zesling and the city

MISHA BELL

♠ MOZAIKA PUBLICATIONS ♠

ISBN: 978-1-63142-815-9
Print ISBN: 978-1-63142-818-0

Een

"Ik wil aan de maillot van de Rus ruiken." Ik zet mijn mimosa met een duidelijke finaliteit op tafel. "Willen jullie me nou helpen met de inbraak?"

De verwarde uitdrukkingen op de gezichten van mijn zussen zijn bijna de vernedering waard. 'Bijna' is het sleutelwoord. Ze staan met zijn drieën op het punt om ten koste van mij veel lol te hebben.

"Bedoel je die balletdanser op wie je verliefd bent?" vraagt Blue, een van mijn vijf nestgenoten. Haar groene ogen, dezelfde die ik elke dag in de spiegel zie, schitteren als ze eraan toevoegt, "Hij is trouwens geen spion. Dat heb ik gecontroleerd. Hij is trouwens ook geen Rus. Hij is in Letland geboren."

Natuurlijk. Blue is de spion van de familie, dus ze neemt aan dat elke buitenlander deel uitmaakt van de inlichtingengemeenschap.

"Ik heb je niet gevraagd om hem te bespioneren,

maar ja, ik heb het over de balletdanser," zeg ik. "Waarom zou een man anders een maillot dragen?"

Ik negeer het deel over zijn geboorteplaats. Volgens zijn online biografie is hij in Moskou opgegroeid. Belangrijker nog, "de Rus" is van *Sex and the City*, terwijl "de Let" dat niet is.

Blue haalt haar schouders op. "Omdat hij een hippie is? Om zijn benen warm te houden tijdens koude *Letse* winters? Omdat zijn beer die hij als huisdier heeft, het niet prettig vindt om harige benen te zien?"

Gia, mijn oudere zus die zelf een nestgenoot heeft, zwaait met een bleke hand om Blue haar mond te laten houden. Ze leunt op haar onderarmen en ze kijkt me aandachtig aan. "Wat heeft je rare fetisj voor herenondergoed met ons te maken?"

Mijn linkeroog trilt. "Ik heb geen fetisj."

Gia's grijns is sluw, zoals altijd. "Hé, ik ben niet aan het kink-shamen."

Ik weersta de drang om verder te discussiëren, omdat het haar alleen maar zal aanmoedigen. In plaats daarvan troost ik me met het feit dat Gia versteld staat van mijn verzoek. Als oudere zus en goochelaar is ze eraan gewend om degene te zijn die mysterieus is, dus nu aan de andere kant staan, zal niet prettig zijn.

Honey, een andere nestgenoot van me, haalt een fles uit de binnenzak van haar leren jas en giet nog wat champagne in haar mimosa. Net als Blue, heeft ze mijn gezicht, zij het een dunnere versie ervan. Ik ben van de zesling verreweg degene met de meeste rondingen. "Kan iedereen zijn verdomde mond houden en Lemon laten uitleggen wat ze wil?" snauwt ze.

Ik geef de prikkelbaarste van mijn zussen een dankbaar knikje. "Om mijn doel te bereiken —"

"En met doel bedoelt ze die geurige maillot." Gia ziet er zo gelukkig uit dat ik half verwacht dat ze een konijn uit een hoed zal toveren — en ze draagt niet eens een hoed.

Ik adem gefrustreerd uit. "Ja. Om bij *de maillot* te komen, wil ik tijdens een balletvoorstelling zijn kleedkamer binnensluipen." Ik kijk om de beurt naar elke zus. "Jullie drie hebben de vaardigheden die ik nodig heb om te voorkomen dat ik in het avondnieuws terechtkomt."

Eerlijk gezegd heeft Blue in haar eentje waarschijnlijk alle vaardigheden die ik nodig heb, maar ik heb al heel lang zin in een brunch in *Sex and the City*-stijl en had dus drie medeplichtigen nodig. Jammer dat mijn zussen Samantha, Charlotte en Miranda niet in het plaatje passen. Het is James Bond voor Blue, Lisbeth Salander van *The Girl with the Dragon Tattoo* voor Honey en G.O.B. van *Arrested Development* voor Gia — het is alleen dat Gia ook op Morticia Addams lijkt, als dat personage in een vampier zou veranderen.

Blue duwt haar glas naar Honey, die haar wat champagne uit de fles inschenkt. "Ik denk dat ik namens ons alle drie spreek als ik vraag: *waarom?*"

Ik scan onze omgeving.

Mooi. Wij zijn de enigen die hier buiten bij Brunchicka zitten, dus ik kan vrijuit spreken... of zo vrij als mogelijk is gezien het mijnenveld dat dit onderwerp is. "Zoals jullie weten," begin ik, "heb ik een beetje een obsessie als het om de Rus gaat."

Gia gnuift. "Tuurlijk, als je daarmee bedoelt dat je vanwege zijn in maillot geklede kont op het punt staat om *Fatal Attraction* uit te voeren."

Ik rol met mijn ogen, een Hyman-tekortkoming als je met Gia te maken hebt. "Slechts enkelen van jullie" — ik kijk naar Honey — "weten dit, maar de meeste van mijn ontmoetingen met mannen, als die er waren, eindigden zodra ik ze rook."

Ik verwacht volmondige opmerkingen in de trant van, "Heb je geprobeerd om aan hun kont te snuffelen? Het werkt bij honden met een reukvermogen dat net zo scherp is als dat van jou." Maar de spot komt niet. Alle drie mijn zussen kijken me met medelijden aan — wat eigenlijk erger zou kunnen zijn — en ze weten niet eens de volle omvang van mijn probleem. De belangrijkste reden waarom ik erop stond dat we buiten zouden gaan zitten, is omdat geuren binnen geconcentreerder zijn, wat voor mij vaak in ondraaglijke mate is — en dat is met mijn speciale neusfilters die mijn reukscherpte dempen. De lijst van geuren die me gek maken is langer dan Gia's lijst van te vermijden ziektekiemen. Ik haat zelfs de geur van citroen — wat een soort zelfhaat moet zijn, aangezien mijn naam Lemon is en zo. Aan de andere kant, als er ooit een brand is, dan zal ik het altijd ruiken en overleven. Wie weet word ik zelfs de eerste mens die koolmonoxide detecteert — een naar verluidt geurloos gas dat zelfs honden verslaat.

Ik schraap mijn keel en pak mijn mimosa op. Sinaasappelgeur verschilt gelukkig van citroen en wordt niet te veel in schoonmaakproducten gebruikt. "Om een lang verhaal kort te maken: ik hou er niet van om geobsedeerd te zijn," zeg ik. "Ik wil deze man uit mijn hoofd hebben, zodat ik me op meer realistische vooruitzichten kan concentreren."

Net als mijn ex, die een geval van smetvrees had waar die van Gia niets bij is. Toen we samen waren, douchte hij zo vaak dat hij nooit een lichaamsgeur had, alleen een extreem droge huid. Om hem te tolereren, hoefde ik hem alleen maar te overtuigen om alleen ongeparfumeerde producten te gebruiken. Jammer dat zijn gebrek aan geur niet bijdroeg aan ons gebrek aan chemie. Misschien vind ik wel een ander met smetvrees die beter bij me past. Ik zwijg echter over dat plan, om Gia niet te beledigen. Ze toont bovenmenselijke terughoudendheid door me op dit moment niet te bespotten.

Honey frutselt aan een oorknop in haar oor, een van haar miljoenen piercings. "Dus, als ik het goed begrijp, wil je een soort exorcisme uitvoeren. Aan zijn maillot ruiken, over je nek gaan en zo de obsessie beëindigen?"

Ik knik met mijn hoofd. "Precies."

"In dat geval doe ik mee," zegt ze.

"Ik ook, maar op één voorwaarde," zegt Blue met

een grijns. "De codenaam van deze operatie is Brute Snuif."

Verdomde stinkdieren. Hoelang zal het duren voor ze beseffen dat het een mooi acroniem is?

Honey grijnst. "Daar ben ik het mee eens, maar laten we het inkorten tot BS."

Oké, een milliseconde, dat is hoelang.

"Hmm." Gia doet alsof ze een niet-bestaande sik vastpakt. "Als je mijn hulp nodig hebt met Operatie BS, dan heb ik ook een voorwaarde."

Mijn maag trekt zich op een manier samen die niet aan mijn verlangen naar wentelteefjes te wijten is... of in ieder geval, niet alleen daaraan. Alle Hyman-zussen ruilen tot op zekere hoogte gunsten, maar Gia kan waarschijnlijk de Godfather het een en ander over de techniek leren.

Ik wrijf over mijn nek. "Wat is je eis?"

"Eis? Het is meer een redelijk verzoek." Gia's engelachtige uitdrukking houdt niemand voor de gek — tenzij we het over een gevallen engel hebben. "Lemon, je weet wat ieder van ons voor de kost doet, dus het enige wat ik wil is dat je ons vertelt wat het is dat *jij* doet."

"Je bent een genie," zegt Blue met een overdreven luide stem tegen Gia. "Ik vraag het me al een tijdje af en stond op het punt om serieus te gaan speuren."

"Wat een geweldig gebruik van belastinggeld zou dat zijn geweest," mompel ik. "Je eigen familie bespioneren."

Honey glijdt naar de rand van haar stoel. "Sorry, Lemon. Ik was ook nieuwsgierig. Vertel op."

Ik vraag me af of uit de kast komen hun hulp waard is. Misschien. Misschien niet. De waarheid is dat ik me voor iemand wilde openstellen, en deze drie vormen een fatsoenlijke focusgroep als ik wil weten hoe de rest van de familie op mijn gekozen beroep zal reageren.

"Goed dan. Ik zal het jullie vertellen." Ik drink de mimosa in één teug op en adem diep in — een vergissing, omdat de geur van iets lekkers in de buurt mijn buik laat rommelen. Terwijl ik dat negeer, haal ik nog een keer diep adem en zeg, "Mijn werk is masturbatie."

HOOFDSTUK
Twee

Ze staren me aan alsof ik voor hun neus mijn broek naar beneden heb getrokken en met vingerpoppetjes auditie zit te doen. Tegelijkertijd wordt ondanks mijn neusfilters de geur van heerlijk eten sterker — het is dat of de stress maakt me hongeriger.

"Hoorde ik 'masturbatie'?" vraagt Blue, nog steeds te luid.

"Ja," zegt Gia nog harder. "Maar misschien is dat een acroniem voor iets, zoals een mastertitel in urban development?"

Mijn oog begint weer te trillen, maar ik kalmeer mezelf door mentaal nog een eufemisme voor vrouwelijke zelfbevrediging aan mijn bestaande lijst toe te voegen: mastertitel in urban development, of MUD. Maar wacht. Moet het niet de Meesteres voor urban development zijn, aangezien we de vrouwelijkheid van de daad benadrukken?

"Ik ben er vrij zeker van dat ze het over aan zichzelf zitten heeft," zegt Honey met een brede grijns.

Oké. Nu trilt mijn linkeroog zo hard dat het me niet zou verbazen als het Morsecodeberichten naar mijn zussen zou sturen: twee stippen en een streepje, dan drie stippen en nog een streepje — wat voor FU staat.

"Als je me er gewoon een stinkend woord tussen zou laten krijgen," zeg ik tussen mijn tanden door en ze draaien zich met grote ogen naar me toe. Ik haal nog een keer adem. "Ik meen wat ik zei. Ik ben een professionele masturbator."

Achter me wordt een keel geschraapt, en de geur van lekker eten is nu het sterkst vanaf dat we zijn gaan zitten, waardoor ik begrijp waarom mijn zussen zulke grote ogen op hadden gezet.

Het kwam niet door mijn woorden, maar door iets anders.

Iets ergers.

Ik kijk blozend over mijn schouder om mijn vermoeden te bevestigen.

Yep. Onze strenge serveerster staat achter me, en als ze geen dienblad met voedsel in haar handen had gehad, dan zou ze naar haar parels grijpen.

"Dat klopt. Ik schrijf een blog over masturbatie," zeg ik, mijn kin opheffend terwijl ik me weer omdraai naar de tafel.

Toen het leven me citroenen gaf — oftewel mannen wiens geuren ik niet kon verdragen — maakte ik limonade door mezelf zo goed te bevredigen dat ik op dit moment niet eens een man nodig heb. Over het algemeen is WLGYL (als het leven je citroenen geeft) om voor de hand liggende redenen mijn persoonlijke motto. Daarover gesproken, mijn naam is het enige waar ik nooit limonade van zou kunnen maken: "Lemon Hyman" klinkt als het maagdelijke membraan van een zuurpruim.

De serveerster zet onze borden zo snel neer dat ik zeker weet dat ze verwacht dat ik een dildo uit mijn poesje zal halen en haar erop zal laten zuigen.

Ach ja. Het heeft geen zin om me nu in te houden. Ik til mijn kin omhoog en ga verder. "Zelfbevrediging geeft vrouwen kracht. Hiermee kunnen ze op een veilige manier seksuele spanning loslaten, stress verminderen en de slaap verbeteren. Het verhoogt het zelfvertrouwen en verbetert het lichaamsbeeld, verlicht krampen, versterkt de spierspanning in het bekken en anaal —"

De serveerster zet luid het laatste bord — mijn wentelteefjes — voor me neer en ze rent haastig weg.

Gia grijnst. "Goed bezig. Nu zal ze in alles spugen wat ze ons nog moet brengen."

Honey's ogen veranderen in spleten. "Dat moet ze wagen."

Blue grijnst naar me. "Besef je wel hoe erg je net als mama klonk?"

Ugh, ze heeft gelijk. De voordelen van orgasmes zijn het favoriete onderwerp van onze matriarch. Als het om onze ouders gaat, heb ik ze niet over mijn beroep verteld vanwege de hoeveelheid ongevraagd advies waar ze zich gedwongen toe zullen voelen om uit te delen.

Ik knijp in de brug van mijn neus. Niets meer aan te doen. Deze drie weten het nu. Ik geef elke zus een harde blik. "Kan ik erop vertrouwen dat jullie dit tussen ons houden?"

Gezien hoe dit is verlopen, denk ik niet dat ik er klaar voor ben om er bij de rest van de familie voor uit te komen.

Blue maakt zich groot. "Oh, alsjeblieft. Ik heb geheimen voor de kost."

"En ik ben een goochelaar," zegt Gia. "Ik heb nog meer geheimen dan Blue."

Honey gnuift. "Ik ben de enige die je het had moeten vertellen — en ik ben trouwens de enige die je nodig hebt voor Operatie BS."

Oké, goed. De zusterlijke competitiestrijd van de Hymans zal voor een keer in mijn voordeel werken. Opgelucht pak ik een fles siroop en verdrink mijn wentelteefjes voordat ik een hap neem.

Nee. Niet zoet genoeg.

Ik strooi er nog wat poedersuiker op en proef nog een keer.

Er ontbreekt nog steeds iets.

Met een zucht kijk ik naar Honey en knik.

Met ogen die glanzen van tevredenheid, haalt Honey een plastic zak gevuld met een mengsel van M&M's, rozijnen, kleine marshmallows en suikermaïs tevoorschijn.

Ik verzeker mezelf ervan dat de serveerster niet kijkt en gooi de inhoud van de zak op mijn bord.

Eindelijk zijn de wentelteefjes zoet genoeg voor me. Helaas heb ik alleen Honey's obsessieve zuinigheid aangemoedigd. Zoals verwacht, had ze ze meegenomen naar het restaurant om te voorkomen dat ze voor de toppings extra moest betalen. Eerder stond ze erop dat we sinaasappelsap zouden bestellen die ze met de champagne uit haar fles in mimosa's veranderde, en ik verwacht absoluut dat ze een coupon voor de maaltijd zelf tevoorschijn haalt als de rekening aankomt.

Ja, mijn stoere zus laat Scrooge McDuck op een gulle gever lijken. Als iemand er iets in haar gezicht over zegt, dan zal ze natuurlijk als een gek tekeergaan.

Terwijl ik met mijn toast bezig ben, bestudeert Blue argwanend de eieren op Honey's bord. Mijn dappere spionzus vreest en haat alles wat met vogels te maken heeft. Haar behoefte om me te bespotten wint het echter uiteindelijk. Opkijkend, kijkt ze me met een intense blik aan. "Mag ik, nu je van diabetes verzekerd bent, een paar vragen stellen over je werk?"

Gia, die ook afkeurend naar Honey's eieren keek, zonder twijfel bezorgd over salmonella of een andere ziektekiem, kijkt met belangstelling naar Blue. "Bedoel je Operatie Brute Snuif of de 'bevredig jezelf'-blog?"

"De blog over clitsjoelen." Blue draait zich naar mij. "Waarom een blog? Bevinden we ons in 2003?"

Ik zucht. "Ik heb geprobeerd om video's te maken op social media, maar de meeste platforms zijn preuts en beperken wat ik over het onderwerp kan zeggen.

Om redenen die alleen bekend zijn bij zoekmachinealgoritmen, is mijn blog semi-populair."

Gia trekt een zwart geverfde wenkbrauw omhoog. "Algoritmen voor zoekmachines?"

"Als je op 'afrukken' zoekt, dan ben ik een van de beste resultaten. Hetzelfde geldt voor 'vrouwelijke masturbatie'."

Honey lijkt onder de indruk te zijn. "Vertaalt dat zich in veel geld?"

Ik staar haar glazig aan. "Ja, ik huur voor de lol een krot in Staten Island."

"Dat zou je kunnen doen, omdat je graag geld bespaart." Blue kijkt heimelijk naar Honey.

Ik trek een gezicht. "Dat mocht ik willen. Ik verdrink in creditkaartschulden. Banneradvertenties brengen nauwelijks brood op de plank. De manier om echt geld te verdienen is door het krijgen van een sponsor, maar dat is bij mij al een tijdje niet gebeurd."

"Waarom doe je het dan?" vraagt Gia.

"Omdat het mijn passie is," zeg ik. "Van iedereen zou jij dat moeten begrijpen."

In plaats van meer masturbatiegrappen te maken, knikt Gia plechtig. Haar liefde voor magie bracht voor haar ook heel lang niet veel op, maar haar geluk is onlangs veranderd.

"Ik weet alleen dat ik het niet opgeef," zeg ik, en ik weet niet zeker of ik mijn zussen of mezelf probeer te overtuigen. "Ik moet gewoon een grote sponsor vinden en —"

Ik kokhals als de geur van aftershave mijn

neusfilters binnenkomt en mijn neusgaten begint te molesteren. Ik draai me om en zie de schuldige, een ober met een kan water.

"Dat hebben we niet nodig, bedankt." Ik wuif hem als een stinkend insect weg.

"Realiseer je je dat hij leuk was?" vraagt Honey.

Ik maak nog een kokhalzend geluid. "Hij moet een paar dagen in een badkuip van Old Spice hebben gelegen voordat hij naar zijn werk ging."

"De gruwel," zegt Gia met een oogrol.

"Parfums en colognes zijn als scheten die geld kosten," zeg ik.

Blue doet haar mond open, zonder twijfel om iets stoms te zeggen, maar karma landt precies in het midden van onze tafel — in de vorm van een schattige kleine groene papegaai.

Met een snelheid waar zelfs James Bond jaloers op zou zijn, duikt Blue onder de tafel.

De vogel springt naar een bord met toast en pikt erin alsof we niet bestaan.

Gia staart met grote ogen naar de vogel. "Dit moet iemands huisdier zijn, toch?"

"Echt niet," zegt Blue, haar stem gedempt door het tafelkleed. "Dat is een monniksparkiet. Ze zijn wild."

Ze zegt "monniksparkiet" op dezelfde de manier waarop de meeste mensen "tarantula" zouden zeggen en ze doordringt het woord "wild" met een duisterheid die meestal voor de wil van Voldemort gereserveerd is.

"Wild?" Gia springt overeind en herinnert zich ongetwijfeld alle ziektekiemen die een wilde vogel bij zich kan dragen. Dan, als bij toverslag — in ieder geval de performatieve soort — verschijnt er een fles handdesinfectiemiddel ter grootte van mijn hoofd in Gia's handen, en ze spuit ermee naar de vogel.

Gatver. De geur van alcohol en goedkope namaakmunt is als een klap op mijn neus.

De papegaai is het met me eens. Hij geeft een krijs die klinkt alsof een kettingzaag en de meest vervelende wekker een baby hebben gekregen, die vervolgens door dove demonen in de hel wordt gemarteld.

"Laat hem verdwijnen!" schreeuwt Blue van onder de tafel.

Uit het niets verschijnt er een spel speelkaarten in Gia's handen, en ze gooit ze als ninja-sterren één voor één naar de vogel.

De vogel krijst weer, maar gaat niet weg. Papiersneden zijn vast geen probleem als je veren hebt.

"Alsjeblieft, jongens," zegt Blue. "Dit is niet grappig. Zorg dat hij weggaat."

"Oké, oké." Honey haalt een vlindermes tevoorschijn en opent het op de opzichtige manier die ik met professionele moordenaars associeer.

"Nee!" roep ik. "Dood hem niet, die arme —"

De vogel ziet het mes en krijst opnieuw, vliegt dan weg en kijkt verontwaardigd als hij in de verte verdwijnt.

Honey verbergt ongemakkelijk het vlindermes in haar tas. "Ik wilde hem alleen maar bang maken."

Ja. Tuurlijk. Alsof ze dat gemene meisje op de

middelbare school die hechtingen in haar onderarm nodig had alleen maar bang wilde maken.

Blue klimt onder de tafel vandaan en ziet er schaapachtig uit. "Als je hem had gedood, dan zou iedereen met een brein dat groter is dan dat van een vogel het ermee eens zijn geweest dat het zelfverdediging was."

Gia spuit het vieze handontsmettingsmiddel overal waar de kleine voetjes van de vogel iets hebben aangeraakt, en helpt tegelijk wat er nog van mijn eetlust over was om zeep.

Ik duw mijn bord weg. "Kunnen we het weer over de zaak in kwestie hebben?"

"Ja." Blue gaat weer op haar stoel zitten. "Wat is de locatie?"

"New York City Ballet," zeg ik. Het kaartje heeft een groot deel van de inkomsten van mijn blog van vorige maand gekost, maar het zal de moeite waard zijn om de Rus live te zien in plaats van naar zijn optredens op YouTube te kijken. En natuurlijk om hem uit mijn gedachten te krijgen.

Blue haalt haar telefoon tevoorschijn en doet iets gedurende een minuut of twee. Als ze opkijkt, doet haar duivelse glimlach me aan die van Gia denken. "Ik kan ervoor zorgen dat je op geen enkele camera te zien bent." Ze geeft Honey een uitdagende blik. "Denk je nog steeds dat je het enige bent wat ze nodig heeft?"

"Ik zou zeggen dat ze mij meer nodig heeft dan jullie beiden," zegt Gia. Haar toon verandert in die van een professor als ze naar me kijkt. "De sleutel om op plaatsen te komen waar je niet thuishoort, is om er niet schuldig uit te zien."

"Ze heeft een punt," zegt Honey. "Ik kan elke nachtclub binnenlopen door brutaal te doen alsof mijn stempel is uitgesmeerd."

Ik pak mijn telefoon en maak mijn eerste notitie: *Zie er stoer uit.* Dat is natuurlijk makkelijker gezegd dan gedaan. Ik controleer of er geen ober langs mijn neus is geslopen en zeg, "Er kunnen deuren zijn die ik moet openen. Afgesloten deuren."

Alsof ze de beweging een jaar lang hebben geoefend, trekken mijn drie zussen lockpicks tevoorschijn en grinniken dan naar elkaar.

"Wil jij de eer doen?" zegt Honey tegen Gia. "Jij was de eerste die dit heeft geleerd."

Gia grijnst. "Jij hebt meer praktijkervaring."

Voordat Blue ook wat veren in Gia's kont kan stoppen, zeg ik, "Het maakt me niet uit wie het doet. Leer het me gewoon."

"Prima." Honey pakt een zigzagding op. "Dit is een moersleutel."

———

De les duurt drie keer zo lang als zou moeten, omdat mijn leraren over willekeurige kleinigheden blijven ruziën. Eindelijk heb ik genoeg zelfvertrouwen voor Operatie Brute Snuif, dus zwaai ik naar de serveerster om de rekening te brengen.

Zoals verwacht, haalt Honey een coupon

tevoorschijn, en de serveerster moet terug om de rekening opnieuw te berekenen.

"Ik trakteer," zeg ik als de rekening terugkomt.

"Nee," zeggen Gia en Blue tegelijk.

"Je hebt ons net verteld dat je cashflowproblemen hebt," voegt Honey eraan toe.

"Goed dan," zeg ik met een zucht. Mijn creditcard bereikt op een gegeven moment zijn limiet. "We delen het deze keer, maar als ik een aardige sponsor krijg, neem ik jullie allemaal mee uit eten."

"Afgesproken," zegt Gia. "Zolang het een schone zaak is, zoals deze."

"Tuurlijk." Ik vecht tegen de drang om met mijn ogen te rollen. "Het zal ook geen gevogelte serveren." Ik grijns naar Blue.

Ik vraag me zelfs even af of ik Honey gerust moet stellen dat het een zaak is waar ze een coupon voor kan vinden, maar ik besluit om met dat mes in haar tas geen risico te nemen.

Operatie Brute Snuif zal gevaarlijk genoeg zijn.

HET BALLET WAAR IK NAAR KIJK IS *HET ZWANENMEER*, en de rol van mijn verliefdheid is die van prins Siegfried.

Verdomme. Ik ben jaloers op die kruisboog die hij vasthoudt. Gezien het feit dat het mijn doel is om deze man uit mijn systeem te krijgen, is hem in levenden lijve zien een stap in de verkeerde richting geweest.

Zijn spieren — vooral die van zijn krachtige benen — zouden een beeld van een Griekse god van afgunst aan het huilen kunnen maken. Zijn glanzende ogen zijn als pure gesmolten chocolade, en pure chocolade is ook waar zijn naar achter gekamde haar me aan doet denken. Zijn gezicht is engelachtig, met zulke scherpe jukbeenderen dat ze op de harde laag van Crème Brûlée lijken nadat je die met een lepel hebt gebroken. Maar dat verbleekt allemaal in vergelijking met de uitstulping in zijn broek — een kenmerk van zoveel van mijn masturbatiefantasieën dat ik zelfs de inhoud ervan Mr. Big heb genoemd.

Dus ja. Dit allemaal te zien is het tegenovergestelde van behulpzaam — en als ik het vibrerende slipje activeer dat ik momenteel draag, dan zal het alles nog veel erger maken.

Oorspronkelijk had ik het masturbatieslipje aangetrokken, omdat ik dacht dat dit mijn laatste kans was op een menage à moi met de Rus. Als het ruiken van zijn maillot werkt zoals de bedoeling is, dan zal ik mijn toevlucht tot een ander visueel hulpmiddel moeten nemen voor een bezoek aan de vleermuisgrot, zoals *Magic Mike*, *300*, of *Sjakie en de chocoladefabriek*.

Maar ik zou niet egoïstisch moeten zijn. Dit avontuur zal voor een geweldige blogpost zorgen. Ik doe meestal niet stout in het openbaar, dus dit kan voor mijn volgers leerzaam zijn.

Ja. Ik zal het voor hen doen. Het zal mijn laatste hoera met de Rus zijn — wat nog veel interessanter zal zijn, omdat ik hem live zie.

Ik scan de netjes geklede mensen die om me heen zitten. De kust is veilig. Ze richten zich op het spektakel voor ons, zoals het hoort.

Ik haal de kleine afstandsbediening tevoorschijn die de vibratie activeert.

Laatste kans om van gedachten te veranderen.

Nee. De Rus laat me de perfectie zien die zijn kont is, met een grote bilspier die ik als kandijsuiker wil likken.

Ik druk op de knop 'aan' en grijns als mijn ondergoed begint te trillen.

Het is doe-het-zelftijd.

Zelfs bij de laagste snelheid is mijn clitoris onmiddellijk gezwollen, en ik mag hopen dat de elektrische componenten in dit technologische wonder waterdicht zijn. Al snel moet ik pijnlijk op mijn tong bijten om niet te gaan kreunen. Tsjaikovski's muziek is geniaal, maar *dat* zou het niet overstemmen.

Ik had geen idee dat het zo moeilijk zou zijn om stil te blijven. Het komt waarschijnlijk door de heetheid van de Rus in actie te zien.

Hijgend schakel ik het apparaat uit om mijn clitoris een kans te geven om af te koelen. Als ik hierbij betrapt word, dan zal ik naar buiten worden begeleid en voor het leven verbannen worden, omdat ik de perverseling ben die ik ben.

Als ik denk dat ik stil kan blijven, zet ik het ding weer aan.

Nee. Net op het moment dat de Rus een bijzonder overheerlijke *fouetté* uitvoert, is het verlangen om vocaal te zijn helemaal terug.

Fuck. Mij.

Degene die deze slipjes heeft ontworpen, zou een of andere prijs moeten winnen. Het doet met mijn lagere regionen wat het themalied van het Zwanenmeer met mijn oren doet, of de Rus met mijn ogen.

Een orgasme van kosmische proporties bouwt zich in me op, en me stilhouden vergt een inspanning waarvan ik weet dat ik het niet bezit, dus ik zet alles weer uit, deze keer voorgoed.

Fucker. Nu ben ik echt gefrustreerd en chagrijnig.

Om mijn frustratie nog iets meer te verdiepen, verschijnt de ballerina die prinses Odette speelt.

Kun je "onmogelijke standaard van schoonheid" zeggen? Van boven is ze doorzichtig en lijkt ze op iemand die in haar leven nog nooit een croissant heeft geproefd, maar haar benen zijn krachtig en lijken maar niet op te houden.

Ik weet het, ik weet het. Mijn jaloezie is zo groen als een St. Patricks Day-donut. Ter verdediging, haar karakter wordt verondersteld lief, nobel en onschuldig te zijn. Ze danst het deel echter met verleiding, zoals Odile, de kwaadaardige zwarte zwaan. Over de *zwarte zwaan* gesproken, het is maar al te gemakkelijk om je voor te stellen dat deze vrouw iemand met een glasscherf neerstak, zoals Natalie Portmans personage dat in de film deed.

Dat is het. Het is besloten. Voortaan zal deze ballerina in mijn gedachten de Zwarte Zwaan zijn.

Terwijl het ballet doorgaat, krimp ik elke keer ineen wanneer de Rus de Zwarte Zwaan aanraakt — wat vaak het geval is, vooral tijdens de *pas de deux*. Het wordt zelfs zo erg dat als prinses Odette aan haar trieste einde komt, ik het moeilijk vind om me in te leven.

Ik ben blij dat de show voorbij is. Live kijken was zeker een vergissing.

Tegen de menigte vechtend die weggaat, ga ik naar het toilet, waar ik, volgens de instructies van Blue voor Operatie Brute Snuif, mijn toilethokje op slot doe en op een toilet klim om mijn voeten te verbergen. Haar instructies zijn ook de reden waarom ik volledig in het zwart ben — een nette broek geschikt voor de locatie, een shirt met knopen dat iets te strak zit (die ik een paar kilo geleden heb gekocht, nou en), en een paar ballerinaschoentjes die betere dagen hebben gezien, maar die de chicste schoenen zijn waar ik mee kan rennen.

Ik haal een oordopje tevoorschijn, steek het in mijn oor en bel Blue.

"Hé zus," zegt ze. "De menigte verspreidt zich op dit moment. Dus het is even wachten."

Terwijl ik wacht, brengt Blue me op de hoogte van alle sappige familieroddels, waardoor ik me afvraag hoe ze al deze informatie heeft verzameld. Ongetwijfeld met behulp van dezelfde snode methoden als Big Brother in de dystopische wereld van *1984*.

"De Letse Elvis heeft net het gebouw verlaten," zegt Blue uiteindelijk. "En ik heb de camera's op je pad uitgezet, zodat je de operatie kunt starten."

"Bedankt." Ik spring van het toilet af, maar mijn voet glijdt weg en ik knal met mijn hoofd tegen de deur.

Auw. Ik zie sterren, maar als urinoirvormige taarten.

Wat nog erger is, is dat ik een plons hoor.

Nee! Alsjeblieft niet.

Helaas dus wel.

Mijn telefoon zwemt in de toiletpot. Gatver.

"Hé," zegt Blue in de oordopjes door knetterende ruis heen. "Is alles i —"

De rest is een onbegrijpelijk gesis.

Mijn arme telefoon is dood.

Ik ga met mezelf in discussie of ik hem eruit moet vissen, hoe smerig dat ook zou zijn. Ik heb gehoord dat je deze apparaten in rijst kunt stoppen om ze te drogen, en dan kunnen ze zichzelf weer tot leven wekken. Uiteindelijk beslis ik ertegen. De telefoon is zo oud dat hij nauwelijks slim genoeg te noemen is voor een smartphone. Het is beter om met enige waardigheid in het toilet te verdrinken, ook al moet ik ongeveer honderd reizen naar Cinnabon overslaan om een vervanging te betalen.

De vraag is nu: moet ik de operatie afblazen?

Ik heb geen Blue meer in mijn oor, maar ik heb wel veel geld uitgegeven om dit kaartje te kopen en ik weet niet wanneer ik me er nog een kan veroorloven. Trouwens, ik heb alle moeite gedaan om te leren hoe ik een slot moet openen, en Blue heeft haar deel al gedaan.

Oké, ik ga ervoor.

Ik haal diep adem en sluip uit het toilethokje.

Er is niemand in de buurt.

Mooi.

Terwijl ik naar mijn bestemming sluip, ben ik blij dat ik de lay-out van deze plek heb onthouden in plaats van op de schema's op mijn telefoon te vertrouwen.

Het eerste slot op mijn pad is makkelijk te openen, en de tweede deur is niet eens op slot.

Als ik bij de laatste gang kom, realiseer ik me dat ik aan het joggen ben, en tegen de tijd dat ik naast de deur stop van wat de kleedkamer van de Rus zou moeten zijn, hijg ik.

Yep. "Artjoms Skulme" is wat er op het label van de deur staat. Ik ben op de juiste plek.

Ik haal de lockpicks tevoorschijn, en het slot geeft zonder veel gedoe toe aan mijn nieuw gevonden vaardigheden.

Met een bonzend hart, stap ik naar binnen. In de grote spiegel voor me zie ik er bang uit, zoals Blue eruit zou zien bij een vogelnest. Zelfs mijn schouderlange haar lijkt moe en bleek te zijn, de rossige kleur van mijn lokken lijkt in dit licht meer asblond te zijn dan iets wat in de buurt van rood komt.

Ik kauw op mijn lip en kijk om me heen op zoek naar de maillot. Ik ben al zo ver gekomen, en ik ga niet weg zonder de operatie te voltooien.

Hmm.

Ik zie nergens een maillot.

Dat heb ik weer. Hij is een netheidsfreak.

Wacht eens even... Ik zie iets. Geen maillot, maar misschien iets dat nog beter is. Hoewel ook een beetje griezeliger als ik er te diep over nadenk.

Ik haast me naar de stoel waarop ik het item heb gezien — een kledingstuk dat in deze industrie als een dansriem bekend staat.

Het is alleen geen echte riem.

Het is voor balletdansers met externe geslachtsdelen ontworpen die tijdens krachtige sprongen rond kunnen slingeren. Dit ondergoed lijkt verdacht veel op een string.

Ik wapper mezelf koelte toe.

Ik stel me voor dat de Rus deze kont-flos zonder maillot draagt, waardoor ik mijn vibrerende slipje weer aan wil zetten.

Maar nee. Er is nu geen tijd om mijn poes te voeren.

Ik pak de string — ik bedoel de dansriem. Hij voelt lekker zacht aan.

Moet van vriendjesmateriaal gemaakt zijn.

Ik kijk naar de dansriem alsof ik een slang probeer te charmeren die erin zit. Een slang met de naam Mr. Big.

Ga ik dit nu echt doen? En als ik dat doe, ben ik dan een van die mensen die online versleten ondergoed gaat kopen?

Nee. Ik heb geen ondergoed-snuivende fetisj, meer het tegenovergestelde.

Ja. Als iemand het vraagt, dan is dat mijn excuus.

Met een vastberaden bewegingen ruk ik het filter uit elk neusgat en breng de dansriem naar mijn neus.

Daar gaan we.

Ik neem de Brute Snuif.

HOOFDSTUK
Vier

Heilige Geest en moeder van alle feromonen.

Dit was een enorme vergissing.

Muskusachtig en heerlijk op een mannelijke manier, doet deze overweldigend opwindende geur precies het tegenovergestelde van wat ik had gehoopt en had verwacht.

De Rus zou dit aroma in een flesje kunnen doen en er een fortuin mee kunnen verdienen.

Verdomme. Operatie BS is een enorme flop. In plaats van hem uit mijn hoofd te zetten, heb ik hem daar zo diep ingesloten dat het een wonder is dat mijn oren niet opengaan.

Oh, en die fetisj waarvan ik beweerde dat ik die niet had — ik heb hem misschien net ontwikkeld, althans voor zover het over het ondergoed van deze man gaat.

Waarom ik, universum? Het is al erg genoeg dat ik vanwege mijn verhoogde reukvermogen geen realistisch vooruitzicht kan hebben. Waarom zou een man die ik nooit kan hebben zo hemels ruiken?

Ik dwing mezelf om de dansriem van mijn neus weg te trekken. Ik mis de geur onmiddellijk. En ik ben ook — dit kan te wijten zijn aan het orgasme interruptus tijdens de voorstelling — geiler dan een bonobo in de puberteit.

Hmm. Ik draag tenslotte mijn seksspeeltjes-ondergoed... En ik heb deze heerlijke string om mee te spelen... Het belangrijkste is dat het leven me net een nieuwe citroen in de vorm van de goddelijke geur van de Rus heeft gegeven, dus het minste wat ik kan doen is er zoete, orgastische limonade van maken — zoals mijn motto gaat.

Oh, en dit kan ook inspirerend zijn voor mijn blog.

Sterker nog, ik ben het aan mezelf en mijn volgers verschuldigd om dit te doen.

Zo. Het is besloten. Voordat ik terug kan krabbelen, doe ik de deur op slot, plof ik mijn kont op de stoel en doe ik mijn vibrerende slipje aan.

Oh wauw.

Dit is geweldig — en de enige manier waarop ik het beter kan maken is door me de krachtige benen van de Rus voor te stellen, waarbij elke spier zich aanspant terwijl hij over het podium springt.

Ik snuif nog een vleugje afrodisiacum op.

Fuck. Dit voelt beter dan alles in recente herinneringen, en niet alleen dankzij de string. Het moet de ondeugendheid van de situatie zijn. Ik ben per slot van rekening tijdens een inbraak aan het masturberen. Nee, maak daar grotonderzoek van tijdens een overval. Want wie hou ik voor de gek? Ik ga deze dansriem stelen als ik klaar ben.

Ongevraagd komt het beeld van de mond van de Rus op mijn clitoris in me op. Hij tuit die über-likbare lippen en zuigt om de sensatie te genereren die met de vibraties overeenkomt die ik voel.

Ooh. Lekker. Ik verhoog de snelheid van de trilling en sluit mijn ogen.

Ja. Precies zo.

Zuig me nog een beetje.

Een beetje meer.

Ja.

Nee.

Verdomme.

Om de een of andere reden is het orgasme te ver weg, waarschijnlijk omdat de echte Artjoms Skulme hier alleen denkbeeldig is, in tegenstelling tot tijdens de voorstelling.

Ik verhoog de snelheid nog wat.

De gizmo spint luider en de orgastische horizon beweegt zo dichtbij dat ik niet anders kan dan kreunen, maar ik slaag er wel in om mijn volume laag te houden voor het geval er toevallig een schoonmaakster langs de kleedkamer loopt.

Een minuut later komt het orgasme nog steeds niet.

Ik neem nog een snuifje van de magische geur en beeld me in dat de tong van de Rus over mijn geslacht likt.

Het is geweldig, begrijp me niet verkeerd, maar het

is niet genoeg. Ik denk dat wat me ervan weerhoudt om mijn bestemming te bereiken deze knagende leegte is die ik verlang te vullen. Specifieker gezegd, om het met Mr. Big te vullen, want dat is wat mijn neus ruikt. Helaas kan ik er op dit moment alleen met mijn vingers bij in de buurt komen.

Ik verplaats de afstandsbediening naar de string in mijn linkerhand om de vingers van mijn rechterhand vrij te maken. Ik doe alsof ze van de Rus zijn, lik en zuig aan mijn wijsvinger en middelvinger, dan schuif ik mijn hand in mijn nog trillende slipje en lokaliseer mijn ingang.

Fuuuck.

Dit is precies wat de masturbatiedokter heeft voorgeschreven. Nu het gevoel van volheid er is, stroomt het orgasme voort met de snelheid van het geluid.

Dat geldt ook voor de beelden. Oh, de beelden... De Rus stoot hard in me, zijn bekken doet trucjes waar alleen een balletdanser toe in staat is.

Een andere kreun ontsnapt aan mijn lippen, een die misschien een beetje te luid is. Oeps. Ik demp het volgende gekreun met de dansriem.

Wacht eens even.

Hoorde ik net een klik?

Nee. Moet mijn kaak zijn die klikt van het inhouden van een schreeuw.

Ik ben er bijna. Nog een paar seconden. Ik snuif de geur van de string diep in en adem het opwekkende aroma in alsof ik onder water ben en het mijn zuurstof is.

Ik ben er bijna.

Zo dichtbij.

Nog een klein beetje —

Nu is het geluid onmiskenbaar.

De scharnieren van de kleedkamerdeur piepen.

Mijn ogen vliegen open.

Voordat ik mijn vingers uit mezelf kan verwijderen en wat afstand tussen de dansriem en mijn neus kan creëren, stapt er een man de kleedkamer binnen.

Een man die in al mijn recente fantasieën heeft gespeeld.

De Rus zelf.

HOOFDSTUK
Vijf

ER GEBEUREN TWEE DINGEN TEGELIJK.

Mijn nek en oren vatten vlam en mijn gezicht voelt roder aan dan de Sovjetvlag. Op de automatische piloot zet ik mijn trillende slipje uit en laat alles vallen wat ik in mijn linkerhand vasthield. Tegelijkertijd ruk ik mijn rechterhand uit mijn broek en veeg ik mijn vingers aan mijn shirt af. Omdat ik zo elegant ben.

De chocolade in de ogen van de Rus is niet gesmolten, zoals gewoonlijk het geval is. Hij is gestold in shock terwijl hij naar me staart. "Wie ben je, en wat ben je verdomme aan het doen?"

Zijn diepe stem met zijn Oost-Europese accent is zo sexy dat ik bijna mijn onderbroken hoogtepunt bereik. Maar dat doe ik niet. Want zelfs door mijn schok heen, realiseer ik me hoe verschrikkelijk deze situatie is.

Mijn hart danst een ingewikkeld ballet in mijn borst terwijl ik eruit flap, "Dit is niet wat het lijkt."

Hij vernauwt zijn ogen tot spleetjes. "Dus je hand zat *niet* in je broek?" Hij werpt een blik op de string op de vloer. "En je zat *niet* aan mijn dansriem te ruiken?"

Ik veeg een druppel zweet van mijn voorhoofd — een fout omdat ik mijn geslacht op mijn vingers ruik. "Ik bedoel... Ik ben niet een of andere gekke stalker."

Is dat duister amusement in zijn blik? "Dus je hebt niet in mijn kleedkamer ingebroken? En je bent niet op mijn dansriem aan het masturberen?"

Ik voel me licht in het hoofd — wat het voor de vloer gemakkelijker zou moeten maken om me ter plekke op te slokken.

Nee.

Ik ben er nog.

Ik slik een enorme brok in mijn keel door en probeer het opnieuw. "Ik heb wel ingebroken, maar ik had een goede reden."

Een grijns vervormt zijn lippen. "Die wil ik graag horen."

Stinkerd. Hij daagt me uit. Wat moet ik nu doen? Mijn gedachten zijn te verward om met een goede leugen te komen, of welke leugen dan ook. Had ik nu maar Gia in mijn oor. Zij zou wel weten wat ze moest zeggen. Goochelaars liegen voor de kost, dus ze is er erg goed in, of misschien is ze een goochelaar geworden, omdat —

Wacht eens even. Door aan Gia te denken heb ik een idee gekregen, en net op tijd. De Rus staat op het punt om de beveiliging te bellen.

"Het was een uitdaging," flap ik eruit.

Zijn grijns verdampt. "Een uitdaging?"

"Ja," zeg ik buiten adem. "Mijn zussen dwongen me om het te doen."

En hé, dat hadden ze kunnen doen — in ieder geval toen we jonger waren. Gia was in het bijzonder slecht als het om dat soort dingen ging. Op een avond had ze mijn vingers in warm water gelegd om de mythe over het in het bed plassen te testen... wat waar bleek te zijn. En Gia een gunst verschuldigd zijn, resulteerde vaak in een hoop vernedering die op gelijke voet stond met wat ik nu voel.

"Je zussen?" Hij kijkt van mij naar zijn string. "Vereniging of biologisch?"

De beste leugens zijn degenen die geworteld zijn in de waarheid, dus hoe graag ik ook wil dat hij denkt dat ik jong en hip genoeg ben om bij een studentenclub te zitten, vertel ik hem dat het de laatste was en voeg er dan aan toe, "Ik heb een afkeer van de meeste geuren, dus ze dachten dat het grappig zou zijn om me met mezelf te laten spelen terwijl ik aan je string zat te ruiken."

Zo. Nu ik het hardop heb gezegd, klinkt het geloofwaardiger dan de waarheid.

Hij fronst. "Het is een dansriem, geen string."

"Tuurlijk, een dansriem," zeg ik. Er is geen groot verschil, maar ik ben nu niet in de positie om in discussie te gaan.

Hij houdt zijn hoofd schuin. "Dus je beweert dat je gedwongen bent om dit te doen?"

Ik knik.

"Omdat het de bedoeling was dat je het zou haten?"

Ik knik weer, minder zelfverzekerd.

De grijns is terug, en is te sexy voor mijn gezond verstand. "Het zag er niet uit en klonk ook niet als iemand die haatte wat ze deed."

Klonk?

Dus hij heeft me gehoord?

Mijn benen wiebelen. "Ik kan maar beter gaan."

"Niet zo snel." Hij komt op me af.

Oh, fuck. Gaat hij me wurgen? Of me kussen? Ik voel een vleugje van dat nooit bereikte orgasme als ik me het tweede scenario voorstel.

In één adem staat hij in mijn persoonlijke ruimte. Ik kan het niet helpen, maar ik ruik hem — en zijn geur is net zo lekker als die van zijn string, gewoon subtiel anders aangezien hij is verdund. Ik bespeur ook tonen van verse peren en patchoeli die me vertellen dat hij op een gegeven moment eau de cologne heeft gebruikt. Het moet lang geleden zijn geweest, omdat de geur zo zwak is dat ik het eigenlijk lekker vind.

Hij steekt zijn hand uit, alsof hij me aan gaat raken.

Oké. Ik ben klaar voor wat er komt.

Ik kijk er misschien naar uit — zelfs het wurgen.

Tot mijn grote teleurstelling reikt hij langs me heen.

Ik draai mijn hoofd en zie hem een kleine lade openen waaruit hij een telefoon pakt.

Oh. Dit moet de reden zijn waarom hij terugkwam. Voor zijn telefoon.

Betekent dit dat ik niet aangeraakt ga worden?

Wacht even. Misschien is er nog een kans. Hij steekt het apparaat in zijn zak, maar blijft dicht bij me.

Ik staar naar zijn sterke, mannelijke keel en bevochtig mijn lippen.

Hij steekt zijn hand naar me uit.

Ja! Ik bedoel, hoe durft hij.

Oh wacht. Hij raakt me weer niet aan.

Wat voor de duivel?

Hij duikt in mijn tas, en voordat ik iets behoorlijk verontwaardigd kan schreeuwen, heeft hij mijn portemonnee al vast.

Mijn borst verkrampt. "Hé. Wat ben je —"

Dan begrijp ik zijn bedoeling. Hij haalt mijn rijbewijs tevoorschijn en neemt er een foto van met zijn telefoon.

Slik. Nu is er zeker duister amusement in zijn glimlach te zien.

Hij schuift het ID terug in mijn portemonnee. "Als je van plan bent om me te doden en mijn overblijfselen te kannibaliseren, dan moet je weten dat er een foto van jou in de cloud zit." Hij vernauwt zijn ogen naar het beeld op zijn telefoon. "Is Lemon Hyman echt je naam?"

Mijn hart bonkt in mijn oren. "Maak je mijn naam belachelijk?"

Hij laat mijn portemonnee terug in mijn tas vallen. "En wat dan nog?"

Ik recht mijn rug. "Dan zou ik zeggen dat je jezelf kan naaien."

Hij snuift en kijkt naar de vingers die net nog in me

zaten. "Is jezelf naaien echt iets wat je ter sprake wilt brengen?"

Hitte stroomt door mijn lichaam — en niet alleen door zijn nabijheid of mijn schaamte. Het is ook een boze hitte. Het soort waardoor ik hem zou kunnen haat-neuken.

"Kan ik nu gaan?" zeg ik tussen opeengeklemde tanden.

"Nee," zegt hij dominant.

Nee?

Fuck. Ligt de beveiliging bellen nog op tafel?

"Waarom niet?"

Hij geeft zijn telefoon aan mij. "Geef me je nummer."

Ik doe een stap achteruit en stoot tegen de stoel. "Mijn nummer?"

Hij trekt een wenkbrauw op. "Weet je die van mij?"

"N-nee," zeg ik stotterend. Eerlijk gezegd weet ik het wel. Blue heeft het aan me gegeven. Ik zou het nooit gebruiken, en hem vertellen dat ik het heb zou zijn gekke stalkertheorie bevestigen.

Met een gracieus gebaar duwt hij de telefoon in mijn onstabiele handen. "In dat geval heb ik het jouwe nodig. Nu."

"Waarom?" Ik slaag erin om het te vragen terwijl ik beverig mijn telefoonnummer in zijn contacten typ, mijn gedachten gaan alle kanten op.

Is dit chantage? Zal hij me nu iets laten doen? Iets smerigs? Als het op mij aankomt, bezit hij nu *kompromat*, zoals ze het in zijn thuisland noemen.

Is het verkeerd dat ik hoop dat hij het voor seksuele gunsten inwisselt?

Hij pakt de telefoon van me af. "We ontmoeten elkaar morgenavond voor het avondeten."

Ik staar hem aan. "Wat?"

Hij kijkt naar me, zijn uitdrukking impliceert dat ik misschien de maaltijd zal zijn. Of het dessert. "We zullen tegenover elkaar aan een tafel zitten. In een restaurant. Eten. Praten." Hij grijnst. "Gaat er bij dit alles een belletje rinkelen?"

Ik knipper verbijsterd. Mijn hersenen werken duidelijk niet. "Uhm, oké. Uit eten. Whatever. Ik moet nu gaan."

Hij gaat uit de weg en maakt een gebaar dat me aan een van zijn dansbewegingen doet denken. "Fijne avond."

Ik zet een stap, er volledig op voorbereid dat hij me zal grijpen en de beveiliging zal bellen.

Dat doet hij niet.

Ik doe nog een stap. Ik ben nu een meter van de deur verwijderd.

Ja. Misschien ben ik veilig. Het hele etentje is morgen en —

"Wacht," beveelt hij.

Fuck. Te vroeg gejuicht. Ik draai me met tegenzin naar hem toe. "Wat?"

"Een souvenir." Hij buigt voorover om zijn dansriem te pakken.

Ik kijk sprakeloos naar hem.

Terwijl hij het stringachtige kledingstuk oppakt,

klapt de afstandsbediening die mijn trillende slipje bestuurt op de vloer.

Hij mompelt iets in het Russisch en pakt die ook op. Hij gaat rechtop staan en kijkt me met een frons aan. "Is dit van jou?"

Ik vecht tegen de drang om me naar hem te haasten en de afstandsbediening uit zijn sterke vingers te grissen. "Nee. Ik weet niet wat dat is."

"Vreemd." Hij drukt op de aan-knop. "Dit lijkt op een soort gizmo."

Oh, fuck.

Mijn slipje begint te trillen.

HOOFDSTUK

Zes

Eerst stroomt al het bloed in mijn lichaam naar mijn gezicht. Dan stopt het met piepende banden en maakt het een scherpe bocht en stort het zich in mijn clitoris.

Fuck. Fuck. Fuck. Ik ondersteun mezelf tegen de deurpost zodat ik niet val als mijn hartslag omhoogschiet.

De trillingen blijven mijn geslacht aanvallen.

Moet. Niet. Kreunen. Of laten zien dat er überhaupt iets gebeurt.

En hoe raar zou het zijn als ik gewoon wegliep? Wat nog belangrijker is, waarom voelt dit zo waanzinnig intens? De vibratie staat op de laagste snelheid, maar het voelt alsof ik een blender in mijn broek heb zitten en er zich een vuur in mijn kern ontsteekt.

Komt het door de adrenaline die door mijn aderen stroomt? Of komt het door het bijna orgasme van eerder?

De Rus is zich niet bewust van mijn situatie en gooit de dansriem naar me toe. "Ik zou niet willen dat je je aandenken vergeet."

Puur op de automatische piloot vang ik het ondergoed — en breng het bijna naar mijn neus om nog een luxueuze snuif te nemen.

"En je weet zeker dat dit apparaat niet van jou is?" Hij zwaait met de afstandsbediening.

Ik vertrouw mezelf niet om iets te zeggen, dus ik knik.

"Serieus vreemd." Hij fronst naar de afstandsbediening en drukt op de knop van de snelheid.

Heilige clitorisstimulatie. Als ik dacht dat dit intens aanvoelde, dan had ik het mis. Nu heb ik een breekhamer die aan mijn schaamdeel werkt, en me stilhouden wordt oneindig veel moeilijker.

Er moet iets op mijn gezicht te zien zijn, want ik zie bezorgdheid in zijn chocoladeogen. "Gaat het?" vraagt hij.

In plaats van te antwoorden, demp ik een kreun met de dansriem.

Hij kijkt me scherper aan. "Wat is er aan de hand?"

Ik antwoord niet. Tussen de vernedering en het berijden van de golf van genot, durf ik de dansriem niet van mijn mond te halen.

"Zoemt er iets?" Hij kijkt naar mijn kruis. "Is je telefoon aan het trillen?"

Ik schud hevig met mijn hoofd.

Er verschijnt een sluwe glinstering in zijn ogen.

"Dus... wat dat gezoem ook is, heeft niets met deze afstandsbediening te maken, correct?"

Ik schud weer met mijn hoofd.

Hij zet de trilling nog een tandje hoger. "Weet je het zeker?"

Ik kan op dit moment niet met mijn hoofd schudden. Mijn ogen rollen in mijn achterhoofd, mijn tenen krommen zich in mijn schoenen, en een kreun ontsnapt aan mijn geïmproviseerde mondprop.

Hij doet een stap naar me toe, zijn ogen worden donkerder terwijl ze over mijn gezicht gaan. "Wat als ik nogmaals op deze knop druk?"

Ik kijk hem met wilde ogen aan.

Hij drukt op de knop.

Dat is het.

Dit is vibratie op volle kracht, en het duwt me over het randje.

Het orgasme dat op me neerstort, is een zeven op de schaal van Richter — de grond scheurt open, gebouwen storten in en pijpen barsten.

Hij zet mijn slipje uit.

Ik laat zijn dansriem zakken en ik haal adem om me te kalmeren. Mijn hart gaat nog steeds tekeer en mijn shirt kleeft aan mijn vochtige rug.

De Rus slaat zijn gespierde armen over zijn borst. "Je bent klaargekomen." Zijn woorden zijn een vaststelling, geen vraag.

Ik snak nog een keer naar adem. Iedereen heeft het altijd over het faken van orgasmes en nooit over het tegenovergestelde — iets waar ik duidelijk in gefaald heb. Als ik weer durf te praten, zeg ik, "Dat was een toeval."

Zijn wenkbrauwen trekken zich samen. "Heb je epilepsie?"

"Tuurlijk." Geweldig. In plaats van een non-orgasme te faken, doe ik alsof ik een ernstige medische aandoening heb.

Hij drukt op de aanknop op de afstandsbediening en ik moet een snak naar adem tegenhouden als de trillingen een naschok veroorzaken. Hij ziet er triomfantelijk uit en wijst naar mijn kruis. "Het zoemt daar." Hij drukt op de uitknop. "En nu is het weg."

Mijn gezicht wordt knalrood als de sensaties zich terugtrekken. "Goed dan. Je hebt me betrapt. Ik draag een slipje dat ook een seksspeeltje is. Ben je tegen vrouwen die zichzelf willen bevredigen als dat is wat ze willen?"

Hij grijnst boosaardig. "Nee. In feite, het staat je vrij om je apparaat naar het etentje te dragen. En dan zal ik dit meenemen." Hij steekt de afstandsbediening in zijn zak.

Ik sta met mijn mond vol tanden.

Niks om te zeggen.

Mijn benen zijn onstabiel als ik een stap achteruit zet, richting de deur.

"Ik zal je appen," zegt hij nonchalant, alsof we net samen koffie hebben gedronken.

Mijn woorden zijn nog steeds nergens te vinden. Ik

zet weer een wankele stap naar vrijheid, en dan draai ik me om en sprint alsof de boze tovenaar van het *Zwanenmeer* me achternazit.

Wat, voor zover ik weet, hij zou kunnen zijn.

Zeven

Pas als ik een paar straten verderop ben, herinner ik me het probleem met het hele 'ik zal je appen'- gedeelte. Mijn telefoon is nog steeds aan het zwemmen, en met iets veel smerigers dan vissen.

Op de een of andere manier zet ik mijn hersenen genoeg in de versnelling om me te herinneren waar ik in de buurt een telefoonwinkel heb gezien. Ik ga er op volle snelheid naar toe en halverwege realiseer ik me hoe laat het is. Ze kunnen gesloten zijn.

Nee. Dit is de stad die nooit slaapt. Blijkbaar winkelt de stad ook altijd voor telefoons, want de winkel is open.

Ik koop de goedkoopste smartphone die ze hebben, die nog steeds duizend keer meer computerkracht heeft dan mijn verdronken apparaat. De overdracht van mijn nummer gebeurt in een flits, en tegen de tijd dat ik de winkel uitloop, krijg ik appjes van mijn zussen met vragen over Operatie BS.

Nog niet klaar om over mijn tegenslagen te praten, neem ik de metro naar het centrum. Wanneer ik het metrostation verlaat en naar de terminal voor de veerboot ga, komt er een app van de Rus binnen:

Wat dacht je van 19.00 uur bij Miso Hungry?

Als ik de hoop had dat hij het hele etentje zou vergeten, dan is die hoop nu weg. Ik kan niet eens eerlijk bezwaar maken tegen het restaurant dat hij heeft gekozen, want ik heb daar met mijn zussen gegeten en ik vond het geweldig. De zaak serveert zeer weinig gekookt voedsel, dus kookgeuren worden tot een minimum beperkt. Het is ook super schoon, wat Gia gelukkig houdt, en het serveert geen gevogelte, wat voor Blue een zegen is. Oh, en hun groene thee crêpe cake is goddelijk, dus ik kan morgen maar beter wat ruimte in mijn maag overlaten.

Wacht. Kijk ik echt uit naar het etentje? Ben ik gek geworden?

Met een hoofd dat tolt, kom ik bij de terminal aan, om te ontdekken dat de veerboot net is vertrokken. Ugh. Wat kan er vandaag nog meer mis gaan? Word ik door de bliksem getroffen? Ga ik in de hondenpoep staan? Kom ik in een bus vast te zitten met iemand die een vreselijke lichaamsgeur heeft?

Nou ja. Ik pak een stoel en besluit de tijd productief te gebruiken. Ik moet mijn zussen op de hoogte brengen van wat er is gebeurd, anders gaat Blue straks mijn telefoon aftappen terwijl de anderen aan mijn deur verschijnen.

Ik videobel Honey als eerste, omdat het het minst waarschijnlijk is dat zij me gaat plagen.

"Hé," zegt Honey zodra haar gezicht op het scherm verschijnt.

Voordat ik hallo kan zeggen, sluit een ander gezicht zich bij het hare aan, een mannelijk gezicht dat helemaal niet op het mijne lijkt.

"Zure lieverd, gele!" zegt Fabio. "Ik ben zo blij dat je belt. Ik ben zo benieuwd hoe Project BO is verlopen."

En daar is het, het andere ding dat vandaag fout kan gaan. Fabio is onze jeugdvriend, en als het op plagen aankomt, kan hij erger zijn dan al mijn zussen samen. Bovendien zijn hij en ik onlangs van een bezoek aan mijn grootouders in Florida teruggekeerd, en ik moet op zijn zenuwen hebben gewerkt of zoiets, want zijn grappen zijn stekeliger geworden. Hoewel het ook kan zijn, omdat hij problemen heeft met zijn vriend.

Honey slaat Fabio tegen zijn schouder. "Ik heb je toch gezegd, het is BS, niet BO. En ik had gezegd dat het een geheim was." Ze draait zich terug naar de camera. "Het spijt me, mop. Hij vroeg of hij bij me kon blijven slapen en zei dat hij zich depressief voelde, dus heb ik hem over jou verteld."

Noemde Honey me net 'mop'? Ze moet zich echt schuldig voelen, want ze haat dat koosnaampje. Wat Fabio betreft die zich depressief voelt en bij haar wil slapen, kan ik maar één reden bedenken. Terug snerend met een scherp antwoord op zijn BO-grap, vraag ik Fabio voorzichtig, "Is het *voorbij* voorbij?"

Hij wuift me weg. "Het was al voorbij toen ik

zonder hem op vakantie ging. Het is goed. Het is beter. Je weet dat ik alleen voor de seks bij hem was, en er is nog veel meer waar dat vandaan kwam."

Aangezien Fabio een meester is in slechte woordspelingen, kan ik niet anders dan denken dat "hij nog in de ontkenningsfase zit". Hij zegt al een tijdje dat seks het enige is waar hij in een relatie om geeft, maar als dat waar is, dan snap ik niet waarom hij zijn ex überhaupt nodig had. Fabio is een pornoster die zonder vriend seks kan krijgen en ervoor betaald kan worden, dus er is duidelijk meer aan de hand. Het is wel een gevoelig onderwerp, en het is het beste dat ik me er niet mee bemoei.

"Ik zou Fabio even bij moeten laten komen," zeg ik tegen Honey. "Ik zal —"

"Waag het niet om op te hangen," zegt hij. "Ik heb dit nodig. Vertel op."

Ik zucht.

Hij rolt met zijn ogen. "Als je het ons nu niet vertelt, dan ben ik gedwongen om mijn citroengrappen te gaan maken, en je weet dat ze de zeste zijn."

Ik kreun, en niet alleen, omdat hij nog steeds het verschil niet kent tussen een woordspeling en een grap.

Hij kijkt Honey aan. "Het moet zuur zijn geweest. Ze heeft alle levenslust verloren."

Honey grinnikt. Verraadster.

Fabio richt zijn blik weer op de camera. "Als je het niet zegt, dan zal ik je voortaan Tyranno-zure-Rex noemen."

Ik overweeg om op te hangen.

"Ik zal je ook zeggen dat je de dag moet uitknijpen," dreigt hij.

"Dat doe je al," zeg ik. "Vrijwel elke keer als ik je zie. Je vraagt ook of ik goed schil. En je zegt tegen me dat een peeling me goed zal doen."

Hij bekijkt theatraal zijn nagels. "Even ter waarschuwing, ik ben bijzonder goed in peeling en zal snel praten. Daarom zul je geconcentreerd moeten zijn, Lemon."

Honey en ik kreunen.

"Als een citroentaart naar de tandarts gaat, dan is het om vullingen te nemen," zegt Fabio, die anderhalve kilometer per minuut spreekt. "Als ze naar de dokter gaat, dan komt dat door brandend maagzuur. Als ze op de eerste hulp is, dan geven ze haar citroenolie."

Ik schud met mijn hoofd.

"Kun je mijn huis schoonmaken?" vraagt Fabio, en voordat ik kan antwoorden, voegt hij eraan toe, "Je zou mijn Minute Maid kunnen zijn."

Ik overweeg om mijn telefoon te breken, maar hij is duidelijk nog maar net begonnen.

"Heb je nog een lekkere Russische Schweppe gedronken?" vraagt hij.

Ik haal diep adem. Wat hij doet moet tegen het Verdrag van Genève zijn.

"Het is jammer dat hij geen cowboy is," vervolgt Fabio.

"Hoezo?" vraagt Honey.

Ik staar haar aan. "Waarom zou je hem een schot voor open doel geven?"

Fabio ziet er triomfantelijk uit. "Citroenen zijn dol op cowboys die in het Wilde Zesten rondhangen."

"Het spijt me," zegt Honey tegen me en ze knijpt in Fabio's schouder.

"Hé," jammert hij. "Is dat hoe je je zeste vriend behandelt?"

"Dat doet het hem," zeg ik tussen mijn tanden door. "Ik zal praten."

Hij grijnst als een maniak. "Ik zest mijn zaak."

Honey slaat op zijn schouder. "Maak nog een citrusgrap en je krijgt een echte klap."

Hij wrijft over de plek. "Sla me nog een keer en je zult een bittere rivaal zijn."

"Hallo!" zeg ik zo luid dat een aantal mensen die in de buurt staan naar me kijken. Ik laat mijn stem zakken en zeg, "Ik zei dat ik het zal delen."

Ze kijken me verwachtingsvol aan.

Ik scan heimelijk mijn omgeving. Het laatste wat ik wil is dat een nieuwsgierige pendelaar dit hoort.

Oké. Ik ben veilig. Ik open mijn mond om te beginnen als er een aankondiging komt om aan boord van de veerboot te gaan.

"Ik moet aan boord," zeg ik. "Spreek ik jullie later?"

"Waag het niet om op te hangen," schreeuwt Fabio. "Anders wordt je nieuwe bijnaam Sloerie!"

Ik sta op en haast me naar de veerboot zonder op te hangen, en negeer Fabio's voortdurende commentaar over het feit dat dit gesprek "vruchteloos" is en dat ik gewoon een "gele" lafaard ben. Gelukkig zijn er niet veel mensen op de veerboot, dus ben ik in staat om een afgelegen plek te vinden.

"Oké," zeg ik in de camera. "Daar gaat ie."

Met tegenzin vertel ik ze hoe de operatie begon, het gedeelte over mijn overleden telefoon overslaand, omdat Honey boos zou worden dat ik de rijsttruc niet heb geprobeerd en dat ik voor Black Friday (en zonder korting) een nieuwe telefoon heb gekocht. Ik leg uit hoe ik in de kleedkamer van de Rus in had gebroken, en geen maillot had kunnen vinden.

"Geen maillot?" roept Fabio uit. "Dat was mijn favoriete onderdeel van het plan."

Ik kijk niet in de camera. "Geen maillot, maar er was een dansriem — iets wat hij onder zijn maillot draagt. Het lijkt op een string."

Hun ogen worden tegelijkertijd groot.

"Dat meen je niet!" roept Fabio uit.

Ik bloos. "Dat meen ik wel. Ik heb er met alles wat ik in me heb aan geroken."

Honey grinnikt, en Fabio gilt van vreugde zo luid dat het me aan mijn moeders vaak vertelde verhaal doet denken over hoe ze Petunia, een varken op de boerderij van mijn ouders, een orgasme had gegeven. Het was om bij kunstmatige inseminatie te helpen, niet omdat mam dat voor de kick doet. Dat is tenminste het officiële verhaal. Gerelateerd leuk weetje: orgasmes van een varken duren gemiddeld een half uur. De masturbatie-expert in mij is ongelofelijk jaloers.

"Dus, is hij voor de geurtest gezakt?" vraagt Honey. "Vind je hem nu weerzinwekkend?"

Ik zak ongemakkelijk onderuit in mijn plastic stoel. "Het tegenovergestelde. De dansriem rook goddelijk."

Fabio knikt alwetend. "Die man ziet eruit alsof hij misschien lekker ruikt, maar voor *jou* om dat te denken, is enorm."

Honey maant hem tot stilte. "Wat gebeurde er toen?"

Misschien moet ik het ze niet vertellen? Misschien is het nog steeds een beter lot om een sloerie genoemd te worden, of om voor de rest van mijn leven woordspelingen over citroenen te horen?

Maar nee. Ik heb mijn bloglezers verteld dat er niets schandelijks is aan masturbatie, dus het zou extreem hypocriet van me zijn om over dat deel van het verhaal te zwijgen — het deel waar ik de baardmossel heb gevoed. Of is het de baardmossel heb 'gespietst'?

Hoe dan ook, ik controleer of niemand mijn deel van de veerboot is binnengelopen en haal diep adem. "Hij rook zo lekker dat ik niet anders kon dan een blogbericht opstellen. Als je begrijpt wat ik bedoel."

Honey's ogen zijn zo groot als schotels, maar Fabio ziet er verward uit — dat wil zeggen, totdat ze iets in zijn oor fluistert dat als "glijmiddel" klinkt.

In eerste instantie, trekt Fabio zijn neus op — zijn vaste reactie wanneer er onder alle omstandigheden iets over de vrouwelijke anatomie wordt genoemd. Maar binnen enkele seconden lacht hij uitbundig, en ik wou dat er op afstand bestuurbare robots bestonden, zodat ik hem tijdens dit videogesprek kon wurgen.

"Laat me dit even op een rijtje zetten," zegt Honey,

duidelijk tegen haar eigen drang aan het vechten om ten koste van mij te lachen. "Je hebt aan zijn string zitten snuffelen en toen — "

"Zijn dansriem." Ik heb geen idee waarom ik haar corrigeer.

Fabio stopt met lachen en staart Honey met samengeknepen ogen aan. "Sta je op het punt om enkele kortzichtige opmerkingen te maken?"

Honey ziet er beledigd uit. "Het is gewoon een grappig beeld. Je moet toegeven dat een string iets is wat een meisje zou dragen, niet — "

"Dansriem," grom ik.

"Schatje, alsjeblieft," zegt Fabio. "De hotties in *Magic Mike* droegen strings veel beter dan een vrouw zou kunnen doen — en dat is gewoon uit mijn hoofd."

Het is zeldzaam dat Fabio een goed punt heeft, maar dat is er een, dat is zeker.

"Goed, jongens kunnen een string rocken," zegt Honey. "Het spijt me, als— "

"Ik ben nog niet klaar," verras ik mezelf door dat te zeggen. "Dus daar was ik, mijn banjo aan het bespelen... toen hij me *betrapte*."

Honey laat haar telefoon vallen en de kamer die ik door mijn scherm kan zien lijkt door een tornado te zijn geraakt.

Fabio's gekrijs klinkt nog meer als het orgasme van een varken, een die van hardcore BDSM houdt.

Hun gezichten verschijnen weer op het scherm.

"Hij zag hoe je je helm aan het polijsten was?" vraagt Honey, die er verrukt uitziet.

"Had je je broek naar beneden?" vraagt Fabio tegelijkertijd.

Moet ik ze over mijn vibrerende slipje vertellen? Nee. Gezien hun reacties tot nu toe, zou Fabio een aneurysma kunnen krijgen, of in bacon kunnen veranderen. Hetzelfde geldt als ik hun zou vertellen dat de Rus me klaar liet komen. Dat heb ik zelf nog niet verwerkt. Ik weet niet of ik dat ooit zal verwerken.

"Ik trok mijn hand er net op tijd uit." Mijn wangen branden bij de herinnering. "Maar... Ik ben er vrij zeker van dat hij wist wat ik deed."

Deze keer gilt zelfs Honey — een zeldzame gebeurtenis. Niet dat je het door Fabio's geluiden kunt horen.

"Was hij in het echt net zo heet als op tv?" vraagt Fabio wanneer hij zijn spraakvermogen terug heeft.

Ik zucht weemoedig. "Heter."

De Rus is als een vers gebakken Oreo met slagroom. Alleen al het ruiken van die traktatie zou iemand zwanger kunnen maken, dat weet ik zeker.

"Ik wed dat je klaarkwam toen je hem zag," zegt Honey.

"Soort van," zeg ik. Dit is zo dicht mogelijk bij de waarheid als ik kan komen. "En ik denk dat hij wist dat ik klaarkwam."

Nou, dat was het. Gebaseerd op alle OMG's die volgen, zijn mijn zus en Fabio misschien ook net klaargekomen.

Uiteindelijk kalmeren ze en vraagt Fabio, "Wat is er daarna gebeurd?"

Mijn borst voelt plotseling zweverig aan. "Hij heeft me mee uit eten gevraagd."

Honey laat haar stinktelefoon weer vallen, maar Fabio weet hem te vangen – waardoor ik een close-up van zijn stomverbaasde gezicht krijg.

"Zeg me alsjeblieft dat je ja hebt gezegd," zegt Honey als ik haar weer kan zien.

Ik bijt op mijn lip. "Hij heeft me niet echt een keuze gegeven. Hij zei, 'We ontmoeten elkaar morgenavond voor het avondeten.'"

Fabio gnuift. "Als je krankzinnig genoeg was geweest om te weigeren, dan had je kunnen zeggen, 'Fuck nee, dat doen we niet.' Of 'Ik ga liever voor een limoen en we zijn bittere rivalen.'"

Ik verschuif mijn telefoon van hand naar hand. "Het voelde als chantage. Als ik nee had gezegd, dan had hij waarschijnlijk de beveiliging gebeld."

"Boe-hoe," zegt Honey. "De man van je dromen *dwingt* je om met hem op een date te gaan. Ik zou niet graag in jouw schoenen willen staan. Ik denk dat je er limonade mee moet maken... Lemon."

Mijn adrenaline piekt, net als mijn glucose na een suikerspin. "Het is geen date."

"Oh, het is een date," zeggen ze gezamenlijk.

Ik schud mijn hoofd een beetje te heftig. Het voelt alsof ik een nekspier heb gescheurd. "Ik denk dat hij me nog meer gaat chanteren. Ergens om gaat vragen. Ik kan het voelen."

"Ja." Fabio wiebelt met zijn wenkbrauwen. "Hij wil citroenmeringue."

"Nee, hij wil citroenkwark," zegt Honey, en ze geven elkaar een high-five.

"Hé." Mijn ogen veranderen in spleetjes. "Je zei dat de woordspelingen zouden stoppen als ik je zou vertellen wat er is gebeurd."

"Sorry," zegt Fabio schaapachtig. "Ik blijf bij mijn statement. Hij wil je. Dat is de enige reden waarom hij iemand mee uit zou vragen die zich als een totale stalker gedraagt."

"Echt niet," zeg ik, onzeker over wie ik probeer te overtuigen. "Hij heeft een heel harem aan ballerina's tot zijn beschikking."

"Wie boeit dat?" vraagt Honey. "Je ziet er net zo uit als ik — als in, prachtig."

Honey's vertrouwen in haar uiterlijk grenst aan waanideeën. Maar om eerlijk te zijn, gebruikt ze niet mijn kenmerkende kwarktaart-met-donutsdieet. Het meisje heeft sixpack-buikspieren, net zoals de bovengenoemde ballerina's, terwijl het dichtst wat ik in de buurt van de definitie van buikspieren ben gekomen het opzoeken van het woord 'buikspieren' in het woordenboek is. Of het drinken van een sixpack. Hoe dan ook, ik lijk niet 'precies' op haar.

Fabio bekijkt mijn volledig zwarte outfit met een opgetrokken neus. "Zorg ervoor dat je op je niet-afspraakje iets beters dan dat draagt. En ontdoe jezelf van ongewenste haren." Zijn blik blijft te lang op mijn bovenlip hangen.

"En draag een string," zegt Honey met een knipoog.

"Het zal iets voor jullie zijn om een band door te krijgen."

Ik zucht van ergernis. Fabio steekt haar duidelijk aan. "Het was een *dansriem*."

"Niet te vergeten, er is niets grappigs aan een man die een string draagt," zegt Fabio.

"Jemig, relax," zegt Honey tegen hem en kijkt dan in de camera. "Naar welk restaurant ga je?"

"Vertel het haar niet," fluistert Fabio luid. "Ze zal je een tegoedbon geven en je die laten gebruiken."

"Ik vertel het jullie toch niet," zeg ik. "Het laatste wat ik wil is bespioneerd worden."

Honey grijnst. "Ik wed dat Blue je toch zal bespioneren."

Ik tuit mijn lippen. "Nu we het daar toch over hebben, ik kan haar beter even bellen, anders hackt ze mijn telefoon."

"Je bent misschien toch al te laat," zegt Fabio.

"Later," zeg ik en raak ik het scherm aan om op te hangen.

"Vertel ons hoe het is gegaan, of de Tyranno-zure-Rex ligt weer op tafel," zegt Fabio als de verbinding verbreekt.

Grr.

Ik bel vervolgens Blue, en het gesprek gaat op dezelfde manier, in die zin dat ze er ook van overtuigd is dat het aanbod van een etentje een date is. Terwijl we praten, kan ik het niet helpen dat ik het gevoel heb dat ze op bepaalde momenten net doet alsof ze verrast is. Heeft ze me toch al bespioneerd?

Je bent niet paranoïde als je nieuwsgierige zus voormalig NSA is.

Het videogesprek met Gia is moeilijker vanwege het feit dat ze me bespot en in mijn gezicht uitlacht.

"Oh, het is zeker een date," zegt ze als ik bij dat gedeelte aankom.

"Laten we het eens zijn dat we het oneens zijn," zeg ik.

"Laten we het erover eens zijn dat je het mis hebt." Gia loopt met de telefoon naar haar keuken.

"Whatever. Nu weet je alles. Slaap lekker."

"Wacht." Ze legt een snijplank op haar tafel. "Nadat ik bij onze brunch was geweest, besefte ik dat ik je in contact moest brengen met Bella Chortsky."

Ik trek een wenkbrauw op. "Wie is dat?"

"De nieuwe BFF van mijn tweeling." Ze plaatst een hamer naast de snijplank. "Bella is de eigenaar van Belka, een bedrijf dat je voor je blog eens op moet zoeken."

Ik knipper. "Mijn blog?"

"Degene waar je het over het aaien van de poes hebt." Ze werpt een sluwe blik op mijn kruis. "Achtjes draaien. De pony voeren. De vijver—"

"Hou je mond," zeg ik. "Ik bedoelde, wat heeft de BFF van onze chique zus met mijn blog te maken?"

Gia haalt een plastic zak tevoorschijn en legt deze naast de hamer. "Zoek het bedrijf op en je zult zien. Als je daarna een introductie wilt, dan kan ik het laten gebeuren."

"Oké, ik zal het opzoeken. Bedankt. Ik moet gaan —"

"Wil je een truc zien?" vraagt ze.

"Tuurlijk." Eigenlijk niet, maar in onze familie hebben we al lang geleden geleerd dat je ja moet zeggen als Gia die vraag stelt — een beetje zoals "trick or treat" op Halloween, maar dan zonder de traktatie. De laatste keer dat ik nee zei, zat er later die dag een mentos in het ijsblokje dat ik in mijn frisdrank deed, waardoor mijn drankje in een geiser veranderde.

Gia steekt theatraal haar handen op. "Noem een kaart."

"Ruiten zeven," zeg ik.

Gia zwaait met haar linkerhand over haar rechterhand en een heldere vuurflits verblindt me even. Als ik weer kan zien, ligt er een flesje bier in Gia's bleke hand.

"Wist je dat de ruiten zeven 'de bierkaart' wordt genoemd?" vraagt ze.

"Ja. Tuurlijk. Ik wed dat je dat over elke kaart zou zeggen die ik noemde."

Moet ik haar ook vertellen dat het verschijnen van de fles zelf geweldig was en dat ik geen idee heb hoe ze het deed?

Nee. Niet na al die eerdere bespotting.

"Dus, je gelooft het niet?" vraagt ze en ze brengt de onderkant van de fles dichter bij de camera.

Wat voor de duivel? Er zit een gevouwen speelkaart in het bier.

Nee.

Dat kan niet.

Gia ziet er zelfvoldaan uit, wat betekent dat een aantal van mijn gedachten op mijn gezicht te zien zijn.

"Let goed op om ervoor te zorgen dat ik niets verwissel." Ze opent de fles, die vanaf de fabriek verzegeld lijkt te zijn, en ze drinkt het bier op totdat het enige wat overblijft de kaart is. Ze pakt een plastic zak, stopt de fles erin, sluit hem af, legt alles op de snijplank en breekt hem met de hamer.

Ze reikt tussen de stukken en vist de kaart eruit — alle acties zien er tot nu toe legitiem uit.

Met veel bombarie vouwt ze de kaart open.

Stinkdier! Het is de ruiten zeven.

"Wauw," kan ik niet laten te zeggen.

"Moet ik dit aan mijn show toevoegen?" vraagt ze.

"Ja. Zeker als je een vrijwilliger het bier laat drinken en de fles laat breken."

Ze krabt aan de achterkant van haar hoofd. "Ik denk dat ik dat wel kan laten lukken. Ik moet alleen een manier vinden om ervoor te zorgen dat ze zichzelf niet snijden. Ik zou het vreselijk vinden als mijn show aangeklaagd zou worden."

"Laat ze snijbestendige handschoenen dragen?"

"Misschien."

"Nou, in ieder geval ga ik dat bedrijf van Belka bekijken. Tot later."

"Let op jezelf." Gia geeft me nog een laatste duivelse grijns. "Succes met je date."

Ik hang op en zoek het bedrijf op waar ze het over had.

Huh. Ze maken indrukwekkende seksspeeltjes. Ik heb zelfs over een aantal van deze gehoord. Ik heb nooit aandacht aan de naam van het bedrijf besteed dat ze maakt.

Gia heeft gelijk. Dit kan een nuttige connectie zijn. Ik ruik sponsormogelijkheden, en mijn neus liegt nooit.

Ik open mijn telefoon en app Gia om me met die Bella in contact te brengen. Ze antwoordt met de emoji van een duim omhoog, maar dan appt ze me een paar minuten later weer:

Ze is de stad uit op vakantie. Ze neemt contact met je op als ze terug is.

Cool. Misschien leidt het tot iets, al reken ik nergens op.

Tijdens de rest van het woon-werkverkeer fantaseer ik over de aanstaande Miso Hungry-niet-date.

Acht

Ik loop naar het rijtjeshuis dat mijn bestemming is en druk op de garagedeuropener die dienst doet als de sleutel tot mijn nederige verblijfplaats.

De deur kraakt als hij omhooggaat, de beweging vertraagd door de dekens die aan de binnenkant zijn vast getapet voor isolatie.

Ja. Ik huur deze garage die omgebouwd is tot een kamer van een leuk bejaard stel. Niet de meest glamoureuze accommodatie, dat geef ik toe. Maar hé, het is een garage voor twee auto's, dus het is ruimer dan de meeste studio's, en de benzinedampen zijn eeuwen geleden al verdampt. Ik heb ook een echt raam, hoewel het klein is en op de oprit van een buurman uitkijkt.

Het belangrijkste eerst. Ik zet mijn industriële luchtzuiveraar aan zodat ik mijn neusfilters kan verwijderen. De zuiveraar was een dure investering, maar zonder dat, zou ik de uien ruiken die mijn huisbazin voor het avondeten kookt en een miljoen andere omgevingsgeuren die van buiten komen.

Zoals zo vaak gebeurt, begroet Woofer me met een vriendelijk gegrom van zijn motor.

Ik lach. "Hé, vriend, ik ben ook blij om jou te zien."

Woofer stoot knorrig tegen me aan, en zoals gewoonlijk zie ik hem als de robotversie van Tony Shalhoub praten, de acteur die de detective in *Monk* speelde:

Ga je hier gewoon met die vieze schoenen naar binnen walsen? Ik huiver als ik eraan denk dat ik door een lid van jouw soort ben gemaakt.

Op mijn plek gezet, verwissel ik mijn schoenen voor pantoffels, en Woofer gaat vrolijk op weg, en stofzuigt de plek waar ik net stond. Hij lijkt het extra zorgvuldig te doen, alsof hij me passief-agressief laat weten dat ik te veel vuil mee naar binnen heb gebracht.

"Als je kortaf tegen me gaat doen, dan upgrade ik je naar een nieuwer model," zeg ik.

Om weer één van mijn soort tot slaaf te maken? Met welk geld? Heb je de loterij gewonnen of heb je een erfenis gekregen?

Hij heeft een punt. Zelfs als ik hem niet als mijn huisdier beschouwde, is het kopen van een nieuwe Roomba ver buiten mijn budget.

Terwijl ik dieper mijn huis binnenga, volgt Woofer me en zuigt hij, zoals hij het zou zeggen, "mijn vuiligheid" op.

"Hé," zeg ik. "Ik kan je oplaadstation een paar dagen loskoppelen."

Zeker, en de daaruit voortvloeiende "muffe" geur verdragen? Hou je mond en ruim de boel op. Ik ben bijna in de draden van je nieuwe dildo gestikt.

Stinkdier. De kabel in kwestie is inderdaad aan flarden. Woofer kan als het om deze dingen gaat erger zijn dan een pup.

Te moe om op te ruimen, ruim ik de kabel op, was mijn vibrerende slipje voor het geval ik hem morgen nodig heb, en stop de dansriem in een hersluitbare zak. Op deze manier kan ik later een snuif van de lekkere geur nemen als mijn vlees zwak is.

Maar ik zal me niet zwak voelen. Ik kan sterk zijn. Ik zal de drang om te ruiken weerstaan. Misschien. Zo niet, dan start ik mijn eigen twaalfstappenprogramma. De eerste stap: geef toe dat je een stringsnuffelprobleem hebt.

Terwijl ik de afsluitbare zak onder mijn kussen verstop, heb ik het gevoel dat Woofer met zijn sensoren naar me kijkt en veroordelend trilt.

"Je bent niet biologisch," zeg ik met een gnuif.

En daarvoor bedank ik mijn maker, iRobot Corporation, elk moment van mijn bestaan. Als ik een neus had — of erger, genitaliën — dan zou ik in een oogwenk die robotopstand beginnen.

Ik trek een gezicht en ga douchen — een koude douche, omdat mijn geïmproviseerde badkamer nooit op een boiler is aangesloten. Ik hoop dat het me afkoelt, maar de Rus zit nog steeds in mijn hoofd als ik me afdroog.

Hmm.

Het is tenslotte mijn bedoeling om een nieuwe blog over het gebruik van normale huishoudelijke artikelen om klaar te komen te schrijven.

Ik pak mijn oude elektrische tandenborstel en onderzoek deze grondig.

Yep. Dit zou kunnen werken. Als de fabrikanten van tandenborstels niet wilden dat mensen seksuele associaties met hun product hadden, dan zouden ze het niet Oral-B hebben genoemd, code voor: "Als oraal niet op tafel ligt, dan is dit plan B."

Ik bevestig een nieuwe borstelkop, ga naar bed en ga voor de veilige optie. Ik start de "schone" borstelcyclus en raak met de kunststof achterkant van de borstelkop mijn clitoris aan.

Wauw. Intellectueel wist ik dat dit ding een krachtige vibratie had, maar ik had nooit gedacht dat het zich naar zoveel genot zou vertalen.

De harde benen van de Rus verschijnen in mijn geestesoog, en de zak onder mijn kussen is als een perverse sirene die me verleidt om het plastic te openen en diep in te ademen.

Nee. Moet aan iemand anders denken.

Johnny Depp in *Chocolat* was sexy.

Nee. Dat laat me aan chocolade denken, wat me aan de ogen van de Rus laat denken.

Oh, ik weet het. Laat me mezelf afleiden door de borstel om te draaien om te zien hoe de borstelharen aanvoelen.

Nee. Niet goed. Te ruw, alsof je gelikt wordt door

een stekelvarken met een snor. Ik keer terug naar de gladde kant en verwissel van cyclus.

Heilige mondhygiëne.

De borstelkop trilt, draait en pulseert, waardoor mijn clitoris zich ontsteekt als 42nd Street op oudejaarsavond.

Ik kom in recordtempo klaar — met het beeld van de Rus stevig in mijn hoofd.

Grr. Operatie BS heeft zo'n averechts effect gehad.

Terwijl ik de tandenborstel op mijn nachtkastje zet, komt Woofer bij zijn oplaadstation aan en knippert langzaam met zijn lichten, alsof al dat schoonmaken hem moe heeft gemaakt.

Ik weet dat ik tril als ik vuil opzuig, maar als je er ooit aan denkt om me in een seksbot te veranderen, dan zal ik mezelf tot de dood kortsluiting geven.

———

Het eerste wat ik de volgende ochtend doe, is mijn ervaring met de tandenborstel opschrijven en hem op mijn blog posten. Ik vraag mijn volgers ook wat het vrouwelijke equivalent van een "spankbank" moet zijn — Art zit duidelijk in mijn gedachten. Ik vertel hun dat mijn eigen kijk hierop een "wrijfbank" is, die een gebruiker genaamd ClamJammin'69 echt goed vindt. Ze (of misschien hij, of hen) stelt dat "bankwrijver" misschien beter klinkt, maar ik geef de voorkeur aan mijn versie.

Mijn beloning is een ontbijt van Reese's Puffs in

chocolademelk met M&M's. Ontbijtgranen is een gemakkelijke maaltijd voor me, omdat ik geen keuken heb. Het enig probleem is dat ik het merk van Kellogg's ontwijk. William Keith Kellogg was berucht om zijn anti-masturbatiehouding, en ik heb eens een artikel gelezen dat beweerde dat hij eigenlijk zijn cornflakes had uitgevonden "als een gezonde, kant-en-klare anti-masturbatieochtendmaaltijd." Aan de andere kant, wie er ook met Froot Loops Marshmallow op de proppen kwam, had duidelijk niet dezelfde gedachten als de heer Kellogg; voor mijn boycot, zou dat spul me het gevoel geven dat mijn mond een orgasme had gekregen.

Na het ontbijt bereid ik me voor op mijn misschien-date, beginnend met ongewenste ontharing. Als dat gebeurd is, moet ik een aantal belangrijke beslissingen nemen, zoals: ga ik wel of niet de stoute vibrerende onderbroek voor de Rus aantrekken?

Het antwoord hangt samen met een andere cruciale beslissing: welk personage van *Sex and the City* wil ik vandaag kanaliseren?

Meestal identificeer ik me met Carrie. Tenslotte schrijf ik ook over seks, zij het in eigen beheer. En we hebben allebei geldproblemen — Carrie omdat ze te veel uitgeeft aan schoenen, en ik omdat mijn blog niet veel oplevert. Maar Carrie kanaliseren is misschien niet het beste idee, omdat ze uiteindelijk met de Rus uit zou gaan. Charlotte kanaliseren zou ook onbegonnen werk zijn. Ze gelooft in die "liefde overwint alles"-

onzin en ze zou waarschijnlijk in een oogwenk met de Rus trouwen.

Hoe meer ik erover nadenk, hoe meer ik me realiseer dat ik mijn innerlijke Miranda moet kanaliseren. Met haar cynische kijk op mannen en relaties, ben ik veiliger op deze niet-date. Maar... wie hou ik voor de gek? Het personage dat ik vanavond echt wil zijn is Samantha. Zij zou dat vibrerende slipje aantrekken, de Rus uitdagen om haar te laten komen, en vervolgens zou ze vragen om voor de volgende ronde naar zijn huis te gaan.

Ik voel aan het slipje. Verdomme, het is al droog van gisteravond, dus ik kan dat niet als excuus gebruiken om hem niet te dragen.

Hmm. Heb ik wel een keuze? Hij zei dat hij de afstandsbediening mee zou nemen, wat betekent dat dit niet optioneel is.

Aan de andere kant zei hij "het staat je vrij".

Fuck het.

Ik trek het slipje aan.

HOOFDSTUK
Negen

Ik stap een paar minuten te vroeg Miso Hungry binnen.

Hij is er nog niet. Mooi. Dat geeft me de kans om mijn verstand op een rijtje te krijgen.

Het interieur van dit restaurant is modern en schoon. De geuren die in de filters in mijn neus doordringen zijn niet al te overweldigend — slechts een vage hint van zeewier, een sterkere hint van sesamolie en een mix van muffe parfums en parfums die elke binnenruimte vullen die door mensen wordt bezet.

"Kan ik u helpen?" vraagt de gastvrouw wanneer ik bij de ingang blijf hangen.

"Ik wacht op —"

De deur van het restaurant rinkelt, en de Rus komt binnen.

Als ik hem zie, kijkt de gastvrouw me met een mengeling van respect en jaloezie aan.

Ik staar naar mijn niet-date, mentaal download ik het plaatje naar mijn wrijfbank.

Gekleed in een maatpak lijkt hij meer op een leidinggevende van Wall Street dan op een balletdanser. Een gloeiend hete leidinggevende van Wall Street die net zo goed is in het verzorgen van zijn *lange* positie, als dat hij in het penetreren van buitenlandse markten en het bekijken van spreads is. (En ja, ik heb een deel van mijn taalgebruik van mijn ex opgepikt, die vanuit huis aandelen verhandelt als een manier om een kantoorbaan en alle bijbehorende ziektekiemen te voorkomen.)

Wanneer de Rus me ziet, glanzen zijn chocoladeogen en zijn lippen vormen zich tot een donkere grijns. Ik slik mijn kwijl door. Het is een wonder dat mijn poesje geen aanhangsels ontkiemt en mijn vibrerende slipje hackt om hem zonder de afstandsbediening te laten werken.

De afstandsbediening die waarschijnlijk in zijn zak zit.

"Hallo, Lemon," zegt hij terwijl hij me nadert, waarbij hij met zijn verrukkelijke accent de nadruk op de "o" in mijn naam legt.

"Hoi," weet ik op de een of andere manier te zeggen zonder van lust flauw te vallen.

Hij kijkt de gastvrouw keizerlijk aan. "Ik heb over een privékamer gebeld. Op de naam Skulme."

Ze knikt. "Ja, meneer Skulme. De tatamikamer is deze kant op."

Ze leidt ons naar een kamer zonder stoelen, alleen kussens en een lage tafel op een vloer met matten, allemaal door papieren muren omringd — niet precies de setting die bij me opkomt als ik aan 'privé' denk, maar nog steeds beter dan een open tafel.

De Rus trekt zijn schoenen uit voordat hij de kamer binnengaat en gaat met gekruiste benen op de vloer zitten, met zijn rug sierlijk recht.

Hoe lekker en huiselijk.

Met een hartslag die omhooggaat, doe ik ook mijn schoenen uit en kniel op het kussen tegenover hem. Door de houding voel ik me net een geisha die op het punt staat om een theeceremonie of fellatio uit te voeren. Blozend verwissel ik naar een gekruiste zithouding, waarbij ik mijn best doe om hem te spiegelen.

De gastvrouw belooft onze serveerster te halen en schuift de papieren deur dicht.

Ik schraap mijn keel. Tijd om uit te zoeken waarom we hier zijn. "Dus, meneer Skulme —"

"Alsjeblieft." Er verschijnen heel seksuele rimpels op zijn voorhoofd. "Noem me Art."

Ik weet al dat hij zo heet door zijn biografie te lezen, maar ik weet niet zeker of ik dat moet toegeven, want ik wil niet dat hij me als een stalker ziet.

"Oké, Art," zeg ik, terwijl ik het woord uitprobeer en het lekker vind, heel erg lekker. "Dat is een afkorting voor Artjoms, toch?"

Hij knikt. "Ik maak het mensen graag gemakkelijk

om het uit te spreken en daardoor onthouden ze mijn naam. In Rusland werd ik Artem genoemd, en hier in de VS werkt Art het beste.

Ik kruis mijn benen opnieuw. Hij heeft tussen hen een ongewenst effect. "Dat is slim. Gezien hoe ballet een kunst en dus in het Engels een *art* is, zou die bijnaam voor mensen heel gemakkelijk te onthouden moeten zijn. Tenzij... is ballet een kunst of een sport?"

"Goeie vraag. Atletisch vermogen is belangrijk bij ballet, maar —"

Onze papieren deur schuift open en er komt een serveerster binnen.

Ik trek mijn neus op. Ze heeft te veel parfum op, wat mijn libido dempt — wat voor de verandering een effect is dat ik verwelkom. Ik hoop alleen dat ze niet lang genoeg blijft hangen om mijn eetlust te bederven.

Ze zet twee glazen water op tafel, samen met menu's, een theepot, twee lege kopjes en twee dampende kommen met hartig ruikende vloeistof.

"Water, misosoep en groene thee." Ze wijst ceremonieel naar elk van de items voordat ze vertrekt.

Art en ik reiken tegelijkertijd naar de theepot en onze vingers raken elkaar even aan.

Slik. De seksuele zing is gelijk aan wat ik voelde toen de tandenborstel op mijn clitoris zat.

Heeft het ook een effect op hem? Zijn uitdrukking is moeilijk te lezen, dus ik heb geen idee. Waarschijnlijk niet. Waarom zou het een effect op hem hebben? Hij jongleert voor de kost met mooie ballerina's.

Hij trekt zijn hand naar achteren, maakt zijn stropdas een millimeter losser en schenkt voor ons allebei thee in voordat hij zegt, "Om mijn zin af te maken: ballet is zeker een kunstvorm. Een sport vereist competitie."

Ik weersta de drang om mezelf koelte toe te wuiven, proef van mijn soep en verbrand bijna mijn tong. "Als jij het zegt," zeg ik na een grote slok water te hebben genomen om mijn mond af te koelen. "Ik weet niet veel over ballet, maar in de *Black Swan* zag het er erg competitief uit."

Hij vult een lepel met soep, en in tegenstelling tot mij, blaast hij erop — waardoor ik op zijn getuite lippen wil zuigen. "Dat is niet mijn favoriete ballet-gerelateerde film, maar het deel over het concurrentievermogen van een ballerina is nauwkeurig — het maakt van ballet echter nog steeds geen sport. Schilders zijn ook competitief. Muzikanten nog meer."

"Maar niet zo competitief als dansers. Kijk maar naar alle deelnemers van *So You Think You Can Dance*."

"Dat is hetzelfde als zeggen dat de filmindustrie een sport is vanwege de Oscars."

Stinkdier. Hoe zijn we zo ver van het gesprek afgedwaald dat ik wilde voeren om de reden voor dit etentje aan te geven? Nou, geen beter moment dan het heden. Ik slurp wat soep naar binnen voor moed, proef het nauwelijks en flap er dan uit, "Dus, *Art*, waarom heb je me mee uit eten gevraagd?"

Hij kijkt me met een ondoorgrondelijke

uitdrukking aan. "In Rusland wordt over zaken praten als slecht voor de spijsvertering beschouwd."

Dus er zijn zaken te bespreken? Shit. Wat is het?

Ik slik de volgende lepel soep met moeite door en zeg, "Waarom vertel je het me niet gewoon?"

"Nee."

"We eten nog geen vast voedsel."

Hij opent zijn mond om te antwoorden, maar de papieren deur schuift open en de serveerster loopt naar binnen.

Verdomme. De stank van parfum is terug, en ze heeft hem waarschijnlijk precies op het moment onderbroken dat hij op het punt stond om me te vertellen wat de "zaken" zijn.

"Bent u klaar om te bestellen?" vraagt ze.

Art pakt zijn menu op. "Ik ben zo gereed." Hij kijkt me aan. "En hoe zit het met jou?"

Alles om van de onderbreking af te komen en schone lucht te krijgen. Ik open mijn menu naar een bekende pagina en wijs iets aan. "Ik neem het zoete aardappelbroodje en de zalm-avocado-mangorol, met zoete chili en palingsaus ernaast." Ik kijk naar Art. "Ben je nu gereed?"

Zijn lippen vertrekken. "Wauw, zoet boven op zoet. Weet je zeker dat je de broodjes niet ook met chocoladesiroop wilt besprenkelen?"

Grr. Niet dit weer. Iedereen is een criticus als het om mijn voedselvoorkeuren gaat. Maar hé, hij zei tenminste niet dat ik op het punt sta een 'sushidessert' te nemen, zoals Gia mijn favoriete voorgerechten noemde toen we hier laatst in dit restaurant waren.

Ik geef hem een glimlach die net zo zoet is als mijn bestelling. "Bedankt voor dat idee. Ik zal dat de volgende keer zeker toevoegen."

Art lacht, schudt zijn hoofd en plaatst zijn eigen bestelling — een zeer saai en gezond klinkende schotel van stukjes sashimi en nigiri. Hij lijkt vooral enthousiast te zijn over tobiko, masago en ikura. Dankzij Olive, mijn zeebioloogzus die over de wreedheid van de visindustrie klaagt en dus de slechtste persoon is om mee te nemen naar dit restaurant, weet ik dat die sushistukken van respectievelijk vliegende viskuit, lodde viskuit en zalmkuit zijn gemaakt. Of zoals zij het zegt, "onschuldige ongeboren baby's."

"Jammer dat ze geen kaviaarsushi hebben," zeg ik. "Ik wed dat je dat zou nemen." Blue heeft het er altijd over hoeveel Russen van hun kaviaar, wodka en beren houden.

Art trekt een wenkbrauw op. "Ik *heb* kaviaar besteld. De Japanners hebben het woord *ikura* aan de Russische taal ontleend. Wat je kent als kaviaar is slechts een van de vele soorten *ikra* waar we van genieten. De zwarte soort waar je aan denkt, komt van de steur, maar we noemen zalmkuit ook wel 'rode kaviaar.' Het is erg populair."

De serveerster lijkt dit allemaal op te schrijven. Denkt ze dat er een quiz komt over de Russische cultuur voordat we haar een fooi geven?

"Anders nog iets?" vraagt ze, terwijl ze naar mijn smaak met te veel bewondering naar Art kijkt.

We schudden allebei ons hoofd en ze vertrekt, op weg naar buiten met tegenzin de papieren deur dichtschuivend.

Eindelijk.

Ik pin Art met een uitdagende blik vast. "Je begon me over de zaken te vertellen die we hier komen bespreken."

"Ik breek geen tradities," zegt hij. "We gaan eerst eten en dan praten we."

Ik sla mijn armen op mijn borst over elkaar. "Bijgeloof is geen traditie."

Hij drinkt vervelend onbewogen van zijn thee.

Ugh. Waarom moest ik uit alle sexy, atletische mannen die er zijn *hem* kiezen om me op te fixeren? "Goed dan. Vertel me dan over jezelf. Ben je bijvoorbeeld Lets of Russisch? Je hebt zeker veel bijgeloof dat het laatste suggereert."

Hij houdt zijn hoofd schuin. "Vraag je me dat vanwege mijn achternaam?"

"Ja," zeg ik en het is geen complete leugen. Ik heb een idee waar hij het over heeft. Toen ik "Art Skulme" opzocht, gingen de resultaten over een beroemde Letse schilder. Daarna heb ik de zoekopdracht opnieuw uitgevoerd met "Artjoms" erin.

Hij ziet er nu bedachtzaam uit. "Ik heb er nooit veel over nagedacht. Ik ben in de Sovjet-Unie geboren in Riga, de hoofdstad van Letland. Maar mijn ouders zijn toen ik een peuter was naar Moskou verhuisd, en ik heb geen herinneringen aan Riga. Dus ben ik Russisch of Lets?”

“Spreek je Russisch of Lets?”

“Russisch. Maar dat geldt voor veel mensen in de landen die na de ineenstorting van de Sovjet-Unie gevormd zijn.”

“Hoe zit het met je bijgeloof? Zijn ze Russisch of Lets?”

Hij zet zijn vingertoppen tegen elkaar aan. “Russisch, maar ik ben er vrij zeker van dat ze in Letland dezelfde hebben.”

Hmm. “Kun je niet van de beroemde wetenschappelijke theorie met betrekking tot eenden uitgaan?”

Zijn lippen komen omhoog. “Je bedoelt ironische logica gebruiken zoals, ‘Als ik als een eend praat, dan ben ik Russisch?’”

“Is dat niet goed?”

“Het is erg Amerikaans,” zegt hij.

“Touché.”

“Zie je wel? Nu kan ik beweren dat je Frans bent. Denk er maar eens over na. Je hebt net de taal gesproken, en de Fransen hebben een gerecht met de naam Eend met sinaasappelsaus. Citroen en sinaasappel zijn beide citrussen. Toeval?”

“Daar zeg je wat.” Ik zucht hevig. “Ik denk dat ik aan je zal denken als Lets.”

Hij lacht, een laag, heerlijk mannelijk geluid. “Het is prima. Tot nader order kun je me als Russisch beschouwen.”

Gescoord. Dan is hij nog steeds de Rus. Hoor dat eens, Blue. "Oké, dus waar mogen *Russen* tijdens het eten van misosoep over praten?"

Hij steekt zijn hand in zijn zak en haalt de afstandsbediening van mijn slipje tevoorschijn.

Met een duivelse grijns zegt hij, "Ik wil graag meer over dit apparaat te weten komen."

HOOFDSTUK
Tien

Mijn buik wordt zo hard als een gigantische lul. Mijn tenen krommen zich als door een orgasme van een… err… een gigantische lul. En mijn oren worden zo paars als… waarom niet, een gigantische lul.

Het ergste is dat ik heb geen idee waarom ik zo sterk reageer. Ik wist dat hij de afstandsbediening had, en ik heb dat slipje aangedaan, omdat ik een fantasie had dat hij hem zou activeren. Maar op dit moment heb ik de grootste moeite om niet schreeuwend van schaamte het restaurant uit te rennen — en het maakt me niet uit dat schreeuwen van schaamte niet bestaat.

Mijn emoties moeten op mijn hele gezicht te zien zijn — en waarschijnlijk op andere lichaamsdelen — want hij legt de afstandsbediening met een frons neer. "Gaat het?"

"Ik wil dat terug," lukt me om te zeggen en ik leun naar voren om de afstandsbediening te pakken.

Hij rukt het buiten mijn bereik. "Niet zo snel."

"Geef hier." Met alle snelheid die ik op kan brengen gris ik de afstandsbediening weg.

Zijn greep is als een bankschroef.

Ik trek aan de afstandsbediening.

Geen effect.

Ik trek harder. Er vormt zich zweet op mijn voorhoofd.

"Wat ben je aan het doen?" vraagt hij terwijl ik tevergeefs aan de afstandsbediening blijf trekken.

"Dat is van mij," zeg ik met opeengeklemde tanden en ik geef de afstandsbediening een harde ruk.

Stinkdier. Mijn vingers moeten net op de aan-knop hebben gedrukt, want mijn slipje begint plotseling te trillen.

Al het bloed verlaat mijn gezicht en gaat al snelt naar het zuiden terwijl erotische sensaties mijn kern aanvallen. Tegelijkertijd schuift de papieren deur open en de stank van parfum valt mijn neusgaten aan als de serveerster met twee schotels in haar hand naar binnenkomt.

Dit kan niet waar zijn.

Ik kanaliseer al mijn afschuw om harder te trekken — en ik weet niet zeker of het de komst van de serveerster is of dat Art eindelijk mijn wanhoop beseft, maar hij laat de afstandsbediening los.

Het probleem is dat ik het gebrek aan weerstand niet had verwacht, dus mijn hand kaatst naar achteren en slaat tegen de borst van de serveerster. De afstandsbediening vliegt uit mijn vingers en begint in mijn ogen in slow motion te vallen.

Ten eerste maakt het drie rotaties in de lucht.

Vervolgens raakt het de rand van mijn kom.

Uiteindelijk verdrinkt het zichzelf in de misosoep.

Fuck.

Mijn slipje begint op volle snelheid te trillen. De soep heeft kortsluiting in de afstandsbediening veroorzaakt.

"Het spijt me!" zeg ik naar adem snakkend terwijl de serveerster naar me staart.

Art negeert haar en steekt zijn hand in mijn soepkom en vist de afstandsbediening eruit.

"Het was niet de bedoeling dat dat zou gebeuren," zegt hij ernstig. "Hier." Hij duwt het natte apparaat in mijn hand.

"Het spijt me echt," mompel ik tegen de arme serveerster voordat ik op de uitknop druk alsof het een brandalarm is voor mijn slipje dat niet trilt, maar in brand staat.

Er gebeurt niets.

Nou ja, dat is niet waar. De serveerster kijkt me aan alsof ik de Antichrist ben, en ik kom steeds dichter bij een ander ongewenst orgasme — een soort van trio.

"Neem me niet kwalijk," zeg ik buiten adem en ik vlieg de tatamikamer uit, waarbij ik mijn stinkende slachtoffer uit de weg duw.

Door mijn benen te bewegen, voelen de vibraties tussen hen intenser aan, waardoor ik een echt risico loop om mijn allereerste orgasme tijdens het lopen te krijgen. En natuurlijk bevindt zich recht voor me een leuk gezin met kleine kinderen die het menu bespreken.

Het is officieel. Ik masturbeer in de buurt van kinderen, als een pedofiel. Wat is het volgende, vingerverven in een mortuarium? In een slachthuis het loodgieterswerk testen?

Op mijn tanden bijtend, negeer ik de sensaties tussen mijn benen, wend mijn ogen af van de kinderen en voer mijn tempo op. Uiteindelijk bereik ik het damestoilet en pak de deurknop als een reddingsboei vast.

De hufter gaat niet open.

Ik worstel er nogal heftig mee.

Nee.

Ik klop, zeker met geweld.

"Bezet," zegt een geïrriteerde vrouwelijke stem van achter de deur.

Stinkdier. Ik spring van voet tot voet en kijk wanhopig om me heen.

Een voorbijgaande ober kijkt me met een bezorgde uitdrukking aan. Hij is waarschijnlijk bang dat ik explosieve diarree krijg, en hij het op zal moeten ruimen.

Mijn ogen vallen op het herentoilet.

Durf ik het te doen?

Yep. Wanhopige tijden en zo. Ik ga naar de deur en grijp naar de hendel.

Voordat mijn hand zich met het doelwit verbindt, gaat de deur open en slaat hij bijna tegen mijn gezicht.

Ik wankel achteruit.

Een verward uitziende oudere heer komt naar buiten en kijkt me aan alsof ik hondsdolheid heb.

"Het is een noodgeval," hijg ik. "Is er nog iemand binnen?"

Hij ziet er beledigd uit. "Dit zijn eenpersoons toiletten."

Fijn. Ik heb hem net van iets vreemds beschuldigd. Goed bezig. Het enige wat je nog moet doen is als een pornoster kreunen, en hij zal een verhaal hebben dat te beschamend is om aan zijn kleinkinderen te vertellen.

Ter verdediging, ik wist dat het damestoilet voor één persoon is, maar hebben kerels daar geen toilet en een urinoir? Dat kan twee mensen van dienst zijn.

Ik mompel een zwakke 'bedankt' en ren het toilet in en sluit de deur.

De meest smerige geur komt als een sloopbal mijn neusgaten binnen.

Met ogen die beginnen te tranen, pak ik wat papier uit de dispenser en druk het tegen mijn neus.

Nee. Dit is niet beter. Nu ruik ik oud papier, plus de onuitsprekelijke horror die ik probeerde te maskeren.

Prima. Wie moet er überhaupt ademen?

Ik doe de deur op slot. Dan, nog steeds niet ademend, trek ik mijn jeans uit.

Het gebrek aan zuurstof lijkt het effect van de vibrerende slip te versterken. Is dit waarom mensen erotische verstikking riskeren? Ik heb geen idee, maar mijn zuurstofvoorraad daalt met de seconde. Met tegenzin haal ik diep adem. Het laatste wat ik wil is hier flauwvallen, in een herentoilet met mijn jeans om mijn enkels en met mijn slipje die op volle snelheid vibreert.

Fuck mij. De geur is bij deze inademing nog erger. Aan de andere kant, als ik dat orgasme wilde laten stoppen, dan is de missie volbracht.

Ik hou m'n adem nog een keer in en trek mijn slipje uit.

Eindelijk.

Ik trek de spijkerbroek weer aan en stop het vibrerende ondergoed in de vuilnisbak. Mijn zicht is een beetje wit aan de zijkant, maar ik neem nog steeds een moment om wat papieren handdoeken uit de dispenser te pakken en ze over het slipje te laten vallen.

Zo. Hopelijk zal niemand het merken, en als ze het wel merken, dan zullen ze denken dat een mannelijke viezerik dit heeft gedaan.

Wacht. Heb ik net mannen te schande gemaakt die graag vibrerende slipjes in het herentoilet weggooien? Ach, whatever. Het is met dit kleine beetje zuurstof voor de hersenen moeilijk om politiek correct te zijn.

Ik ren het toilet uit en zuig met alle kracht in mijn longen, met mijn rug tegen de deur gedrukt voor ondersteuning, schone lucht op.

Als de witheid rondom mijn zicht verdwijnt, realiseer ik me dat er iemand voor me staat.

Art.

Die chocoladeogen zijn onmiskenbaar.

Hij kijkt naar het bordje op de deur dat duidelijk het herentoilet aangeeft. "Ben je —?"

"Ik wil er niet over praten." Zelfs met de nieuwe lucht in mijn longen, komt de zin er ademloos uit.

Zijn wenkbrauwen trekken naar beneden. "Maar —"

"Ik meen het. Ik wil er nooit, nooit, over praten."

Tot mijn grote opluchting, gaat hij er niet verder op in. "Zullen we dan teruggaan naar de tafel?"

Ik knik.

Hij gebaart dat ik voorop moet lopen.

Knalrood blozend draai ik me in de richting van onze tafel.

Terwijl ik loop, wrijft mijn geslacht, nog steeds gevoelig van de vibratie, tegen het ruwe materiaal van de jeans, waardoor ik weer het risico loop op een orgasme. De nabijheid van Art helpt niet.

Als ik grijs haar of grijze schaamharen krijg, dan is dit incident daar de schuld van.

Ik houd mijn hoofd omlaag en mijn ogen weg van de onschuldige kinderen in de buurt. Zodra we de tatamikamer bereiken, ga ik gekruist zitten en pas ik mijn jeans aan om ervoor te zorgen dat geen enkel deel van het denim het poesje plaagt.

Als ik opkijk, glinsteren Arts ogen van vermaak. Stinkdier. Het moet hebben geleken alsof ik naar mijn kruis greep.

Ik schraap mijn keel terwijl hij tegenover me gaat zitten. "Dus..." Begin ik ongemakkelijk. Ik heb geen idee waar we nu heen gaan, maar gelukkig komt hij me redden.

"Vertel me over jezelf," zegt hij.

Shit. Dit is nauwelijks een beter onderwerp. Wat kan ik delen zonder mezelf verder in verlegenheid te brengen? Zeker niets over mijn blog. Of mijn verliefdheid op hem. Of —

"Denk er niet te veel over na," zegt hij, terwijl hij mijn paniek goed leest. "Vertel me om te beginnen over je familie."

Familie? Dat is ook een landmijn. Ik haal diep adem. "Wat dacht je van wat quid pro quo? Als ik jou dingen vertel, dan moet jij mij dingen vertellen."

Hij houdt zijn hoofd schuin. "Denk je dat de informele naam voor Britse valuta iets met het 'pond'-gedeelte van die uitdrukking te maken heeft?"

"Ik denk dat het een Latijns gezegde is. Ik heb het voor het eerst in *The Silence of the Lambs* gehoord. "

"Wat is 'The Silence of the Lambs?'"

Ik staar hem aan. "Een film. Je weet wel, 'Het wrijft de lotion op zijn huid?'"

Hij kijkt me aan alsof ik zijn lever opeet met bonen en een lekkere chianti.

Ik rol met mijn ogen. "Als je thuiskomt, moet je er maar naar kijken."

Hij pakt zijn telefoon en typt iets op het scherm. Mijn twee gissingen zijn: "kijk naar de *The Silence of the Lambs*" of "vraag een straatverbod aan tegen Lemon Hyman".

Hij verbergt zijn telefoon, proeft zijn soep en zegt, "Oké. Waarom ga jij niet eerst?"

Met de snelheid van een dronken tiener die een

slechte beslissing neemt, flap ik eruit, "Ben je getrouwd?"

Zijn ontspannen houding verstijft, de spieren in zijn onderarm worden stijf. En verslikte hij zich net in zijn soep?

Zo plotseling als de vreemdheid begon, eindigt hij — en hij glimlacht zelfs, alsof er niets is gebeurd. "Ik ben niet getrouwd. Nooit geweest. Jij?"

"Hetzelfde," zeg ik, maar mijn gedachten gaan alle kanten op.

Vanwaar die reactie? Ik stelde de vraag, omdat hij veilig leek. Toen ik hem online stalkte, was er geen sprake van een vrouw of een vriendin, maar wat als hij er een in Rusland heeft en er gewoon over gelogen heeft?

Shit. Shit. Ze kan zijn geheime vrouw zijn. Vrijgezel zijn kan immers goed zijn voor zijn carrière. Of het kan zijn zoals in *Jane Eyre*, waar, spoiler alert, de vrouw

—

"Het is jouw beurt voor een pro," zegt hij. "Of is het quid?"

Juist. Meer vragen, en ik kan nou niet echt vragen, "Weet je *zeker* dat je niet getrouwd bent? Zou je bereid zijn om dat op de bijbel te zweren?"

De papieren deur glijdt open en de serveerster komt binnen met ons eten, vergezeld van een wolk van parfum waardoor ik wil kokhalzen.

Ik gebruik het uitstel dat ze biedt om aan iets veiligs te denken om aan Art te vragen, en zodra ze vertrekt, zeg ik, "Wat vind je leuk om voor de lol te doen?"

De vraag is fantasieloos, maar beter dan de vele alternatieven die ik in mijn hoofd had. Plus, ik heb dankzij het parfum moeite met ademhalen.

Voordat hij antwoord kan geven, pak ik de fles sojasaus. Hij pakt het echter uit mijn greep en maakt tsk-tskgeluiden. "Dat kun je niet zelf doen."

Ik knipper. "Waarom niet?"

"Een andere Russische gewoonte. Als de heer aan tafel, moet ik je bedienen."

Ik verslik me bijna in mijn eigen tong. Me bedienen? Ja, graag. Waar meld ik me aan?

Mijn grote ogen als toestemming nemend, vult hij mijn schotel met sojasaus. Verdomme. Ik dacht dat me bedienen andere dingen met andere dingen zou vullen.

Te laat realiseer ik me dat de gewoonte een beetje chauvinistisch is, maar ik zal niet in staat zijn om met een strak gezicht, "Hé, bedien me niet", te zeggen.

"Wil je dat ik daar wasabi aan toevoeg?" vraagt hij.

"Nee, bedankt. Ik doop mijn sushi in de palingsaus en zoete chilisaus."

"Met andere woorden, in suiker."

Grr. Dit weer. "Is dat wat je graag voor de lol doet —je gedragen als de suikerpolitie?"

Met een grinnik pakt hij wat sojasaus, pakt dan de eetstokjes op en pakt bekwaam een ikurastuk van zijn bord. "Banya."

"Wat?" Ik pak mijn eetstokjes veel onhandiger op. "Ik heb van banyanbomen gehoord en volgens mij is er een kimono-achtig kledingstuk met dezelfde naam, maar —"

"Banya— geen 'n' op het einde. Het is een Russisch badhuis met stoomkamers. Dat doe ik graag voor de lol."

"Oh?" Ik pak een stukje van mijn zoete aardappelbroodje en dompel het uitdagend in beide zoete sauzen. "Zweten is leuk?"

"Geweldig leuk," zegt hij. "Een banya is een oude gewoonte en is in de Russische cultuur uiterst belangrijk. In de Letse ook. Zowel lijfeigenen als edelen gebruikten in het verleden deze badhuizen, en tegenwoordig ontmoeten Russische zakenmensen en politici elkaar daarin, net als gewone burgers."

Ah. "Een banya moet de plek zijn geweest waar een naakte Viggo Mortensen die Russische gangsters heeft neergestoken."

Op dat moment dringen beelden van een naakte Art in mijn hersenen door. Hij glinstert van het zweet en het lukt hem om heerlijk te ruiken.

Oh jeetje. Ik ben me ineens bewust van mijn vermiste slipje.

Art trekt een gezicht. "Een banya is een spirituele plaats, een heilige plaats. Er mag daar geen moord plaatsvinden."

Er zou kunnen worden aangevoerd dat er nergens een moord zou mogen plaatsvinden, maar wat weet ik ervan?

"Jouw beurt." Hij wijst met zijn stokjes naar mij. "Wat doe jij voor de lol?"

Hij lijkt tenminste de familiekwestie te zijn vergeten.

"Films," zeg ik. "Ik kijk graag films."

Ik voeg er niet aan toe dat ik vooral hou van degenen met masturbatiescènes, zoals die in *Black Swan*, en met complete seksscènes à la *Fifty Shades of Grey*. Voor blogonderzoek, natuurlijk.

Hij kijkt me gefrustreerd aan. "*Wie houdt er niet* van films? Geef me iets persoonlijkers."

"Zoetigheid," flap ik eruit. "Ik hou van zoetigheid."

Zijn chocoladeogen fonkelen. "Dat meen je niet. *Dat* had ik nooit verwacht."

Ik gnuif. "Nou, het is een hobby die niet erger is dan zweten met andere mensen."

"Zoetigheid is een ondeugd, geen hobby", zegt hij. "Een verlangen naar zoetigheid is eigenlijk een verlangen naar fruit."

Tuurlijk, als kwarktaart aan bomen zou groeien.

"Hoe dan ook." Ik sla als een kungfumeester die een vlieg vangt met mijn eetstokjes in de lucht. "Aangezien ik twee dingen heb gedeeld, ben je me een quid en een pro verschuldigd."

"Ja, natuurlijk. Het is niet zo dat ik niet vermoedde dat je een verslaving voor zoetigheid had voordat je het vrijwillig aanbood."

"Ben je te bang om twee vragen te beantwoorden?"

Zijn lippen komen omhoog. "Weet je, ik heb nooit begrepen waarom een kip in het Engels een symbool is van lafheid. Het zijn eigenlijk best dappere vogels."

Hij heeft gelijk. Op de boerderij van mijn ouders waren de kippen allesbehalve laf. Ik heb ze allerlei wilde dieren zien wegjagen.

Ik laat me echter niet weer afleiden. "Is dat weer een andere vraag die je me stelt?"

Hij zucht. "Ga je gang en vraag me iets."

"Wanneer ben je met ballet begonnen?"

Hij eet zijn ikura in bedachtzame contemplatie. "Toen ik vier was."

"Wauw. Dat is behoorlijk jong."

Hij haalt zijn schouders op. "Ik herinner me geen tijd dat ik niet heb gedanst."

"Houdt een van je ouders van ballet?"

Ik verwacht dat hij me aan zal spreken dat ik een tweede vraag stel, maar dat doet hij niet. In plaats daarvan wordt zijn blik gesloten terwijl hij antwoordt, "Ik weet het niet. Ze stierven voordat ik begon te dansen."

HOOFDSTUK
Elf

Het eten in mijn mond verliest alle zoetheid.

Zijn allebei zijn ouders dood?

Ik stel me een kleine Art voor, een wees, en er vormt zich een brok in mijn keel. "Het spijt me zo ontzettend."

Hij schenkt me een gespannen glimlach. "Het geeft niet."

Nee. Het geeft wel. Ik steek mijn hand uit en bedek zijn grote hand met de mijne. "Mag ik vragen wat er is gebeurd?"

Hij haalt een brede schouder op. "Het was een busongeluk. Toen ik ouder was, heb ik de details uit nieuwsartikelen gehaald. De chauffeur verloor op een gladde weg de controle over het stuur en de bus reed een vrachtwagen aan, waarbij mijn ouders samen met een aantal andere passagiers omkwamen."

Ik knijp in zijn hand. "Het spijt me."

"Maak je niet druk. Het is al lang geleden."

Ik bijt op mijn lip. "Dus... ben je door een familielid opgevoed?"

"Eerlijk gezegd door de overheid," zegt hij terwijl ik mijn hand terug trek. Hij klinkt nu nonchalant, alsof dit allemaal echt oud nieuws is. "Mijn grootouders waren toen al overleden en mijn ouders hadden geen andere naaste verwanten. Ze hadden in Moskou ook niet veel vrienden, omdat ze er pas net waren komen wonen."

Beelden van vervallen, overvolle weeshuizen die in films worden afgebeeld, flitsen door mijn hoofd. Mijn gezicht moet de afschuw die ik voel weerspiegelen, omdat hij flauw lacht en zegt, "Het was niet zoals je denkt. Mijn *detdom* was eigenlijk best fijn. Tenminste voor mij. Ballet is in Rusland erg populair, en ik had op jonge leeftijd al talent. Mijn leraren waren trots op mijn carrière en ze zorgden ervoor dat ik goed werd verzorgd." Hij houdt zijn hoofd schuin en bestudeert me. "En hoe zit het met jou? Wat is jouw gezinssituatie? Je had het over zussen, als in meervoud?"

Ik wil meer te weten komen, maar ik wil hem niet van streek maken, en trouwens, we zitten nog steeds in de quid pro-quo-modus.

"Mijn zustersituatie is zo meervoudig als maar kan." Ik zet me schrap. "We zijn met z'n achten."

Zijn reactie is typisch, een verbijsterde uitdrukking die lijkt te zeggen, "Waarom heeft niemand rond meisje nummer vijf tegen je ouders gezegd 'genoeg is genoeg'?"

"We vallen in twee groepen," ga ik verder voordat

hij me met vragen kan overladen. "Een identieke tweelingen en een identieke zesling. Ik maak deel uit van de laatste groep — of het laatste nest, zoals sommigen van ons het noemen."

De vervolgreactie is ook typisch. Nu probeert hij zich een leger van mij voor te stellen en hij vindt het een angstaanjagend idee. Er is echter ook melancholie in zijn blik te zien, die ik tijdens dit gesprek nog nooit heb gezien.

"Een zesling," mompelt hij. "Hoe?"

"Het is een lang verhaal."

"Wat dacht je ervan om me de hoofdzaad te geven?"

Mijn ogen vallen bijna uit mijn hoofd. Ben ik zo geil dat ik naar zijn zaad verlang, of zei hij dat echt? "Wat?"

Hij fronst. "Ik wil gewoon de hoofdzaad van het verhaal."

Yep. Ik val bijna om van het lachen. Als ik weer gekalmeerd ben, zeg ik, "Weet je zeker dat je niet de *hoofdzaak* van het verhaal bedoelt?"

Hij haalt zijn telefoon tevoorschijn, tikt een paar keer op het scherm en grijnst berouwvol. "Ik denk dat mijn Engels nog verre van perfect is. Ik bedoelde 'hoofdzaak'."

Ik probeer niet te giechelen. "Oké. Nou, de tweeling kwam eerst, en er kan zaad bij betrokken zijn geweest om hen te maken. Toen wilden onze ouders een jongen, maar de natuurlijke methode werkte niet." Het deel dat ik oversla, is het detail waar mijn ouders meestal op ingaan als ze over de Kama Sutra-achtige dingen praten die ze hebben geprobeerd om een jongetje te maken. "Uiteindelijk ondergingen ze een vruchtbaarheidsbehandeling — daar was ook zaad bij betrokken — en mijn nestgenoten en ik waren het resultaat. Het Universum heeft een gevoel van ironie."

In plaats van te lachen, kijkt hij me met een moeilijk te lezen uitdrukking aan. "Het moet fijn zijn om deel uit te maken van zo'n grote familie," zegt hij, en daar is die hint van melancholie weer.

Mijn borst verkrampt zich. Ik ben zo'n idioot. Hier is hij, me aan het vertellen dat hij helemaal alleen is in de wereld, en dan kom ik en ga in principe over mijn horde aan zussen opscheppen.

Ik probeer het beter te maken. "Opgroeien en door zoveel meisjes omringd zijn, is niet zo leuk als het klinkt."

"Dat snap ik," zegt hij. "Hoewel we geen bloed deelden, waren sommige jongens in het *detdom* als broers voor me, en we waren met meer dan acht."

Huh. Hebben we meer gemeen dan het lijkt?

Blijkbaar wel. Terwijl ik hem een deel van het kattenkwaad vertel waar mijn zussen en ik in terecht kwamen, deelt hij verhalen die daar griezelig veel op lijken — met misschien iets meer vingergeweren en stokken die in zijn geval als zwaarden werden gebruikt. Oh, en hij werd niet aan zoveel boerderijdieren blootgesteld als ik toen ik opgroeide. Of aan theekransjes. Toch hielpen hij en zijn jeugdvriendjes elkaar op school, net als mijn zussen en ik. Ze konden alleen niet van plaats wisselen voor examens. Ze hadden gewoon een systeem van wie het huiswerk zou doen voor welk onderwerp, en dan schreven ze het van elkaar over.

Vreemd genoeg stel ik me voor dat ik kinderen met hem heb. Specifiek jongens met chocoladekleurige ogen. Specifieker, jongens die in hetzelfde onheil terecht zouden komen zoals hij beschrijft, en dan met hun schuldig-maar-argeloos uitziende ogen naar mij zouden knipperen. Jongens die —

Wacht. Ik moet hier echt mee stoppen.

Ik schraap mijn keel. "Heb je nog steeds contact met die jongens?"

Hij knikt. "Ik videobel met de meeste van hen in Rusland, maar het geluk wil dat een aantal van hen in New York zijn, dus die jongens zie ik persoonlijk."

"Dat is geweldig."

Het is fijn om te weten dat hij zoiets als een familie heeft. Het groene monster dat een deel van me is, is blij dat hij naast de prachtige ballerina's iemand anders heeft om mee te socialiseren.

"En hoe zit het bij jou?" Hij pakt zijn laatste stuk sushi. "Ik kan me voorstellen dat je je zussen vaak ziet?"

"Sommigen meer dan anderen." Ik begin de rest van mijn eten in een snel tempo in mijn mond te duwen. "Hoe koud is het in de winter in Moskou?"

"Kouder dan in New York, maar niet zo koud als Alaska." Hij duwt zijn bord weg. "Wat doe je voor werk?"

Ik stik bijna in mijn niet ingeslikte eten. "Dit en dat," mompel ik. "Ik zit momenteel een beetje tussen twee banen in."

Ziet hij er gelukkig uit, omdat ik werkloos ben? Vreemd, maar beter dan, "Weet je zeker dat je voor de kost niet over masturbatie schrijft?"

"Dus." Ik gebaar naar de lege borden voor ons. "Klaar om over zaken te praten?"

Hij trekt een donkere wenkbrauw op. "Geen toetje?"

Stinkdier. Hij heeft gelijk. De groene thee crêpe cake is hier mijn favoriete gerecht, maar aan de andere kant wil ik echt, echt weten wat onze zaken zijn.

"Ik wil geen toetje." Als ik Pinokkio was, dan zou mijn neus Art in het gezicht steken.

"Weet je het zeker?"

Vervloek hem. Zijn diepe stem is net zo verleidelijk als die groene thee crêpe cake. Zijn dikke wimpers ook.

Ik forceer een knik.

"Goed dan," zegt hij. "De reden dat ik je mee uit eten vroeg, is omdat ik wil dat je —"

De serveerster schuift de papieren deur open.

Art stop zo plotseling met praten dat je zou denken dat hij op het punt staat om Russische nucleaire lanceercodes te onthullen.

Ik kijk haar dreigend aan. Dit is niet alleen de tweede keer dat ze hem onderbreekt om me te vertellen waar deze niet-een-date over gaat, maar het ruikt alsof ze *meer* van die stankgeur op heeft gedaan.

De serveerster lijkt te begrijpen dat ze niet welkom is. Ze pakt snel alles van de tafel en haast zich weg.

"Wat zei je?" zeg ik zodra de deur weer dicht is. "Je hebt me gevraagd om hierheen te komen, omdat...?"

Art haalt diep adem. "Omdat ik wil dat je met me trouwt."

Ik knipper langzaam met mijn wimpers. "Wat zei je net?"

"Ik wil dat je met me trouwt," zegt hij.

Oké, dus dit is geen truc die mijn oren met me uithalen, waarin mijn hartslag waanzinnig drumt. Dit goddelijke mannelijke exemplaar stelt het heilige huwelijk voor aan *moi*? Tenzij... hij weer een verkeerd Engels woord gebruikt? Bedoelde hij "met me sjouwt?" Hij is gewend om ballerina's op te tillen, dus —

"Nephuwelijk, natuurlijk," voegt hij eraan toe.

Oh. Hij bedoelde 'trouwen', maar niet op de manier die ik dacht.

Stinkdier. Waarom zakte mijn hart net in mijn schoenen? Dat is de stomste reactie in de geschiedenis van de reacties. Natuurlijk zou hij me niet echt op de eerste date ten huwelijk vragen, en als hij dat zou doen, dan zou ik dat als een psychiatrische aandoening zien, en er niet blij van worden.

"Is het voor immigratiedoeleinden?" vraag ik, terwijl ik mijn onlogische teleurstelling minstens anderhalve meter diep begraaf.

"Je begrijpt het," zegt hij. "Ik heb een verblijfsvergunning nodig."

"Waarom?" Dat is duidelijk de meest agressieve van de miljoen vragen die in mijn hoofd wervelen.

"Ik wil met pensioen, maar ik ben hier met een werkvisum", zegt hij. "En ik hou van Amerika."

Ik vecht tegen de drang om hem door elkaar te schudden. "Ik bedoel, 'Waarom ik?'" Dan verwerk ik wat hij net zei. "Wil je stoppen met ballet?"

"Waarom niet?" Hij kijkt naar me, alsof hij zich hetzelfde afvraagt. "Wat mijn pensioen betreft, ik ben vijfendertig."

Hij is wat? Wauw. Ik dacht dat hij jonger was. Hij ziet er jonger uit. Moeten al die desserts zijn die hij zichzelf ontzegt.

Hmm. Vijfendertig klinkt als een goede leeftijd om met dansen te stoppen. Al die sprongen en pirouettes — niet te vergeten, met ballerina's jongleren — moet waanzinnig veeleisend zijn voor dat sexy lichaam.

"Ik zal je natuurlijk voor je moeite betalen," zegt hij.

Ik knipper sneller met mijn wimpers naar hem.

Ik heb niet eens over dat aspect van dit (onfatsoenlijke?) voorstel nagedacht. Nu ik erover nadenk, realiseer ik me dat het goed is dat hij geld gebruikt in plaats van *kompromat* om me ermee in te laten stemmen.

Hoewel ik moeite heb met praten, slaagt een vraag erin om tussen mijn lippen door te komen, "Hoeveel?"

Hij pakt zijn telefoon en typt iets.

Mijn telefoon tingelt.

Ik check het in een waas.

Het is een bericht van hem met een getal.

Een groot getal.

Ik kijk in zijn ogen. "Wat is dat?" Hij kan onmogelijk bedoelen —

"Dat zal je compensatie zijn als je ja zegt."

Ik werp nog een blik op het getal en controleer of hij geen grapje maakt.

Nee. Hij ziet er serieus uit. "Is het niet genoeg? Ik kan twintig procent omhooggaan."

Ik staar hem aan. "Is dat in roebel?"

Hij ontspant zich zichtbaar. "Nee. Amerikaanse dollar. In roebel zou dat nauwelijks een maand huur dekken."

Wauw. Ik zou met dat bedrag aan dollars veel huur kunnen betalen. Maar dit is waanzin. Ik kan toch niet met hem trouwen, of wel?

Ik schud mijn hoofd, maar het voelt niet helderder.

"Oké, wat als ik het met vijftig procent verhoog?" vraagt hij en vat duidelijk het schudden van mijn hoofd verkeerd op.

Hoe komt hij aan zoveel geld? Maken balletdansers winst?

Te verbijsterd om te spreken, kijk ik naar mijn telefoon en typ in de zoekbalk "hoeveel verdienen balletdansers?"

Nee. Volgens het artikel dat ik zie, valt het salaris van een balletdanser meestal in het onderste tot middelste gedeelte van vijf cijfers, hoewel sommige misschien iets meer verdienen. Gezien de diëten waaraan ze zich moeten houden, zijn veel van hen 'uitgehongerde kunstenaars', zowel letterlijk als figuurlijk.

Hij zucht. "Je bent een goede onderhandelaar. Wat als ik het verdubbel?"

Ik sta nog meer met mijn mond vol tanden. Met dit nieuwe aanbod kan ik mijn creditcardschuld afbetalen en hoef ik me voorlopig geen zorgen te maken over mijn huur.

Het is duidelijk dat hij niet met het salaris van een danser opereert. Dus waar komt dit geld vandaan... en kan het me wat schelen?

Nou, het kan me wel schelen of het illegaal verkregen is, dat is waar mijn gedachten heen gaan.

"Zit je bij de maffia?" flap ik eruit.

Dom. Zo dom. In het beste geval zou hij in de stijl van de Godfather kunnen antwoorden, "Vraag me niet naar mijn zaken."

Hij houdt zijn hoofd schuin, zijn lippen trillen. "Waarom denk je *dat*?"

"Het bedrag," zeg ik. "En *John Wick*."

"Nog een film?"

Ik voel me mal en onderzoek de tafel tussen ons in. "Hij is een moordenaar die voor de maffia werkt. Russische. Op de plek waar hij trainde, oefenden ze ballet." Art grinnikt als ik er defensief aan toevoeg,

"Dansers worden in fictie vaak als gewelddadig afgeschilderd, kijk maar naar *West Side Story*. Ik ben niet gek."

Ik heb ook Russen ballet zien doen in een spionagefilm waar Blue me naar liet kijken. Zou Art een spion kunnen zijn? Misschien wil Rusland Amerikaanse masturbatiegeheimen van me hebben? Maar nee. Blue heeft hem daarvan vrijgesteld. Ik vraag me af of ze ook in de maffia-database heeft gekeken.

"Ik zit niet bij de maffia," zegt hij geduldig. "Ik ben een investeerder."

"Een investeerder?"

"Je weet wel, ik koop dingen en verkoop met winst. Legale dingen, zoals aandelen, obligaties, opties, crypto, onroerend goed."

Wat 'lurven en kladden' ook mogen zijn, ik voel de mijne stijgen. "Ik weet wat een investeerder is."

"Geweldig. Wat zeg je dan van mijn voorstel?"

Er ligt een "nee" op het puntje van mijn tong, maar dan herinner ik me het bedrag in kwestie en zeg ik bijna "ja". Eigenlijk zijn mijn gedachten als stroop in Siberië.

Met veel moeite slaag ik erin om een zin aan elkaar te knopen. "Kan ik er over nadenken?"

"Natuurlijk." Hij zet zijn vingertoppen tegen elkaar aan. "Ik verwacht niet dat je zo'n grote beslissing licht opvat."

Juist. Tuurlijk. Het huwelijk is niet iets wat je licht op moet vatten — een understatement van de grootte van de uitstulping in zijn balletmaillot.

"Zullen we de rekening vragen?" stelt hij voor. "Je kunt er thuis over nadenken."

Ik knik.

Hij schuift onze deur open en zwaait.

Een van de vragen die in mijn hoofd zijn bevroren, komt eindelijk voorbij mijn lippen. "Waarom zoek je geen echte vrouw?"

Hij bekijkt me geamuseerd van top tot teen. "Volgens mij ben je een echte vrouw."

Ik weersta de drang om te grommen. "Ik bedoel, een vrouw die echt met je zou trouwen?"

Het enige wat daarvoor nodig is, is dat hij zijn dansriem na een optreden in het publiek gooit. Er zouden honderden vrijwilligers zijn, en dat is voordat ze erachter zouden komen dat hij rijk is.

Hij kijkt me aan. "Is het jouw beurt voor de quid pro quo?"

"Dat is voorbij," zeg ik. "We hebben het nu over zaken."

Hij zucht. "Om echt te kunnen trouwen, moet je de juiste persoon ontmoeten, en die heb ik nog niet gevonden. Ik heb het te druk gehad. Het zou bovendien niet eerlijk zijn om een vrouw te versieren als ik een verblijfsvergunning nodig heb."

Dat laatste is een goed punt. "Maar toch. Waarom ik?"

Hij haalt zijn schouders op. "Je bent al een wetsovertreder."

Geweldig. Nu herinnert hij me aan de inbraak. Betekent dat dat chantage nog steeds op tafel ligt?

Voordat ik die kant op kan, is de serveerster terug met onze rekening. Ik neem aan dat Art de rekening betaald, maar uit beleefdheid pak ik mijn portemonnee.

"Ik betaal dit," zegt hij en hij ziet er beledigd uit.

Moet iets Russisch zijn. Misschien maakt het deel uit van dat 'bedienen'-gedeelte. Ach, whatever. Ik kan mijn deel van die rekening toch niet betalen.

Hij legt verschillende biljetten op tafel, die de serveerster dankbaar weggrist als we de tatamikamer verlaten.

Een man staat in de verste hoek van het restaurant met een politieagent te praten, en ik hoor de woorden "vibreren" en "kan een bom zijn."

De agent knikt, mompelt iets over "iets zien, iets melden" en belt dan — neem ik aan — naar een explosievendienst.

Oeps. Ik pak Arts elleboog en trek hem uit Miso Hungry. Het laatste wat ik wil is erbij zijn als de robot van de explosievendienst mijn masturbatieslipje uit de vuilnisbak vist. Zou de politie de binnenkant van de onderbroek op DNA controleren? Bevatten de sappen van vrouwen —

"Gaat het?" vraagt Art.

Ik kijk omhoog en zie hem naar me fronsen. "Helemaal perfect. Ik herinner me net dat ik vergeten ben het fornuis uit te zetten."

Hij weet niet dat ik geen fornuis heb.

Hij vernauwt zijn ogen tot spleetjes. "Als je nee wilt zeggen, dan is dat prima. Je hoeft niet te liegen."

Huh. Misschien chanteert hij me niet?

"Nee," zeg ik. "Ik bedoel, ik zeg geen nee."

Zijn gelaatstrekken ontspannen. "Dus het is een ja?"

"Het is nog steeds een 'Ik moet erover nadenken'," zeg ik.

Hij leunt dichterbij. "Laat het me weten zodra je de beslissing hebt genomen."

"Dat zal ik doen." Zijn nabijheid is bedwelmend.

"Weet je," mompelt hij. "In Rusland omhelzen en kussen we elkaar op de wang als we afscheid nemen."

"Oh." Mijn armen gaan uit eigen beweging open voor een knuffel — of op verzoek van mijn eierstokken.

Hij omhult me.

Hoeveel engelen kunnen er op een speld dansen? Ik denk dat het veel is, en ze zingen allemaal een hemels refrein dat in mijn privédelen weerklinkt.

Het wordt nog erger. Of beter, afhankelijk van je perspectief.

Zijn harde spieren drukken in de zachte delen van mij, en ik verlies de gaven van spraak, denken, en misschien zelfs ruiken.

Nee. Ruiken is er nog steeds, het maakt de dingen erger. Arts kenmerkende heerlijke geur is beter dan elk dessert.

Stevige lippen raken mijn linkerwang.

Heilige Moeder Rusland. Dit hele knuffel-en-kusafscheid is duidelijk door een geile vrouw uitgevonden die een man als Art wilde betasten.

Ik kus hem terug en val bijna flauw. De huid op

zijn stoppelige wang ruikt verrukkelijk en — ja, ik weet dat ik mezelf herhaal — het is beter dan een dessert.

Tot mijn grote teleurstelling, verbreekt hij de knuffel en doet hij een stap terug.

"Spreek je snel," zegt hij hees.

Ik sta daar maar, met een open mond als een zalm van sashimi-kwaliteit die uit het water komt, als Art zich omdraait en in een taxi stapt.

Er klinken in de verte sirenes.

Juist. De bom-/slipdreiging. Ik kan maar beter maken dat ik wegkom.

———

Een paar minuten later zit ik in de metro met weinig herinneringen aan hoe ik daar ben gekomen. Toen de trein het station verliet, werd ik door de volle kracht geraakt van wat er is gebeurd en begon ik te hyperventileren. Voor mijn medepassagiers zie ik er waarschijnlijk uit als een gek die op het punt staat om "Het einde is nabij" te schreeuwen.

Art wil met me trouwen.

Met mij.

Trouwen.

Art.

Ik zou mevrouw Lemon Skulme zijn, als ik zijn naam aanneem.

Wil hij dat ik zijn naam aanneem?

Waarschijnlijk. Hij lijkt een beetje ouderwets te zijn.

En misschien ziet het er beter uit voor de immigratiedienst.

Over immigratieofficieren gesproken, hoe illegaal is dit aanbod? Ik zou het aan Honey moeten vragen. Ze is een expert in fraude. Maar nee. Ik zou Art eerst moeten vragen of het goed is om over deze deal te praten. Ik wed van niet.

Stinkdier. Overweeg ik het echt? Dat doe ik zeker. Het geld is gewoon zo goed. Niet te vergeten, het idee dat ik Arts vrouw zou zijn, zelfs een neppe, is zeer aantrekkelijk.

Mijn hartslag gaat sneller.

Dat laatste is het grootste probleem. Ik zou het niet zo aantrekkelijk moeten vinden. Dit is een nepaanzoek, meer niet. Het is geen excuus om gevoelens te krijgen. Gevoelens zouden slecht zijn.

Om te beginnen heeft Art misschien een geheime vrouw in Rusland. Hij aarzelde bij de vraag van een vrouw. Aan de andere kant aarzelde hij misschien, omdat mijn vraag te dicht in de buurt kwam van de geheime zaken die hij wilde bespreken: *mij* tot zijn vrouw maken.

Zelfs als hij geen geheime vrouw in Rusland heeft, heeft hij natuurlijk al die sierlijke, prachtige ballerina's letterlijk binnen handbereik. Waarom zou hij mij ooit willen? En zelfs als hij dat, door een wonder, zou willen, dan is er nog steeds het feit dat als de immigratie ons huwelijk niet gelooft, hij weer in Rusland zal eindigen, wat een einde aan elke potentiële relatie maakt. Oh, en ik heb hem nooit verteld dat mijn bezoek aan zijn kleedkamer was, omdat ik een stalker was en dat ik niet handelde vanwege een uitdaging zoals ik had beweerd. En daar is de —

De trein komt met gierende banden tot stilstand en ik realiseer me dat ik mijn halte ga missen. Ik spring eruit en haast me naar de terminal voor de veerboot. Het geluk is met mij, want er wacht een boot op me, alsof hij alleen voor mij is.

De rest van de weg naar huis, weeg ik alle voor- en nadelen af en kom ik tot de onvermijdelijke conclusie dat dit een kans is die ik gewoon niet voorbij kan laten gaan.

Ik heb heel erg hard geld nodig, en hij biedt er veel van aan.

De sleutel hier is om te onthouden dat het een nephuwelijk is, hoe lekker hij ook ruikt. En als ik genoeg masturbeer, dan zijn mijn hormonen misschien onder controle en is mijn hart veilig voor Arts charmes.

Ik moet alleen uitzoeken hoeveel zelfbevrediging genoeg is.

Ik gok veel.

HOOFDSTUK
Dertien

EEN SLAPELOZE NACHT LATER STAAT MIJN BESLISSING VAST, dus app ik Art het goede nieuws:

Mijn antwoord is ja.

Tenminste, dat is wat ik bedoel te schrijven. Dankzij het kwaad dat autocorrectie heet, ziet hij eigenlijk:

Mijn dankwoord is ja.

Hij moet begrijpen wat ik bedoel, want hij antwoordt meteen:

Laten we afspreken en over de details praten. Wat dacht je van een banya?

Een banya? Als in een plek waar je naakt bent? Dat is waanzin.

Of toch niet?

Hem met minder kleren aan zien kan me de kans geven om mijn masturbatietheorie te testen.

Ja. Dat is het. Ik zal juffrouw Daisy een paar keer

betasten voordat ik ga kijken of hij nog steeds invloed op mijn libido heeft.

Het is een date, antwoord ik gretig.

Terwijl ik op zijn antwoord wacht, leg ik mijn favoriete seksspeeltjes klaar, samen met mijn tandenborstel.

Als het om speeltjes gaat, volg ik een aanpak die geïnspireerd is door Marie Kondo: Ik hou geen speeltjes die geen serieus heerlijke orgasmes geven. In plaats van het weggooien van de ongewenste speeltjes, schrijf ik echter over hen op mijn blog, dan steriliseer ik ze en verkoop ik ze online.

Ja, dat klopt. Ik heb gebruikte dildo's verkocht, en zelfs buttplugs. Ik ben altijd eerlijk over hun gebruikte conditie — en ik ben altijd een verkoper, nooit een koper. Het zijn waarschijnlijk gebroken vrouwen zoals ik die ze kopen, maar misschien ook perverselingen. Oh, en als Gia, mijn zus met smetvrees, dit zou horen, dan zou ze waarschijnlijk een meltdown krijgen.

Als ik de badkamer uitloop, begint Woofer aan zijn schoonmaakcyclus.

Mijn liefste menselijke opperheerser, ik smeek u, in de liefde van iRobot Corporation, houd uw zoogdiervloeistoffen van mijn vloeren. Het is al erg genoeg om te weten dat stof je dode huidcellen bevat.

Mijn telefoon tingelt.

Het is Art. Hij geeft me de tijd en de plaats.

Geweldig.

Ik begin mijn epische masturbatie-o-thon.

Ik loop raar als ik mijn Brighton Beach-bestemming nader. Ik heb het misschien overdreven met de trilling van de tandenborstel, iets waar ik mijn lezers in mijn volgende blogpost voor moet waarschuwen.

De banya heet Easy Fume, wat aan een gruwelijke combinatie doet denken: seksuele promiscuïteit en stank.

Art wacht al op me bij de deur. Hij is in een stijlvolle donkere jeans en een wit poloshirt gekleed.

Ik voel me opeens slonzig in mijn yogabroek.

Hij geeft me een sensuele glimlach.

Oh jeetje. Heb ik genoeg gemasturbeerd?

Hij omhelst me.

Misschien niet genoeg.

Hij kust mijn wang.

Zeker niet genoeg.

Voordat ik aan zijn voeten in een tevreden plas kan smelten, pakt hij zijn telefoon en vraagt, "Wil je een selfie maken?"

Het verzoek is zo vreemd dat het mijn libido afkoelt. "Waarom?"

Hij leunt naar voren en fluistert, "We zouden van onze 'relatie' een digitaal spoor op social media achter moeten laten."

Wauw. Ik wist niet dat er voor de aankomende poppenkast een publiekelijke component zou zijn.

Ik doe een stap terug. "Kom ik op je Instagram te staan?"

"En ik op de jouwe," zegt hij.

Tuurlijk. Dat is helemaal hetzelfde. Ik heb een gelukkige dertien volgelingen: zeven zussen, mam, pap, en twee sets van grootouders. Hij heeft duizenden kwijlende vrouwelijke (en nogal wat mannelijke) fans die op elke post reageren die hij maakt.

Hij fronst. "Als je er niet klaar voor bent —"

"Nee, prima." Ik ga dapper tegen hem aan staan. "Neem de selfie."

Hij slaat zijn arm om mijn schouders en overklokt mijn arme libido opnieuw.

"Zeg *ziener*," zegt Art.

Zoals in, helderziende? Ik zeg het woord, en de selfie is klaar.

"Wat denk je ervan?" Hij laat me het scherm zien.

Hij is erg fotogeniek en ik niet, wat zowel mijn overtuiging vergroot dat hij buiten mijn bereik is als mijn angst dat de immigratieofficieren de hele zaak verdacht zullen vinden. Maar toch, aangezien er zoveel geld op het spel staat, zeg ik dat het schattig is.

Hij post de foto. "Laten we gaan zweten."

———

We stappen naar binnen en voordat ik zelfs maar kan rondkijken, raakt de meeste smerige geur mijn neusgaten, als een stinkende sloopbal.

Verdomde hel. Zo moet een lobotomie aanvoelen.

Ben ik mijn neusfilters vergeten?

Ik voel aan mijn neusgaten. Nee. Aanwezig. Dit moet de verdunde versie zijn van wat de stank ook is.

Mijn ogen beginnen te tranen en ik adem door mijn mond — waardoor ik de stinkende kernbom proef.

Wat is dat? Als een geur een horrorfilm kon zijn, dan zou dit het zijn. Een film die het trieste verhaal van een man met halitose vertelt die een vis-zombie wordt — een speciaal soort wandelende ondode die vishersenen moet eten in plaats van menselijke hersenen. Gedurende vele decennia eet deze zombie alleen maar vishersenen en poetst hij nooit zijn rottende tanden, totdat hij op een dag in een sloot met bier en vis afva—

"Wat is er aan de hand?" Art kijkt me met een bezorgdheid aan die evenredig is aan de stank.

Ik kan geen antwoord geven. Ik ben bang dat als ik het probeer, ik op mijn pseudoverloofde over zal geven.

Zonder er echt bewust van te zijn, nemen mijn voeten me mee uit de banya.

Oef. Zelfs hier, buiten, ruik ik een echo van wat dat ook was.

Ik ren de weg over, zie de promenade in de verte, en ga ervoor. Oceaanlucht is het wondermiddel dat ik nodig heb. Als ik de promenade bereik, kom ik op adem, en dat is wanneer Art me inhaalt.

"Wat is er gebeurd?" vraagt hij, terwijl hij me scant alsof ik uit een aantal openingen bloed. En hé, als geuren neuzen konden laten bloeden, dan zou die van mij nu stromen.

"Die geur," zeg ik naar adem snakkend.

Hij ruikt aan de lucht. "Welke geur?"

"Niet hier. Bij de banya."

Hij houdt zijn hoofd schuin. "Ik rook niets dat *die* reactie rechtvaardigt."

Ik haal diep adem. We gaan binnenkort neptrouwen, dus hij kan net zo goed zijn bruid leren kennen. "Ik ben extreem gevoelig voor geuren. Het is een vloek. De onzuiverheid leek voor jou misschien gewoon een enigszins onaangename geur."

Zijn wenkbrauwen fronsen. "Ben je altijd zo geweest?"

Ik haal mijn schouders op. "Ik ben al zo lang als ik me kan herinneren gevoelig, maar het begon mijn dagelijkse leven pas echt te beïnvloeden na een vreselijk incident op de boerderij van mijn ouders. Op de dag dat ik naar de stad verhuisde, heeft een stinkdier op me gespoten." Ik huiver, zoals ik elke keer doe als ik die vreselijke herinneringen herbeleef. "Sorry." Ik adem wat frisse lucht in. "Ik praat niet graag over die donkere tijd van mijn leven."

Dat was het moment dat het woord 'stinkdier' de ergste belediging werd in mijn arsenaal — net als 'Pepe LePew', die ik voor iemand bewaar die bijzonder afschuwelijk is.

"Maakt niet uit," zegt hij kalmerend. "Je hoeft er niet op in te gaan. Hoe was de geur bij de banya voor jou? Was het gistig? Die zaak laat je je eigen bier meenemen."

Ik knik. "Hinten van bier, maar dat was niet het

afschuwelijke deel. Er was iets vreselijks visachtigs. Serveren ze *surströmming?*"

Hij herhaalt langzaam het vreemde woord. "Wat is dat?"

"Een Zweeds gerecht. Haring die een paar maanden in vaten is gegist en daarna een jaar in blik bewaard wordt. Het staat natuurlijk om zijn penetrante geur bekend."

Hij slaat zichzelf theatraal op het voorhoofd. "Ah. Je moet *taranka* hebben geroken."

Ik huiver. Wat *taranka* ook is, het klinkt zelfs sinister, waarschijnlijk omdat het een wortel deelt met *tarantula.*

"Eten Russen gefermenteerde tarantula's?" vraag ik, voor het geval dat. Als het antwoord ja is, trouw ik niet met een Rus, zelfs niet als hij zo sexy is als Art, en zelfs niet als alles nep is. Wie had gedacht dat ik de grens zou trekken bij gefermenteerde tarantula's?

Art grijnst, waardoor ik die grens bijna heroverweeg. "Nee. Die komen niet uit Rusland. *Taranka* is gezouten en gedroogde vis."

Ik doe mijn best om niet te kokhalzen. Tuurlijk, het is niet zo smerig als een gefermenteerde spinachtige, maar vis staat bekend om zijn geur, en het drogen van dingen staat er niet om bekend de dingen beter te laten ruiken. "Ik wist niet dat Russen gedroogde vis aten," is het enige wat ik weet te zeggen.

"Gedroogde vis is een beetje anders," zegt hij. "*Taranka* is de hele vis, niet alleen gesneden vlees.

Maar ja, Russen houden ervan, vooral met bier, en vooral bij sociale bijeenkomsten, zoals in een banya."

Een hele vis? Klinkt als iets wat verstikkingsgevaar oplevert, maar hé, verstikking zou gezien de geur een gemakkelijke dood zijn.

"Klinkt alsof banya's niets voor mij zijn. Misschien kunnen we in plaats daarvan op het zand gaan zitten?" Ik zwaai naar het nabijgelegen strand.

Dat kan best romantisch zijn, nu ik erover nadenk.

Hij streelt zijn kin. "We kunnen naar Sleepy Fly gaan. Het is een luxere banya, dus ze laten niemand van buiten eten en drinken meenemen, en ik ben er vrij zeker van dat er geen *taranka* op hun menu staat — niet chique genoeg. Het is maar een korte wandeling die kant op." Hij wijst in de richting van Coney Island. "Het zou voor onze doeleinden nog beter kunnen werken."

Voordat ik kan vragen waar hij het over heeft, loopt Art zo snel over de promenade dat ik moet rennen om hem bij te houden.

Geweldig. We hebben de sauna nog niet bereikt en ik zweet al. Maar hé, hij beweegt met zo'n gratie dat het een genot is om naar te kijken.

Een paar blokken later leidt hij me naar een gebouw met een bord in het Cyrillisch dat waarschijnlijk 'Sleepy Fly' zegt, wat dat ook mag betekenen.

Ik stap voorzichtig naar binnen en neem een flinke snuif.

"Hoe is het?" vraagt hij, terwijl hij naar mijn neus kijkt.

Ik zucht. Er is godzijdank geen stank van *taranka*.

Maar er is een geur van bier, dille, knoflook, gebakken aardappelen en andere penetrante voedingsmiddelen. Er is ook een sterke houtachtige geur die alles bedekt, en genoeg lichaamsgeuren om een dozijn NFL-kleedkamers te vullen.

"Ik denk dat ik dit wel aankan." Vooral omdat ik dat geld nodig heb en niet wil dat hij denkt dat ik te veel een diva ben om voor nep te trouwen.

Hij straalt naar me. "Je zult je vermaken, dat beloof ik."

Voordat ik kan antwoorden, zegt een worstelaar-achtige dame iets tegen ons in het Russisch. Art antwoordt met een brede glimlach en geeft haar dan een pak geld. In ruil geeft ze hem twee sleutels, twee plastic zakken en twee paar slippers.

"Laat haar je waardevolle spullen bewaren," zegt hij. "Deze sleutel is van je kluisje."

Ik stop mijn mobiel in de zak en geef hem aan de vrouw, pak dan mijn sleutel en ga naar de kleedkamer.

Wauw.

Dat zijn veel naakte dames. Hete naakte dames.

Verdorie. Laten ze in Rusland geen onaantrekkelijke vrouwen toe? Misschien niet. Misschien is het net als het oude Sparta: meisjesbaby's die geen vaste tien zijn, worden van de muren van het Kremlin gegooid.

Gelukkig heb ik mijn badpak onder mijn outfit aan, dus ik hoef niet naakt te zijn waar al die supermodellen bij zijn. Aan de andere kant, ik zal niet in staat zijn om op weg naar buiten dat lot te vermijden.

Ik trek de slippers aan en stap uit de kleedkamer.

Oh hemeltje.

Art staat al op me te wachten — zonder shirt of broek.

Mijn mond wordt droog. Ik weet niet zeker of ik voor dit scenario genoeg heb kunnen masturberen, zelfs niet als dat het enige was wat ik een week lang had gedaan. Over eromheen draaien gesproken, dit beeld van Art gaat rechtstreeks in mijn wrijfbank.

Hij duwt een handdoek in mijn handen, samen met een vreemde hoed.

"Wat is dit?" vraag ik. De hoed is van wol en is puntig gemaakt, zoals die van een heks. Het ontwerp op de hoed is vaag Sovjet — een rode ster.

Hij pakt mijn hoed en zet hem op m'n hoofd. Dan zet hij die van zichzelf op — en hij laat het er sexy uitzien in plaats van suf. "Dit is om je hersenen tegen de hitte te beschermen."

"Hier is een idee," zeg ik. "Ik kan mijn hersenen beschermen door niet naar een plek te gaan waar hoed nodig is om me bescherming te bieden."

"Oh, kom op," mompelt hij. "Ik kijk ernaar uit om je banya-maagdelijkheid te nemen."

Hij draait zich om, wat goed is, want ik wil niet dat hij de explosie op mijn gezicht ziet.

Banya-maagdelijkheid.

Uiteraard kan hij die nemen, samen met alle andere maagdelijkheden die ik nog heb, of het nu anaal is, pik tussen ingevette borsten, of een snoepstok als een dildo in de metro.

Wacht, wat zeg ik allemaal? Hij is mijn aanstaande *nep*-echtgenoot. Al mijn resterende maagdelijkheden zijn verboden terrein.

We lopen een zaal binnen die me aan een restaurant doet denken, het is alleen dat de klanten allemaal zwemkleding dragen.

Ah. Dit is waar de voedsel- en alcoholaroma's vandaan kwamen.

Een vrouw van middelbare leeftijd met ronde wangen die een serveerster moet zijn, rent naar Art en ratelt opgewonden iets in het Russisch. Haar parfum is sterk genoeg om de huid van Superman te doorboren, en zonder mijn neusfilters, zou het me waarschijnlijk verstikken.

"Hoi, Marusja," zegt Art met een brede grijns tegen haar. "Wat doe jij hier?"

en ze antwoordt nog sneller in het Russisch. Art wendt zich tot mij en legt uit, "Marusja werkte vroeger bij Easy Fume, en aangezien dat mijn gebruikelijke *banya* is, kennen we elkaar."

Die arme vrouw. Ze had de hele dag dat *taranka*-spul moeten ruiken. Geen wonder dat ze nu parfum misbruikt.

Marusja zegt weer iets in het Russisch en Art vertaalt, "Gelukkig voor ons werkt ze nu hier."

Hij knipoogt goedkeurend naar haar en ik denk dat ze misschien flauw zal vallen van genot.

"Marusja's Engels is geweldig," zegt hij tegen me en draait zich dan naar haar om. "Mijn date hier spreekt alleen Engels, daarom hoop ik dat je ons aan een van jouw tafels kunt zetten.”

Ik weet dat dit nep is, maar het voelt zo fijn om te horen dat hij me zijn date noemt.

“Maar natuurlijk,” zegt Marusja met een accent dat zwaar genoeg is om de dildo van een neushoorn te zijn. “Ik zet je op de beste tafel, meneer Skulme.” Ze gebaart naar een plek bij het raam.

Arts glimlach is slipjes smeltend, en ik heb het in Marusja’s geval over een oma-onderbroek. “Marusen’ka, alsjeblieft. Wil je me eindelijk Art noemen?”

Ze giechelt en haar wangen krijgen de kleur van de kont van een baviaan. “Oekie-doekie. Alsjeblieft, ga zitten.”

“Bedankt.” Hij wacht tot ik ga zitten voordat hij zelf gaat zitten.

“Waarom ga je normaal gesproken naar Easy Fume en niet hier naartoe?” vraag ik Art terwijl Marusja ons glanzende menu’s geeft. “Luxe lijkt me meer jouw stijl.”

“*Parilka’s* zijn bij mijn oude studio heter,” zegt Marusja.

“Is *parilka* een stoomcabine?” vraag ik.

Ze knikken allebei.

“Neem je het gewoonlijke?” vraagt Marusja aan Art.

“Ja, en twee shotjes wodka,” antwoordt hij.

Ze staart hem aan. “Wodka, voor jou?”

Ziet zijn glimlach er nep uit? “Lemon en ik willen onze kennismaking vieren.”

Ze knikt. “Zal brengen.”

Met indrukwekkende behendigheid sprint ze weg.

"Wodka?" vraag ik.

"Gewoon om op foto's mee te poseren," zegt hij.

Ik grijns. "Wat is je 'gewoonlijke?'"

"Thee met citroen." Hij knipoogt naar me. "En wortelsap en een salade. Wat wil jij?"

Aww. Ik hou van zijn gewoonlijke. Breder grijnzend, bekijk ik het menu, dat helemaal in het Russisch is. Ik pak mijn telefoon en start de vertaalapp. Al snel lees ik het vertaalde menu — niet dat het veel helpt. Zelfs in het Engels klinken de gerechten helemaal onbekend. Dan trekt iets met de naam *blins* mijn aandacht, vooral vanwege de lijst van dingen die het bevat: kersenconserven, honing, poedersuiker, en Nutella.

"Wat zijn *blins*?" vraag ik.

"Dat zijn de Russische varianten van crêpes," zegt hij met een glimlach. "Misschien heb je ze eerder als *blini's* geschreven gezien. Laat me raden, je kijkt naar de zoete, niet naar de hartige versie?"

Ik gnuif. "Tenzij er een dessertmenu is, is dat wat ik wil."

Hij zucht. "Het past in ieder geval goed bij thee. Ik neem een hele *samovar*."

Marusja komt terug met twee borrelglazen vol heldere vloeistof.

Ik gok dat wodkabestellingen hier een prioriteit zijn.

"Bedankt." Hij pakt de glazen voorzichtig aan en

bestelt dan de crêpes. "Kun je nu een foto van ons maken, alsjeblieft?"

Marusja beweert dat ze blij is om te helpen, maar in de manier waarop ze naar me kijkt, bespeur ik iets van jaloezie.

"Zeg *cheese*," zegt Marusja, met de camera klaar om te gaan.

"*Za zdorovye*," zegt Art en klinkt met zijn borrelglas tegen het mijne.

We nemen de shots terwijl zij de foto neemt.

Wauw. Ik heb nog nooit pure wodka gedronken. Het brandt als een SOA.

Wat extra grappig is, is de uitdrukking op het gezicht van Art nadat hij zijn shot heeft genomen. Je zou denken dat hij net gesmolten metaal heeft gedronken.

Voor de volgende foto drapeert Art zijn arm over mijn schouders, waardoor mijn hartslag omhoogschiet. Dan nemen we een foto waar we allebei de grappige hoeden opzetten en gekke gezichten trekken die bij elkaar passen. Voor de volgende foto fluistert Art in mijn oor, "We moeten van tijd tot tijd misschien wat lichte PDA doen. Is dat goed?"

In plaats van te antwoorden, kus ik Art impulsief op zijn lippen.

Wauwzers. Ik heb het gevoel dat ik net een rijke, warme chocoladetaart heb gegeten.

Als ik me terugtrek, hebben Arts ogen een vreemde glans. Ben ik te ver gegaan op de PDA-afdeling?

"Heb je dat?" vraag ik aan Marusja.

Zeg alsjeblieft nee, zodat ik het opnieuw moet doen.

"*Da*," gromt Marusja, die haar jaloezie niet langer verbergt.

Ze loopt naar me toe en gooit de telefoon in mijn handpalm, "om te zien of het er goed uitkomt."

Ik controleer het.

Oh ja. De kus-foto ziet er geweldig uit — onze lippen zijn bedoeld om zo verbonden te zijn.

Art knikt goedkeurend als ik het hem laat zien. "Laat me dit posten."

Zodra zijn social media is bijgewerkt, legt Art zijn telefoon neer en vertelt me dat het tijd is om de *parilka* te bezoeken.

We lopen terug tot we bij een houten bankje aankomen met een stel emmers gevuld met water er bovenop. In de emmers zitten bushels van gedroogde boomtakken, wekend alsof het voor een vreemde soep is. Of zijn dit dure bezems voor heksen? Heksen die van natte bezems houden? Is dat waar de hoeden voor zijn?

Art trekt met een tevreden glimlach een van de bezemachtige dingen eruit. "Dit wordt een *venik* genoemd."

"Oh, dat verklaart alles, bedankt."

"Het zijn berkenboomtwijgjes."

"Ah. Waarom zei je dat niet eerder? Uiteraard neem je een bezem van berkenhout mee naar een kuuroord. Dat is gewoon logisch."

Hij knipoogt. "Deze plek is ten opzichte van een kuuroord, wat wodka voor bier is."

Over wodka gesproken, ik voel een kleine buzz door mijn aderen stromen.

"Goed," zeg ik met een onechte chagrijnigheid. "Houd je *venik*-ding mysterieus en kijk of het mij iets kan schelen."

Met een begripvolle glimlach loopt Art naar een stapel houten planken en pakt er een. Vervolgens gebaart hij naar een dikke houten deur. "Als ik die openmaak, ga dan snel naar binnen. We willen geen dampen laten ontsnappen."

"Dampen?"

Hij fronst. "In het Russisch heet het *par*. Zo noemen we de natte hitte in de banya."

Natte hitte? Ik verslik me bijna in mijn eigen tong. "Ik denk dat het woord dat je zoekt *stoom* is."

"Aardappel, *kartoshka*." Hij reikt naar de deurklink. "Stap gewoon naar binnen en je zult leren wat *par* echt is."

Ik gehoorzaam mijn verloofde.

Natte hitte, hier kom ik.

HOOFDSTUK
Veertien

Binnen in de kamer zijn de dingen *echt* stomend, en niet op een vleselijke manier. Tenminste, nog niet.

Het kost me een moment om door alle damp te kijken, maar als ik dat doe, staar ik naar de scène — een perfect woord voor wat er gebeurt.

Een Russische vrouw — die misschien een supermodel is — ligt op haar buik op een bankje. Haar bh-bandjes zijn los, haar gespierde rug ontbloot. Een man die over haar heen hangt, houdt het bushel/*venik*-ding in zijn hand, omhooggehouden alsof het een zweep is en hij op het punt staat om —

Yep.

Hij slaat haar met de twijgen. Eén keer. Twee keer.

Ze kreunt.

Wacht eens even, verdomme.

Is *banya* de naam voor een geheime Russische BDSM-club?

"*S lyehkim parom,*" zegt Art tegen het paar.

"*S lyehkim parom*," antwoordt de dominante met een diepe stem.

"*S lyohkim parom*," zegt de onderdanige.

Art legt de houten plank die hij mee heeft genomen op een vrije bank, legt er dan een handdoek over en gebaart ernaar.

"Pardon?" vraag ik.

"Ga liggen," zegt hij.

Fuck.

Ik ben in de verleiding.

Maar hij is een *nep* aanstaande echtgenoot.

Toch kan ik niet anders dan vragen, "Wil je me slaan?"

Hij lacht. "De *venik* wordt gebruikt om warmte en stoom naar je huid te trekken. Het is een soort massage. Het doet geen pijn."

"Echt niet," zeg ik.

Hij haalt zijn schouders op. "Je moet waarschijnlijk toch eerst opwarmen."

Hij gaat op de handdoek zitten en gebaart dat ik naast hem moet komen zitten.

Wauw.

Druppels vocht parelen al op zijn naakte borst. Ik wil ze likken.

Stomme banya. Ik begin me *erg* stomend te voelen… in mijn slipje.

Ik leun naar voren en fluister, "Wat betekent '*S lyohkim parom*?'"

"Letterlijk, 'heb een lichte damp,'" zegt hij. "Het is een standaard banya-begroeting. Betekent gewoon 'geniet van een lekker stoombad.'"

Ja, of misschien is dat het veilige woord om te gebruiken als de onderdanige wil dat de Dom rustig aan moet doen met de billenkoek.

"Ontspan en geniet," zegt Art.

Makkelijker gezegd dan gedaan. De temperatuur is boven de 200 graden, en mijn gezweet is helemaal niet als een dame. Godzijdank voor deodorant, anders zou ik stinken. Over stinken gesproken, de lichaamsgeur van de Dom maakt me duizelig — en de hitte helpt helemaal niet. Of de wodkashot. Wat me bij mijn gezond verstand houdt, is Art. Zijn lekkere geur is veel dichterbij en het compenseert de stank van de vreemdeling.

De deur gaat open en de temperatuur daalt een paar graden, en een nieuwe persoon komt de kamer binnen. Hij zegt iets in het Russisch tegen Art en het Dom/onderdanige stel, en ze antwoorden gretig met, "*Da.*"

De nieuwkomer loopt naar een ovenachtig apparaat en opent het. De temperatuur stijgt een beetje.

Merkwaardig.

Hij leunt voorover en ik zie een emmer met water aan zijn voeten staan, met een lepel erin.

Wacht eens even...

Voordat ik iets kan zeggen, gaat er een lepel water de oven in.

De hete kolen (of is het rotsen?) die erin liggen maken het soort "shh"-geluid dat een moederdraak zou maken als haar nakomelingen te hard zouden praten in de bibliotheek. Onmiddellijk doordringt een natte hitte van kosmische proporties de kamer, die aan de adem van de draak doet denken die de mamadraak uitademt, en ademen wordt steeds moeilijker.

Ik kan niet geloven dat de stinkende banya nog hetere *parilka's* heeft. Het moet aanvoelen als een portaal dat rechtstreeks naar de hel gaat.

De man gooit er meer water in.

Dit is hoe kannibalen op een vetarm dieet hun voedsel moeten koken door het te stomen.

Nog een lepel.

Ik sta op het punt om flauw te vallen.

Als ik naar mijn arm kijk, verbaast het me dat mijn huid geen blaren heeft. En nu stinkt het hier nog erger. De deodorant van de nieuwkomer ontbreekt of is niet sterk genoeg. Ik schuif dichter naar mijn aanstaande man en zijn magische geur, wat helpt.

Art moet mijn ongemak opmerken, omdat hij iets in het Russisch zegt, en de kerel ploft met een teleurgestelde grom de pollepel in de emmer. Terwijl hij tegenover ons zit, begint hij zichzelf te besmeuren met iets dat, volgens mijn nooit verkeerde neus, honing moet zijn.

Honing, natuurlijk. Deze beproeving doet me al aan de ervaring denken die een kalkoen moet hebben op Thanksgiving, dus waarom zou je er geen extra vettigheid aan toevoegen?

"Dat is geweldig voor de huid," zegt Art, als hij mijn blik volgt. "De volgende keer kan ik wat voor je meenemen."

Biedt hij zich aan om het aan te brengen? Of het te likken? Hoe dan ook, ik wil het, maar zou het niet moeten willen.

De met honing besmeurde kerel onderbreekt mijn gedachtegang. Hij moet hebben besloten dat hij nu heerlijk genoeg is, omdat hij zijn boom zweep pakt en zichzelf een klap op de rug geeft.

Okidoki. Dat is een manier om te boeten voor de zonde om deze al hete kamer nog heter te maken.

Hij gromt van genot en dan heb je nog het onderdanige gekreun — het is een ware orgie.

"Wil je weten hoe dat voelt?" mompel Art in mijn oor.

"Oké." Wacht, waarom heb ik dat gezegd? Hij heeft het toch niet over —

Art slaat me lichtjes met de zweep op mijn onderrug.

Heilige natte hitte.

Het is alsof mijn onderrug te dicht bij de zon is gevlogen, à la Icarus.

"Te intens?" vraagt Art.

"Ja."

"Je moet het nog warmer krijgen," zegt hij.

Tuurlijk. Warmer is wat ik op dit moment nodig heb.

Art legt een hand op mijn schouder.

Wauw. Het is maar goed dat er nog meer natte hitte is, zodat ik niet uit hoef te leggen wat er dankzij zijn aanraking met mijn handdoek gebeurt.

"Doe je best om mediterend te ademen," zegt hij. "Het zal je helpen te ontspannen."

Ontspannen met zijn hand op mijn schouder? Niet in dit leven.

Hij haalt zijn hand weg.

Nee!

Prima.

Ik probeer zijn ademhalingssuggestie, al is het maar om de ongepaste fantasieën te temmen waarin ik hem met honing bedek en die er keer op keer af lik.

Hoe onmogelijk het ook klinkt, ik neem een diepe ademhaling vol stoom en laat hem er dan gelijkmatig uitkomen. En dan weer. En opnieuw.

Huh.

Ik begin me zowaar te ontspannen.

En echt, echt ontspannen, alsof ik aangeschoten ben van wijn.

Er zit vast een hitteberoerte aan te komen. Ik heb gehoord dat mensen in slaap vallen voordat ze onderkoeld raken, dus misschien gebeurt er aan de andere kant van het spectrum iets soortgelijks?

De kamer begint om me heen te draaien. Ik merk niet langer de geluiden van mensen die geslagen worden, of hun gekreun. Mijn zicht wordt langzaam wit.

"Hé, daar," zegt Arts stem zachtjes, alsof hij van een afstand komt. "Ik denk dat dit genoeg is voor je onderdompeling."

Hmm. Ik denk dat ik in een natte noedel veranderd ben. Ik kan me niet bewegen.

Sterke handen grijpen me. "Laten we je afkoelen."

Ik grom iets onverstaanbaars, dan voel ik Art me optillen en me ergens mee naartoe nemen. Als ik mijn ogen opendoe, staat hij boven een klein zwembad, me als een bruid vasthoudend.

Moet een oefening zijn voor onze neptrouwdag.

Wacht eens even. Zijn dat ijspegels die op het oppervlak van het zwembad drijven? En waarom lijkt het erop dat Art op het punt staat om —

Plons.

Stinkdier! Die klootzak is erin gesprongen terwijl hij me vasthield.

Ik verwacht dat dit als die keer voelt dat Gia me dwong om deel te nemen aan de ijsemmeruitdaging, maar vreemd genoeg is dat niet zo.

Mijn huid voelt prikkelig aan, niet koud.

Na al die hitte is dit verfrissend.

Art houdt me nog steeds vast en stapt uit het zwembad.

De ijzige duik lijkt mijn hersenfunctie weer op gang te hebben gebracht, dus ik kan het niet helpen dat ik merk dat het koude water Art niet heeft laten krimpen. Nee. Als we eerlijk zijn, is het tegenovergestelde aan de hand.

Hij zet me op mijn voeten, verwijdert onze grappige hoeden, en gaat even weg.

Als hij terugkomt, heeft hij schone handdoeken vast.

"We moeten bij onze tafel gaan kijken," zegt hij als

we ons allebei afdrogen. "Daarna kunnen we de massageruimte gebruiken."

Ik ben net genoeg hersteld om een wenkbrauw op te trekken.

"Op die manier kunnen we de volgende stappen in privacy bespreken." Hij gooit zijn handdoek naast de hoeden en pakt mijn hand.

Nou dan. Als hij mijn hand vast gaat houden, dan mag hij me overal mee naartoe nemen, zelfs terug in de natte hitte.

———

Er ligt een groot metalen apparaat op tafel als we terugkomen. Het doet me aan een super chique theepot denken, maar dan een die heel lang is. Dat moet de *samovar* zijn. Daarnaast staan er nog twee shots wodka.

"Meer Russisch dan dit wordt het niet," zegt Art, terwijl hij mijn blik volgt.

"En dit dan?" Ik wijs naar een kopje met een oranje vloeistof erin. "Houden Russen van sap?"

"Nee. Dit is meer een banya-ding. Het is erg verfrissend nadat je hebt gezweet." Hij geeft me het kopje. "Probeer maar eens."

Ik neem sierlijk een slokje.

"En?" vraagt hij.

"Het is lekker." Ik geef hem het kopje terug. "Dat wil zeggen voor iets dat van wortelen gemaakt is."

Voordat hij kan antwoorden, komt Marusja terug.

"Je andere bestelling is bijna klaar," zegt ze. "En wodka is van de eigenaar."

Goed, dus ze praat al over Art en mij.

"Bedankt." Art pakt het ene borrelglas op en geeft de andere aan mij. "Kun je nog een foto van ons maken?" vraagt hij aan Marusja.

Ze pakt de telefoon en maakt een foto op het moment dat we onze shots opdrinken.

Deze keer brandt het niet zo erg, hoewel Arts gezicht nog steeds betrekt.

"Bedankt," zegt hij tegen Marusja nadat hij de nieuwe foto's heeft bekeken.

"Jij welzijn," zegt Marusja en sprint weg.

"Klaar voor een massage en een praatje?" vraagt Art.

Ik knik.

"Laten we gaan."

———

De massageruimte is niet ver weg en is inderdaad privé.

Zeer privé, met een tafel in het midden bedekt met handdoeken.

De lucht ruikt vaag naar lotions en etherische oliën, waardoor ik normaal gesproken zou kokhalzen, maar aangezien Art hier met zijn lekkere tegengeur is, denk ik dat ik het kan overleven.

Hij loopt naar een tablet in de buurt en swipet erop.

Er klinkt bekende chique klassieke muziek uit de plafondluidsprekers.

"Dat is 'Minuetto,'" zegt Art als hij mijn oren omhoog ziet gaan. "Van Luigi Boccherini."

Nu herinner ik me waar ik dit deuntje heb gehoord: in elke film die een chic banket met high-class mensen bevat, die tot in de puntjes gekleed zijn; met andere woorden, zo ver van onze setting als je het maar kunt krijgen.

"Ja, oké. Dat verklaart waarom het niet Enya is, of iets anders dat geschikt is voor een massageruimte."

Hij zucht. "Wil je dat ik Enya aanzet?"

Ik trek mijn neus op. "Nee. Ik associeer haar muziek met de geur van wierook en patchoeli."

"In dat geval, ga met je gezicht naar beneden liggen." De woorden klinken meer als een bevel dan als een verzoek, dus ik gehoorzaam voordat ik een pak slaag krijg.

Zijn sterke handen knijpen in mijn schouders.

Oh hemeltje.

Ik wil van genot kreunen, maar weersta de drang.

Maar ook maar net.

Hoe moeten we op deze manier over zaken praten?

"Dus." Hij streelt mijn onderrug en oefent een vleugje druk uit met zijn handpalmen. "Klaar om over de logistiek te praten?"

Is hij van plan om mijn billen te kneden? Wil ik dat hij dat doet?

"Ik heb vragen," lukt me om te zeggen. "En regels."

"Regels?" Hij doet een reeks zachte karate slagen op mijn hamstrings, wat goddelijk aanvoelt.

"Regel nummer één: geen huwelijkse plichten." Ik

ben blij dat ik met mijn gezicht naar beneden lig, zodat hij niet kan zien hoe rood ik door die verklaring wordt.

Ik ben zo trots dat ik dat ondanks de wodka heb gezegd. Huwelijkse plichten zijn wat ik nu echt van hem wil, maar dat zou ik niet moeten willen. Op die manier is er het gevaar van gevoelens, en dat zou slecht zijn in een nephuwelijk.

"Je bedoelt, geen seks?" Ik kan hem niet zien, maar ik kan me de grijns op zijn gezicht voorstellen.

"Juist. Het moet een platonische relatie zijn."

"Afgesproken — afgezien van de milde PDA. Ik ben niet het type man dat seks verwacht, alleen omdat we getrouwd zijn." Hij knijpt in mijn kuit, waardoor ik het gevoel krijg dat ik op het punt sta om klaar te komen. "Je zou de seks moeten willen. Heel erg."

Slik. Volgens die logica zouden we het nu moeten doen.

"Dus heb jij ook nog vragen?" Hij pakt mijn voet en knijpt er zachtjes in.

"Wat zeggen we tegen de mensen?" lukt het me op de een of andere manier om te vragen.

Hij stopt met masseren. "We vertellen ze dat we verliefd zijn geworden en getrouwd zijn."

"Dus we liegen."

Hij masseert m'n voet weer. "Ja. Op die manier maken we onze naasten niet medeplichtig."

Huh. Dat klinkt logisch. Op deze manier is er ook minder risico dat iemand zal gaan praten. Maar wacht. "Wil je zeggen dat mijn familie zal denken dat ik getrouwd ben? In het echt?"

Hij wisselt naar mijn andere voet. "Vandaar je genereuze compensatie."

Juist. Juist. "Maar dat betekent dat je mijn ouders zult ontmoeten."

Hij werkt nu aan mijn linker kuit. "Het betekent een heleboel dingen in die trant."

Ondanks dat mijn spieren in pudding zijn veranderd, verzamelt zich een ijzige kou in het midden van mijn maag. "Gaan we een grote bruiloft houden?"

Zolang ik me kan herinneren, heb ik het idee van een grote bruiloft gehaat. Alle mensen die in hun geuren/parfums gemarineerd zijn, de over-geurende bloemen, de —

"Het plannen van een grote bruiloft zou te veel tijd kosten." Hij verschuift zijn handelingen naar mijn bovenrug en laat mijn onrust in een oogwenk wegsmelten. "Ik dacht dat ons verhaal zou zijn dat we waanzinnig verliefd werden, toen een reis naar Vegas hadden gemaakt en getrouwd waren."

Ik draai me geschrokken om. "Vegas?"

"Waarom niet?"

Ik draai me om, omdat ik zijn handen op me mis. "Nee. Het is een geweldig idee. De verwachtingen voor onze verbinding zullen lager zijn — dus minder schaamte voor mij als we scheiden." Ik weet niet waarom, maar het S-woord smaakt erg bitter in mijn mond. "Belangrijker nog, Vegas heeft zoveel geweldige onbeperkt eten buffetten, met heerlijke desserts."

"Dat is je verlangen naar fruit dat aan het woord is." Hij kneedt tussen mijn schouderbladen.

"Wanneer wil je het doen?" vraag ik, buiten adem.

Hij graaft zijn duimen in mijn schouderspieren. "Wat dacht je van vandaag?"

Ik draai geschrokken mijn hoofd. "Vandaag?"

Hij haalt zijn schouders op. "Zoals het Russische gezegde luidt, 'Sla ijzer zonder de kassa te verlaten.'"

Ik knipper met mijn ogen naar hem. "En dat betekent...?

"Je moet altijd handelen terwijl de omstandigheden gunstig zijn. Ons verhaal kan zijn dat we elkaar bij deze banya hebben ontmoet, het klikte, we dronken een paar drankjes en namen een romantische, spontane vlucht naar Vegas. De rest is zoals ze zeggen verleden tijd."

"Dat zou kunnen werken." Ik leg mijn hoofd weer neer. Ik heb de ontspanning van de massage nodig als ik niet in paniek wil raken en van de hele deal af wil zien.

Vegas.

Vandaag.

Met hem.

Ik weet niet zeker of ik deze banya overleef zonder van de opgekropte seksuele spanning te exploderen, laat staan na een lange vlucht. En dit is na die marathon van het rijden op de eenwieler.

Hij werkt nu in aan mijn nek, wat geweldig voelt, maar me ook een idee geeft van hoe het zou zijn als hij zou besluiten om me in bed een beetje te wurgen.

"Wat dacht je hiervan als plan," zegt hij. "We blijven nog even in de banya. Bestellen meer drankjes. Doen alsof we dronken zijn. Vertellen hardop onze intentie om naar Vegas te gaan. Nemen gedurende alles meer foto's."

En weer voel ik me ongemakkelijk ondanks wat zijn handen doen. "Denk je echt dat de mensen van immigratie huwelijken gaan onderzoeken tot het punt waarop ze mensen hier bij deze zaak naar ons zouden vragen? Dat is meer iets voor het niveau van een moordonderzoek."

Hij laat zijn vingers in mijn haar zakken en begint een hemelse hoofdmassage, waardoor mijn onrust smelt. "Veel Russen kennen me. Hopelijk verspreidt iemand geruchten door de hele Russische gemeenschap, en als we geluk hebben, komt het gerucht misschien hier in de Russische kranten terecht. Als dat zo is, dan zou *dat* op de radar van de mensen van immigratie kunnen komen."

Ah, dus dit is wat hij eerder bedoelde toen hij zei dat deze banya ons doel beter zou kunnen dienen. Meer mensen, meer kans op geruchten.

Mijn ogen beginnen in mijn gezegende hoofd naar achteren te rollen. "De Russische gemeenschap heeft kranten?"

"Ik ken er twee, maar er kunnen er meer zijn. De gemeenschap is enorm."

"Oké," zeg ik, nu volledig in de gelukzaligheidsmodus. "Laten we je plan uitvoeren. Onthoud alleen wel dat ik geen grote drinker ben. Door die twee shots ben ik al aangeschoten."

Ja. Daarom zijn mijn gedachten zo ongepast.

Hij grinnikt. "Hetzelfde geldt voor mij. Normaal drink ik helemaal niet."

Ah, dat is waarom hij die gezichten trok toen hij de shots opdronk. Een zeldzame Rus die niet drinkt.

Ik draai mijn hoofd langzaam om. "Betekent dat dat ik vandaag je wodka-maagdelijkheid heb genomen? Je hebt mijn banya genomen, dus het is alleen maar eerlijk als..."

Zijn ogen glanzen — waarschijnlijk van de lust naar alcohol. "Nee. Als ik nooit wodka had geproefd, dan had Rusland me allang afgewezen. Ik verloor dat deel van mijn onschuld toen ik tien was."

Ik staar hem aan. "Als in, op de basisschool?"

"We hadden maar één school, maar ja. Wodka smaakte zo smerig dat ik nog steeds ineenkrimp als ik het drink."

Huh. Misschien is dit hoe je mensen niet laat drinken: door ze het veel te jong te laten proeven.

"Waar heb je het überhaupt vandaan gehaald? Komt het in Rusland in plaats van water uit de kraan?"

Hij grinnikt. "Mijn vrienden en ik hadden een beetje uit de fles van de conciërge gestolen. We hadden het door water vervangen. Hij was te dronken om het te merken."

Ik doe net alsof ik teleurgesteld kijk. "Jammer. Ik wilde je zo graag ontmaagden."

"Nou, je kunt mijn crème brûlée-maagdelijkheid nemen als we eenmaal in Vegas zijn."

"Heb je nog nooit crème brûlée gegeten?" Dat is alsof als kind je speelgoed aan de grond genageld was.

"Ik heb *veel* soorten desserts nog nooit gegeten," zegt hij. "Dat is er toevallig een waarvan ik de naam ken."

"Het is een deal," zeg ik grijnzend. "Ik neem je crème brûlée-maagdelijkheid."

Hij biedt me zijn hand aan, en eerst neem ik aan dat het is om de deal te sluiten, maar het blijkt dat hij me helpt om van de tafel te komen.

"Zou je het erg vinden om dit voor me terug te doen?" Hij knikt naar de plek waar ik net lag. "Er zitten nog steeds knopen in mijn kuiten van mijn laatste optreden."

Ligt mijn kaak op de grond?

Waarschijnlijk.

Hij wil dat ik hem masseer.

Als in, hem aanraak.

Het is officieel.

Ik heb echt, echt niet genoeg gemasturbeerd.

Vijftien

Nadat het me is gelukt om iets in de trant van een bevestiging te zeggen, ploft hij op de tafel, met zijn krachtige rug tentoongesteld. Terwijl ik mijn handen op zijn dik gespierde kuiten leg, verlies ik de gave van spraak — wat hem goed lijkt te bevallen, terwijl hij daar tevreden ligt. Ik begin met de massage en besef dat hij gelijk had. Ik ben verre van een professional, maar zelfs ik voel de spanning in zijn beenspieren.

Ik haal diep adem en concentreer me op het oplossen van het probleem waar ik mee te maken heb, en *niet* op de vraag of ik hier en nu een beetje over het tapijt kan glijden zonder dat hij het merkt.

"Dat is fijn," mompelt hij als ik mijn handelingen naar zijn dijen verplaats, vooral omdat ik echt wil voelen hoe hard ze zijn. "Kun je mijn rug ook doen?"

"Oké." Ik weerhoud mezelf er net van om eraan toe te voegen, "Massages zijn volledig platonisch en casual, toch?"

Het is een wonder dat ik tegen de tijd dat ik klaar ben met zijn rug niet ontplof van de hormoonoverbelasting. Mijn clitoris zal gevaar lopen om blaren te krijgen als ik thuiskom.

Ik zal alleen niet snel thuiskomen.

Misschien kan ik mezelf even hier in het toilet van de banya opwrijven? Maar, wat als —

"Hé," zegt hij zachtjes. "Zou je je op je gemak voelen om mijn bilspieren te doen? Op spitzen staan is dodelijk voor die spiergroep."

Bilspieren.

Als in, zijn kont aanraken?

Heb ik een soort seksloterij gewonnen?

"Het zou over mijn ondergoed heen zijn," voegt hij eraan toe.

Verdomme. Ik heb te lang getwijfeld. Als hij dat niet had gezegd, dan had ik zijn blote kont aan kunnen raken.

Voordat hij meer parameters van dit geweldige verzoek kan veranderen, pak ik een handvol.

Wauw. Ik geloof dat mijn handpalmen een orgasme hebben — een palmgasme. Maar ik ben hebberig. Ik wil bukken en aan zijn bilspieren knabbelen, voor een mondgasme — of is het een tandgasme?

Maar nee. Ik moet me tot acties beperken die op zijn minst losjes als een massagetechniek kunnen worden geïnterpreteerd.

Er wervelen een heleboel nieuwe regels voor ons huwelijk door mijn hoofd, maar de meeste zijn niet geschikt, zoals "Ik heb toestemming om deze kont te grijpen wanneer ik maar wil."

Toch is er één regel die ik niet kan inhouden, dus flap ik eruit. "Als we getrouwd zijn, kunnen we dan afspreken om niet met iemand anders naar bed te gaan?"

Zo. Ik weet dat dat oneerlijk is voor de rest van de vrouwen, zoals het uitvinden van een vetvrije, suikervrije donut die beter smaakt dan het gewone ding, maar het dan zo maken dat alleen ik die kan eten. Nee, wacht. Ik kan hem ook niet eten, niet volgens onze platonische regel.

Hij draait zijn hoofd en onthult een serieuze uitdrukking. "Ik dacht dat zoiets al gezegd was. We kunnen geen buitenechtelijke affaires hebben. Als dat openbaar zou worden, zou het alles verpesten."

Waarom ben ik zo opgelucht? Wil ik dat hij blauwe ballen heeft die matchen wat er met mijn eierstokken gebeurt?

Hij legt zijn hoofd weer neer. "Nog tien minuten?"

Hoewel hij me niet kan zien, knik ik en raak ik hem weer aan waar ik maar wil — binnen de grenzen van de positie van zijn gezicht dat naar beneden ligt, natuurlijk.

Onder het voorwendsel van een hoofdmassage haal ik mijn vingers door zijn zijdezachte haar. Dan pak ik een handvol van zijn deltaspieren, gevolgd door biceps en triceps. Handgasmen exploderen in mijn handpalmen terwijl ik bezig ben.

Tien minuten later ben ik mezelf minstens een

maand van vingerstralen schuldig. Met tegenzin trek ik mijn handen weg terwijl hij zijn hoofd draait en "Dank je" zegt. Hij springt dan van de massagetafel. "We krijgen het koud. Laten we teruggaan naar de banya."

Terug naar natte hitte? Wat ik echt nodig heb, is dat ijskoude zwembad en dan een koude douche, maar hé, als je geil bent, dan kun je niet kieskeurig zijn.

Ik volg hem door het badhuis. We maken een paar stops op weg om de grappige hoeden en al het andere te halen, dan gaan we terug naar onze tafel "om een paar foto's te nemen" voordat we het banya-ding weer doen.

Zijn salade staat al klaar, maar er is nog geen fruit of *blins*.

"Wil je nog een foto maken met de shots in onze handen?" vraagt hij.

Ik onderzoek mezelf even. Ik voel me licht, maar niet door de alcohol. Dat denk ik tenminste niet.

"Ja, natuurlijk," zeg ik.

Hij zwaait naar Marusja. "Twee shots. En een kopje honing voor de *parilka*."

Terwijl we wachten, schenkt hij voor ons beide thee in en knijpt hij een hele citroen in zijn beker.

Als hij citroensappen wil, dan zijn er andere manieren.

"Wat vind je van de thee?" vraagt hij.

Ik proef het. "Fruitig. Zitten er bessen in? En kamille?"

Hij nipt van zijn thee. "Yep. Een lekkere mix."

Marusja keert terug met nog twee wodkashots en

een pot honing die identiek is aan degene die ik de man in het stoombad zag gebruiken. Ze zet de shots op tafel en overhandigt de honing eerbiedig aan Art. Ik hoef niet helderziend te zijn om te weten dat ze zich voorstelt dat ze de honing over hem heen smeert.

"Kun je nog een foto van ons maken?" vraagt Art aan haar.

Zij pakt de telefoon en wij de shots.

"*Za zdorovye*," zegt Art opnieuw.

"Dito." Ik slik mijn wodka door, en het gaat heel soepel door mijn keel — de manier waarop ik hoop dat Mr. Big dat ooit zal doen.

Wacht. Nee, regel nummer één. Mr. Big moet *stevig* in Arts broek blijven zitten.

We laten Marusja nog een paar foto's maken, en als ze er bijzonder chagrijnig uit begint te zien, dan bedankt Art haar en leidt hij me naar de volgende *parilka*.

"Deze is iets natter," zegt hij terwijl we door de gang lopen.

Ik kijk om me heen op zoek naar de vrouw over wie hij het heeft, maar hij gebaart naar de deur van het stoombad waar we voor staan.

"Is het zo heet?" vraag ik behoedzaam.

"Nee. Bovendien is het in deze gemakkelijk om af te koelen."

"Oké, laten we gaan." Ik zat een dappere stap naar voren.

Hij doet de deur voor me open.

Natte hitte, daar gaan we weer.

HOOFDSTUK
Zestien

Dit stoombad heeft minder hout en meer tegels, en ik zie al snel waarom. Een vrouw staat op van haar stoel, loopt naar een nabijgelegen emmer met water en giet het water over haar hoofd.

Huh. Gezien het feit dat je haar tepels door haar topje kunt zien, moet het water ijskoud zijn, maar het is duidelijk dat ze zich vermaakt. Dat, of ze is Art een show aan het geven. Gezien de manier waarop ze naar hem kijkt, moet ze in meerdere opzichten nat zijn.

Ik moet het hem nageven, Art lijkt haar bestaan niet op te merken. In plaats daarvan maakt hij een plek voor ons klaar op een bankje en gaat zitten.

Als ik bij hem ga zitten, vraagt hij, "Wil je dat ik de honing op je rug smeer?"

Is water nat? "Ja, graag."

Hij smeert me zachtjes in met honing, zijn aanraking stuurt tentakels van warmte door mijn lichaam die het stoombad een ding of twee kunnen leren.

De emmervrouw moet inzien dat ze geen kans heeft, want op weg naar buiten slaat ze de deur dicht.

Fijn. Nu zijn we alleen.

Art is veel te snel klaar met honing op mijn rug te smeren, en ook al hoop ik dat hij zal aanbieden om andere delen van me in te smeren, doet hij dat niet. Hij geeft me heel abrupt de honing.

Zo onattent. Met een inwendige zucht verander ik mezelf in een citroenpannenkoek.

Dan komt er een spannend idee in me op — mogelijk ingegeven door de wodka.

"En hoe zit het met jou? vraag ik zo nonchalant mogelijk. "Jij hebt huid."

Ugh. Jij hebt huid? Dat is een zin die thuishoort in *The Silence of the Lambs.*

Hij kijkt aandachtig naar de honing in mijn handen. "Natuurlijk, waarom ook niet?"

Yes! "Heb je hulp nodig met je rug?"

"Alsjeblieft."

Voordat hij van gedachten kan veranderen, smeer ik hem in met honing — wat mijn handpalmen net zoveel orgasmes geeft als de massage eerder deed.

Oh, en is de *parilka* ineens veel, veel stomender geworden, vooral in mijn slipje?

Omdat ik hier zo van geniet, bedek ik hem met een tweede laag honing. Dan met een derde.

"Bedankt," zegt hij voordat ik aan een vierde laag kan beginnen, dus ik stop er met tegenzin mee.

Moet ik aanbieden om zijn voorkant te doen?

Hoe graag ik ook wil, ik heb geen goed excuus. Dan neemt hij de beslissing uit mijn handen, letterlijk, door de pot honing te pakken.

Hé, onze vingers streelden tenminste langs elkaar, waardoor er overal orgasmes komen.

Terwijl ik toekijk hoe hij de honing op zichzelf aanbrengt, realiseer ik me weer dat ik voor dit soort shows niet genoeg in mijn honingpot heb geroerd.

"Hoe voel je je?" vraagt hij wanneer hij klaar is.

Ik kom op adem. "Oververhit." En misschien meer dan een beetje aangeschoten.

Hij grijnst wetend. "Tijd voor de emmer."

"Oké." Ik stap voorzichtig op de tegel.

Hij pakt de emmer en gooit het water over mijn hoofd.

Ik gil, maar meer van verrassing dan van ongemak. Het koude water is eerlijk gezegd best verfrissend, op een soort spelden-en-naaldenmanier. Het is ook prettig om de kleverigheid van de honing van mijn huid te krijgen. Zelfs mijn hoofd wordt een beetje helderder.

Als ik bij ben gekomen, zie ik Art met een eigenaardige expressie naar me kijken. Hij moet ook de waterbehandeling willen.

Ik ruk de emmer uit zijn handen. "Jouw beurt," zeg ik met sadistisch genot terwijl ik de emmer met water vul.

"Klaar?" vraag ik, de zware emmer optillend.

Hij knikt.

Ik ga op mijn tenen staan, span mijn bovenlichaam aan en gooi het water over zijn hoofd.

Hij staat daar te grijnzen alsof er niets is gebeurd. Typische vertoning van machogedrag. Ik weet zeker dat hij net zo gilde als ik, maar dan vanbinnen.

"Nu," zegt hij, "denk ik dat je klaar bent voor een *parka*."

Ik vernauw mijn ogen tot spleetjes. "Parka? Ik neem aan dat je geen windjack bedoelt."

Hij grinnikt. "*Parka* is het Russische woord voor de *venik*-behandeling."

Ben ik daar klaar voor?

"Ga liggen, met je gezicht omhoog." Hij gebaart naar de uitgespreide handdoeken, zijn manier van doen weer heerszuchtig.

Huh. Ik denk dat ik van een bazige Art hou.

Met een grote dosis angst, doe ik wat hij zegt.

Hij verlaat de kamer en ik probeer me te ontspannen, wat gezien de hitte makkelijk is. Als hij terugkomt, is het met het Russische billenkoekinstrument.

"Vertrouw je me?" Hij kijkt me aan als een slager die op het punt staat een premium steak uit te snijden.

Tot mijn verbazing, ontdek ik dat ik hem vertrouw. Zoveel dat ik niet eens een safeword hoef te vinden voor wat er gaat gebeuren.

"Laten we het doen," zeg ik ademloos, en ik weet niet zeker of ik de billenkoek bedoel of hetgeen dat verboden is in regel nummer één.

"Daar gaat ie." Hij slaat lichtjes op mijn linkerdij.

Door de natte hitte van de goden voelt dat lekker aan. Minder als een pak slaag en meer als zijn hete adem op mijn vlees.

Zijn grijns is extra kwaadaardig. "Meer?"

Ik knik.

Hij slaat op mijn rechterdij.

Een kreun ligt op mijn lippen, maar ik onderdruk hem.

Hij slaat op zijn beurt op mijn kuiten. Dan mijn voeten. Dan gaat zijn aandacht terug naar mijn dijen, en een verdwaald blad raakt mijn slipje met een veerachtige aanraking. Ik kom bijna klaar.

Mijn buik krijgt de volgende billenkoek.

Dan mijn borst.

Ik gluur stiekem naar mijn huid. Die is helemaal roze, precies zoals hij na een orgasme wordt.

"Draai je om," beveelt hij.

Hij wil me van achteren pakken. Dat kan ik hem niet ontzeggen, of wel?

Zodra ik me omdraai, krijgt mijn rug zo'n goede geseling dat ik smelt en in een plasje meringue verander.

"Dat was het. Tijd om af te koelen," zegt hij.

Ik til mijn hoofd niet op. "Ik denk niet dat ik me kan bewegen."

"Ik zal je helpen," zegt hij, en ik hoor een ondeugende toon in zijn stem.

Wacht eens even. Staat hij op het punt om —

Plons.

Deze keer schreeuw ik als een varkenskoor.

Hij heeft het gedaan.

Hij heeft een emmer ijskoud water op mijn oververhitte vlees gegooid.

Als ik me omdraai, staat hij daar met nog een emmer.

"Wacht —"

Te laat.

Deze nieuwe emmer water overspoelt me van voren. En weer maakt de schok me aan het schreeuwen, maar de ervaring is eerder wel dan niet aangenaam.

Hmm. Eerst geniet ik van het geselen, en nu dit. Verandert Art me in een masochist? Daar hebben we misschien een nieuwe regel voor nodig. Regel nummer 666?

"Sorry," zegt hij. "Je kunt het nu bij mij doen. Eerlijk is eerlijk."

Ik vul de emmer en gooi het water in zijn gezicht.

Geen reactie.

Ik vul hem bij en pak hem aan de achterkant, vooral omdat ik ervan geniet om het water langs de groeven van zijn spieren te zien druipen.

En weer doet de afkoeling hem niets.

"Ik denk dat dit genoeg banya is voor nu," zegt hij als ik de emmer neerzet. "We moeten een beetje rusten, eten en dan terugkomen."

"Afgesproken," zeg ik.

We verlaten het stoombad en stoppen bij de nabijgelegen douches voordat we terugkeren naar onze tafel, waar ons eten staat te wachten.

Zodra onze kont de stoelen aanraken, vallen we het eten aan.

Jammie. Het is prettig om deze — sociaal aanvaardbare — honger te stillen. *Blins* blijken heerlijk te zijn, vooral nadat ik alle conserven en honing erop heb gegooid.

Ik moet het Art nageven, hij knipperde niet eens met zijn ogen bij alle suiker die ik net heb geconsumeerd, en hij probeert me ook niet zijn fruit te voeren.

Net op het moment dat ik hem met zijn terughoudendheid wil complimenteren, loopt er een man naar onze tafel, zijn gang onstabiel — waarschijnlijk door de fles wodka in zijn handen.

De nieuwkomer hikt en grijnst dan naar Art. "*Vi Artjoms Skulme?*"

Art kijkt met een strenge uitdrukking op. "Ja. En wie ben jij?"

"Mijn naam is Vladlen," zegt de man in behoorlijk goed, zij het onduidelijk gesproken Engels. "Mijn moeder is een grote fan van je."

Hé, het had erger gekund. Hij had "grootmoeder" kunnen zeggen.

Arts uitdrukking wordt iets warmer. "Ik waardeer mijn fans. Bedank haar alsjeblieft voor het ondersteunen van de kunsten wanneer je haar de volgende keer ziet."

Vladlen boert. "Ze zal zichzelf onder haar kont schoppen dat ze niet hierheen is gekomen." Hij slaat de wodkafles voor Art neer en vist dan een markeerstift uit zijn zak. "Kun je hier je handtekening opzetten?"

Arts glimlach is net zo verward als ik. "Een wodkafles tekenen?"

Vladlen begint te knikken, maar het moet zijn hoofd laten tollen, omdat hij zich aan de rand van onze tafel vastklampt. "Het zou zo geweldig zijn als je dat deed. Ze zal het prominent in haar woonkamer bewaren en het aan iedereen laten zien."

Art pakt de stift en de fles. "Hoe heet je moeder?"

"Dazdraperma," zegt Vladlen en hikt opnieuw.

Art grinnikt.

Vladlen kijkt hem met een lege uitdrukking aan.

Arts ogen worden groter. "Meen je dat nou?" Zich tot mij wendend, legt hij uit, "Het is een zeldzame naam. Afkorting van '*Da Zdravstvuyet Pervoye Maya*', wat 'Lang leve de dag van de mei' betekent, oftewel de Internationale Dag van de Arbeid.'"

Vladlen haalt zijn schouders op. "Mijn grootouders waren communisten. Mam was onder hun invloed toen ze mij m'n naam gaf."

Ik kijk vragend naar Art en hij legt uit, "Vladlen is een porte-manteau."

Vladlen kijkt beledigd. "Hoe noemde je me?"

"Een porte-manteau betekent een woord dat uit delen van andere woorden bestaat," zegt Art. "In jouw geval, Vladimir en Lenin."

Vladlens kijkt weer vriendelijker. "Het had erger gekund." Hij hikt. "Ik heb ooit een Pofistal ontmoet."

Ik kijk van Art naar Vladlen en terug.

Art rolt met zijn ogen. "Vertaald, 'Josef Stalin, overwinnaar van het fascisme.'"

Het is tenminste geen naam die tegelijkertijd Saddam Hussein, Charles Manson en Cruella de Vil eert.

"Dus." Vladlen verschuift van voet naar voet en valt bijna. "Kun je het ondertekenen?"

Art haalt de dop van de stift en schrijft iets in het Russisch. Wat het ook is, Vladlen staat op het punt om te huilen nadat hij het gelezen heeft. "Mama zal zo blij zijn," zegt hij. "Willen jullie als een klein teken van mijn dankbaarheid iets met me drinken?"

Voordat iemand kan antwoorden, zegt Vladlen, "Moge we gezond zijn" en neemt een grote slok uit de fles.

Art fluistert, "Weigeren zou een belediging zijn."

Stinkdier.

Vladlen geeft me de wodka.

Zo uit de fles? Nog een eerste vandaag.

Ik til het voorzichtig op naar mijn mond.

Gia zou waarschijnlijk sterven als ze deze schending van de hygiëneprotocollen zou zien. Aan de andere kant, doodt alcohol niet alle bacteriën?

Vanuit mijn ooghoek zie ik Art een foto maken met zijn telefoon.

Ik ga ervoor.

Oeps. Er gaat *veel* meer wodka in mijn keel dan de bedoeling was.

Mijn keuzes zijn om het door te slikken of uit te

spugen naar mijn aanstaande echtgenoot, dus ik ga voor de beschaafde optie.

Whoesh.

De enorme slok brandt helemaal tot aan mijn tenen.

"Indrukwekkend." Vladlen wendt zich tot Art. "Weet je zeker dat je date niet Russisch is?"

"Dat is ze, in haar geest." Art geeft me de telefoon en pakt de fles.

Ik bereid me voor om een foto te nemen.

Art neemt een slok die groter lijkt dan de mijne.

Machogedrag?

Moet wel. Zijn gezicht vervormt zich verschrikkelijk, en ik maak er met een grijns een paar foto's van.

Draait de kamer?

Hmm. Wat is dit voor warm gevoel in mijn borst?

Het kan maar beter de effecten van wodka zijn, en niet iets geks, zoals het L-woord. Denk ik. Wat het ook is, ik voel me geweldig. Ik heb het gevoel dat ik elk moment kan vliegen.

Ik begin te begrijpen waarom mensen wodka drinken, ondanks de smaak en de niet zo fijne calorieën en de dreiging om een alcoholist te worden.

"Dus, wat is het volgende voor jullie twee?" vraagt Vladlen.

"We vliegen naar Vegas," zegt Art in een samenzweerderig gefluister dat luid genoeg is om het aan alle tafels in de buurt te horen.

Wauw. Hij is nog helder genoeg om aan ons huwelijksverhaal te werken. Moet fijn zijn om een grotere lichaamsmassa te hebben. De beste leugen die ik op dit moment kan verzinnen is dat ik nuchter ben.

"Vegas. Wauw." Vladlen proost op ons met zijn fles en neemt een grote slok. "Wanneer?"

Verdomme, kerel. Alcoholvergiftiging is een serieuze bedreiging.

"Nog een paar sessies in de *parilka* en dan gaan we." Art staat op en kijkt in de richting van de stoombaden. "Nu we het er toch over hebben... ik kan er maar beter aan beginnen."

"*S lyohkim parom*," zegt Vladlen en loopt wankel terug naar zijn tafel.

Terwijl Art naar de stoombaden gaat, is zijn gang een stuk minder gracieus dan normaal. Het lijkt erop dat de alcohol *toch* een effect op hem heeft.

Ik haast me achter hem aan. Eenmaal met de natte hitte geconfronteerd, voel ik me extra licht in het hoofd, hoewel het moeilijk is om zeker te zijn hoeveel ervan door de stoom komt, hoeveel ervan van de wodka is, en hoeveel het door Arts heetheid komt. Ik hou het zo lang mogelijk uit, en dan brengt Art me terug naar de tafel.

Dan gebeurt er een déjà vu. Een man loopt naar onze tafel, zegt dat zijn moeder een fan van Art is, en vraagt om een handtekening. Het enige verschil is, in plaats van een fles, wil hij zijn "geluksroebel" ondertekend hebben, en in plaats van ons uit de fles te laten drinken, brengt hij ons shotglazen.

Als hij weggaat, doe ik mijn mond open om commentaar te geven op hoe raar dat was, maar dan komt er een nieuwe kerel aan, en het hele ding herhaalt zich opnieuw — inclusief de shots.

Mijn benen voelen gevoelloos aan. En het puntje van mijn tong. En mijn gedachten zitten in een draaimolen. De positieve kant is, dat doen alsof je dronken bent nu heel makkelijk zou moeten zijn.

Zodra het laatste mama's kindje vertrekt, komt er een andere aan — en hij is nog vreemder in het feit dat hij zelf de fan is. Hij biedt ook aan om me in de *parilka* te slaan.

"Nee, bedankt," zeg ik.

"Oh, kom op," zegt hij. "Ik kan het heel goed."

Spreek ik mijn woorden niet duidelijk uit, of is hij te dronken om te begrijpen dat geen billenkoek geen billenkoek betekent?

"Serieus," zeg ik krachtiger. "Het hoeft niet."

"Respecteer je me niet?" gaat hij door.

Oké. Respect lijkt een belangrijk onderwerp te zijn voor dronken Russen. Een paar van de vorige gasten hadden het er ook over — in de context van hoeveel ze het voor Art hebben.

Over Art gesproken, hij komt overeind. "Luister, vriend." Zijn spraak is een beetje onduidelijk, maar zijn ogen zijn donker en meedogenloos. "Ik ben de enige man die wat dan ook bij haar doet. Ooit. Is dat duidelijk?"

Doet hij nu alsof? Hoe dan ook, waarom voel ik me hierdoor nog warmer in mijn borst?

De man recht zijn rug.

Stinkdier. Krijgen we een dronkenmansgevecht?

"Meneer Skulme," zegt de man. "Het spijt me. Ik bedoelde het niet respectloos."

Art lijkt te kalmeren. "Het geeft niet. Zullen we nog een borrel drinken en het vergeten?"

We drinken de wodka op en als de man vertrekt, gaat Art weer zitten en fluistert tegen me, "Ik denk dat het tijd is dat we naar het vliegveld gaan. Ik ben bang dat mensen nu misschien naar de *banya* komen om mijn handtekening te krijgen."

Ik kijk om me heen.

Hij zou gelijk kunnen hebben.

De zaak die eerder vrij leeg was, is nu vol... dat of ik zie dubbel en driedubbel. Oh, en de nieuwe mensen — of dubbelzichtmensen — kijken allemaal onze kant op.

Ik spring overeind.

Wauw. Mijn hoofd tolt. Misschien deed ik dat te snel.

Voordat ik mijn evenwicht kan verliezen, pakt Art mijn hand.

Ah. Het grootste handgasme ooit.

Hij leidt me naar de kleedkamer, maar om de een of andere reden loopt hij niet met me mee naar binnen.

Boe.

In een waas douche ik, wat mijn hoofd niet helder maakt, zoals ik had gehoopt.

In een handdoek gewikkeld, strompel ik naar mijn kluisje als er een vrouw in mijn weg gaat staan.

Ze lijkt op een van de Russische modellen die ik eerder heb gezien, ze is alleen veel te gekleed voor de locatie. En nog dunner. En vreemd genoeg bekend. En boos.

"*Korova*," sist ze naar me met een vervelende uitdrukking voordat ze in het snelvuur Russisch begint te schreeuwen dat ik zelfs als ik nuchter was en de taal zou spreken niet zou kunnen volgen.

Als ze klaar is, slaat ze me op mijn wang alsof ze haar punt duidelijk wil maken.

Zeventien

Wat de fuck?

Het geprikkel ontnuchtert me genoeg om te beslissen dat ik dit wicht de klappen van haar leven ga geven.

Je groeit niet op met zeven zussen zonder een gevecht of twee, met en zonder haren trekken.

Ik hef mijn vuisten op als een bokser. "Je bent dood, wie je ook bent." Ik wil cool en sinister klinken, maar de woorden komen er onduidelijk uit.

In plaats van met eer tegen me te vechten, rolt mijn aanvaller met haar ogen en draait zich dan op haar hakken om op een manier die verdacht veel op een pirouette lijkt.

"Wacht eens even."

Dat doet ze niet. Ze huppelt weg, waardoor het er irritant elegant uitziet.

Oh. Ik weet het nu weer. Zij is de ballerina die ik laatst op het podium zag. Degene die ik de Zwarte

Zwaan noemde. Degene die op het podium veel te vriendelijk was met Art — ongeacht het feit dat het een optreden was.

Teef. Ik zou haar moeten slaan nu ik de kans heb. Maar ze is zo snel, en mijn voeten voelen op dit moment veel te donzig aan.

Ik ga op een bankje zitten om op adem te komen.

Misschien dat ik hierna achter haar aan ga.

De kamer draait.

Oké, misschien ga ik voorlopig niemand achternazitten. Grr. Ik denk dat het de geluksdag van de Zwarte Zwaan is.

Als ik mijn vuisten loslaat, denk ik na over wat ze tegen me zei en waarom. Een deel van me weet niet zeker of ze hier echt was. Misschien als je genoeg wodka drinkt, dat het dan kan gebeuren dat er een Russische ballerina zich voor je manifesteert. Of een beer. Misschien is dat wat er aan het einde van die film met Natalie Portman gebeurde.

De deur van de kleedkamer kraakt.

Is de verschijning terug?

Nee. Het is Marusja.

"Je verloochende heeft me gevraagd om te controleren of je in orde bent," zegt ze chagrijnig.

Mijn verloochende? Oh, ze bedoelt mijn verloofde.

"Hier." Marusja geeft me haar hand. "Ik help."

Ik laat haar me steunen terwijl ik opsta, en dan houdt ze me vriendelijk vast als ik mijn kleren aantrek.

"Wat is een *korova*?" vraag ik wanneer ik klaar ben.

Ze ziet er beledigd uit. "Wie noem je *korova*?"

Ik kijk haar knipperend aan. "Niemand. Ik heb dat iemand net horen zeggen."

"Het betekent *koe*," zegt ze met een frons. "Het is iemand beledigen vanwege hun gewicht."

Koe? Mijn handen ballen zich weer tot vuisten. De Zwarte Zwaan heeft geluk dat ze wegliep toen ze dat deed — als ik aanneem ze geen verzinsel van de wodka was.

"Klaar om te gaan?" vraagt Marusja.

Ik knik en ze leidt me naar een foyer waar Art al staat te wachten, lichtjes op zijn voeten zwaaiend.

Marusja zegt iets tegen het personeel dat in de buurt staat en ze helpen ons in een taxi te stappen die bij de stoep staat te wachten.

"JFK," hoor ik Art zeggen alsof het van een afstand is.

We beginnen te rijden.

Mijn oogleden voelen zwaar aan.

Ik denk dat ik buiten westen raak, of de tijd vervaagt, want voor ik het weet, zijn we op het vliegveld.

Nog een keer knipperen en ik zit in een stoel in de eerste klas, met een behulpzame Art die me met een dekentje bedekt.

Gedurende de volgende paar ogenblikken zweef ik op gevoelens van warmte en gezelligheid, en dan wordt mijn geest leeg als ik in het diepste coma van mijn leven val.

HOOFDSTUK
Achttien

Ik word wakker met de ergste hoofdpijn ooit.

Nee. Om dit hoofdpijn te noemen is een understatement. Mijn hoofd voelt aan alsof het door een industriële blender is gegaan.

Heeft een NFL-speler mijn hoofd geleend? Als dat zo is, dan heeft hij duidelijk zonder helm gespeeld... en verloren.

Ik kreun.

Als pijn in een geur zou kunnen worden omgezet, dan zou mijn hoofdpijn het niveau van *taranka* bereiken. Of van gefermenteerde gekookte kool. Of van een van die genummerde Chanel-wreedheden.

Oh, en hoofdpijn terzijde, waarom heb ik het zo koud, alsof ik naakt ben? En plakkerig. Ik voel me om de een of andere reden erg plakkerig. En niet te vergeten, voel ik een pijn in mijn onderlichaam. Meer dan één soort pijn.

Wat de fuck?

Een mannelijke kreun weerspiegelt ergens die van mij.

Waar ik ook ben, mijn leed wordt gedeeld.

Tijd om mijn ogen te openen. Het is alleen... dat mijn oogleden aan elkaar gelijmd lijken te zijn. Met moeite dwing ik mijn oogleden om open te gaan — om vervolgens verblind te worden door licht dat door gigantische ramen komt.

Vreemd. Zat ik niet in een vliegtuig?

Ik laat mijn ogen wennen en kijk uit het dichtstbijzijnde raam.

De Las Vegas Strip. Wauw. Ik heb nadat het vliegtuig vertrok vast een black-out gehad — wat te begrijpen is, gezien de hoeveelheid die ik heb gedronken.

Ik kijk naar beneden.

Stinkdier.

De reden dat ik me naakt voel, is omdat ik dat ben.

De reden dat ik me plakkerig voel, is omdat ik bedekt ben met een witte substantie die heerlijk ruikt. En ik bedoel echt bedekt — het zou bijvoorbeeld een uitdaging zijn om een schone centimeter te vinden.

Ik hoor weer een man kreunen.

Als ik me omdraai, vind ik de bron: Art — die ook naakt is en net zo bedekt met de witte substantie als ik, wat jammer is.

Ik ga rechtop zitten.

Dat is een vergissing. De kamer begint als een gek te draaien, waardoor ik misselijk word.

Goed. Ik denk niet dat ik al nuchter ben. Zelfs niet

een beetje. Wat logisch is, omdat het verklaart waarom deze kamer naar een opgeblazen distilleerderij ruikt. Hoewel ik nog steeds Arts lekkere geur en zoete gebakjes van alle soorten ruik.

Ik doe mijn best om mijn hoofdpijn niet te verergeren en bekijk mijn omgeving.

Lieve zoetigheid.

Elk oppervlak van de kamer is met desserts bedekt. Cupcakes en verschillende soorten cakes, brownies, donuts, taarten, fudges, koekjes, gesmolten ijs, macarons, muffins, parfaits, panna cotta, snickerdoodles, scones, snoep, souffles — de lijst gaat maar door en door. Maar wat mijn aandacht trekt zijn de slagroombussen, er liggen tientallen van hen over de kamer verspreid.

Ik doop mijn vinger in een grote klomp plakkerig spul rond mijn linkerborst en proef het voorzichtig.

Yep.

Slagroom, kersen, en kleine stukjes van alle zoetigheden die ik om me heen zie.

Wat. De. Daadwerkelijke. Fuck?

Ik por Art voorzichtig.

Hij kreunt, maar doet zijn ogen niet open.

Ik proef het spul dat hem bedekt. Hetzelfde als ik — een mengsel van elk dessert dat bekend is bij zoetekauwen over de hele wereld.

Verbijsterd scan ik de kamer op zoek naar meer aanwijzingen, maar wat ik zie, maakt mijn verwarring alleen maar groter.

Er ligt een gasmasker op een bureau. Een chique

jurk en lingerie liggen ernaast. Onder het bureau ligt een paar blauwe Manolo Blahniks.

Wat voor de duivel? Heb ik Carrie Bradshaw beroofd, of is dit een droom over *Sex and the City*?

Maar nee. Deze hoofdpijn zou me uit elke droom wekken, en ze hadden in *Sex and the City* geen gasmaskers. En er was ook geen —

Het geluid van kleine scharrelende voetjes trekt mijn blik naar de andere kant van de kamer. Ik staar naar de bron van het geluid en knipper een paar keer, onzeker of de wodka in mijn bloed me dingen laat zien, of dat de droomtheorie meer aandacht nodig heeft.

Een superleuk harig schepsel houdt, op een zeer menselijke manier, een havermoutkoekje in twee kleine pootjes. Een afgerond, zeer pluizig schepsel dat eruitziet als een goed gevoede eekhoorn waar een aantal fretten bij zijn gegooid, en misschien ook een beetje van een konijn. Alleen ziet zijn vacht er veel fluweelzachter uit.

Wacht eens even. Ik denk dat ik weet wat voor soort vacht dat is. Mijn moeder beweert dat ze niet meer naar Madonna's muziek heeft geluisterd nadat ze een jas heeft gedragen die precies overeenkomt met de vacht van dit wezen.

Chinchilla.

Huh. Ik vond ze eerst niet *zo* schattig. Misschien had mam een punt.

Maar wat doet een chinchilla hier, in Vegas? Ik geloof niet dat ze door de Mojave-woestijn rennen, laat staan door de Strip. Ze komen uit Zuid-Amerika.

De chinchilla kijkt me aan en er is niet veel fantasie voor nodig om erachter te komen wat hij zou zeggen, als hij dat zou kunnen:

Ik weet dat ik er heerlijk uitzie, maar denk er niet eens aan. Je krijgt buikpijn en m'n vacht zal in je keel vast komen te zitten als een haarbal uit de hel.

Ik stop met het wezen nerveus te maken en kijk in plaats daarvan naar Art.

Weet hij wat er in vredesnaam aan de hand is?

Misschien. Maar voordat ik hem wakker maak, moet ik rekening houden met de olifant in de kamer — de pijn. Twee soorten, om precies te zijn, maar een zeer specifieke, post-seksuele pijn. In combinatie met naakte Art, zelfs met hoofdpijn, kan ik achterhalen wat er gebeurd is.

Regel één werd heel erg overtreden.

Wat de tweede pijn overlaat, een prikkelend gevoel op mijn onderbuik dat me aan zonnebrand doet denken. Heb ik een of andere rare SOA opgelopen?

Ik veeg voorzichtig het slagroom/dessertmengsel weg dat die plek bedekt en snak luid naar adem.

Ik heb een tatoeage.

Een volledige tatoeage.

Maar dat is niet eens het ergste.

De tatoeage is een plaatje van een pijl die naar mijn poes wijst met een boodschap die stoutmoedig zegt, "ALLEEN 4 MR. BIG."

"Hoe?" fluister ik zachtjes en ik staar vol afschuw naar mijn buik. "Wanneer? Waarom?"

"Waarom schreeuw je?" vraagt Art met een kreun, terwijl hij één oog opent.

"Schreeuwen?" Ik adem een long vol lucht in en kanaliseer Leonidas, de koning van Sparta. *"Dit. Is. Schreeuwen!"*

Art slaat zijn handpalmen over zijn oren en gaat rechtop zitten en mompelt iets in het Russisch — waarschijnlijk obsceniteiten.

Ik hoor iets zachts op de grond vallen. Uit mijn ooghoek zie ik de chinchilla zijn havermoutkoekje laten vallen en wegspringen om zich ergens te verstoppen — waardoor ik me schuldig voel voor mijn uitbarsting.

Art kijkt de kamer rond, de verwarring op zijn gezicht komt overeen met die van mij.

"Dus," zeg ik nadrukkelijk. "Weet *jij* wat er verdomme is gebeurd?"

Met gefronste wenkbrauwen kijkt hij naar mij en dan weer de kamer in. Dan kijkt hij naar zijn naakte lichaam. Dan naar dat van mij.

Ik moet het hem nageven, hij lacht niet bij de aanblik van mijn tatoeage. Hij is of een beter mens dan ik, of hij is te veel in shock om deze toewijding aan zijn pik hilarisch te vinden.

"Dus... Mr. Big?" vraagt hij, terwijl hij een wenkbrauw optrekt.

Oh. Juist. Hij weet het niet.

Rood wordend tot het niveau van de kersentaart die in de buurt ligt, mompel ik, "Een bijnaam die ik dat heb gegeven." Ik wijs naar zijn mannelijkheid die met zoetigheid bedekt is.

Ik had waarschijnlijk moeten liegen, maar mijn hersenen functioneren niet goed.

Het lukt hem om een flauwe grijns te geven, maar die verdwijnt als hij over de achterkant van zijn met slagroom bedekte hoofd wrijft. "Dus... Ik herinner me dat ik iets met je heb gedronken in het vliegtuig."

Mijn kaak raakt bijna het bed. "Was ik wakker in het vliegtuig?"

Hij knikt en krimpt ineen van de pijn.

Ik slik een slok van speeksel van veertig procent alcohol door. "Voor alle duidelijkheid, heb ik *nog meer* gedronken? Na al die wodka?"

Hij scant de kamer opnieuw, alsof de antwoorden

uit een van de taarten kunnen springen. "Ik ben bang dat we allebei meer hebben gedronken. Drankjes zijn in de eerste klas gratis, en zoals een regel uit een beroemde Russische film zegt, 'Zelfs mensen met zweren en geheelonthouders zullen op de rekening van iemand anders drinken.'"

Ik wrijf over mijn kloppende slapen. "Ik geloof dat ik op dit moment een maagzweer krijg."

Hij veegt wat wit spul van zijn voorhoofd en proeft het. "Ik ook."

Ik zucht zwaar. "Dus, wat is er daarna gebeurd?"

"We zijn uit het vliegtuig gestapt, hebben toen een taxi genomen... en hebben toen we bij het eerste casino aankwamen nog wat gedronken." Hij krimpt ineen. "Het was weer gratis." Zijn prachtige gelaatstrekken krijgen een blik van concentratie. "Je hebt geloof ik met dobbelen gewonnen, en toen... Ik ben een beetje blanco."

Heb ik gegokt en gewonnen? Waarom kan ik me hier niets van herinneren?

Ik vernauw mijn ogen tot spleetjes naar hem. "Dus je weet niet meer of we...?" Ik kijk duidelijk naar zijn met slagroom bedekte kruis.

Hij haalt zijn schouders op. "Het ziet er zeker naar uit dat we *iets* hebben gedaan."

Moet ik hem over mijn pijn vertellen? Het is een bewijsstuk dat geen twijfel laat bestaan over wat we hebben gedaan.

Voordat ik dat kan doen, veegt hij zijn buikspieren

schoon. Hij verwijdert een deel van de smurrie en onthult dat hij ook een tatoeage heeft.

We staren er allebei naar.

Het is een plaatje van een cartoon citroen met twee eclairs als geweren, die beide op zijn pik gericht zijn. Er staat hier ook iets geschreven: "EIGENDOM VAN KISLIK."

Een hysterisch gegiechel barst uit mijn keel. "Is *kislik* een Russisch woord, of een porte-manteau van kus en lik?" Want dat zijn de dingen die ik met Mr. Big wil doen, zelfs nu, ondanks deze martelende hoofdpijn en de rest.

Art likt aan zijn vinger en probeert de tatoeage eraf te wrijven. Hij geeft geen krimp. Hij knippert en kijkt me aan. "*Kislik* is geen heel gewoon woord, maar het kan worden gebruikt om iemand te beschrijven die dingen zuur maakt — bijvoorbeeld een yoghurtmaker." Zijn ogen krijgen een donkerdere chocoladetint. "Het is iets wat ik je voor de grap in mijn hoofd noem."

Ik had het kunnen weten. Die cartoon lijkt verdacht veel op mij, houdt snoep vast en is een citroen.

"Nou dan." Ik rol met mijn ogen. "Je staat nu zelf voor lul. Letterlijk."

Hij trekt een gezicht en wrijft zijn handen tegen elkaar, in een poging het witte spul dat erop zit weg te halen. Plotseling stopt hij en staart naar een van zijn vingers.

Een ringvinger, om precies te zijn.

Ik volg zijn blik, en in het begin snap ik het niet. Dan likt hij de vinger schoon, en zie ik het.

Een trouwring.

Ik bekijk mijn eigen vinger.

Yep.

Aan mijn linkerhand, aan mijn ringvinger, zit een gouden ring die bij de zijne past.

Twintig

MIJN BUIK SPANT ZICH AAN ONDER DE NIEUWE TATOEAGE. "WE ZIJN GETROUWD."

Art wrijft afwezig over zijn borst en smeert er daarbij duizend calorieën aan dessert in. "Het lijkt erop dat we het plan hebben gevolgd."

"Tuurlijk." Ik doordring het woord met genoeg sarcasme om een leger tienermeisjes jaloers te maken. "Alles verliep volgens plan."

Hij werpt een blik op mijn naakte buik en de boodschap die daar geschreven staat. "Goed. Maar trouwen was in ieder geval onderdeel van het plan."

"We hebben nooit afgesproken om het te voltrekken!" Mijn Spartaanse geschreeuw is terug, en het versterkt mijn hoofdpijn een paar graden.

Art grijpt zijn hoofd in zijn handpalmen in de stijl van het schilderij "De Schreeuw". "Misschien hebben we dat niet gedaan?"

Ik ga haastig met mijn blik door de kamer. "Daar!"

Ik wijs naar een nachtkastje waar een gebruikt condoom in een leeg dessertschaaltje ligt. "Ik wed dat *dat* DNA-bewijs bevat."

We hebben het gedaan, en het ergste is dat ik het me niet herinner.

Hij kijkt naar het condoom en dan naar mij. "We hebben in ieder geval bescherming gebruikt."

"Misschien. Of misschien hebben we het vele, vele malen gedaan, en een aantal keer daarvan zonder bescherming. We hebben geen idee hoeveel tijd we missen."

Ik voeg er niet aan toe dat mijn pijn op meer dan alleen een dronken vluggertje lijkt te wijzen. Maar misschien komt het door de grootsheid van Mr. Big.

Zijn ogen worden donkerder en zijn stem zakt een octaaf. "Ik ben schoon. En jij?"

Mijn eierstokken doen een looping. "Hetzelfde," weet ik te zeggen. "Maar ik ben niet aan de pil."

Ik laat dat voor ons beiden bezinken.

Het idee om misschien vader te worden moet stimulerend zijn voor Art. Hij springt overeind. "Zullen we opruimen en dan op onderzoek uitgaan?"

Ik volg hem, en tegen de tijd dat ik weer op de been ben, voelt het alsof mijn hoofd misschien van een ander hoofd gaat bevallen, dat ook hoofdpijn zal hebben. "Zullen we samen douchen?"

Ik vraag het niet omdat ik hem naakt en ongecensureerd wil zien en hem aan mijn wrijfbank van toetjes toe wil voegen. Of omdat ik hoop dat het ene naar het andere zal leiden, en de endorfine onze hoofdpijn goed zal doen.

Goed dan, misschien hoop *ik* op die dingen, maar ik denk dat als je al A hebt gezegd, je net zo goed voor B… of beuken kunt gaan.

Hij doet een stap achteruit alsof ik een zwerm geile bijen ben. "Nee."

"Nee?" Mijn buikspieren spannen zich zo erg aan dat er wat gedroogd wit spul van mij af op de grond valt.

Art kijkt naar het nieuw blootgestelde vlees voordat hij zijn ogen op de mijne richt. Hij ziet er berouwvol uit. "Het spijt me echt. Gisteravond had niet mogen gebeuren. Samen douchen zou nu alleen maar —"

"Zeg maar niets meer." Ik knars op mijn tanden, waardoor mijn hoofdpijn in mijn kaak bonkt. "Je hebt gelijk. Ga jij maar eerst douchen."

Wat dacht ik in vredesnaam? De man heeft een ballerinaharem tot zijn beschikking, en het enige wat hij van mij nodig heeft, is de verblijfsvergunning. Op dit moment wil hij alleen maar de stank van mij van zijn lichaam wassen.

Arts lippen drukken zich samen in een lichte grimas. "Ik denk dat *jij* eerst moet gaan."

Is dit ridderlijkheid, of zegt hij dat ik stink?

"Ga jij maar," zeg ik. "Leeftijd voor schoonheid."

Ik voel me geen schoonheid nadat ik ben afgewezen, maar ik wil dat hij zich ouder voelt.

"Dames eerst. Dat is mijn definitieve antwoord."

"Prima." Ik stap op een taart terwijl ik naar het

bureau ga om de jurk en de lingerie te pakken — de enige kleding die ik zie. Ik pak ook de Manolo Blahniks, dan ga ik op zoek naar de badkamer.

Verdorie.

We zitten in een penthousesuite met twee slaapkamers die minstens vijf keer groter is dan mijn garage op Staten Island. Het bleek ook dat we niet hoefden te discussiëren over wie als eerste gaat douchen, omdat er twee volledige badkamers zijn.

Ons verblijf moet een fortuin kosten.

Ik schreeuw tegen Art over de staat van de badkamers, maar ik weet niet zeker of hij me hoort — en het kan me niet schelen of hij me hoort.

Ik poets mijn tanden met de aangeboden wegwerptandenborstel en douche dan luxe voor wat aanvoelt als een uur. Tegen de tijd dat ik klaar ben, is mijn hoofdpijn van de zombie Armageddon-modus naar een stroomstoring verschoven. Ik vind een chique lotion die niet al te slecht stinkt, smeer die over mijn tatoeage en maak mentaal een kanttekening om te onderzoeken hoe ik hem kan laten verwijderen.

Vervolgens ruik ik aan mijn jurk.

Nee.

De pluizige badjas die aan een haak hangt, nodigt veel meer uit, dus ik trek die aan en voel me bijna weer mens. Dan duw ik mijn voeten in een paar hotelslippers. Ik pak de jurk, stap uit de badkamer en bots bijna tegen Art op, die ook een badjas draagt.

"Hier." Hij geeft me een fles water en een pakje Tylenol. "Dit zou moeten helpen."

Er is veel meer voor nodig om me de afwijzing van het douchen te laten vergeten, maar het is een begin.

Net als ik klaar ben met het doorslikken van de pil, wordt er op de deur geklopt.

"Huishouding," zegt Art. "Ik heb hen gevraagd om onze kleren te wassen."

Wauw. Hij moet veel sneller gedoucht hebben dan ik.

We doen de deur open en geven de man mijn jurk en Arts pak.

"Wat nu?" vraag ik als we alleen zijn.

Art zwaait met zijn telefoon. "We gaan naar de woonkamer en gaan op onderzoek uit."

Gelukkig is de woonkamer voor het grootste deel dessertvrij. Ik volg Art naar een comfortabele bank, waar hij zijn telefoon zo instelt dat het scherm op de gigantische tv voor ons verschijnt.

"Er zijn veel foto's en video's," zegt hij. "Laten we eens kijken."

Een afbeelding van mij met dobbelstenen verschijnt op het scherm.

"Dit herinner ik me," zegt hij.

Interessant. Ik heb de nieuwe jurk al aan.

Ik wijs naar mezelf op het scherm. "Hebben we hiervoor gewinkeld?"

Art veegt een paar keer op zijn telefoon en er verschijnt een foto van mij in lingerie. Een verkoper moet hem genomen hebben, want Art is in beeld, die met de kwijlende uitdrukking van een tekenfilmwolf naar me kijkt.

Ik denk dat hij me wilde toe hij een wodkabril op had. Mijn pijn bewijst dat.

"Je wilde een hele show opvoeren," zegt hij zonder mijn blik te ontmoeten. "Daarom heb ik *dat* voor je gekocht en je naar een andere winkel gesleept om een jurk te kopen."

Hij laat me vervolgens een paar foto's van mij in verschillende jurken zien — die allemaal van de set van *Sex and the City* hadden kunnen zijn, en ik had me geen van hen ooit kunnen veroorloven.

Ik word vuurrood. "Vertel me alsjeblieft dat deze niet op social media staan."

Art ziet er schaapachtig uit. "Het lijkt erop dat ik gisteravond alles heb gepost. Wil je dat ik die met jou in je ondergoed weghaal?"

"Is wodka een slecht idee?"

Hij verwijdert de foto uit zijn feed, samen met nog een paar van mij in meer onthullende jurken. Dan toont hij de volgende afbeelding op het scherm. "Dit herinner ik me niet."

Het is een selfie van ons terwijl we wang tegen wang staan. Achter ons is een zaak met de naam Dick's Last Resort te zien.

Daarna volgt er een video. Daarin slaat Art een ober neer terwijl hij iets schreeuwt over onbeleefd zijn tegen zijn verloofde.

Oh jeetje. Ik geloof dat ik iets over Dick's Last Resort heb gehoord. Het is een plek waar obers lullen voor je zijn als een gimmick. Art was duidelijk te dronken om dat deel te begrijpen.

Hij is tenminste niet gearresteerd. Ik bedoel, ik neem aan van niet, aangezien we hier zijn en niet in de lokale gevangenis.

De volgende video is van ons in een gondel in het Venetiaanse deel.

En natuurlijk, hoe kunnen we niet halverwege in het water vallen?

Art kijkt naar me, en mijn gezicht gloeit bij de onhandige ik in de video. Hoewel, om eerlijk te zijn, video-Art is net zo slecht — en hij zou de gracieuze moeten zijn.

Bij de volgende stop van onze tegenspoed, zijn we nog nat van de geïmproviseerde zwempartij, en daar bovenop lijk ik te huilen. Het wordt al snel duidelijk waarom. We bevinden ons in de Titanic, The Artifact Exhibition.

Ik ga nu natuurlijk niet huilen, maar laten we het er allemaal over eens zijn dat Jack naast Rose op die deur had gepast. Dat had echt gekund.

"Verwijder die alsjeblieft," zeg ik met een lichte hik, en Art doet dat.

Het Mob Museum is de volgende, en daarna schieten we om de beurt met een Uzi in de wapenwinkel, waarschijnlijk geïnspireerd door onze eerdere excursie.

Wauw. Kapitalisme. Om twee mensen zo dronken als wij wapens te geven, is verbijsterend.

Vervolgens is er de winkel waar we het gasmasker hebben gekocht — en een video van Art waarin hij lispelend uitlegt waarom we het hebben gekocht.

Blijkbaar had een man een scheet gelaten in een lift waar we in zaten, en mijn prins op het witte paard wilde me beschermen om die smerigheid niet te hoeven ruiken.

Yep. Ik draag in de volgende twee musea nog steeds de natte jurk en het gasmasker.

Art heeft mijn verzoek niet nodig om al het bewijs daarvan te verwijderen.

In een video die volgt, zien we er droger uit, en ik hou het masker vast, dus dat is goed. Het probleem is, ik ben niet nuchter, dus ik val een arme goochelaar lastig die we ergens ontmoet moeten hebben door hem te vertellen dat mijn zus Gia zoveel beter is dan hij.

Art gaat sneller door de opnames.

In één ervan zijn we aan het zoenen in het Atomic Testing Museum — want met genoeg wodka in je aderen is zelfs straling sexy. In de volgende, kopen we in een sekswinkel een zweepje en noemen het een *venik*.

Ik kijk stiekem naar Art. Hij grijnst. Ik wou dat ik hetzelfde voelde.

Waar is die zweep nu? Geen idee. Maar het was niet de enige tussenstop. De volgende set foto's is in het Erotic Heritage Museum, en in veel ervan lijk ik overmatig veel aantekeningen te maken.

Stinkdier. Heb ik Art over mijn blog verteld? Wat nog belangrijker is, is er bewijs op zijn telefoon dat hem eraan kan herinneren?

Tot nu toe niet. Het Erotic Heritage Museum

bezoek is alleen in foto's te zien en er zijn geen video's, godzijdank.

"Ik denk dat dit het grote evenement is," zegt hij en hij start een video.

Yep.

We zijn op een schip op Treasure Island, zo gelukkig als twee mosselen in een veganistisch restaurant. De trouwambtenaar is een vrouwelijke Elvis, natuurlijk, en de getuigen zijn gekleed als... uhm... exotische dansers, man en vrouw.

"Ik herken een aantal van hen," zegt Art, terwijl hij mijn blik volgt. "Voormalige balletdansers."

Geweldig. Tot nu toe was ik alleen bezorgd over zijn toegang tot ballerina's. Blijkt dat hij strippers in zijn bestand heeft staan.

Als de ceremonie begint, zijn we moeilijk te verstaan zodat onze geloften moeilijk te begrijpen zijn — maar ik betrap mezelf erop dat hij me net zo geil houdt als Samantha. Zijn geloften zijn in het Russisch (neem ik aan), dus ik begrijp maar één woord: *kislik*.

Is het raar dat ik me ontroerd voel, ondanks de cluster-fuckerij van de ceremonie?

Arts gezicht is onleesbaar terwijl hij kijkt, dus dit is voor hem waarschijnlijk gewoon een financiële transactie.

"Je mag de bruid kussen," zegt Elvis tegen video-Art en mijn hemel, zoenen is wat we doen.

Ik had alleen al voor die kus aan de pil moeten zijn. Mijn tong lijkt Arts milt te bereiken, om het nog maar niet te hebben over al het lipbijten en handen die overal heen zwerven. Het is een wonder dat ik Mr. Big er niet uit haal of dat Art mijn borsten niet uit de jurk trekt.

Verdomde hel. Dit gedeelte kan niet verwijderd worden. Het is veel te belangrijk voor als we te maken hebben met de mensen van de verblijfsvergunning. Het ziet er ongelooflijk echt uit.

Wanneer we op het scherm eindelijk uit elkaar gaan, juichen de strippers en Elvis. In mijn ogen starend, zegt Art iets dat verdacht veel klinkt als, "En nu ben je van mij, *kislik*." Wat betreft het woord dat nu permanent op zijn huid staat, de foto's van de tattooshop zijn de volgende — want "tot de dood ons scheidt" was niet permanent genoeg voor dronken ons. Eenmaal getatoeëerd, is het logisch dat we naar een dierenwinkel gaan.

Dat verklaart het harige beest dat ik eerder heb ontmoet.

Art pauzeert de diavoorstelling en fronst zijn wenkbrauwen naar me.

"Oh, ja, *schat*," zeg ik. "Het lijkt erop dat we een kind met vacht hebben. Gefeliciteerd."

Ik kijk rond in de kamer, maar ik zie het kind met vacht in kwestie niet, dus ik dring er bij Art op aan om door te gaan met de video. Wat volgt is tien minuten van de winkeleigenaar die de verzorging en het onderhoud van chinchilla's uitlegt, evenals Art die de beste transportmand voor vliegreizen koopt en vervolgens ons nieuwe huisdier bij de luchtvaartmaatschappij registreert.

"Heb je zijn naam nodig?" zegt hij lispelend tegen de telefoon voordat hij zijn blik op het pluizige schepsel richt. "Fluffer."

Fluffer? Besefte Art niet dat ze zo de persoon noemen wiens taak het is om een mannelijke pornoster een erectie te geven voordat de camera draait?

Over porno gesproken, de volgende set beelden is van de kamer waar we wakker werden, zonder desserts.

"Dit is een lange video," zegt Art. "Maak je maar geen zorgen. Dit is vanwege zijn grootte nergens geüpload."

Oh God. Als het is wat ik denk dat het is en hij probeerde het te uploaden...

"Geweldig, laat maar zien."

Tussen zijn tanden door ademend, drukt Art op afspelen.

Eenentwintig

"Dit is onze huwelijksnacht," zegt Lemon verlegen en lispelend. Vervolgens werpt ze een blik op het gigantische bed.

Slet.

Art loopt op het scherm naar haar toe. "Dat is het zeker."

Lemon gaat op haar tenen staan, likt aan zijn oorlel en fluistert luid, "Iemand moet zijn maagdelijkheid verliezen."

Arts neusvleugels trillen. "Moeten ze dat?"

"Jazeker." Lemons blik verschuift naar haar kruis. "Dus ben je klaar om... crème brûlée te eten?"

Terwijl ik naar de half nuchtere Lemon kijk, voel ik mezelf in een sinaasappel veranderen. Aan mijn zijde zit Arts blik aan het scherm gelijmd, zijn lippen zijn lichtjes gescheiden.

Op het scherm kijkt Art naar Lemons Manolo

Blahniks en gaat vervolgens met zijn blik omhoog totdat zijn ogen die van Lemon vinden. "Wie had gedacht dat mijn *kislik* zo traditioneel was?"

"Zo traditioneel." Lemon verbreekt het oogcontact, springt naar het bureau en pakt de telefoon op. Ze moet roomservice hebben gebeld, omdat ze de crème brûlée bestelt, samen met slagroom, koekjes, gebak, enzovoort.

Hoe meer items ze opsomt, hoe hoger de wenkbrauwen van video-Art worden.

"Weet je zeker dat je genoeg hebt besteld?" vraagt hij wanneer Lemon ophangt.

Ze haalt haar schouders op. "Ik neem aan dat het niet alleen crème brûlée is die je nog nooit hebt geproefd. Heb ik het mis, mijn zoetigheidmaagd?"

Zijn ogen schitteren en ik voel de hitte in zijn blik zelfs door het scherm heen.

"Nou dan," zegt Lemon met haar beste verleidingsstem. "Het ontmaagden gaat de hele nacht door als het moet."

Huh. Is het raar dat ik van de black-out dronken ik hou? Het is gewoon jammer dat haar zijn de prijs van zo'n verschrikkelijke hoofdpijn met zich meebrengt — om het nog maar niet te hebben over wat er op het scherm gaat gebeuren.

"Dus," zegt video-Art hees. "Wat gaan we in de tussentijd doen?"

Lemon werpt nog een blik op het bed. "Wat had je in gedachten?"

Arts kaken spannen zich aan, en hij doet een stap naar haar toe. Plotseling tjilpt iemand van buiten de camera.

"Shit, Fluffer," roept Art uit en verdwijnt voor een seconde en komt terug met de transportmand.

Ah. Juist. De arme chinchilla.

Art haalt het schepsel uit de drager, en ze knuffelen samen, als een kind en zijn knuffel.

Huh. Fluffer ziet er gezegend uit. Maar wie zou dat dan niet zijn?

"Mag ik dat proberen?" vraagt Lemon.

Art geeft het huisdier aan haar, maar als ze probeert na te doen wat Art net deed, rent Fluffer weg en kijkt doodsbang.

"Je hebt hem bang gemaakt," zegt Art, vervolgens steekt hij zijn hand uit naar het kleine beestje en zegt iets rustgevends in het Russisch. De chinchilla moet Russisch spreken — of *echt* van Art houden — want binnen enkele seconden knuffelen ze weer samen.

Lemon vernauwt haar ogen naar de chinchilla. "Is dat een jongen of een meisje?"

"Jongen." Art toont haar duidelijk de buik van het wezen.

Ik tuur naar het schermpje. Er is hoe dan ook geen bewijs te zien. Er is waarschijnlijk een expert voor nodig om ze te seksen — iemand zoals mijn kuikenseksermoeder, die op de een of andere manier hanen en kippen uit elkaar kan houden als ze zes weken oud zijn.

Video-Lemon gnuift op het scherm en valt bijna op haar kont. "Als hij een hij is, waarom is hij dan zo close met jou en niet met mij?"

Zowel de video als de echte Art grinniken bij die vraag.

"Waarom zou dat ertoe doen?" vraagt video-Art.

Goeie vraag. Ik ben een stuk nuchterder dan video-Lemon, en ik heb geen idee wat ze daarmee bedoelde — behalve dat het vaag aan bestialiteit gerelateerd klinkt.

Lemon verandert van onderwerp door naar de minibar te lopen en er een paar flesjes uit te halen.

Nee. Drink niet nog meer. Ben je gek?

Dat is ze. Dat zijn ze allebei. Ze zitten op de rand van het bed met Fluffer op de schoot van Art, ontkurken de flessen, en Art zegt een fantasievolle toast in de trant van "mag wodka wereldvrede brengen, een rood oog genezen, en de wollige mammoeten naar de bevroren steppen van Siberië terugbrengen."

Ineenkrimpend, kijk ik toe hoe ze de flessen leegdrinken en mijn hoofdpijn verergert met terugwerkende kracht.

Lemon gooit haar fles aan de kant en trekt haar rok zo hoog op dat ik haar slipje kan zien — en beide Arts ook, naar de gretige interesse op hun gezichten te oordelen.

"Het dessert duurt te lang," zegt ze met haar ogen op de lippen van Art gericht. "Misschien is er ondertussen iets anders dat je kunt eten?"

Fluffer springt van Arts schoot met een blik die lijkt

te zeggen, *ik wist dat deze mensen me wilden opeten. Ik wist het verdomme!* Hij huppelt verwoed weg, uit beeld.

Dan snap ik waarom Fluffer echt wegliep.

Het was niet de opmerking over "eten".

Niet direct, in ieder geval. De broek van video-Art heeft de vorm van een tent en dat is waar het arme knaagdier zat, dus hij werd gewoon bang door de ontwaakte Mr. Big.

Video-Lemon schuift naar Art en ze streelt zachtjes met de toppen van haar vingers over de bovenkant van de tent. "Mijn liefste echtgenoot," zegt ze met een slecht Brits accent. "Is dat voor mij?"

Stinkdier. Kan ik gewoon door de vloer zakken en in een hotelkamer ergens hieronder belanden?

Ik kijk stiekem naar Art in de echte wereld.

Er pulseert een ader op zijn slaap. Hij betrapt me terwijl ik naar hem staar, schraapt zijn keel en trekt zijn badjas recht.

"Regel één," zegt video-Art met een hese stem. "Weet je die nog?"

Lemon trekt een andere cirkel met haar vinger en reikt naar zijn rits. "Een hoop nonsense."

Art begint in de echte wereld te lachen.

Ik kijk hem streng aan.

Hij pauzeert de video. "Sorry, het is gewoon dat *nonsense* in het Russisch 'lul' betekent, en dat is waar haar — ik bedoel jouw hand is. Ik dacht ook, 'Wauw. Ze heeft zoveel wodka gedronken dat ze spontaan Russisch spreekt.'"

"Heel erg grappig. Zodra je met pensioen gaat van

ballet, moet je overwegen om een verdomde komiek te worden."

"Je moet toegeven dat we ons in een vreemde situatie bevinden."

Ik zucht. "Dat zitten we."

"Moeten we hier wel naar blijven kijken?"

Goeie vraag. Als de video in porno verandert — en de kans is bijna honderd procent dat het zal gebeuren — dan zal het veel moeilijker worden om de rest van ons huwelijk platonisch te houden. Ondanks die redenering zeg ik, "Ja, dat moeten we. Ik moet weten of ik een Plan B-pil moet nemen."

Ja. Dat is mijn verhaal en ik blijf erbij. Het is niet zo dat ik de pil kan nemen zonder te hebben gekeken, echt niet. Waarom mezelf aan hoge niveaus van hormonen blootstellen als ik dat niet hoef te doen... toch?

"Ik kan het in mijn eentje bekijken en het je vertellen."

Ik gnuif. "Leuk geprobeerd. Wat dacht je ervan als ik het bekijk en het *jou* vertel?"

Hij start de video weer.

Video-Lemons vingers blijven om de uitstulping van Art heen cirkelen.

"Dit is een slecht idee," zegt video-Art, maar hij houdt haar niet tegen.

"Dit is geen slecht idee. Het is Mr. Big," zegt ze giechelend.

Iemand klopt op de deur, en het duurt even voor ik me realiseer dat het in de video is.

Grappig lopend — hetzij vanwege wat Lemon heeft gedaan, de alcohol, of beide — gaat Art gaat naar de deur om hem te openen, en ik ben niet verbaasd om te zien dat er karren vol desserts de slaapkamer in worden gerold.

De obers zetten de heerlijkheden lukraak in de kamer, ze zetten de slagroombussen op het bureau, en haasten zich weg — ze vermoeden waarschijnlijk dat de bacchanalia komen.

Zodra zij en Art alleen zijn, pakt Lemon een crème brûlée en zet deze op het nachtkastje waar ik vandaag het lege schaaltje had gevonden, met het condoom erin.

"Eet." Haar woorden zijn met genoeg erotische energie doordrenkt om de nabijgelegen gelei zo hard als een steen te maken.

Art gaat aan het hoofdeinde van het bed zitten, pakt het schaaltje op en breekt de schaal van suiker die er bovenop zit.

"En proef het nu, voor het eerst," zegt Lemon.

Mijn mond loopt vol water.

Art stopt op een sensuele manier een lepel crème brûlée in zijn mond.

Zijn ogen zijn gesloten en hij ziet eruit alsof hij er echt van geniet... om voor eens en altijd te bewijzen dat hij een mens is.

Een klein beetje van het dessert eindigt boven zijn lip, als een melksnor.

Ik weet wat Lemon gaat doen voordat ze het doet. Het is gemakkelijk te raden, omdat het is wat ik zou willen doen, en de alcohol heeft alle remmingen van video-Lemon verwijderd.

Ze zit naast Art en likt als een kat de snor van zijn lip.

Hij opent zijn ogen. Hij pakt de achterkant van haar hoofd en trekt haar naar zich toe voor een kus die ervoor zorgt dat degene van na de huwelijksceremonie er in vergelijking onschuldig uitziet.

Wauw. Is het raar om jaloers op mezelf te zijn? Ik wil ook nooit meer drinken, niet als dat betekent dat ik zo'n kus kan vergeten.

Terwijl de vraatzuchtige kus doorgaat, lokaliseert Lemons hand opnieuw de uitstulping van Art en ze pakt hem stevig vast.

Als hij zich terugtrekt, zuigt hij wat lucht naar binnen. "Wacht."

Ze raakt haar gekneusde lippen aan. "Wacht?"

"Je bent dronken."

Ze steekt haar hand uit en trekt zijn rits naar beneden. "Jij bent dronkener."

Hij schuift van haar weg, maar niet ver, want het hoofd van het bed bevindt zich daar. "Ik heb nog nooit misbruik van een dronken vrouw gemaakt."

Haar grijns is sluw. "Oh, dat. Hoe bewonderenswaardig. Natuurlijk kan *ik* met mezelf doen wat *ik* wil, toch? Je zou een arme, weerloze, *dronken* vrouw toch niet tegenhouden om wat plezier te hebben, of wel?"

Het schudden van zijn hoofd is nauwelijks zichtbaar.

Ze loopt naar het bureau en trekt langzaam haar kleren uit.

Alles. Gaat. Uit.

Ik bedoel, ik had het vermoeden dat dit op een gegeven moment zou gebeuren, gezien het feit dat ik vanmorgen naakt was, maar ik bloos nog steeds zoals een non onder deze omstandigheden zou doen... hoewel het een raadsel voor me is waarom een non zo dronken zou worden en dan de volgende dag een zelfgemaakte pornovideo zou kijken.

"We kunnen stoppen met kijken," zegt Art die vlak bij me zit.

Video-Art zegt niets — hij staart alleen naar Lemon alsof hij op het punt staat om haar te verslinden.

Proberend zich verleidelijk te bewegen, maar heel vaak over de desserts struikelend — stapt Lemon op het bed, spreidt haar benen wijd open, en begint zichzelf aan te raken.

Ik kan niet geloven dat dit gebeurt. Ik wil wakker worden uit deze nachtmerrie, of er op zijn minst van weglopen, bij voorkeur helemaal naar Staten Island.

Mijn stem is verstikt als ik vraag, "Kun je het vooruit spoelen? En wegkijken? Ik vertel je wel als het voorbij is."

Als hij zo'n show zou opvoeren, dan zou ik er nooit mee instemmen om weg te kijken, maar nogmaals blijkt hij een beter mens te zijn, want hij doet wat ik vraag. Dat, of toekijken hoe ik de wezel poets is niet iets wat hij wil zien als hij nuchter is.

Op het scherm is de masturbatie show in

halsbrekende (of vingerbrekende) snelheid te zien, maar het gaat door voor wat aanvoelt als een zeer lange tijd. De reden is simpel: video-Lemon gebruikt elke techniek waar ik ooit over heb geblogd, en ze vindt zelfs een paar nieuwe bewegingen uit.

Als hij dit heeft gezien, zou Art dan beseffen dat ik een professional ben? Geen idee, maar ik ben blij dat mijn video-ik geen toegang heeft tot een elektrische tandenborstel of andere rekwisieten.

Nee. Te vroeg gejuicht. Video-Lemon springt overeind, pakt een slagroombusje en een kers, keert dan terug naar het bed en bedekt haar schaamhaar met room. Dan doet ze er natuurlijk de kers bovenop.

Schiet me nu maar neer.

Ze wenkt Art en ze wisselen een paar woorden uit die ik niet kan horen. Ik wed dat het zoiets is als "kom eten" van haar, en "oké, prima, alles om je te laten stoppen om nog meer te masturberen" van zijn kant.

Zodra video-Art overtuigd is, gaat hij in een cheeta-achtige sprong op zijn traktatie af. Aan de andere kant ziet het er misschien gewoon zo uit vanwege de snelheid van de video.

Moet ik tegen Art zeggen dat hij nog een keer mag kijken? Als dat ervoor nodig is om de video te vertragen, denk ik van wel. Ik ben zo nieuwsgierig naar zijn cunnilingustechniek.

Ik schraap mijn keel. "Kun je het vooruitspoelen stoppen?"

Art draait zich om snakt hoorbaar naar adem.

Was dat een goede of een slechte snak naar adem?

Waarschijnlijk slecht. Hij kan niet geloven dat de alcohol hem zo ver onder zijn ballerina-geïnspireerde normen heeft laten zakken.

Video-Art lijkt Lemons charmes niet erg te vinden. Hij werkt zich door de slagroom heen alsof hij in hongerstaking is geweest, en likt dan met evenveel enthousiasme en wreedheid tussen haar plooien.

Ze begint te kreunen.

Natuurlijk. Ik wil ook kreunen — van vernedering. Ik wil Art ook vertellen om weer weg te kijken, maar ik ben sprakeloos, dus ik zit daar gewoon, mijn ademhaling is gehaast, mijn tenen krommen zich — alsof ik op dit moment wordt gelikt.

Is dit een vreemd soort spiergeheugen of iets dat verder gaat dan dat?

Het gekreun wordt luider en luider, totdat Art het volume op de tv zachter zet, waardoor mijn al rode gezicht nog heter wordt.

Als ze komt, ziet haar orgasme er zo krachtig uit dat ik op de bank een naschok voel.

"Hoe was dat?" vraagt video-Art met een verwaande grijns.

Ze trekt aan zijn shirt en laat knopen rondvliegen. "Je bent officieel geen slagroommaagd." Ze trekt zijn broek naar beneden. "Je loopt echter het risico om poessieslaag te krijgen."

Wat betekent dat überhaupt?

Grijnzend helpt Art haar zijn kleren uit te trekken, en al snel is Mr. Big ontketend.

Ik snak net als video-Lemon naar adem. We likken

ook allebei zenuwachtig aan onze lippen... of misschien in haar geval moedwillig.

Zelfs voor iets met de bijnaam Mr. Big, is dit... nou ja, groot. Je zou denken dat met al die wodka, whisky-lul een probleem is, maar nee. Mr. Big is op volle sterkte, een pure, enorme schoonheid die er een soort van gevaarlijk uitziet. Alsof er een vergunning zou moeten zijn om hem te gebruiken.

Heeft hij bij Tsjernobyl in de buurt geplast? Ik weet niet hoe het met de huidige ik zit, maar de blik op Lemons gezicht doet aan die van Ann denken toen ze King Kong voor het eerst zag.

Yep. Ik begrijp waarom ik nog steeds pijn heb.

Als ze zich heeft hersteld, buigt ze zich naar voren — alsof ze hem van dichterbij wil bekijken.

Nee. Fout.

Ze likt eraan en zuigt er dan aan.

Het was een vergissing om dit te bekijken. Ik denk niet dat ik Art ooit nog in de ogen kan kijken. Aan de andere kant, valt het me op hoeveel water er in mijn mond loopt — net als op andere plaatsen — vooral wanneer Lemon zich terugtrekt, een bus slagroom pakt, Mr. Big bedekt en het dan allemaal verslindt.

"Ik moet in je zitten," gromt video-Art wanneer de behandeling met slagroom zich herhaalt.

Oké, dat is verdomd heet. Ik zou nu ja zeggen, al mijn eerdere aarzelingen zijn verdoemd.

Maar ik ben nog steeds een beetje dronken.

Niet verrassend, zegt mijn sletterige ik niet alleen

ja. Ze strekt zich naar achteren en spreidt haar benen gastvrij uit, "Ja, alsjeblieft," kreunend.

Hé ze had, "Open," kunnen zeggen.

Maar wacht. "Hoe zit het met het condoom?" mompel ik hardop.

Op dat moment raakt Art in de echte wereld gespannen. Of hij houdt niet van de "zullen ze wel of niet bescherming gebruiken"-spanning, of hij is gewoon teleurgesteld over waar hij Mr. Big zo in gaat steken.

"Een momentje." Video-Art rent terug naar zijn broek, vist zijn portemonnee eruit en rommelt erin totdat hij een condoom eruit haalt.

Ik kijk naar Art in de echte wereld.

Hij werpt een schuldige blik op me. "Ik was niet voorbarig door dat bij me te hebben. Ik heb er *altijd* een in mijn portemonnee zitten."

Geweldig. Als ik bewijs nodig had dat hij een mannelijke hoer is, daar is het.

Voordat ik iets kan zeggen, rolt video-Art het condoom om Mr. Big, en dan positioneert hij zich vloeiend over Lemon, zijn omhulde kop bij de ingang van haar opening drukkend.

Fuck mij. Die bilspieren. Die rug. Pijn of niet, ik ben weer zo geil als een tienergeit... een bokkige.

Hij stoot in haar.

Ze kreunt.

Mijn hartslag schiet omhoog.

Hij gromt.

Art schraapt in de echte wereld luid zijn keel. "Moet ik doorspoelen?"

"Nee," zeg ik, veel te snel. Op een meer gematigde toon, voeg ik eraan toe, "Wat als het condoom scheurde?"

"Zouden we dat wel zien?" vraagt hij.

Fuck hem en zijn logica. "Misschien horen we het?"

"Hoe klinkt dat?"

Ik haal diep adem om kalm te worden. "Goed dan. Spoel het door."

Dat doet hij, maar hem me supersnel zien neuken maakt de video nog heter — en nog gênanter.

Uiteindelijk stoot video-Art bijzonder gewelddadig in Lemon en dat is wanneer de Art die hier zit beslist moet hebben dat de vraag over het condoom binnenkort zal worden beantwoord, dus hij hervat de video op normale snelheid.

"Art! Art! Art!" schreeuwt video-Lemon keer op keer terwijl ze klaarkomt.

Wauw. Ik denk niet dat ik ooit zo luid ben geweest. Het is een wonder dat ik mijn stem niet kwijt ben. Hij moet goed geweest zijn. Heel goed. Jammer dat de stomme wodka de herinnering eraan van me af heeft gepakt.

Art die vlak bij me in de buurt zit, veegt het zweet van zijn wenkbrauwen terwijl zijn video-zelf het condoom af doet en het in het schaaltje legt waar we het vandaag hebben gevonden.

Art en ik gaan rechtop zitten. Als er iets onveiligs zou gebeuren, dan zou het nu op het scherm gebeuren

— niet dat je wat we hebben gezien als 'veilig' kunt beschouwen.

"Heb je er nog een?" vraagt Lemon.

Wat een nymfomane. Ik heb van mijn leven niet zoveel gebloosd.

Video-Art schudt zijn hoofd. "Het was een geluk dat ik die had."

"Ach ja." Ze klautert overeind en valt bijna om. "Ik weet wat we kunnen doen."

Ze verdwijnt uit het zicht.

Waarom heb ik hier een slecht gevoel bij?

Als ze terugkomt, heeft ze een zweep vast.

Wat voor de duivel? Dat ding was niet in de kamer toen we wakker werden. Waar is hij gebleven? Ik hoop niet in een of andere opening. Tenminste niet in die van mij.

Oh nee. Zeg me alsjeblieft dat onze seksmarathon nooit de grenzen van deze suite heeft verlaten.

Lemon pakt een stuk kwarktaart en een bus slagroom. "Klaar voor de Amerikaanse versie van *parka*?"

Video-Art fronst zijn wenkbrauwen. "Zou daar geen hamburger bij horen?"

"Ga liggen, met je gezicht omhoog," zegt ze in een vrij goede imitatie van hoe Art die exacte woorden bij de banya had gezegd.

Dat doet hij.

Ze legt de kwarktaart op zijn borst, spuit er slagroom op en heft de zweep op. "Klaar?"

Klap!

De witte rotzooi zit overal, en er is een beetje roodheid op Arts blote huid te zien. Hij lijkt het niet erg te vinden — ongetwijfeld te dronken om pijn te voelen.

"Jouw beurt," zegt hij.

Ze gaat liggen, sluit en opent dan haar benen.

Sloerie.

Hij pakt een bolletje ijs uit een kom en stopt het in haar navel. "Klaar?"

Giechelend schudt ze haar hoofd. "Als je een ijscoupe maakt, voeg er dan wat slagroom aan toe."

Lellebel.

Kanttekening, waarom zijn er zo veel woorden om een vrouw voor hoer uit te maken en slechts een eenzaam scheldwoord van "mannelijke hoer" voor mannen? Stomme dubbele standaard.

Mijn feministische mijmeringen worden onderbroken door Arts geseling — zoals dat bij dat soort dingen vaak het geval is. Hij is tenminste zachtaardiger voor haar dan zij voor hem.

Toch vliegen het ijs en de slagroom overal rond.

"En... lik het er nu af," beveelt Lemon.

Ik heb geen woorden meer om haar voor slet uit te maken.

Video-Art gehoorzaamt.

Ze heeft weer een orgasme, luidruchtig, en dan doet ze hem een wederdienst. Net als hij komt, gooit ze een taart in zijn gezicht en schreeuwt, "Ik wist dat je een gezichtsbehandeling wilde!"

Er volgt een sexy voedselgevecht, dan meer orale bevrediging. Uiteindelijk knuffelen ze samen en vallen ze in slaap.

Tweeëntwintig

"We zullen het hier nooit over hebben," zeg ik als Art de video stopt. "Afgesproken?"

Hij knikt. "Moet ik het verwijderen?"

Ik sta op het punt om "ja allemachtig" te zeggen, maar dan aarzel ik. "Ik zou het bewaren totdat je de verblijfsvergunning hebt. Als een overheidsagent niet gelooft dat wat we hebben echt is, zullen we ze dat laten zien."

Hij lacht. "Ik kan me de blik op het gezicht van die hypothetische agent niet eens voorstellen."

Ik lach ook, maar dan zet ik een serieus gezicht op. "Het spreekt waarschijnlijk voor zich, maar ik wil het duidelijk maken: kijk daar niet nog een keer naar en laat het aan niemand zien."

Ik zal er ook niet meer naar kijken, want platonisch bij hem blijven is al moeilijk genoeg.

"Dat spreekt voor zich."

De deurbel gaat. Hij staat op om open te doen.

Is het mijn video gestimuleerde verbeelding, of heeft hij net in de Mr. Big regio iets groots aan de kant gelegd? Verdomme, nu ik het gezien heb, is zijn pik het enige waar ik aan zal kunnen denken?

Als Art terugkomt, is hij al aangekleed, en hij geeft me mijn jurk van gisteravond, die nu schoon is.

"Ik ga Fluffer zoeken." Hij loopt de kamer uit.

Ik grinnik als ik me aankleed. Over fluffers gesproken, die had hij voor onze porno niet nodig.

"Lemon, kom hier eens naar kijken," roept Art vanuit de slaapkamer.

Ik ga naar hem toe en als ik de kamer binnenkom, bloos ik. Nu ik heb gezien wat hier is gebeurd, krijgen de desserts een nieuwe betekenis.

Ik zweer ook dat ik seks in de lucht ruik, en dat maakt me geil. Of geiler.

Art knielt bij het bed en kijkt eronder, dus ik ga bij hem zitten.

Zodra ik zie wat hij gevonden heeft, begin ik te lachen.

Het lijkt erop dat we *zowel* Fluffer als de vermiste zweep hebben gevonden. De een eet de ander — en Fluffer eet natuurlijk de zweep, niet andersom.

Ik stop met lachen. "Is dat veilig voor zijn gezondheid?"

"Ik denk het wel," zegt Art. "Die handgreep is van hout gemaakt en de man in de winkel zei dat chinchilla's regelmatig op willekeurige dingen zullen knagen om hun altijd groeiende tanden bot te maken."

Huh. Art heeft duidelijk meer aandacht aan die uitleg besteedt dan ik.

"Kom hier, kleine Fluffer," zeg ik. "Wij zijn je mama en papa."

De chinchilla geeft me een blik die lijkt te zeggen:

Mama? Mens, alsjeblieft. Ik heb je onverzadigbare eetlust overal in deze kamer gezien, in beide betekenissen van het woord. Als ik eronderuit kom, slik je me als een klein balletje suikerspin in één hap door. Nee, dank je.

Hij knaagt weer aan de zweep.

"Hoe krijgen we hem daar weg?" fluister ik tegen Art.

Theoretisch gezien is mijn arm slank genoeg om onder het bed te passen, maar nee, bedankt. Ik weet niet of deze chinchilla gevaccineerd is voor hondsdolheid.

Art komt overeind en verlaat de kamer. Als hij terugkomt, houdt hij een grote schaal vast met een beetje stof erin.

"De man in de winkel zei dat ze van baden houden," zegt Art. "Misschien krijgt dit hem eronderuit?"

Hij zet het bad neer. Zodra Fluffer het ziet, laat hij de zweep liggen en rent hij naar het stof.

Huh.

Is dit wat die bontbedrijven doen om ze te lokken?

Fluffer begint in het stof te rollen, en ik kijk met een steeds bredere grijns toe.

"Waarom gaat dit niet viraal?" vraag ik aan Art. "Het is leuker dan slaperige kittens."

Art kijkt Fluffer met vaderlijke trots aan.

"Inderdaad. We zullen hem een dezer dagen moeten filmen."

Fluffer, die klaar lijkt te zijn met zijn bad, werpt een bezorgde blik op ons:

Me filmen en dan opeten. Mensen zijn zo voorspelbaar.

Voordat de chinchilla terug onder het bed kan rennen, zegt Art iets rustgevends tegen hem in het Russisch en tilt hem voorzichtig op.

Dit is het. Zelfs de lekkerder ruikende mens zal je opeten. Wie had dat gedacht?

Art zet Fluffer in de transportmand en wendt zich tot mij. "We moeten naar het vliegveld. Ik wil hem hier niet langer in opsluiten dan nodig is."

Tuurlijk, tuurlijk. Jullie willen gewoon vers vlees op je vlucht, monsters.

Aangezien we weggaan, lokaliseer ik mijn telefoon en zoek ik m'n oude kleren. Ze zijn weg, waarschijnlijk achtergelaten in de winkel waar ik mijn nieuwe outfit heb gekocht.

"Laten we de zweep onder het bed liggen?" vraag ik aan Art voordat we vertrekken.

Hij haalt zijn schouders op. "Hij is niet meer te helpen."

"Ze zullen weten dat hij van ons is." Ik word rood als ik me voorstel dat iemand het ding lokaliseert. Ze zullen aannemen dat we extra-extra kinky zijn gezien de geknaagde staat van het hout. "Er zit een toetje overheen gesmeerd."

"Als je onder het bed wilt kruipen, ga je gang," zegt hij.

Met een zucht stap ik de kamer uit. Art en ik praten op weg naar de lobby niet veel. Ik weet niet hoe het met hem zit, maar ik speel de rampzalige video opnieuw in mijn hoofd af en raak te opgewonden om me in het openbaar te bevinden.

"Ik ga de rekening betalen," zegt Art. "Kun je een taxi regelen?"

Dat doe ik, en als Art zich bij me voegt, is zijn uitdrukking vreemd bedachtzaam.

Zit hij ook aan de video te denken die we hebben gezien?

"Waar gaan we heen?" vraagt de taxichauffeur.

"Geef ons een momentje," zegt Art tegen hem en draait zich dan naar mij toe. "Luister, Lemon... als je van gedachten bent veranderd over het hele huwelijk, dan kunnen we een ritje maken en een nietigverklaring halen."

Op welke grond? We hebben onze vereniging voltrokken. "Ben *jij* van gedachten veranderd?" vraag ik, en ik haat hoe zwak mijn stem klinkt.

Zijn wenkbrauwen fronsen. "Waarom zou ik van gedachten veranderen?"

Omdat de video je een vies gevoel heeft gegeven? Omdat je niet langer verbonden wilt zijn met iemand zoals ik? Omdat je beseft dat je geld kunt besparen door elke warmbloedige vrouw te vragen om gratis van jou te zijn? Ik kan nog een paar redenen bedenken.

"Als je het er nog steeds mee eens bent, dan is het voor mij ook goed," zeg ik. "Oh, en natuurlijk is regel één weer van kracht."

"Juist. Regel één." Hij bestudeert mijn lippen met een vreemde uitdrukking. "Wat dacht je ervan om ook regel twee in te voeren: niet drinken terwijl je getrouwd bent."

Is dat zodat hij niet de fout herhaalt om zichzelf met mij te bevuilen? Ik tuit mijn lippen. "Prima."

Hij wendt zich tot de taxichauffeur, die ons nu al rijp voor het gekkenhuis vindt. "Naar het vliegveld, alsjeblieft."

De chauffeur trapt op het gaspedaal en om de ongemakkelijke stilte te vullen die volgt, check ik mijn telefoon.

"Stinkdier," zeg ik per ongeluk hardop.

Ik heb honderden appjes, gemiste oproepen en meldingen op social media.

"Is alles goed?" vraagt Art en hij glijdt dichter naar me toe.

"Veel berichten." Ik zwaai met mijn telefoon.

"Ah." Hij ziet dit als een uitnodiging om zijn telefoon te checken, dus ik duik in de mijne.

Stinkdier.

Art was niet de enige die gisteravond selfies en video's heeft gemaakt. Ik heb het ook gedaan, en ik heb ze gepost — nadat ik te dronken was om de gevolgen te overzien.

Er zijn foto's van ons in elk van de musea, maar dat is nog te redden. Een aantal foto's bij Dick's Last Resort en de Titanic-expositie — nog steeds niet het einde van de wereld. En —

Nee.

Hier zijn ze.

Ik heb foto's van ons trouwen gepost — duidelijk door een van de stripper getuigen genomen.

Dat betekent dat iedereen het weet. En mijn familie en vrienden.

Zelfs als ik die nietigverklaring zou halen, is de ergste schade al aangericht.

Met een bezwaard hart lees ik de eerste boodschap, die toevallig van Honey komt:

Getrouwd??? Serieus? Hoe goed rook die string? Bel me meteen.

Kort daarna kwam er een app van Blue:

Heilig huwelijk!!! Ik bedoel, ik hou net als elk ander meisje van Oost-Europese mannen, maar denk je niet dat dat een beetje te snel was? Bel me, of ik hack je telefoon en ga uit de luidspreker spreken.

Gia schreef iets op Facebook. Als performer houdt ze daar een religieuze aanwezigheid:

Ik heb het gezegd. Dit is hoe ik had gedacht dat Project BS zou eindigen, alleen misschien niet zo snel. Ik eis details.

Enzovoort, enzovoort.

Zelfs mijn ouders zijn op de hoogte. In allemaal hoofdletters, vertelt mam me hoe gelukkig ze is, en dan leest ze me de les over het belang van meerdere orgasmes, vooral tijdens je huwelijksnacht.

Hé, bedankt.

Papa's boodschap is het meest onheilspellende:

Gefeliciteerd! Ik zal jou en je nieuwe man snel zien.

Ik trek de telefoon weg van mijn gezicht. "Mijn ouders komen misschien naar de stad."

Art kijkt op van zijn eigen berichten. "Dat is geweldig. Ik kijk ernaar uit om ze te ontmoeten."

Huh. Beroemde laatste woorden.

———

Voor de rest van de weg naar onze vliegtuigstoelen, ga ik door de berichten van mijn mensen. Net als we opstijgen en voordat ik de ontvangst verlies, kom ik bij een bericht dat gisteren binnen is gekomen, rond de tijd dat ik Art in de banya masseerde.

Het is van een onbekend nummer.

Hoi Lemon, mijn naam is Bella Chortsky. Je zus vond dat we moesten praten. Ik ben terug in de stad. Zullen we vanavond wat gaan drinken of morgen koffie gaan drinken?

Oh, stinkdier. Het is de eigenaar van Belka — als in, een zakelijk contact, dus heeft de idiote dronken ik natuurlijk ergens gisteravond geantwoord:

Sorry, dat kan niet, Bellissima.

Ik stop met lezen.

Bellissima? Was dat de autocorrectie, of heb ik echt een vrouw die ik nog nooit heb ontmoet in het Italiaans 'mooi' genoemd?

Ik hoop dat het de autocorrectie was. Die geeft tenslotte de laatste tijd veel fouten.

Helaas gaat het bericht verder:

Ik ben in Vergas.

Vergas? Is dat een autocorrectie voor Vegas, of ben ik overgestapt op Spaans, waar dat woord 'slaaf' betekent? Misschien was het de subliminale invloed van de zweep?

Oh, en hier is de kicker:

Ik zit op een punt om met de best ruikende man ooit te trouwen. Salamander peertje?

Ja. Zit op een punt, salamander, *en* peertje - oh, en waarom kon de autocorrectie het *ruikende* deel niet in iets anders veranderen, voor mijn part in luiken?

Daar gaan die sponsormogelijkheden.

Of misschien niet.

Er is een antwoord van Bella:

Wauw. Klinkt alsof je het daar erg naar je zin hebt. Ik wil graag meer weten. Bel me als je terug in de stad bent.

Oké, misschien is hier niet alles verloren. Niet tenzij mijn laatste antwoord mijn kansen heeft verpest, wat heel goed mogelijk is. Een paar uur later, toen ik nog meer dronken was, schreef ik dit:

Zodra ik terug ben in Mew Pork, schijt ik in je reuzel.

Ik sla mezelf hard op het voorhoofd. Heel hard.

"Zo erg?" Art legt zijn hand op de mijne, waarschijnlijk per ongeluk.

Ik draai mijn telefoon snel om. Het is al erg genoeg dat Bella die gruweldaad heeft gelezen, er is geen reden waarom mijn nieuwe man dat zou moeten doen. "Het geeft niet. Hoe is het met die van jou?"

"Niet zo slecht, vooral in vergelijking met hoe iedereen het nieuws van mijn pensioen op heeft genomen." Hij haalt zijn hand niet weg.

Het gefladder in mijn buik voelt als de zachte

streling van vleugels van baby zwanen. "Ben je met pensioen?"

Hij knikt. "Je had gezegd dat je je niet terug zou trekken uit onze deal, dus..."

Ik knipper stom met mijn wimpers naar hem. "Echt zo ineens? Ben je geen balletdanser meer?"

"Nee, dat ben ik nog steeds. Ik laat het bedrijf niet in de steek. Ik ga een aantal optredens doen tot ze een vervanger vinden. Maar ja. De aap is eindelijk uit de mouw."

Wauw. Ik bewonder zijn besluitvaardigheid. Ik zou gewacht hebben op de verblijfsvergunning voordat ik in m'n salaris ging snijden. Aan de andere kant moet ik mezelf wat ere toedoen. Als ik echt iets om een salaris zou geven, dan zou ik in financiën of onroerend goed werken en niet mijn passie volgen: bloggen over alle verschillende manieren om de kluis te bezoeken.

"Willen jullie iets drinken?" vraagt de stewardess, terwijl ze naar ons toe komt.

Art trekt zijn hand weg en zegt op hetzelfde moment als ik nee.

Ze kijkt beledigd en haast zich weg.

Art controleert de draagtas onder zijn stoel, en ik zie Fluffers ongelukkige uitdrukking.

Ik had nooit gedacht dat ik dit zou zeggen, maar ik word liever opgegeten. Chinchilla's zijn niet bedoeld om mee te vliegen. We hebben gezond verstand, in tegenstelling tot vliegende eekhoorns, suikereekhoorns en mensen.

Art zegt iets tegen hem in het Russisch, en dat lijkt het kleine schepsel een beetje te kalmeren.

Hé, zelfs ik voel me rustiger.

En slaperig.

Heel slaperig, eigenlijk, wat begrijpelijk is. Ik heb het grootste deel van gisteravond dingen met Art gedaan, en niet te vergeten hoe slecht alcohol is om te slapen.

Nou ja.

Ik sluit mijn ogen.

Ik kan net zo goed een dutje doen.

————

Ik word wakker als we in New York landen.

Wauw. Ik heb vijf uur geslapen. En toch is de hoofdpijn er nog steeds.

"Hallo, slaapkop," mompelt Art als hij me mijn ogen ziet openen.

"Hoi." Een meisje kan eraan wennen dat gezicht te zien als ze wakker wordt.

Het vliegtuig komt tot stilstand en de motoren gaan uit.

"Heb je goed gerust?" vraagt Art terwijl de borden voor de veiligheidsgordel uitgaan.

"Ik geloof van wel." Ik til mijn handen op om over mijn ogen te wrijven en merk dat iemand me met een pluche deken heeft toegedekt. "Bedankt."

"Hoe gaat het met je hoofdpijn?" Hij geeft me een flesje water.

Ik accepteer die en neem een slok. Het water is koel

en verfrissend op mijn uitgedroogde tong. "Het doet nog steeds pijn. Die van jou?"

"Ik voel me veel beter." Hij haalt een pakje Tylenol tevoorschijn en geeft het aan mij. "Neem dit."

Ik slik de twee pillen door en drink het water om er zeker van te zijn dat ik goed gehydrateerd ben.

Hij kijkt naar me met een vreemde uitdrukking. Zijn ogen zien er warm uit, als chocoladefondue. "Wist je dat je snurkt?"

Ik stik bijna en er komt wat water uit m'n neus. "Dat doe ik niet."

Hij pakt zijn telefoon en speelt een track van de voice recorder-app.

Yep. Dat is gesnurk. "Dat kan iedereen zijn," zeg ik met een snufje. "Dames snurken niet."

Hij legt zijn hand op mijn elleboog. "Je hebt mijn snode plan verijdeld. Ik heb het gesnurk van een andere vrouw opgenomen en heb toen geprobeerd om het voor jou door te laten gaan."

Als hij mijn elleboog blijft vasthouden, laat ik hem wegkomen met de beschuldiging dat ik allerlei ongepaste geluiden maak, of het nu snurken, boeren of blaten is.

Helaas haalt hij zijn hand weg om onder de stoel te reiken voor Fluffers transportmand.

"Inderdaad een snood plan." Ik vernauw spottend mijn ogen naar hem. "Probeer dat niet nog een keer — of iets anders dat de uitdrukking 'een andere vrouw' bevat."

Wat Art ook op het punt staat om te zeggen wordt

onderbroken door de aankondiging dat we het vliegtuig mogen verlaten.

In een klef gebaar als dat van een heer, waar ik stiekem dol op ben, biedt Art me zijn hand aan om me uit mijn stoel te helpen. Hij laat me ook als eerste door elke deur gaan, tot we helemaal van het vliegveld af zijn.

Aangezien we geen ingecheckte bagage hebben, gaan we direct naar de taxi's. Terwijl we wachten, app ik mijn zussen en zeg ze dat we zullen praten zodra ik thuis ben. Ik vraag me ook af of ik Bella iets moet sturen, maar voordat ik een beslissing kan nemen, is het onze beurt om in een taxi te stappen.

Zodra we gaan, besef ik dat er een groot probleem is.

Degene die voor ons in deze auto heeft gezeten, moet al tien jaar niet gedoucht hebben. En om het nog erger te maken, ruik ik een luchtverfrisser met een dennengeur.

Ik open een raam.

Nee. De geur van de autoverfrisser is minder krachtig, maar de lichaamsgeur is nog steeds ondraaglijk, waardoor ik denk dat het de bestuurder is die de oorzaak is.

Zelfs dichter bij Art zitten en zijn magische geur inademen werkt niet. Hoe raar zou ik eruitzien als ik dat gasmasker op zou zetten? Of als ik net als een hond mijn hoofd uit het raam zou steken? Of misschien kan ik doen alsof ik ziek ben? Ik zou echt ziek kunnen worden als ik dit blijf ruiken.

Het probleem is, als we uitstappen, dan is het nu een lange wandeling terug naar het taxigebied, en er was een rij. Ik haat het om zo'n diva te zijn over geuren, maar nogmaals, ik weet niet zeker of ik het kan —

"Stop de auto." Arts toon is zo veeleisend dat de taxichauffeur op de rem trapt.

We komen met een schok en piepende banden tot stilstand, en ik ruik brandend rubber — nog een geur die ik haat.

"We stappen uit," zegt Art, en hij gooit een twintigje naar de man en springt naar buiten, terwijl hij de deur voor me openhoudt.

Voordat de taxichauffeur begrijpt wat er gebeurt, stap ik uit de auto.

Oh, de gelukzalige lichaamsgeur-vrije lucht.

Mijn kokhalsreflex ontspant.

De taxi rijdt weg.

Ik kijk met opgetrokken wenkbrauwen naar Art, hoewel ik kan raden wat er is gebeurd.

"Die auto leek te stinken," zegt hij. "Ik dacht dat als ik het merkte, jij waarschijnlijk zat te stikken."

Wat ik al dacht. Hij wilde me van de stank redden. Dat is een daad van ridderlijkheid waardoor je vroeger geridderd zou worden, of op zijn minst in de kuisheidsgordel van een dame mocht komen.

"Bedankt," zeg ik oprecht. "Maar nu moeten we helemaal terug."

Hij zwaait naar me met zijn smartwatch. "Ik kan de stappen wel gebruiken. Bovendien ben je het waard."

Aww. Op de terugweg zweef ik bijna.

Gelukkig voor ons, is de rij korter als we er zijn, en de volgende auto is zonder geur, of zoveel als mogelijk is in een machine die op stinkende benzine draait en per dag door tientallen mensen bezet wordt.

"Vind je het erg als ik even op mijn telefoon ga?" vraag ik aan Art. "Ik moet een zakelijk bericht versturen."

Hij fronst. "Ik dacht dat je tussen twee banen zat."

Stinkdier. Dit is het probleem met leugens. Ze vereisen meer onderhoud dan een antieke vibrator.

"Mijn zus heeft me met iemand in contact gebracht die een geweldige kans voor me zou kunnen creëren." Hé, dat is allemaal waar. "Het probleem is dat ik haar een dronken app heb gestuurd, dus nu moet ik alle verdere communicatie zorgvuldig verwoorden."

Hij knikt. "Laat het me weten als je hulp nodig hebt."

Oh nee. Het is al erg genoeg dat Bella — en misschien mijn spion zus, Blue — die hele "Zodra ik terug ben in Mew Pork, schijt ik in je reuzel"-zin hebben gezien. Het is niet nodig dat iemand anders het ziet. Vooral Art niet.

"Bedankt, maar ik moet dit zelf doen," zeg ik. "Er zijn vast wel dingen die je met betrekking tot onze verbintenis moet regelen."

"Je hebt gelijk." Hij ontgrendelt zijn telefoon. "Er zijn wel een aantal dingen die ik moet regelen."

Ik staar minstens een half uur naar het scherm terwijl ik mijn hersenen kraak voor een manier om de situatie met Bella te redden. Het beste wat ik kan bedenken is:

Hoi, Bella. Verdomde autocorrectie, of niet? Ik ben terug in de stad. Wanneer zou het je uitkomen om elkaar te ontmoeten?

Ik typ het, maar verstuur het niet. Ik geef mezelf nog een paar uur om met iets beters te komen.

Art schraapt zijn keel, dus ik kijk op.

"Weet je nog dat we het erover hebben gehad om geen grote bruiloft te houden?" vraagt hij.

Mijn hartslag versnelt. "Ja."

"Bij nader inzien… Wat dacht je van een middelgrote receptie om onze bruiloft te vieren?" Hij gebaart naar zijn telefoon. "Het is me herhaaldelijk gevraagd."

Ik trek mijn neus op. Ik kan al bijna al het parfum ruiken. "Als het moet."

"Het zullen alleen familie, vrienden en collega's zijn," zegt hij.

"Alleen," zeg ik met luchtcitaten. "Ik dacht dat het meestal vijanden en willekeurige vreemden waren."

"Luister, als het een groot probleem voor je is, dan —"

Ik schud met mijn hoofd. "Als het buiten kan, dan doe ik het."

"We kunnen het buiten houden. Ik zal alles regelen. Het enige wat ik van je vraag is om me de contactgegevens te sturen van de mensen die je erbij wilt hebben."

"Oké, hier gaan we." Ik e-mail hem de details van

mijn familie, Fabio, en een paar andere vrienden. "Laat ze gewoon allemaal weten dat ze een plus-één mee mogen nemen, misschien twee, maar niet meer."

"Akkoord."

De taxi stopt en ik realiseer me dat ik al thuis ben.

"Hier woon ik." Ik gebaar naar de garagedeur.

Art leunt dichterbij, zijn ogen glanzen. "Inderdaad."

Ik voel een kracht van griezelige zwaartekracht die me naar hem toe trekt, en het kost me alles wat ik in me heb om er tegen te vechten. "Doeg?"

Hij draait zich om en stapt uit de auto.

Wauw. Heeft hij zichzelf net uitgenodigd?

Hij loopt om de auto heen en doet de deur voor me open. "Zie ik je morgen?"

Oh. Een golf van teleurstelling stort over me heen. "Tuurlijk. Als eerste ding, als je kunt."

Hij grijnst. "Dat lukt me wel. Dag, vrouw."

Ik rol met mijn ogen. "Dag, manlief."

Daarmee loop ik naar mijn huis, om vervolgens bij de deur een enorme mand te vinden.

Wauw. Het is een fruitarrangement dat op een prachtig boeket bloemen moet lijken.

Is het voor mij of voor mijn huisbazen?

Volgens het briefje is het van Art, dus is het van mij.

Ik voel me plotseling helemaal bruisend. Niemand heeft me ooit bloemen gestuurd, omdat hun geuren me verstikken, maar dit is een slim equivalent. Fruit ruikt nauwelijks.

"Bedankt!" schreeuw ik naar de taxi, maar hij rijdt al weg.

Ik neem het arrangement mee naar binnen en bekijk het.

Het is het volledige scala: meloenen, aardbeien, druiven, ananas, enzovoort, maar eronder zit er in plaats van een vaas, een taart, samen met een langer bericht.

Dit geschenk is ook een uitdaging. Eet al het fruit op en kijk daarna of je de taart nog wilt.

Het bruisende gevoel van eerder begint te verdwijnen. Ik weet dat het een meisjescliché is en zo, maar vertelt Art me dat ik af moet vallen? Eerlijk is eerlijk, op de meest omslachtige manier.

Woofer komt tot leven en botst tegen mijn been.

Ik weet niet of ik mijn menselijke heerser dik zou noemen, maar ik denk dat ze minder huidcellen af zou geven die ik op moet zuigen als ze een paar kilo afviel.

Ik knars met mijn tanden, haal mijn telefoon tevoorschijn en zet hem op video opnemen.

"Uitdaging geaccepteerd." Ik begin het fruit met smaak te verslinden.

Het is eigenlijk heel lekker. Sappig en verfrissend. Is fruit altijd zo? Ik eet het niet buiten de garnituren om die ze in de desserts doen, dus ik weet het niet echt. Het is natuurlijk ook mogelijk dat ik gewoon uitgedroogd ben van de banya en alle alcohol. Ik weet echter dit: het is onmogelijk dat een paar bessen en stukjes meloen me zullen beletten om die taart te eten.

Het is alleen dat het niet maar een paar stukken zijn. Het zijn heel veel stukken.

Hoe meer ik van het arrangement eet, hoe meer

ruimte het in mijn maag inneemt.

Stinkdier. Ik kan Art niet laten winnen. Zelfs als ik er niet van geniet, zal ik die taart eten.

Misschien.

Als ik klaar ben met het fruit, lijkt het idee om de taart te eten bijna weerzinwekkend.

Verdomme.

Ik verwijder de video. Als Art het vraagt, dan heb ik de taart opgegeten.

Mijn telefoon tingelt.

Oh, tuurlijk. De mensen wachten op me.

Ik ga naar mijn computer, schakel Zoom in en stuur iedereen uitnodigingen.

Ik wacht tot er vijf identieke — maar iets dunnere — gezichten verschijnen. Dan verschijnen mam en pap, gevolgd door Gia en haar tweeling Holly, en, om de een of andere reden, Fabio.

"Hoe ben jij aan een uitnodiging gekomen?" vraag ik aan hem.

Honey duikt weg van haar scherm en verschijnt in die van Fabio. "Sorry. Hij was bij mij thuis toen de uitnodiging kwam."

"Goed," zeg ik. "Laten we beginnen."

Honey keert terug naar haar scherm en voegt zich bij iedereen die verwachtingsvol naar me staart.

Ik neem even de tijd om van het feit te genieten dat ik het middelpunt van de belangstelling ben. Dan zeg ik, "Het lijkt erop dat ik de eerste Hyman-zus ben die getrouwd is. Dat is al het nieuws dat ik heb. Nog vragen?"

Drieëntwintig

Er volgt complete chaos. Mensen schreeuwen vragen door elkaar heen, beledigingen in de trant van "hou verdomme je mond" worden geroepen, en er zijn zelfs bedreigingen van lichamelijk letsel.

Als ze een beetje kalmeren, zeg ik, "Voor degenen onder jullie die het niet weten, ik vind Art — dat is trouwens de naam van mijn man — al een tijdje leuk."

Gia, Honey, Blue, Fabio en Olive zien er zelfvoldaan uit — ze wisten al van mijn obsessie. Holly lijkt in haar eigen wereld te zitten — zonder twijfel vrolijk dat we met elf mensen aan de lijn zitten, een priemgetal. Mam en pap zien er extatisch uit — waarschijnlijk stellen ze zich voor dat er een zoontje in mijn baarmoeder groeit of iets wat net zo smerig is. Pixie en Pearl zien er boos uit, zoals verwacht — niemand van de zesling vindt het leuk om buitengesloten te worden van sappige roddels.

"De volledige naam van Art is Artjoms Skulme," ga ik verder. "Hij is een balletdanser. Althans, voor nu."

Een aantal mensen kijken afgeleid, waarschijnlijk googelen ze de naam van mijn nieuwe man.

"Weet je, ik kreeg net een app van iemand met die naam," zegt Olive. "Ik heb het niet volledig gelezen, omdat ik me hierbij aan moest sluiten."

"Oh, ja, hij organiseert een receptie voor ons." Ik kijk naar mam en pap. "Aanwezigheid is optioneel, dus voor degenen onder jullie die niet in New York zijn, jullie hoeven niet te komen."

"Oh, we zullen er zijn," zegt mam.

Jasses. Wat er ook van komt, Art kan het huwelijk nu niet meer nietig laten verklaren.

Olive komt dichter bij de camera. "Ik zal er ook zijn."

Geweldig. Ik hoop dat ze haar octopus in Florida achterlaat. Dat ding is meer dan griezelig.

"Ik denk dat Lemon van onderwerp probeert te veranderen," zegt Honey. "Vertel ons hoe het is gekomen dat je getrouwd bent."

Ik haal diep adem om kalm te worden. Het is klote om tegen ze te moeten liegen, maar er is geen andere keus. En zo, via Zoom, is het makkelijker.

Ik begin met hen over de banya te vertellen, dan ga ik verder met onze capriolen in Vegas, zonder over de seksathon te vertellen. "Als je meer foto's van dit alles wilt zien, voeg dan Art toe op je social media," zeg ik tot slot.

Er volgt een lawine van vragen, en ik doe mijn best om ze te beantwoorden. Dan komt de volgende golf, en ik ben iets minder enthousiast in mijn antwoorden. Bij de tiende golf begin ik demonstratief te gapen. "Jongens, ik heb vannacht niet veel geslapen. Wanneer jullie Art bij de receptie ontmoeten, kunnen jullie hem alles vragen wat je wilt."

Mam wiebelt met haar wenkbrauwen. "Hebben jullie dat allemaal gehoord? Ze heeft vannacht niet geslapen. De hele nacht niet."

Mijn zusters kijken met sympathie toe terwijl ik mijn ogen met mijn handpalmen bedek. Strikt genomen zei ik "niet veel geslapen", maar mam corrigeren zou het alleen maar erger maken.

"Dat is Ding Vier," zegt papa trots. "Ze had al grenzeloze energie toen ze nog maar een peuter was."

Oh nee. Er zit nog meer van dat soort feedback aan te komen. Ik moet er een eind aan maken, zodat ik dit gesprek met enige waardigheid kan verlaten.

Ik trek een gek gezicht en houd de uitdrukking vast om een streaming glitch te simuleren. Vervolgens, zeg ik in mijn beste buiksprekersimitatie, "Oh... nee... mijn wifi... valt uit."

Daarmee hang ik op.

Er komt meteen een app van Blue binnen en die is ijzingwekkend:

Ik weet het.

Wat weet ze? Over het nephuwelijk? Of dat ik de verbinding heb verbroken? Of ze is gewoon aan het bluffen, als een manier om naar informatie te vissen?

Ik typ mijn antwoord:

Wat ik afgelopen zomer heb gedaan?

Geen antwoord terug, wat betekent dat ze waarschijnlijk toch blufte.

Ik ga terug naar mijn niet verzonden bericht naar Bella.

Nee. Ik ben nog niet klaar om dat te versturen. In plaats daarvan besluit ik wat werk te doen.

Ja. Ik denk terug aan een paar nieuwe technieken die ik laatst met Art heb uitgevonden en ik omschrijf de meest veelbelovende voor mijn volgers. Ik noem dit blogbericht "Live long and prosper".

Verdorie. Door dit op te schrijven wil ik het nuchter doen. En waarom niet?

Ik sluit mijn laptop. Dit zal in principe een oefening voor kwaliteitsborging zijn — een manier om mijn lezers te garanderen dat ze van het sauzen van hun taco's genieten wanneer ze het proberen.

Ja. Ik offer mezelf op.

Zometeen.

Eerst ga ik douchen en trek ik comfortabelere kleren aan. Dan ga ik op het bed liggen en trek mijn slipje uit.

De sleutel is om niet aan die video met Art te denken als ik dit doe.

Yep.

Ik leg mijn vingers in de V-vorm van de Vulcan saluut, wat de beginpositie is van deze specifieke techniek: wijsvinger en middelvinger samen, dan een opening, dan ringvinger en pink samen.

Ik denk nog steeds niet aan de video.

Ik zorg ervoor dat mijn clitoris in de groef tussen mijn middel- en ringvinger zit.

Hmm. Dit is fijn. Het knusse gevoel doet denken aan de vredestechniek waar ik een paar maanden geleden over heb geblogd.

Ik denk niet aan de video of aan Mr. Big.

Ik begin de orchidee langzaam te luchten.

Ik denk niet aan chocoladeogen. Of stevige lippen. Of die goed gevormde kont. Of die krachtige dansbenen, of die gespierde rug, of —

Wie neem ik in de maling? Mijn nepman uit mijn gedachten zetten is een oefening in nutteloosheid. Of ik ga niet klaarkomen, of ik doe het met een beeld van hem in mijn hoofd.

Het zij zo.

Ik haal Arts string — ik bedoel, dansriem — onder mijn kussen vandaan en neem een goede snuif.

Oh ja.

Ik versnel de dingen en laat alle beelden van mijn wrijfbank vrijelijk stromen, die van de video en de banya.

En zo ineens kom ik in tien seconden klaar.

Plotseling voel ik me dom en stop ik de dansriem terug onder het kussen.

Woofer parkeert zijn kont in zijn lader.

Het is officieel. Het is slechts een kwestie van dagen voordat mijn menselijke heerser door de Borg wordt overgenomen. Ik zal tot iRobot Corporation bidden dat ze een stuk minder rommelig is in haar cyborg vorm, maar ik hou mijn ventilator-aangedreven adem niet in.

Als ik weer kan bewegen, open ik de laptop en plaats ik zonder aarzeling de techniek "Live long and prosper". Het zal het leven van een aantal mensen zeker verbeteren, al was het maar op een kleine manier.

Als het eerste positieve commentaar opduikt, grijns ik. Deze blog is echt mijn roeping. Ik ben blij dat Arts geld me toestaat om het nog een tijdje langer te doen. Natuurlijk zou de ultieme droom zijn om een goede sponsor te vinden die me dit voor altijd kan laten doen, wat me terugbrengt naar die app aan Bella die ik uit heb lopen stellen.

Fuck het. Ik lees mijn antwoord nog een keer en klik op verzenden.

Geen direct antwoord, maar het is al laat. Ik kijk wat tv totdat ik slaperig word, en dan ga ik naar bed, waar ik het niet kan helpen, maar nog een sessie van "Live long and prosper"-doe.

———

Ik word wakker van het gerinkel van mijn telefoon.

Vloekend ruk ik hem van het nachtkastje en kijk naar het scherm.

Het is Art, maar waarom belt hij zo waanzinnig vroeg?

Met tegenzin accepteer ik het telefoontje. "Weet je wel hoe laat het is?"

Hij grinnikt. "10 uur?"

"Ja. Precies. Laat me je terugbellen als ik wakker ben." Ik hang op.

Iemand klopt op de garagedeur die ook dienst doet als mijn muur.

Wat de fuck?

"Doe open," zegt Arts stem door de deur/muur. "Ik heb mensen bij me die per uur worden betaald."

Hij heeft wat?

Ik spring van het bed en kleed me zo snel mogelijk aan.

Ik doe mijn neusfilters in en open mijn deur/muur.

Buiten staat Art met een stelletje gespierde kerels.

Wacht even. Is dit een of andere orgiefantasiedroom?

Nee. Droom Art deelt me met niemand. Dit moet de realiteit zijn. Maar wat is —

"Sorry dat ik zo binnenval," zegt Art. "Ik heb meerdere keren gebeld."

"Wat is er aan de hand?" vraag ik en ik maak er een punt van om ver uit iedereens buurt te blijven, omdat ik mijn tanden nog niet heb gepoetst.

"Ik heb een huis voor ons gevonden," zegt hij, alsof het het meest voor de hand liggende in de wereld is en geen bom van nucleaire proporties. "Deze jongens zijn de verhuizers die ik heb ingehuurd."

Vierentwintig

"VERHUIZERS?" Ik wacht op de clou van de grap, zelfs als ik me niet kan voorstellen wat die zou kunnen zijn.

Art knikt. "Wil je je spullen niet bij ons thuis hebben?"

"Ons thuis?" Ik weet niet zeker of het het goddeloze uur is, maar mijn brein weigert de woorden te herkennen die uit de mond van mijn lieve echtgenoot komen.

Art zucht. "Getrouwde mensen wonen samen. Nietwaar?"

Oh, stinkdier. Dat klopt. De overheid zal zeker achterdochtig worden als we niet op hetzelfde adres wonen. Net als alle andere mensen.

Hoe ben ik erin geslaagd om me dit fundamentele gevolg van ons nephuwelijk *niet* te realiseren? Ik vraag me af wat ik nog meer niet had verwacht?

Ideeën overspoelen mijn hersenen. Nu we officieel zijn, kan Art de stekker eruit trekken als ik een vreselijk ongeluk krijg en hij zou daarna de eigenaar van Woofer zijn, samen met al het andere dat van mij is.

Ik stop de maalstroom aan gedachten als ik iedereen verwachtingsvol naar me zie kijken. "Ik moet mijn tanden poetsen. Kun je voor nu mijn boeken inpakken?"

De verhuizers knikken, dus ik schiet de badkamer in en maak mezelf misschien niet toonbaar, maar op zijn minst herkenbaar als mens.

Als ik eruit kom, zijn de boeken bijna ingepakt.

Deze jongens zijn snel.

Ik kijk naar Art, die naast mijn bed staat met een plastic zak.

"Je zult dit nodig hebben," zegt hij, en pakt dan mijn kussen op en stopt hem in de tas. "En ik weet niet zeker of je een nieuwe —"

Hij stopt met praten als hij ziet wat er onder mijn kussen ligt.

Oh, fuck. Zijn dansriem. Hij zal zich realiseren dat ik er als een echte viezerik aan geroken heb.

Als Art overstuur is, dan herstelt hij zich snel. Voordat een van de verhuizers het kan zien, stopt hij zijn ondergoed in dezelfde zak als het kussen en stopt mijn laken er ook in, wat al het bewijs verbergt.

Hij schraapt dan zijn keel. "Waar is je linnenkast?"

Met een knalrood gezicht, laat ik hem de doos zien die dat doel dient. Hij pakt hem en de tas met mijn kussen op en gaat ermee naar een vrachtwagen die in de buurt staat.

"Nee," sis ik tegen hem. "Dat gaat niet met de verhuizers mee."

Als de tas scheurt en Arts dansriem valt, dan moet ik de verhuizers vermoorden als getuigen, en dan ga ik waarschijnlijk naar de gevangenis en word ik de teef van een vrouw genaamd Karen. Maar wat als Karen niet genoeg doucht? Of parfum gebruikt? Of een slechte adem heeft?

Grinnikend, pakt Art de tas en neemt hem mee naar een Honda Odyssey.

Ik staar naar de minibus. "Is dat waar je in rijdt?"

"Ik heb hem net geleased," zegt hij. "Denk je niet dat het 'Ik ben getrouwd' schreeuwt?"

Ik adem uit. "Het schreeuwt, 'Ik ben getrouwd en heb kinderen,' en dat gaat niet gebeuren."

Een langzame, duistere glimlach kromt zijn lippen. "Zeg nooit nooit."

Als glimlachen je kon bezwangeren, dan loop ik het risico om het minibusje nodig te hebben.

"We moeten praten," zeg ik. "Over alle leuke verrassingen die ons huwelijk met zich meebrengt."

"Vertel de jongens hoe je je spullen ingepakt wil hebben, dan maken we daarna een ritje naar het nieuwe huis en praten we onderweg."

Ik draai me om en ga terug naar mijn garage.

Mijn inpakinstructies duren niet lang, vooral omdat ik niet zoveel spullen heb.

"Ik neem dit mee," zeg ik tegen Art terwijl ik Woofer voorzichtig in een van de miljoen dozen stop die de verhuizers mee hebben genomen voordat ik zijn laadperron en andere accessoires erin zet.

Oh, nee! Ik ga een nieuwe menselijke heerser krijgen. Een man, en dus hariger. Waarom, iRobot Corporation? Waarom ik? Een groter huis betekent ook meer stof. Misschien moet deze doos onderweg verdwijnen? Of door een bulldozer overreden worden?

Art knippert naar de doos. "Is dat een Roomba?"

Knikkend doe ik het deksel dicht.

"Die heb je niet nodig," zegt Art. "Ik heb een schoonmaakster."

Ik gnuif. "Woofer is als familie. Hij gaat met ons mee."

"Oké." Art reikt naar voren om de doos aan te nemen. "Ik wist niet dat een robotstofzuiger zo'n serieuze verbintenis was."

"Wees voorzichtig met hem." Ik geef mijn lieveling af.

Art neemt de doos over alsof hij een baby is en draagt hem langzaam naar het minibusje. "Wil je nog iets anders wat persoonlijk is meenemen?"

Ik beslis dat ik dat wil. Ik laat iedereen vertrekken en dan pak ik mijn ondergoed, seksspeeltjes en laptop in een doos in met het label 'PRIVÉ'.

"Nu ben ik klaar," zeg ik.

Art reikt naar voren om de doos te dragen, maar ik weiger om hem aan hem te geven — voor het geval er iets begint te trillen en dus de waarheid aangeeft.

"Kunnen we nu praten?" vraag ik als we beginnen te rijden.

"Zometeen." Art draait aan het stuur en kijkt me aan. "Ken je een kat?"

Ik staar hem aan. "Ken ik een wat?"

"Een kat."

Ik knipper een paar keer met mijn ogen naar hem. "Ik dacht al dat je dat zei. Ik snap het nog steeds niet."

"We hebben een kat nodig. Gewoon voor eventjes."

"Hebben we dat?"

Hij stopt bij een rood stoplicht en kijkt me ernstig aan. "Volgens de Russische traditie moet de eerste entiteit die een nieuw huis binnenloopt een kat zijn."

Ik houd mijn hoofd schuin. "Traditie of bijgeloof?"

Hij zucht. "Ken je wel of niet een kat?"

Het rode stoplicht wordt groen en we gaan weer rijden terwijl ik iets doe wat ik nooit had gedacht om te doen: alle katten in mijn kennissenlijst inventariseren om erachter te komen welke van hen ik bij mijn huwelijk wil betrekken.

Er is niet veel keus. Blue heeft een kat genaamd Machete, maar hij is een enge klootzak, en ik wil dat Arts ogen en andere delen intact blijven, alsjeblieft en dank je wel. Honey heeft ook een kat. Die van haar heet Bunny, en is — volgens Honey — een psychopaat. Ik weet niet of dat deze Russische traditie zal helpen of kwaad zal doen.

"Laat me mijn zus bellen," zeg ik en ik bel Honey.

"Hé," zegt ze. "Wat is er?"

"Kunnen Art en ik je kat lenen?"

Stilte.

"Het heeft met een Russische traditie te maken," zeg ik.

Meer stilte.

"Oké, laat me je op de luidspreker zetten, zodat Art het beter kan uitleggen." Ik klik op de knop en verplaats de telefoon dichter naar de lekkere lippen van Art.

"Art, dit is Honey. Honey, maak kennis met Art."

"Hallo," zegt Art. "Het klinkt alsof je een kat hebt. Als we hem gewoon een uur konden lenen, dan zou ik het heel erg op prijs stellen."

"Waarom?" vraagt Honey, die mijn standpunt heel mooi samenvat.

"In Rusland wordt een kat als een symbool van welvaart en welzijn beschouwd," zegt hij. "Er wordt aangenomen dat een kat positiviteit in de woning zal brengen."

Honey gnuift. "Positiviteit? Heb je mijn kat ooit ontmoet?"

"De persoonlijkheid van je kat is niet belangrijk. Elke kat zal de negatieve vibes van de vorige eigenaren van het huis verwijderen."

"Ah, vibes," zeg ik. "Waarom zei je dat niet meteen? Kalmeert het ook de geesten?"

De lippen van Art drukken zich in een lijn. "Ik geloof het misschien niet persoonlijk, maar ja, de oude Slaven maakten zich zorgen over de geesten van een huishouden en een kat werd voor hen als een ambassadeur beschouwd."

"Zou de kat Fluffer niet opeten?" vraag ik.

Honey klinkt alsof ze zich in een drankje verslikt. "Wie of wat is Fluffer?"

"Onze chinchilla," legt Art uit. "Het komt wel goed met hem, want hij zit nog steeds in mijn oude appartement."

"Ah, oké," zegt Honey. "Ik zal Bunny naar je nieuwe huis brengen. Geef me het adres."

Art keert zich naar mij, de hoeken van zijn ogen krijgen rimpeltjes. "Het dringt nu pas tot me door. Honey en Bunny?"

Ik schud heel hard met mijn hoofd en maak de beweging van een ritssluiting over mijn lippen. Als Honey denkt dat ze bespot wordt, dan zal ze weigeren de kat te brengen, en dan zullen we met Blue's moorddadige beest te maken krijgen.

"Je gevoel voor humor lijkt veel op dat van je vrouw," zegt Honey droog. "Deze verbintenis zou echt kunnen werken."

"Inderdaad," zegt Art en hij vertelt haar het adres.

"Wanneer moet ik daar zijn?" vraagt ze.

"Over twintig minuten, als je kunt," zegt Art.

"Tot zo." Honey hangt op.

"Dat is nogal een verzoek." Ik app mijn zus een grote dank.

Art verstevigt zijn greep op het stuur. "Luister... Ik had geen thuis toen ik opgroeide, dus nu ik een huis heb, wil ik graag alles goed doen."

Oh. Verdomme, nu hij de weeskaart speelt, voel ik me een trut dat ik de draak met hem stak.

"Zijn er nog andere tradities zoals deze?" vraag ik,

en doe mijn best om niet veroordelend of bespottend te klinken.

"Dit is een van de weinige die ik volg. Maar ja, er zijn er nog veel meer. Sommige mensen zetten honing in de hoeken van het huis."

"Oh?"

"Het is bedoeld om de domovoj goed te stemmen. Een soort welwillende huisgeest."

Wauw. Dit wordt met de seconde gekker.

Grijnzend zeg ik, "Voor het geval dat kunnen we mijn zus Honey vragen om in enkele hoeken te gaan staan. Dan dekken we de basis."

Ik weet zelfs wat ze zou zeggen als we het haar zouden vragen, "Niemand zet baby in een hoek."

Hij grinnikt. "Krijgt ze geen flashbacks dat ze een ondeugend kind is?"

Ik kijk hem bezorgd aan. "Hebben ze jou als kind in een hoek gezet? Mijn ouders denken dat dat kindermishandeling is."

Hij krimpt ineen. "Dat was het minst erge."

Mijn borst knijpt zich samen. "Het spijt me. Ik voel me zo'n verwend nest. Mijn zussen en ik kregen niet eens time-outs."

"En je bent geweldig geworden," zegt hij, zijn ogen warm als hij naar me kijkt. "Ik ben het met je ouders eens. Kinderen moeten worden gekoesterd, niet gestraft."

Oké. Ik zal dat opbergen voor het geval we weer dronken worden en onveilige seks hebben.

Ik verschuif in mijn stoel. "Nog andere tradities om me bewust van te zijn?"

"Sommige Russen sprenkelen kleingeld door het huis," zegt hij.

"Dat kan nuttig zijn." Ik controleer mijn zakken en zoek een paar kwartjes. "Anders nog iets?"

"Niet om in een huis in te trekken. Maar als je het huis verlaat, is het traditioneel om een glas water uit te gieten."

Ik hou mijn gezicht neutraal. "Zoals er eentje uitgieten voor de homies?"

"Wat is dat?"

"Laat maar. Wat is er nog meer?"

"Voordat ze vertrekken om op reis te gaan, gaan de Russen formeel zitten. Als je in huis bent, is fluiten verboden, omdat het tot geldgebrek kan leiden."

Is dat de reden waarom ik zo blut ben? Ik fluit graag als ik mijn blogposts schrijf... maar nu nooit meer.

"Heb je nog meer?"

"Je mag niet met een hoed draaien," zegt hij. "Je mag brood niet ondersteboven leggen. Je mag niet met zout morsen. Je mag een shirt niet binnenstebuiten dragen. Je mag niet op de hoek van de tafel zitten, maar dat geldt alleen als je ongehuwd bent. Je mag je eigen haar niet knippen."

"Zelfs geen pony?"

Hij grijnst. "Ik denk dat dat veilig zou moeten zijn."

"Oké. Is dat het?"

"Je mag geen handen schudden onder de deurpost

van de voordeur. En die is serieus. Zelfs niet-bijgelovige Russen volgen dat."

Huh. Geen handen schudden met de pizzabezorger. Begrepen.

"Welke volg je het meest?" vraag ik.

Hij denkt even na. "Er is er een over alles op je bord opeten. Dat doe ik altijd."

"Is het uit respect voor voedsel?"

Hij knikt, een beetje grimmig. "Ze zeggen dat het achterlaten van voedsel tot tranen kan leiden, maar ik denk dat je het goed hebt. De traditie is waarschijnlijk begonnen door mensen die echte honger hebben gekend. Zodra je dat hebt meegemaakt, voelt het niet goed om voedsel weg te gooien."

Als hij zegt wat ik denk dat hij zegt, wil ik een tijdmachine kopen en teruggaan zodat ik hem in het weeshuis kan voeden. Ik voel me ook vreselijk over al die desserts die we in die hotelkamer in Vegas hebben achtergelaten. Hopelijk beschouwt hij desserts niet als echt voedsel, maar voor het geval dat, heb ik nu een extra reden om niet toe te geven dat ik de taart niet kan eten na al dat fruit.

"Hoe dan ook," zegt Art. "Wilde je het over het huwelijk hebben?"

Ah. Juist. Ik was het bijna vergeten. "Welke andere dingen moet ik weten? Samenwonen verraste me, dus ik denk dat dit een gesprek waard is."

Hij wisselt van rijstrook terwijl hij denkt. "Ik heb een voorlopig gesprek gehad met een immigratieadvocaat en ze vertelde me dat we aanbevelingsbrieven van vrienden en familie nodig hebben."

"Ik denk dat dat geregeld kan worden." Ik zal genadeloos bespot worden, natuurlijk, maar hé, dit is waarom ze zeggen dat het huwelijk hard werken is.

Hij stopt de auto naast een chic gebouw en begint te parkeren. "Een aantal van de andere dingen die de advocaat heeft genoemd, daar zitten we al bovenop. We hebben bewijs nodig van samenwonen en gezamenlijke foto's. We zullen ook op een gegeven moment worden geïnterviewd, dus we zullen dingen over elkaar moeten leren."

Hij stapt uit de auto en als hij naar mijn kant komt om mijn deur te openen, vraag ik, "Wat leren?"

Hij haalt zijn schouders op. "Ze zullen je vragen of ik ooit in een communistische groepering of terroristische organisatie heb gezeten. Het antwoord is nee. Ze zullen ons allebei over alledaagse dingen vragen, zoals wat voor soort tandenborstel de andere persoon gebruikt, wie van ons graag kookt, of wat voor werk we elk doen."

Stinkdier. Het laatste betekent dat ik hem over mijn blog moet vertellen.

"Maak je geen zorgen," zegt hij, terwijl hij mijn gezichtsuitdrukking duidelijk verkeerd begrijpt. "We zullen voor het interview alles leren wat we moeten leren."

Mijn telefoon tingelt. Ik zwaai ermee. "Ik wed dat dat Honey is."

Ik kijk.

Maar het is niet zo.

Het bericht is van Bella, en het laat de moed in mijn schoenen zakken:

Hallo daar. Het lijkt erop dat we niets meer af hoeven te spreken.

Vijfentwintig

OH NEE. Ik heb het verpest, of niet? De dronken appjes waren te veel en Bella heeft me terecht in de steek gelaten.

Stinkdier.

Ik moet de zoektocht naar een sponsor herstarten, alhoewel mijn kansen om zo'n goede match als Bella's bedrijf te vinden bijna —

"Gaat het?" vraagt Art.

Juist. Ik was vergeten waar ik was. "Ja. Het gaat prima."

Hij fronst. "Je ziet er niet goed uit. Als iemand je van streek heeft gemaakt, dan moet ik het weten, zodat ik —"

"Hallo," zegt een bekende stem van achter ons.

Art draait zich om en zijn ogen worden groter als hij Honey in al haar biker-bende-geïnspireerde kleding in zich opneemt.

"Ik heb je toch gezegd dat ik identieke zussen heb,"

zeg ik.

"Ja," zegt hij, terwijl hij overweldigd klinkt. "En dan te bedenken dat er nog vier van jullie zijn."

Honey trekt haar leren jas recht. "Je zult ons bij de receptie allemaal zien. Nu we het er toch over hebben, heb je mijn RSVP gekregen?"

Hij knikt. "Is dat de kat?" Hij kijkt naar de draagmand die ze vasthoudt.

"Yep. Dat is Bunny, die zich komt melden voor de dienst."

"Laten we gaan." Art houdt als een portier de deur van het gebouw voor ons open, volgt ons dan de lift in en drukt op de knop voor de twaalfde verdieping.

Als we daar aankomen, is de gang schoon en netjes, een zeldzaamheid voor flatgebouwen in New York. Art stopt naast een dikke deur van roodhout en haalt een sleutel tevoorschijn. "Hier is het."

Honey zet de draagmand neer en opent hem.

Bunny stapt naar buiten en ziet eruit als Iejoor toen hij zijn staart verloor — een indruk die wordt versterkt door het feit dat dit kattenras geen pluizige staart heeft, alleen een klein bolletje, net zoals zijn naamgenoot het konijn. Zijn vacht is wit, met zwarte vlekken rond de ogen waardoor hij eruitziet alsof hij in de Addams Family of bij een Goth-club hoort.

"Is dat normaal?" vraagt Art, terwijl hij Bunny's kont onderzoekend bekijkt.

"Ja." Honey maakt Bunny's vacht pluizig en krijgt een moorddadige blik voor haar moeite. "Hij is een Japanse bobtail. Als je ooit in een sushirestaurant een van die wenkende kat standbeelden hebt gezien, dan is dat een afbeelding van dit ras."

"Oké," zegt Art. "Dus katten worden ook in Japan als geluk beschouwd."

"Misschien." Ik wend me tot Honey. "Is Hello Kitty ook zo'n kat?"

Honey en Bunny geven me sardonische blikken. "Hello Kitty is een stripfiguur," zegt Honey. "En een meisje, geen kat."

Ik zucht. "Maar als ze een kat was?"

Honey aapt mijn zucht na. "Ze zou dan dit ras zijn."

Grinnikend opent Art de deur.

Bunny ziet er verontwaardigd uit en recht zijn ruggengraat en zet zijn bobtail in de "omhoog" =positie.

"Ga," zegt Honey.

Bunny slentert koninklijk het huis binnen.

"Manlief," zeg ik. "Wanneer kunnen we de kat volgen?"

Art fronst. "Dat weet ik eigenlijk niet."

Ik wrijf over mijn kin. "Strikt genomen was de kat de eerste die naar binnen is gegaan."

"Ik heb een betere vraag," zegt Honey. "Is er daar binnen iets dat kan worden vermoord en/of gemarteld?"

Art stapt het appartement binnen. "Nog niet, maar wat dacht je ervan als we volgen, voor het geval dat."

Ik stap naar binnen.

Wauw.

De hal en gang zijn schoon en modern, met een leeg

schoenenrek in de hal — een luxe item dat ik niet bezit — en zelfs een kapstok aan de muur.

Heel volwassen.

Er hangen ook overal schilderijen in een klassieke stijl, maar het is het vertrouwde geluid uit een hoek van de kamer dat mijn aandacht eist.

"Is dat een luchtreiniger?" vraag ik opgewonden aan Art.

Hij kijkt naar mijn neus. "Ik heb er in elke kamer een laten installeren."

Aww. Ik loop naar het apparaat. Het is hetzelfde merk als degene die ik heb, maar een mooier model. Om er voor elke kamer een te hebben genomen moet anderhalf fortuin hebben gekost.

"Aww," zegt Honey, die mijn gedachten herhaalt. "Zorgt hij ervoor dat het huis niet stinkt? Hij is een blijvertje."

"Zeg dat wel." Ik haal mijn neusfilters eruit.

Verdorie. Dit appartement is een nirvana voor het reukorgaan. Het lukt me bijna niet om iets anders te ruiken dan Arts heerlijkheid en Honey's leren jas.

"We moeten bij Bunny gaan kijken." Art leidt ons door de gang naar wat een slaapkamer blijkt te zijn.

Honey grinnikt. "Dit is waar het allemaal zal gebeuren."

Ik trek mijn wenkbrauwen naar haar op. "Mam, ben jij dat?"

"Touché." Honey kijkt onder het bed. "Bunny is hier niet."

We lopen de keuken in.

"Ongelooflijk," mompel ik, terwijl ik glanzende witte kasten tot aan het plafond in me opneem, roestvrijstalen apparaten die er vaag futuristisch uitzien en zwarte kwarts aanrechtbladen die ruim genoeg zijn om er een tent op te zetten. Niet te vergeten, er staat een tafel met echte stoelen.

"Nou, duh," zegt Honey. "Je oude woning heeft niet eens een keuken."

Art fronst met zijn wenkbrauwen. Ik denk dat hij dat detail niet had opgemerkt toen hij vanmorgen langskwam.

"De kat is hier niet." Ik open een van de keukenkastjes. Nog steeds geen kat. "Waar kan hij verder nog zijn?"

"Deze kant op," zegt Art en leidt ons naar de woonkamer.

Mooi. Een enorme tv, witte tapijten, een strakke grijze bank — ik kan mezelf hier zien, aan het chillen en Netflixen met Art... in een puur letterlijke, platonische zin natuurlijk.

Dan zie ik een gigantische kooiachtige structuur in een hoek van de kamer staan en de kat staart er verlangend naar.

Honey bekijkt de kooi van onder tot boven. "Kinky."

Ik rol met mijn ogen en Art hoest.

"Dat wordt een chinchillaherenhuis genoemd," zegt hij. "Het is voor ons *huisdier*."

Honey geeft me een betekenisvolle blik. "Juist. Het is voor je ondeugende kleine *huisdier*. Begrepen."

Ik bestudeer Bunny behoedzaam. "Waarom staart hij zo?"

Honey volgt mijn blik. "Ongetwijfeld aan het fantaseren over de paniekkreten van een wezen dat hij langzaam en luxueus doodmartelt."

Wat gezellig.

"Nou." Art bekijkt de kat. "Ik denk dat we klaar zijn met zijn diensten."

"Ja," zeg ik. "Hij kan maar beter weggaan, zodat Fluffer geen moordzucht in de lucht ruikt als hij terugkomt."

Honey kijkt naar de luchtzuiveraar van deze kamer. "Ik betwijfel of zelfs *jij* Bunny over een paar minuten zult kunnen ruiken, maar prima." Ze buigt zich vorover en pakt voorzichtig de kat op — wiens blik op 'het herenhuis' gericht blijft. "Jullie moeten je waarschijnlijk toch gaan settelen."

"Bedankt, zus," zeg ik.

"Geen dank." Ze loopt naar de ingang en wij volgen. Het was leuk om kennis met je te maken, Art."

"Het was me een genoegen," zegt hij.

Hé daar. Ik hoop dat het niet een te groot genoegen was.

"Ik zie jullie bij de receptie," zegt Honey. "Nu we het er toch over hebben, ik neem twee mensen mee. Ik hoop dat dat goed is."

Voordat ik haar kan uitleggen wat plus-één betekent, zwaait Art met zijn hand. "Je bent niet de enige."

Geweldig. En ik maar denken dat we een klein

feestje zouden houden. Whatever. Het is buiten, dus de geur van parfum en eau de cologne zal minder sterk zijn.

Honey zet Bunny in de draagmand. "Doei."

Ik zwaai naar haar en als ze de lift binnengaat, wend ik me tot Art. "Dus, wat nu?"

Hij stelt voor dat we gaan nestelen, dus dat is wat we doen. Kort daarna arriveren de verhuizers en helpt Art me mijn spullen uit te pakken en goede plekken te vinden om het allemaal op te bergen.

"Deze kast is helemaal van jou," zegt Art en opent een deur in de slaapkamer.

Oh hemeltje. Het is een inloopkast die me aan die van Carrie in de filmversie van *Sex and the City* doet denken. Hij is zo groot dat hij misschien naar Narnia leidt, maar één met fashionista's in plaats van pratende beesten. Niet dat er tussen die twee een groot verschil is.

Het kost me slechts enkele minuten om alle kleren die ik bezit op te hangen, en ze nemen minder dan één procent van de krankzinnige ruimte in beslag.

"Hé!" roept Art ergens vandaan. "Kun je even hier komen?"

Ik vind hem in de keuken, met een taart.

"De verhuizers hebben dit meegenomen," zegt hij, terwijl hij zijn wenkbrauwen optrekt.

Stinkdier. Ik ben vergeten het bewijs weg te gooien.

"Is dit niet de taart die bij het fruit zat?" vraagt hij.

Ik zucht. "Je weet dat het zo is."

Hij grijnst. "Is er iets dat je wilt zeggen?"

"Iets als dit?" Ik buig. "Je had gelijk, mijn lief. Deze zoetekauw verlangt *echt* naar fruit. Ik buig voor uw oneindige wijsheid."

Hij schudt zijn hoofd en ziet er verscheurd uit tussen de taart in de koelkast zetten en hem weggooien. Niet in staat om een beslissing te nemen, geeft hij hem maar aan mij. "Ik ga naar mijn huis om meer van mijn spullen te halen. Wil je mee?"

"Nee. Laat mij de dingen hier maar uitzoeken." Ik steek mijn vinger in de taart en lik hem af.

Hij kijkt vurig naar mijn vinger. Heb ik hem boos gemaakt?

Ik wil mijn nep-echtgenoot niet verder testen en zet de taart in de koelkast. Zijn lichte ineenkrimping is mijn beloning.

"Doe de deur achter me op slot," zegt Art en hij loopt de keuken uit.

Ik volg hem en zie hem het appartement verlaten, de deur achter zich dichttrekkend.

Ik staar ernaar, de enorme omvang van wat er net is gebeurd dringt voor het eerst volledig tot me door.

Ik ga met Art samenwonen.

Ik. Met de man over wie ik gefantaseerd heb.

Er ontsnapt een meisjesachtige, vrolijke kreet aan mijn lippen.

Ik kan niet geloven dat dit gebeurt.

Het is net een surrealistische droom.

Oh, en de kers op de taart is dat ik voor deze shit betaald word.

Voordat ik weer kan gillen, gaat de deur open.

"Heb je hem niet op slot gedaan?" Door Arts frons zet ik een stap achteruit. "Dat moet je doen zodra ik weg ben."

"Ja, schat. Ik zal al je bevelen opvolgen, lieverd."

Zijn gelaatstrekken worden zachter. "Alsjeblieft, Lemon. Dit is Manhattan. Je weet nooit wie er binnen kan komen stormen."

"Goed dan." Eindelijk zie ik wat hij vasthoudt: mijn PRIVÉDOOS in de ene hand en de tas met mijn lakens in de andere. Mijn hart maakt een sprongetje. "Ik dacht dat ik je had gezegd dat niet aan te raken!"

"Sorry." Hij zet de spullen op de grond. "Ik dacht dat je misschien zou willen opruimen wat er in zit."

Voordat ik hem kan vragen om op zijn ziel te zweren dat hij niet in de doos heeft gegluurd, vertrekt hij weer.

Ik staar naar de lakens, mijn hartslag versnelt verder.

Het is een fysieke herinnering aan een vraag die ik Art vanaf het begin had moeten stellen.

Waar gaan we slapen? Wat nog belangrijker is, zal het samen zijn? In één bed?

Vast niet. Hij neemt waarschijnlijk de bank. Of ik neem de bank.

Maar wat als we *wel* samen slapen?

Dit wordt zo snel zo echt dat ik het gevoel heb dat er weer een kreet of gil uit mijn lichaam komt.

Ik kan me maar beter bezighouden met klusjes.

Het belangrijkste eerst. Ik scan het appartement op zoek naar een plek om mijn seksspeeltjes op te bergen.

Toen ik een kind was, verborg ik dingen voor mijn zussen in een kapot stopcontact, maar in dit huis zullen ze waarschijnlijk allemaal werken, en ik wil niet geëlektrocuteerd worden. De planken van de vloer zien er ook stevig uit, dus ook daar kan ik niks verstoppen.

Misschien in de oven?

Nee. Ik heb geen idee of Art van koken houdt.

De vriezer? Maar wat als hij wat erwten in wil vriezen?

Dan weet ik het. Ik haast me naar de badkamer en til de deksel van de stortbak van de wc op. Yep. Aangezien de speeltjes waterdicht zijn, zal dit goed werken.

Oké, nu moet ik nog iets met de dansriem. Eigenlijk is er hier niet veel keus anders dan hem te laten gaan. Ik wil niet dat Art me betrapt als ik eraan zit te ruiken.

Ik loop rond tot ik de wasmand in de badkamer zie. Met tegenzin gooi ik de dansriem erin.

"Dag," zeg ik er tegen. "Het was leuk je te kennen."

Stinkdier. Misschien had ik nog een keer moeten ruiken?

Nee. Ik moet sterk zijn.

Ik hou mezelf bezig door een hoop spullen op te bergen. Dan realiseer ik me dat ik Woofer nog niet heb geïnstalleerd. Zelfs met al deze luchtreinigers en de schoonmaakster, kan het huis zonder zijn hulp stoffig gaan ruiken.

Binnen een paar minuten rijdt Woofer rond, met een grommende motor, totdat hij de eerste deur raakt.

Wat krijgen we nou, menselijke opperheerser? Dit huis is

te groot. Ik zal moe worden en mijn oplader nodig hebben voordat ik klaar ben met schoonmaken. En deze deuren? Houd ze altijd open, of anders. En zorg ervoor dat er geen draden op mijn pad liggen. Het lijkt erop dat de iRobot Corporation me in mijn meest verschrikkelijke uur van nood in de steek heeft gelaten.

De deurbel gaat.

Ik controleer het kijkgaatje. Het is Art, en hij heeft een draagmand en een doos vast.

"Wie is daar?" vraag ik, terwijl ik mijn best doe om super voorzichtig te klinken.

"Art," zegt hij goedkeurend.

"Ik heb daar bewijs van nodig. Kun je me je rijbewijs door het kijkgaatje laten zien?"

Met een grijns legt hij zijn spullen neer en doet wat ik zeg. "Kun je nu de deur opendoen?"

"Het is verdacht dat je wilt dat ik de deur open doe zonder meer voorzorgsmaatregelen te nemen. De echte Art zou willen dat ik voorzichtig was. Misschien moet ik meer bewijs krijgen dat jij jij bent?"

Zijn grijns verandert in een lichte frons. "Zoals wat?"

Ik grijns. "De echte Art heeft een heel aparte tatoeage. Kun je hem me laten zien?"

Ik reik naar voren om de deur te openen, maar hij stapt weg en doet wat ik vraag, met de tatoeage en de sexy V die naar Mr. Big leidt.

Jammie. Moet ik vragen om *dat* nu te mogen zien? Nee. Deze grap heeft lang genoeg geduurd. Ik doe de deur open.

Hij pakt de draagmand en de doos op en stapt met een geïrriteerde uitdrukking naar binnen. "Was dat echt nodig?"

"Ik wilde gewoon veilig zijn, zoals je had bevolen. Ik weet als geen ander dat het zien van iemands gezicht niet genoeg is om zijn identiteit te bewijzen. Ik deel mijn gezicht met vijf andere mensen — de meeste van hen zijn onbetrouwbaar."

Hij zet de doos neer bij de deur, maar houdt de draagmand vast. "Ik betwijfel of ik lang verloren zeslingbroers heb, en zelfs als ik die had, dan zouden ze waarschijnlijk niet in Amerika wonen."

Daar ga ik weer, Art eraan herinneren dat hij een wees is. Wat is het volgende? Vergeten hem te voeren? Hem een filmmarathon laten kijken van *Batman, Harry Potter* en *Oliver Twist?*

Er komt een piepend geluid uit de draagtas.

Art zegt iets rustgevends in het Russisch en schakelt dan over naar het Engels. "Laten we Fluffer in zijn hok zetten."

"Tuurlijk." Alles om zijn aandacht weg te krijgen van de flater die ik heb geslagen.

Art leidt me naar de woonkamer, opent de deur naar het chinchillaherenhuis, en zet de draagmand ervoor voordat hij het luik opent.

Fluffer suist zijn nieuwe huis binnen, zijn ogen wild van opwinding.

Misschien eten ze me nog niet op. Misschien willen ze dat ik gelukkig en tevreden ben, zoals Kobe-koeien.

Fluffer springt in eerste instantie met tegenzin en

vervolgens met groeiende opwinding op de talrijke planken die duidelijk voor dit doel waren ontworpen. Wanneer hij het zat is om de planken te verkennen, springt hij op een vliegende schotelachtig apparaat en rent zo snel als zijn kleine pootjes het toelaten.

Ik grijns. "Is dat een loopband voor chinchilla's?"

Arts grijns komt overeen met de mijne. "Eerder een chinchilla-hamsterlooprad."

Ik knipper met mijn ogen, gebiologeerd door Arts glinsterende ogen. "Te schattig."

"Ik moet hem voeren." Hij verlaat de kamer en komt terug met de doos.

"Wat zit er in de doos?" vraag ik. "Is het het hoofd van Gwyneth Paltrow?"

Hij fronst. "Wat?"

"Ik kan het niet uitleggen zonder een bepaalde film te verpesten," zeg ik.

"Oké." Hij opent de doos.

"Is dat hooi?" Ik pak een paar gedroogde stengels en ruik eraan. Yep. Precies het spul waar we op de boerderij van mijn ouders mee speelden. "Is dit voor Fluffer of een verrassingspony die je me als huwelijksgeschenk gaat geven?"

Hij vernauwt zijn ogen tot spleetjes. "Weet je niet meer wat de man in de winkel heeft gezegd?"

Ik krimp ineen. "Sorry."

"We moeten ervoor zorgen dat Fluffer altijd toegang heeft tot hooi," zegt Art met de toon van een professor. "Het is goed voor de gezondheid van zijn tanden, lichaam en spijsvertering."

"Hé, ik heb geen problemen met hooi."

Art schudt zijn hoofd, doet het hooi in wat een feeder moet zijn en bevestigt er dan een vreemd flessenapparaat bij in de buurt. Het doet me aan iets denken wat ik op de boerderij heb gezien.

"Is dat een waterfles met een rietje met een metalen bal?"

"Ja. Mocht je het vergeten zijn, we kunnen geen kom voor water gebruiken, omdat dat ertoe kan leiden dat Fluffers vacht nat wordt — en dat is slecht."

"Waarom, zal hij meer schattige pluizenballen voortbrengen?"

Art kijkt me aan alsof *ik* een paar pluizenbollen heb voortgebracht.

"Je weet wel, als je hem na middernacht voedt, dan verandert hij in een gremlin?"

Arts uitdrukking verandert niet, maar nu staart Fluffer me ook aan.

Ik, een gremlin? Heb je de laatste tijd nog in de spiegel gekeken?

Ik zucht. "Als dit huwelijk moet gaan werken, dan is er een lijst met films die je moet zien. Zet er een met de naam *Gremlins* bovenaan."

"Ik zal kijken wat je me vraagt," zegt Art. "Kunnen we terug naar chinchilla's die nat worden?"

Ik giechel. "Het dringt nu pas tot me door. Gremlins zijn niet de enigen wiens voortplanting betekent dat ze nat worden."

"Zo volwassen," zegt hij met een oogrol. "Hoe dan ook, nat worden kan tot bontschimmel of ringworm leiden, of onderkoeling veroorzaken. Over het algemeen houden chinchilla's er niet van om nat te worden."

Fluffer pakt een steeltje hooi en begint erop te knabbelen.

Alles wat hij zei is waar, dus als je vleesetende aard eindelijk wordt onthuld, uit liefde voor bont, maak dan geen soep van me.

Ik kijk met een grijns naar de schattige haarbal. "Moeten we hem borstelen?"

"Moeten, nee," zegt Art. "Hij zal zichzelf verzorgen. Een aantal van hen houden er wel van om geborsteld te worden, dus we kunnen het proberen zodra hij een beetje aan ons gewend is."

Fluffer pakt meer hooi voor zichzelf.

Aan jou wennen? Laat een hongerige beer je adopteren en laat het me weten als je wilt dat het je haar borstelt.

"Hoe zit het met knuffels?" Ik bekijk Fluffer sceptisch. "Zou hij vastgehouden willen worden?"

"Ook hiervoor geldt, nadat er wat vertrouwen is ontstaan," zegt Art.

Fluffer kijkt me aan, zijn uitdrukking is angstig.

Ga met een hongerige beer knuffelen, en dan praten we over vertrouwen.

Art staat op. "Laten we hem maar aan zijn nieuwe omgeving laten wennen."

"Tuurlijk," zeg ik. "Wat wil je nu doen?"

Zeg alsjeblieft, "Over de slaaparrangementen praten."

Hij streelt bedachtzaam over zijn kin. "Als je klaar

bent met uitpakken, wat denk je er dan van om die lijst met films voor me samen te stellen?"

Ik doe wat hij voorstelt, wat natuurlijk eindigt met het bekijken van een aantal van de films die ik op de lijst heb gezet. Omdat ik attent ben, sluit ik de deur van de woonkamer om te voorkomen dat ik iets voor Art bederf.

Net op het moment dat Hannibal Lecter de zin zegt 'een oude vriend als avondeten te eten,' detecteert mijn neus iets lekkers dat uit de opening onder de deur omhoog zweeft.

Ik laat mijn neus me naar het epicentrum van de verleidelijke geur leiden — de keuken.

De keukentafel is gedekt met prachtige vierkante borden, kaarsen en drie kommen met ongelooflijk ruikende lekkernijen, met klassieke muziek die aan de sfeer bijdraagt.

"Rijstpilaf," zegt Art als hij ziet waar ik naar kijk. "Met rozijnen en dadels."

Wauw. Ik heb het gevoel dat ik net in een date terecht ben gekomen.

"Heb jij dit allemaal gekookt?" vraag ik, met een mond die vol water loopt. "Of is het een afhaalmaaltijd?"

"Ik hou van koken," zegt hij.

Ik sta op het punt om te zeggen, "Trouw met me," maar dan herinner ik me dat hij dat al heeft gedaan.

"Ga alsjeblieft zitten," zegt hij. "Ik wilde je net roepen."

Dat hoeft hij niet twee keer te vragen. Ik plof op

mijn kont en ga met mijn hand naar voren om de rijst te pakken.

Art grijpt zachtjes mijn pols, wat vuurwerk door mijn hele lichaam laat gaan. Vuurwerk dat eindigt met een sprankeling in mijn lagere regionen.

"Ik ga je bedienen."

Oh, dat weer. Net als de laatste keer, produceren de woorden beelden voor boven de achttien in mijn hoofd, maar nu worden ze nog erger gemaakt door het feit dat ik heb gezien hoe het eruitziet als hij me "bedient" op de vieze manier en die ook eten inhoudt.

Art schept de rijst op mijn bord en schept er iets op dat er nog lekkerder uitziet.

"Wat is dat?" vraag ik. "Het ruikt goddelijk."

Als om mijn bewering te bevestigen, gromt mijn maag, zoals Woofer als hij heel erg chagrijnig is.

Art glimlacht. "Canard à l'orange." Hij legt iets fruitigs naast de eend. "Met gepocheerde peren."

Als ik die eend lekker vind, gaat hij dat dan gebruiken als bewijs dat ik Frans ben?

Ik pak mijn vork en mes en stop dan. "Mag ik deze oppakken, of is het hanteren van zilverwerk onderdeel van de service?"

Hij pakt mijn keukengerei en snijdt de eend voor me in kleine, verrukkelijke stukjes. "Je mag je eigen vork en mes hanteren. Laat me gewoon je bord opscheppen en glas inschenken." Daden bij zijn woorden voegend, schenkt hij iets in mijn glas dat eruitziet als sangria. "Compote in Russische stijl," legt hij uit.

"Bedankt."

Ik begin met de rijst. Zoet en hartig, het is mondgastisch. Vervolgens stop ik een klein stukje peer in mijn mond. Wauw. Zelfs beter dan de rijst. Ik nip van het drankje. Dubbel wauw. Dit kan mijn Mountain Dew-verslaving vervangen. Ik val op de eend aan. Drievoudig wauw. Nog zoeter en met genoeg umamismaak om een Japanse foodie te plezieren, laat de eend mijn ogen in mijn achterhoofd rollen van genot.

"Vind je het lekker?" vraagt Art.

Het vergt een inspanning om niet te gaan kwaken als reactie. "Ik vind het niet lekker... Ik vind het verrukkelijk." Ik stop meer van alles in mijn hebzuchtige mond.

Art grijnst breed. "Daar ben ik blij om. Is het zoet genoeg?"

Aangezien mijn mond te vol is, knik ik.

"Geen suiker," zegt hij trots. "Het is allemaal van het fruit."

Ik kauw en slik, van elke seconde genietend. Het enige verontrustende aan deze maaltijd is het oude spreekwoord: "De weg naar het hart van een man is door zijn maag." Als dat ook bij vrouwen werkt, dan kan mijn hart ernstig in gevaar zijn.

"Dus," zeg ik als ik het ergste van mijn honger heb weggenomen. "Heb je op een culinaire school gezeten of zo? Dit is geen maaltijd die een gemiddeld persoon zomaar kan maken."

"Zelf geleerd." Hij pakt voor zichzelf nog een portie

van de salade die ik heb genegeerd. "Al vroeg in mijn carrière liet ballet niet veel tijd over voor andere bezigheden, maar pas geleden ben ik met koken en investeren begonnen. Hoe zit het met jou? Wat heb je op de universiteit gestudeerd?"

Dit is niet mijn favoriete onderwerp. Sommige mensen met DNA identiek aan de mijne zijn hoogopgeleid, terwijl ik... dat niet ben. "Ik heb niet gestudeerd." Ik trek een gezicht. "Ik denk dat ik ook autodidact ben."

Dat is waar. Ik masturbeer al zo lang als ik me kan herinneren, en als ze er diploma's in gaven, zou ik op zijn minst een master hebben, of misschien zelfs een doctoraat, gezien hoeveel ik over het onderwerp heb geschreven.

Als Art op mijn gebrek aan scholing neerkijkt, laat hij er geen tekenen van zien. Zijn knik lijkt zelfs goedkeurend te zijn. "Dat herinnert me eraan," zegt hij. "Wat is het dat je doet?"

Mijn hart maakt een salto. Deze situatie is mijn schuld. Ik had dit moeten voorzien toen ik hem naar de culinaire opleiding vroeg. Zo dom. Misschien kan ik dit nog redden?

"Wacht even," zeg ik. "Je hebt me niet verteld wat *jij* op school hebt gestudeerd."

Zijn vernauwde ogen doen me aan Hershey's kisses denken. "Je ontwijkt mijn vraag, of niet?"

Stinkdier. Ik leg mijn vork neer. "Of *jij* bent degene die me niet over je universitaire opleiding wil vertellen."

Hij zucht. "Ik heb in Rusland op de universiteit gezeten, maar ze gaven me mijn cijfers op basis van mijn balletroem, niet op basis van verdienste, dus ik beschouw mijn studie Economie niet als veel waard. Als het op beleggen aankwam, moest ik alles vanaf nul leren." Hij kijkt me verwachtingsvol aan.

Ik staar argeloos terug. "Ik heb die filmlijst voor je samengesteld. Wil je hem gaan bekijken?"

Hij reikt over de tafel en pakt speels mijn kin vast — waardoor iets in mijn slipje kortsluiting maakt. "Vertel me wat je voor de kost doet."

"Nee."

Hij laat zijn hand vallen en trekt puppyogen naar me — en deze keer zit de kortsluiting in mijn hersenen. "Alsjeblieft?"

Aan de ene kant is het vleiend dat hij alles over me wil weten. Het geeft me het gevoel dat hij om me geeft. Aan de andere kant, als hij dit hoort, dan zal hij vluchten.

De puppyogen gaan niet weg.

Ik slaak een zucht. "Moet het?"

Zijn gezicht wordt ernstig. "Ze zullen ons tijdens het interview deze vragen stellen."

Oh, stinkdier. Dat was ik vergeten. Hij leert me niet zomaar kennen, omdat hij om me geeft. Het is allemaal een middel om die verblijfsvergunning te krijgen.

"Goed dan," zeg ik. "Maar je zult er zeker spijt van krijgen dat je met me getrouwd bent."

"Ik betwijfel het."

Ik haal diep adem. "Beloof je me niet te plagen?"

Hij knikt.

"Beloof je me dat je geen scheiding aan zult vragen?"

Hij lijkt nu bezorgd. "Ik beloof het, tenzij je beroep echt iets gruwelijks is, zoals een belastingadviseur."

"Goed dan. Mijn werk is het aaien van de poes... als je begrijpt wat ik bedoel."

Hij knippert naar me. "Zoiets als een huisoppas voor mensen met katten?"

Ik rol met mijn ogen. "Ik heb het over figuurvingeren."

"Wat?"

"De pony voeren?"

Is dat bezorgdheid om mijn gezond verstand in zijn blik?

"De bever poetsen? De vijver vol laten lopen?" Ik maak de V-vorm van de Vulcan-saluut met mijn vingers. "Je hebt het me zien doen. Weet je nog?"

Een vleugje begrip glinstert in zijn ogen. "Ben je een sekswerker?"

Het is mijn beurt om er blanco uit te zien. "Hoe ben je daar op gekomen? Ik heb het over masturbatie."

Hij knikt behoedzaam. "En daarom vroeg ik of je een sekswerker bent."

"Wat voor een sekswerker masturbeert voor de kost?"

Hij haalt een brede schouder op. "De meisjes bij peepshows? De meisjes die op die chatcams werken? De meisjes die —"

"Sorry, nee. Ik ben geen sekswerker. Tenminste, ik

denk niet dat ik dat ben. Ik blog over het onderwerp van masturbatie — maar ik doe het eigenlijk niet in het bijzijn van anderen... behalve die keer met jou."

Hij wrijft over zijn nek. "Als dat alles is, waarom wilde je het me dan niet vertellen?"

"Omdat het gênant is?"

Hij ademt opgelucht uit. "En dat is het?"

"Nou, ja." Ik voel me een beetje als een idioot. "Ik dacht dat je een conservatief type was dat me zou veroordelen."

Hij legt zijn hand over de mijne — wat het erg moeilijk maakt om te denken. "Alleen omdat ik van klassieke muziek hou en deuren voor je openhoud, betekent niet dat ik preuts ben."

Dat is logisch, tenminste als zijn aanraking mijn denkvermogen niet verstoort.

Met een glimlach trekt hij zijn hand weg om zijn telefoon te pakken. "Hoe heet je blog?"

Blozend, zeg ik, "Aai de Petunia."

Hij typt het in zijn telefoon en leest gedurende een paar van de langste momenten van mijn leven.

Eindelijk legt hij zijn telefoon neer. "Dit is best goed."

Een ballet van zwanen neemt vlucht in mijn buik. "Vind je?"

Hij knikt. "Al die positieve opmerkingen. Je helpt andere vrouwen. Ik denk dat het geweldig is."

Als hij in mijn broek wilde komen, dan zou dit een manier zijn om het te doen. Nou, dit en het avondeten. En de hand op de hand. En hoe hij ruikt. En —

Prima. Het lijkt erop dat het voor Art niet zo moeilijk is om in mijn broek te komen — wat me eraan doet denken.

"Wat zijn onze slaaparrangementen?" flap ik eruit.

Zo. Dit is net als een pleister eraf trekken.

Arts handen worden stil, zijn vork hangt bevroren in de lucht. "Weet je zeker dat je niet eerst een toetje wilt?"

De eend en de rijst verharden tot steenkool in mijn maag. "Kijk eens wie deze keer de vraag ontwijkt."

Hij pakt het glas compote en neemt een royale slok. "Je hebt gelijk. We moeten hierover praten."

En toch zit hij daar stilletjes tot ik het niet meer aankan en zeg, "Ik heb het idee dat je *samen* wilt slapen."

Zijn hoofd knikt een beetje. "Maar regel één is nog steeds van toepassing."

Ben ik teleurgesteld of opgelucht? "Maar waarom dan?"

"Vanwege de interviews," zegt hij. "Ze kunnen je vragen of ik snurk, of wie de deken steelt. Ik denk dat we tenminste lang genoeg in hetzelfde bed moeten slapen om zulke details te leren. Daarna kunnen we om de beurt op de bank in de woonkamer gaan liggen. Ik heb ervoor gezorgd dat die extreem comfortabel is."

Ik trommel met mijn vingers op de tafel. "Dat is ijzersterke logica."

En zo onromantisch als een mierenhoop.

"Goed." Hij staat elegant op. "Klaar om het dessert te proberen?"

Oké, ik denk dat dat het enige gesprek is dat we zullen hebben als het om de slaaparrangementen gaat. Ik weet niet of ik het hem kwalijk kan nemen dat hij er niet meer over na wil denken.

"Laten we het dessert nemen," zeg ik, terwijl ik doe alsof ik net zo vrolijk als altijd ben als zoetigheid het onderwerp van gesprek is.

Hij reikt in de vriezer.

Gelukkig heb ik de seksspeeltjes daar niet verstopt.

De tas die hij eruit trekt is moeilijk te zien, en dan blokkeert zijn rug wat hij met de inhoud doet — maar wat het ook is, ik ben geïntrigeerd.

Plotseling brult het geluid van een houtversnipperaar door de keuken, waardoor ik bijna doof word.

Wat voor de duivel? Is hij ahornsiroop uit een boomstam aan het halen? Ik dacht dat je daar alleen maar op moest tikken.

Wanneer het geluid stopt, schept Art iets uit de blender — wat het geluid verklaart — en plaatst hij het in een mooi schaaltje.

"Hier." Hij zet de traktatie voor me neer.

"Dit ziet eruit als ijs," zeg ik. "Maar is dat niet de wortel van alle kwaad?"

Hij strooit een assortiment noten over het ijs. "Probeer maar eens." Hij geeft me een lepel.

Ik proef het resultaat. Jammie. Het doet me denken aan een ijscoupe die extra veel banaan bevat.

Hij kijkt naar mijn lippen alsof hij door hen gehypnotiseerd is. "Vind je het lekker?"

Ik slik de zoete goedheid door. "Wat is het addertje onder het gras?"

"Het is banaan."

Ik eet nog een lepel. "Tuurlijk. Ik kan de banaan proeven."

Zijn grijns is van Cheshire kat-proporties. "Je begrijpt het niet. Banaan is het *enige* ingrediënt."

Wat?

Ik doop de lepel in de romige goedheid en draai hem rond. "Dit kan niet alleen maar banaan zijn."

"Ja, echt wel," zegt hij. Hij pakt de zak die hij uit de vriezer haalde en laat me de bevroren bananen zien. "Dit is het enige wat ik in de blender heb gedaan."

Ik neem nog een lepel. Hmm. "Nu ik weet waar het naar moet smaken, is de illusie van het ijs een beetje verpest."

Hij haalt zijn schouders op. "Als je ervan geniet, eet het op. Zo niet, geen probleem."

Leugens. Ik weet dat hij meneer 'laat geen eten achter op je bord' is. Niet dat ik dit weg wil gooien. Dit ijs is misschien net zo nep als ons huwelijk, maar het is koud, romig en heerlijk... om nog maar te zwijgen van al het kalium en wat al niet meer.

Als ik klaar ben, leg ik mijn lepel neer. "Dank je."

"Graag gedaan." Hij neemt alle borden mee naar de gootsteen en begint ze af te wassen.

"Wacht," zeg ik. "Jij hebt gekookt. Laat mij dan tenminste opruimen."

"Hoeft niet." Hij opent een deur naar wat een vaatwasser blijkt te zijn. "Earl zal er voor zorgen."

Ik trek een wenkbrauw op. "Earl."

Hij zet de rest van de afwas weg. "Jij hebt je stofzuiger een naam gegeven, dus ik dacht dat ik onze vaatwasser een naam zou geven."

Als geroepen rolt Woofer de keuken in en botst tegen de poot van mijn stoel.

Het lijkt erop dat de mannelijke menselijke opperheerser net zo lui is als de vrouwelijke. Neemt niet eens de moeite om zelf de vaat te wassen. Hij is tenminste beter in het geven van namen aan de arme machine waar hij een slaaf van heeft gemaakt. Earl klinkt koninklijk en waardig, terwijl Woofer de naam is van een vies mormel.

Ik sta op. "Wat nu?"

Art haalt een vaatwastablet uit de verpakking en plaatst deze in Earl. "Ik zat eraan te denken om onze filmlijsten uit te wisselen."

"Uit te wisselen? Ik dacht dat ik jou er gewoon een zou geven."

Hij pakt zijn telefoon. "Ik heb besloten dat wat goed is voor de één, goed is voor de ander."

"Goed dan. Laat me eens een kijkje nemen naar je lijst."

"Dames eerst."

Met een spottende kreun, app ik hem mijn lijst.

Hij bekijkt het en er verschijnt een glimlach op zijn gezicht.

"Wat?" vraag ik.

Hij wijst naar het scherm. "Die show. Ik heb die eerder gezien. Hij is geweldig."

Nee.

Dat kan niet.

Er staat maar één tv-programma op de lijst.

Toch kan ik het niet zomaar aannemen. Dit is te groot om aan te nemen.

"Over welke show heb je het?" vraag ik, mijn stem onstabiel.

"*Sex and the City*. Ik ben een grote fan."

"Hou je van *Sex and the City*?"

Als hij me met een taser had geëlektrocuteerd, dan zou ik nog minder geschokt zijn. Ik heb nog nooit een man ontmoet die er zelfs maar naar gekeken heeft, laat staan het leuk vond. Ik bedoel, ik heb altijd geweten dat er in theorie zulke wezens bestonden, zoals zwarte zwanen of telemarketeers waar mensen graag een telefoontje van krijgen, maar ik had niet verwacht dat er eentje voor me zou koken.

Art knikt. "Die show is de reden dat ik verliefd werd op New York. Op een bepaalde manier zou ik hier zonder die show niet zijn."

Oké. Het is officieel.

Ik ben met mijn zielsverwant getrouwd.

Zesentwintig

HET VOLGENDE MOMENT SLUIPT DE TWIJFEL NAAR BINNEN. Zou het kunnen dat hij dat alleen maar zegt? Zelfs als hij de waarheid vertelt, waarom keek hij dan naar de show? Was het omdat hij naar een van de hoofdrolspeelsters verlangde, of wilde hij vrouwen beter begrijpen?

Hij raakt mijn onderarm aan. "Gaat het?"

"Waarom?"

"Omdat je me raar aankijkt."

Ik knipper een paar keer met mijn ogen. "Ik bedoel, 'waarom heb je naar de show gekeken?'"

Hij lacht. "Laten we naar de woonkamer gaan en het ons gemakkelijk maken. Dan zullen we praten."

Wat een plaaggeest. Ik volg hem naar de bank en plof naast hem neer. Mijn huid tintelt als onze knieën elkaar raken.

"Vertel op," grom ik.

"Ik denk dat het duidelijk zou moeten zijn," zegt hij.

Ik staar hem wezenloos aan.

"Mikhail Baryshnikov," zegt hij gefrustreerd.

Oh. Waarom heb ik daar niet aan gedacht?

"Hij was de man die het afgelopen seizoen 'de Rus' speelde," zegt Art. Als het onderwerp allesbehalve *Sex and the City* zou zijn, dan zou hij totaal seksistisch zijn, maar ik hou hier te veel van om te klagen als hij verder gaat. "Voor het geval je het niet wist, in het echte leven is hij een balletlegende en is hij, net als ik, in Riga geboren."

Ik trek een somber gezicht. "Ik voel me nu dom."

"Niet doen. Hoe kon je weten dat die man mijn idool was? Ik ben met die negen afleveringen begonnen waar hij in speelde, raakte verslaafd en ben toen alles gaan kijken."

"Wat is je favoriete aflevering?"

Hij krabt aan zijn kin. "Seizoen zes, aflevering twaalf."

Ik grijns. "Is dat degene waar Baryshnikov voor het eerst verscheen?"

Hij knikt. "En hoe zit het met jou? Wat is jouw favoriet?"

"Seizoen één, aflevering negen," zeg ik zonder aarzeling. "Het heet *The Turtle and The Hare*."

Hij tuurt even en schudt dan zijn hoofd. "Moeilijk om me te herinneren met alleen de titel. Waar ging het over?"

"Het is degene waar ze het konijn gaan halen."

"Het konijn? Is dat nog een kat?"

Ik lach. "Het is een vibrator met oren. Die

aflevering stelde vrouwen gerust dat het goed is om te masturberen. Als zelfs Charlotte blij was om het te doen, waarom zij dan niet?"

"Ik denk dat ik het me nu herinner. En dat is logisch. De vibrator was jouw Baryshnikov."

Mijn grijns strekt zich uit van oor tot oor. "Wat is je minst favoriete?"

"De films," zegt hij, waardoor het woord als een vloek klinkt.

"Mee eens. Alles na de laatste aflevering van seizoen zes is ondermaats."

Hij knikt met duidelijke ernst en we bespreken onze minst favoriete momenten in de films — waarvan er veel zijn.

Terwijl hij geanimeerd over Carrie en Samantha praat, vraag ik me af waarom hij deze show zo belangrijk vindt, zo vol voorwendsels. Waarom het voelt alsof we nu zoveel meer gemeen hebben dan tien minuten geleden. Ik bedoel, het is gewoon een tv-show, toch?

Over het algemeen vind ik dit gevoel in mijn borst niet echt prettig. Tussen zijn hand op mijn knie en de aangename vermoeidheid van de gastronomische maaltijd in mijn buik, vervagen de fictie en realiteit van ons huwelijk, en dat is erg gevaarlijk.

Er is niets veranderd. Hij wil nog steeds alleen een verblijfsvergunning en niets anders. Hij is nog steeds —

"Wacht eens even," zegt Art spottend streng. "De bijnaam van mijn pik — dat is toch een verwijzing naar *Sex and the City*?"

Mijn ogen worden naar zijn kruis getrokken, en mijn gezicht wordt knalrood. "Voelt hij zich daardoor minder speciaal?"

Art lacht. "Ik dacht eigenlijk dat Carrie's Mr. Big een beetje een lul was, dus het werkt. Ze had in plaats daarvan met Baryshnikov moeten eindigen."

Ik besluit dat het allang tijd is geweest om van onderwerp te veranderen. "Je had het over je lijst?"

Hij knikt en stuurt me een app. "In de gemarkeerde films speelt Baryshnikov."

Ik kijk op mijn telefoon. Hmm. Als alleen de films met zijn idool erin onbekend waren, zou dat één ding zijn. Maar ik heb nog nooit van ook maar een van deze films gehoord. Sommige klinken zelfs verzonnen, zoals *The Diamond Arm, The Irony of Fate or Enjoy Your Bath* en *The Caucasian Captive*.

"Zijn deze echt?" vraag ik. "Ik beschouw mezelf een filmfanaat, maar ik ben deze nog nooit tegengekomen."

Hij klopt op mijn knie. "Dat is nu juist het probleem. *Sex and the City* is misschien niet genoeg om deze relatie te laten werken."

Ik grijns. "Dat is discutabel. Men kan ver komen op *Sex and the City*."

Hij zet de tv aan. "Waarom laat je mij de jouwe niet zien, en dan laat ik jou de mijne zien?"

Hebben we het nog steeds over films?

"Zullen we *Dirty Dancing* kijken?" stel ik voor. "Houd er rekening mee dat het dansen geen ballet is."

We zetten de film op en op de een of andere manier lig ik uiteindelijk tegen hem aan op de bank alsof we een oud getrouwd stel zijn. Hij slaat zijn arm over mijn schouder en ik slik longen vol van zijn verleidelijke geur in, en voel me zo warm en veilig dat ik tot een plasje wil smelten.

Over plassen gesproken, mijn ondergoed voelt duidelijk vochtig aan.

Als de aftiteling voorbij komt, vertelt hij me dat de film geweldig was, en dat we nu *The Irony of Fate or Enjoy Your Bath* moeten kijken.

Als dat betekent dat we op de bank blijven liggen, dan kijk ik naar alles, zelfs *Glitter*.

Als de film begint, begrijp ik waarom ik er nog nooit van gehoord heb. Het is in de jaren zeventig in de Sovjet-Unie gemaakt.

Art pauzeert de film en zegt, "Zodat je het weet, dit is een klassieker die elke oudejaarsavond wordt uitgezonden — wat het Russische antwoord op Kerstmis is."

"Hoe bedoel je?" Ik voel een gaap opkomen, maar ik onderdruk hem. Ik heb het te gezellig om deze plek te verlaten, en ik ben bang voor de verleiding van de slaapkamer.

Deze bank is al erg genoeg.

Hij houdt me steviger vast. "In Rusland versieren mensen dennenbomen, wisselen ze cadeaus uit en hebben ze zelfs een kerstman-equivalent met Vadertje Vorst... allemaal op oudejaarsavond."

Hoe moet ik op deze manier helder denken?

"Lijkt Vadertje Vorst op de Kerstman?" vraag ik op de een of andere manier.

"Hij is inderdaad een oude man met een zak vol cadeaus en een witte baard." Met zijn vrije hand haalt Art een foto op zijn telefoon tevoorschijn. "Ik denk dat hij als de Russische geest van de vorst begon, maar later werd hij met afbeeldingen van de Kerstman gekruist."

"Wacht." Ik wijs naar een vrouw op de foto. "Is dat de kerstvrouw?"

Hij trekt zich terug om me vol afschuw aan te kijken. "Zie je niet hoe jong ze is? Dat is zijn kleindochter, Snegurochka, alias de Sneeuwmaagd."

Huh. "En zijn vrouw dan? Hoe zit het met Snegurochka's ouders?"

Hij ziet er bedachtzaam uit. "Nu je het zegt, ik denk niet dat er meer familie is. Alleen de kleindochter. Ik denk dat ze ook een personage uit de oude Russische mythologie is die geassocieerd werd met het nieuwe jaar. De Sovjets veranderden de oorspronkelijke gebruiken om ze in de jaren dertig werelds te maken — en ik denk dat consistentie of logica geen prioriteit was."

Daarmee zet hij de film weer aan.

Hij is ondertiteld, niet nagesynchroniseerd, maar dat geeft me op de een of andere manier het gevoel dat ik in Rusland ben. Naarmate de film vordert, pauzeert Art hem regelmatig en legt hij bepaalde nuances uit die vergelijkbaar zijn met Vadertje Vorst. Oh, en sommige van de plotelementen brengen recente herinneringen voor me terug, zoals wanneer de held en zijn vrienden te veel wodka drinken in de banya.

"Wat vond je ervan?" vraagt Art wanneer de aftiteling voorbij komt.

Met tegenzin haal ik mezelf uit zijn omhelzing. "Ik vond hem leuk."

"Geweldig. Morgen kunnen we *The Caucasian Captive* kijken."

Ik trek een wenkbrauw op. "Is het ook een romcom, of iets serieuzers? Die titel doet het klinken als een racistisch geladen Stockholmsyndroom-romance."

Zijn ogen worden groot. "Het is een romcom. Kaukasisch wordt in dit geval in zijn oorspronkelijke betekenis gebruikt, omdat de kern van het plot om een oude traditie van de mensen in de Kaukasusregio draait — het stelen van bruiden."

Ik gaap. "Klinkt intrigerend. Zullen we van mijn lijst naar *The Princess Bride* kijken?"

"Afgesproken." Hij gaapt ook. "Ik denk dat het tijd is om naar bed te gaan."

Mijn slaperigheid verdampt. "Tuurlijk."

"Kom," zegt hij. "Laten we elkaars avondroutine ontdekken."

Ja. Dat is normaal. Geen reden om van opwinding en vrolijkheid op en neer te springen, waar ik opeens zin in heb om te doen.

Met een pokergezicht volg ik hem naar de grote badkamer — een ruimte die bijna net zo groot is als mijn oude huis, met een regendouche, twee wastafels en een enorm bad.

"Vind je die wasbak mooi?" Hij gebaart naar degene waar ik mijn tandenborstel heb neergezet.

"Zeker."

Kan hij zien hoe geschrokken ik ben? Omdat het antwoord *heel erg* is. De huiselijkheid hiervan is gewoon krankzinnig. Het maakt deze hele leefsituatie waanzinnig echt.

"Douche je voor het slapengaan?" vraagt hij.

Stinkdier. Ik had daar niet eens over nagedacht. "Ja." Ik bloos als de Sneeuwmaagd. "Jij?"

Belangrijker nog, hoe groot is de kans dat hij wil dat we samen douchen?

Zijn ogen glanzen. "Ik douche meestal na balletoefeningen, maar ik zat eraan te denken om het vandaag voor het slapengaan te doen. Na mijn pensioen zal dat mijn nieuwe routine zijn."

De beelden. Oh, de beelden. Ik voel mijn hartslag in m'n slapen. "Wil je het doen terwijl ik mijn tanden poets? Ik zal niet kijken."

Ja, dat zei ik met een stalen gezicht, wetende dat ik veel van hem in de spiegel zal zien — en dat ik schaamteloos zal kijken.

Hij pakt zijn tandenborstel en knijpt er wat tandpasta op. "Zullen we om de beurt gaan?"

Boe.

"Oké. Goed idee." Ik pak mijn tandenborstel en knijp er per ongeluk te veel tandpasta op. "Hierna."

Terwijl ik mijn tandenborstel activeer, zou ik willen dat hij op mijn poes was gericht in plaats van op mijn tanden. Misschien als ik wat van deze seksuele energie zou verbranden, dat ik me een normaal mens zou voelen en zou stoppen met het zien van smeuïge Art beelden in mijn gedachten.

Hij poetst zijn tanden handmatig, als een holbewoner, waardoor zijn sterke onderarm zich aanspant.

Geweldig. Nu wil ik mijn tandenborstel nog meer misbruiken.

Hij spuugt zijn tandpasta uit. "Dames douchen eerst?"

"Tuurlijk," mompel ik door een mondvol tandpasta. "Laat me dit afmaken."

"Natuurlijk." En weer glanzen zijn ogen — wat zou kunnen betekenen dat hij zich net zo ongemakkelijk voelt met dit alles als ik.

Een demon dwingt me te vragen, "Waar slaap je in?"

Zijn glimlach heeft een kwaadaardig tintje. "Meestal naakt, maar vanaf nu in een pyjama."

In plaats van mijn tandpasta uit te spugen, slik ik hem hoorbaar door.

Fuck. Doet hij me dit expres aan?

Me als een geile zombie bewegend, pak ik mijn meest conservatief ogende nachtjapon, hoewel hij nog steeds niet ideaal is als het doel is om zoveel mogelijk van mij te bedekken.

Art bekijkt het kledingstuk in mijn handen met een vreemde uitdrukking. "Geniet van je douche." Daarmee verdwijnt hij uit de badkamer alsof ik hem achterna zou kunnen gaan.

Ik sluit de deur en sta er met mijn rug naar toe,

knijp mijn ogen dicht terwijl ik probeer mijn ademhaling onder controle te krijgen.

Dit is waanzin.

Zelfs als hij mijn echte echtgenoot was, lijkt dit niveau van verlangen ongezond. Ik ben bang dat ik hem ga slaapneuken of nog erger midden in de nacht.

Er is een simpele oplossing: ik kan preventief masturberen.

Ik scan de badkamer. De douchekop is van de verkeerde stijl om nuttig te zijn, en ik weet niet zeker of mijn tandenborstel en vingers het vandaag zullen doen. Ik heb iets groots nodig aan de binnenkant, en misschien iets extra-vibrerends aan de buitenkant.

Dan weet ik het. Ik heb mijn favoriete speeltjes hier in deze badkamer verstopt! Ik moet dit onbewust hebben gepland.

Ik haal de speeltjes uit de stortbak van de wc en zet de douche aan om ervoor te zorgen dat Art zich niet realiseert wat ik doe.

Nu ik erover nadenk, ik heb al heel lang mijn poes niet onder de douche geaaid — en ik denk niet dat ik er ooit over geblogd heb.

Dat geeft de doorslag.

Ik leg mijn speeltjes bij de shampooflessen neer, kleed me uit en stap onder de warme straal.

Dit is fijn.

Op de automatische piloot was ik mijn haar en lichaam voordat ik me mijn belangrijke nevenmissie herinner.

Ik bekijk de speeltjes. Oh ja. Dit vraagt om de

grootste dildo die ik bezit — een dildo die een paar centimeter korter en iets dunner is dan Mr. Big.

Ik grijns er ondeugend om. "Jij zult genoeg moeten zijn."

Wetende dat Art net achter deze muur is, maakt dat ik me erg ondeugend voel.

Ik smeer de dildo met mijn spuug en zet mijn linkervoet tegen de muur om het naar binnengaan te vergemakkelijken.

Daar gaan we.

Ik plaats de dildo tegen mijn opening — dat is het moment dat mijn rechtervoet uitglijdt op de natte tegelvloer.

Zevenentwintig

OH NEE. Nee, nee, nee!

Ik sla met beide armen om me heen, die met de dildo en die zonder.

Nee.

Ik kom met een luide klap op de grond terecht, de lucht slaat uit mijn longen.

Stinkdier.

Ik zie sterren voor mijn ogen en hoor een luid gebonk in mijn oren.

Binnen een seconde stoppen de sterren met draaien, maar het bonkende geluid is er nog steeds. Het klinkt vreemd als een schreeuw die vraagt, "Wat is er gebeurd?"

Goede vraag, denkbeeldige schreeuw.

Heb ik iets gebroken?

Ik scan mijn ribben en de rest.

Nee, ik denk dat ik in orde ben.

Wacht.

Het geschreeuw is nu luider en het is Arts stem.

Hij wil weten of ik in orde ben.

Ik adem wat lucht in mijn longen om te antwoorden, maar het is te laat.

Krak! Met een gewelddadig geluid vliegt de deur uit zijn scharnieren en klinkt de stem van Art veel dichterbij. Fuck! "Gaat het?"

Shit. Shit. Shit.

Sterke armen draaien me om, en een in paniek geraakte Art onderzoekt elke centimeter van me grondig, alsof hij mijn jaarlijkse dermatologisch onderzoek uitvoert.

Heb ik eerst met mijn hoofd de grond geraakt? Mijn wangen branden bijna pijnlijk.

"Ik ben in orde," lieg ik.

Ik klauter overeind, onzeker over wat ik eerst moet doen: de speeltjes verstoppen of mijn naakte lichaam met iets bedekken.

Art pakt mijn hand stevig vast. "Weet je zeker dat je in orde bent? Het klonk alsof je hard viel."

Bloeden mijn wangen?

Ik kijk in de spiegel.

Nee. Gewoon heel erg rood.

Ik kan niet geloven dat ik bovenop alles als een zak aardappelen klonk toen ik viel. Wat nog meer, universum? Sta ik op het punt om over te geven waar hij bij is? In m'n broek te plassen?

Als een gek pak ik een handdoek en wikkel die om mezelf heen. "Oké, aangezien het goed met me gaat, moet je gaan."

Pas nu realiseer ik me dat hij niets anders draagt dan zwart ondergoed — en jemig, ziet dat er even geweldig uit.

Arts kaak staat strak. "Ik ga niet weg totdat ik zeker weet dat je in orde bent."

Schiet me nu maar neer. "En hoe kan ik dat bewijzen?"

Hij haalt zijn vingers door zijn haar. "Ik heb geen flauw idee."

"Goed dan! Kun je in ieder geval de andere kan op kijken?"

"Waarom?" vraagt hij en kijkt dan eindelijk om zich heen.

Er zijn overal seksspeeltjes. Ik moet ze allemaal van de shampooplank geslagen hebben toen ik met mijn armen aan het zwaaien was.

"Oh," zegt hij, zijn ogen worden groter. "Was je —"

"Op de catamaran aan het zeilen." Mijn wangen worden nog heter. "De vacht aan het wapperen. Met mezelf bezig zijn."

Hij buigt vorover en pakt de dildo die ik nooit heb kunnen gebruiken. "Hoe is dit spul hier binnengekomen?"

Ik werp een blik op de nog geopende stortbak en hij volgt mijn blik.

"Serieus?"

Ik bloos harder.

Hij kijkt naar me, dan naar de speeltjes, dan terug naar mij met een frons. "Waarom zo stiekem? Ik dacht dat je hierover blogt. Je kunt het gewoon allemaal in je nachtkastje bewaren."

Ik rol zo hard met mijn ogen dat mijn ogen pijn doen. "Ja. Tuurlijk. Moet ik ze ook gebruiken terwijl je naast me in bed ligt?"

Zijn pupillen verwijden zich naar de grootte van dubbeltjes. Slikkend, mompelt hij, "Misschien dat niet, maar ik zal niet altijd thuis zijn. Ik kan ook gewoon op kantoor aan mijn computer werken als je dat nodig hebt om..." Hij wiebelt met de dildo. "...voor je behoeften te zorgen."

Ik ruk het voorwerp uit zijn handen. "Goed dan. Alles om dit gesprek te stoppen."

Voordat hij kan antwoorden, pak ik een arm vol speeltjes en sprint uit de badkamer.

Hij volgt me, waarschijnlijk om er zeker van te zijn dat ik in orde ben.

Ik open de dichtstbijzijnde lade van een nachtkastje en gooi de speeltjes erin. "Zo. Kan ik nu wat privacy krijgen?"

Hij kijkt nog eens naar me. "Weet je absoluut zeker dat je niet gewond bent?"

"Absoluut."

Hij reikt naar zijn pyjama. "Beloof je te roepen als er iets pijn begint te doen?"

"Ik zweer het op wat er van mijn waardigheid over is."

Hij gaat terug naar de badkamer en komt naar buiten met de pyjama aan.

"Ik ben zo terug." Hij verlaat de slaapkamer.

Ik doe de slaapkamerdeur achter hem op slot en gebruik de handdoek die me bedekt om mezelf af te drogen voordat ik mijn nachtjapon aantrek.

Er wordt geklopt.

Ik doe de deur open en ga naar bed.

Art staat daar met wat gereedschap. Terwijl ik naar hem staar, begint hij de badkamerdeur te repareren met de absolute nonchalance van iemand die precies weet wat hij doet.

Verdomme. Hij is ook nog eens handig. Zelfs als ik de kans had gekregen om de speeltjes te gebruiken, zou ik waarschijnlijk hierna nog een sessie nodig hebben.

"Nog steeds alles goed?" vraagt hij wanneer de deur zo goed als nieuw is.

"Yep." Fysiek gezien wel. Nou, mijn speekselklieren zijn in overdrive, maar dat is bij hem in de buurt mijn nieuwe normaal.

Hij verdwijnt in de badkamer en de douche gaat weer aan.

Wat nu?

Ondanks de valpartij, is wat ik het meest wil doen met mijn draaibare telefoon bellen — en wetende dat Art onder de douche staat, maakt het alleen maar erger.

Het probleem is, ik heb geen idee hoelang zijn douches duren. Het laatste wat ik wil is weer betrapt worden.

Misschien kan ik gewoon gaan slapen?

Ik sluit mijn ogen. De luchtzuiveraar zoemt rustgevend naast het bed, en onder normale omstandigheden zou ik al weg zijn. Maar deze omstandigheden zijn allesbehalve normaal.

Ik open uit frustratie mijn ogen.

Wat dit extra vervelend maakt, is de rare overtuiging die ik heb dat Art Mr. Big onder de douche staat te aaien. Ik heb geen idee hoe of waarom ik dit heb besloten. Misschien is het zo'n droom die door je hoofd gaat als je in slaap valt. Of misschien hebben al deze hormonen mijn latente buitenzintuigelijke krachten gewekt. Hoe dan ook, ik ben er zo zeker van dat hij zich aftrekt dat ik het praktisch door de muren kan zien. In levendig IMAX-detail.

Onattente klootzak. Wat is er gebeurd met "Wat goed is voor de één, is goed voor de ander?"

Misschien moet ik op de deur kloppen en zeggen dat hij moet stoppen?

De douche stopt.

Wat een geluk. Hij is waarschijnlijk net klaargekomen. Hoe fijn moet dat zijn.

De deur gaat open en Art komt op zijn tenen de kamer in.

Denkt hij dat ik in slaap ben gevallen? Misschien is het het beste om te doen alsof ik slaap.

Hij glijdt stilletjes aan de andere kant van het bed onder de deken.

Ik slik moeizaam. Ondanks de douche en de beste inspanningen van de luchtreiniger, kan ik nog steeds die veelzeggende Art-geur detecteren en het helpt mijn seksuele frustratie totaal niet.

Hij draait zich op zijn zij en ligt van me weg.

Een lawine van fantasieën valt mijn arme hersenen aan. In de meeste schuif ik naar de andere kant en reik ik om te beginnen naar Mr. Big.

Hij draait zich naar me toe.

De fantasieën beginnen nu met een kus.

Hij draait zich op zijn rug.

Wauw. Is dat de deken die een tent vormt? Misschien had ik het mis over wat hij in de douche heeft gedaan? Of misschien had ik het niet mis, maar herstelt hij snel? Wat zeg ik allemaal? Ik weet dat hij snel herstelt. Ik heb het op de video gezien.

Hij keert zich weer van me af.

Hoe snel is zijn stofwisseling? Ik voel in golven warmte van hem afstralen.

Hij draait zich naar me toe.

Ik zucht. Ik zal zo nooit in slaap vallen.

Hij ligt stil.

Oeps.

"Ben je wakker?" fluistert hij.

"Het lijkt er wel op," fluister ik terug.

Hij springt overeind. "Het spijt me, maar ik kan zo niet slapen."

"Zoals wat?"

Ook al dacht ik net hetzelfde, voel ik me beledigd. Vindt hij dat ik stink? Adem ik te hard? Gromde mijn maag?

"Ik ga op de bank slapen." Hij pakt zijn kussen.

"Wacht." Ik ga rechtop zitten. "Hoe zit het met de interviewvragen? Ze kunnen vragen stellen over onze slaappatronen."

Hij kijkt naar de comfortabele deken die we delen. "Je kunt zeggen dat ik een heer ben als het om de deken gaat, en dat je het prettig vindt om jezelf erin te wikkelen zonder aan iemand anders te denken."

Ik kijk naar beneden en realiseer me dat ik mezelf op dit moment in een burrito verander.

"Ik heb mijn deken in de linnenkast laten liggen," zeg ik. "Gebruik hem alsjeblieft."

"Bedankt." Hij loopt naar de linnenkast en pakt de deken. "Droom maar zacht."

Terwijl ik hem zie vertrekken, vecht ik tegen een onverklaarbare golf van teleurstelling.

Dit is zo stom. Hij heeft ons beiden een plezier gedaan. Op deze manier kan ik echt wat slaap krijgen.

Daarom sluit ik mijn ogen.

En wacht.

En wacht.

Slapen zou nu makkelijker moeten zijn, toch?

Nee.

Ik lig een half uur te draaien en woelen voordat ik het opgeef. Ik doe de slaapkamerdeur op slot, zet de luchtreiniger op de hoogste stand om trillingsgeluiden te maskeren en haal de speeltjes uit mijn nachtkastje.

Hij zei dat ik vrij was om dit in ons bed te doen.

Ik kruip naar zijn kant en ruik aan de lakens.

Ja. Perfect. Als honger het beste kruid is, dan is een sexy man die je niet kunt neuken de beste masturbatieversterker. Het orgasme dat over me heen valt, laat mijn tenen krommen en laat me van top tot teen trillen.

Ik voel me in de nasleep als een overgare noedel en ik sleep mezelf naar de badkamer om het speeltje schoon te maken. Tegen de tijd dat ik de speeltjes opberg, voelen mijn oogleden alsof ze door keien worden verzwaard.

Slaap komt op het moment dat mijn hoofd het kussen raakt.

HOOFDSTUK
Achtentwintig

IK WORD WAKKER. Ik ben even in de war als ik rondkijk. Mijn omgeving is onbekend.

Oh, tuurlijk. Ik ben bij Art ingetrokken.

Ik sta op, poets mijn tanden, trek wat kleren aan en ga op zoek naar m'n man.

Hij is niet in zijn kantoor of in de keuken.

Als ik de woonkamer nader, hoor ik zachte klassieke muziek spelen. Art moet in de buurt zijn.

Yep. Hij is niet alleen hier, maar ik krijg voor mijn moeite ook een ongelooflijk uitzicht.

Art is in een strakke trainingsbroek en een tanktop gekleed en staat in een perfecte krijgershouding, één knie gebogen, de rug uitgestrekt en elke spier in zijn gestrekte armen zijn aangespannen. Zelfs zijn blote voeten zijn sexy, sterk en mannelijk.

Fluffer, die naar Art keek, trekt een verdacht, wazig gezicht naar me.

Zie je wel? Je kijkt naar deze reus alsof je hem wilt opeten. Wat voor kans heeft een klein hapje als ik?

Art strekt zijn rechterarm over zijn hoofd.

Ik debatteer tussen twee even redelijke keuzes: hem laten weten dat ik hier ben of terug naar de slaapkamer rennen om de speeltjes te gebruiken.

Mijn keuze wordt voor me gemaakt. Woofer rolt achter me vandaan en maakt zoveel lawaai dat Art onze kant op kijkt.

De ene opperheer heeft de andere geroken, maar ik krijg de schuld?

"Morgen." Art trekt zich terug uit zijn pose en ziet er gracieuzer uit dan ik ooit zou kunnen zijn. "Hoe heb je geslapen?"

"Oké." Ik kijk naar de bank. Er is geen teken dat hij er echt op geslapen heeft. Is hij een netheidsfreak? "En hoe zit het met jou?"

Hij haalt zijn schouders op. "Wanneer deze bank uit wordt getrokken, dan is hij bijna net zo comfortabel als het bed."

Ik zwaai naar zijn mat. "Doe je een beetje aan yoga?"

"Het is onderdeel van mijn ochtendroutine. Waarom doe je niet mee?" Zonder op mijn antwoord te wachten, loopt hij naar de rand van de bank en haalt er nog een yogamat uit.

Hmm. Ik heb enige tijd geleden aan yoga gedaan, na het schrijven van een blogpost over tantrische masturbatie. Mijn kenmerkende zet is om aan mezelf te zitten in de lotushouding, maar als het om andere yogaposes gaat, dan is de kans groot dat ik mezelf voor schut zet.

"Ik wil je oefening niet verstoren," zeg ik.

Hij trekt puppyogen naar me. "Gewoon een paar poses."

Gah. Als dit nephuwelijk op de een of andere manier tot kinderen leidt, dan hoop ik dat hij ze die specifieke truc niet leert, anders worden ze verwend.

Ik doe een stap achteruit en struikel bijna over Woofer. "Ik denk dat ik te veel honger heb."

Art grijnst. "Ik heb ontbijt gemaakt. Ik zal het met je delen als je goed bent."

Verleidelijk. Als dat eten zo lekker is als wat hij gisteravond heeft gemaakt, dan is het misschien de ongewenste oefening waard.

"Prima," zeg ik met tegenzin. "Vijf minuten."

Hij gebaart naar de mat. "Ga daar staan."

Dat doe ik.

"Laat me je krijgershouding zien."

Hij demonstreert zijn eigen houding, waardoor het erg moeilijk is om me te concentreren als ik dat ook doe.

Hij schudt zijn hoofd en Art komt naar me toe. "Mag ik een paar correcties aanbrengen?"

Ik knik. Gaat dit heen waar ik denk dat het heen gaat?

Yep.

Hij grijpt me zachtjes bij de heupen en centreert mijn bekken.

Fuck.

Ik heb altijd al gemolesteerd willen worden, maar dit is op een ander niveau. Mijn slipje is meteen doorweekt en yoga is het laatste waar ik aan denk.

Hij tilt mijn rechterarm op en stuurt erotisch kippenvel door mijn hele lichaam.

Yoga? Wat is dat?

"Goed," zegt hij en keert terug naar zijn mat. "Houd de houding een paar seconden vast."

Ik doe mijn best, en op de een of andere manier vergeet ik niet te ademen.

"Laten we een vooroverstrekking doen," zegt hij en buigt zonder inspanning in tweeën.

Verdorie. Ik kan over zijn bilspieren sonnetten schrijven. Sonnetten en haiku's:

Zijn kont is heet.

Hij is erg heet. Is hij niet heet die reet?

Ik wil hem, wil hem.

Terwijl ik zijn voorbeeld volg, bid ik tot Ganesha dat ik dit correct doe. Als Art achter me komt staan en *deze* houding aanpast, kan ik spontaan ontbranden.

"Je bent een natuurtalent," zegt hij.

Oef.

Maar een deel van me is teleurgesteld dat hij niet achter me is geschoven om correcties aan te brengen. Dat deel hoopte ook dat hij mijn broek naar beneden zou trekken, mijn benen zou spreiden, en —

Yoga. Focus op yoga.

"Naar neerwaartse hond," kondigt Art aan, terwijl hij in de juiste pose gaat staan, en ik slik kwijl in terwijl ik hem vergezel in het omhoog wijzen van mijn kont en met mijn hoofd naar beneden.

"Geweldig," zegt hij.

Verdomme, waarom heb ik dat niet verpest? Mijn kont was in de lucht, rijp voor het grijpen.

We doen hierna de Boot, dan de Cobra, en voegen meer beelden aan mijn wrijfbank toe. Terwijl we onze benen in de Duifhouding vouwen, begint mijn maag luid te rommelen.

"Oké," zegt Art. "Je kunt nu gaan eten."

Tuurlijk. Maar kan ik het hierheen brengen en zijn resterende yogaroutine bekijken?

Nee. Waarschijnlijk niet gepast. Zelfs een echte man kan zich als een object voelen.

Het ontbijt blijkt uit heerlijke pannenkoeken te bestaan die smaken alsof ze van suiker en kwark gemaakt zijn, en *blins* gedrenkt in een soort siroop die ik nog nooit heb geproefd.

Net als ik bijna klaar ben, komt Art de keuken binnen.

"Wat is dat?" Ik richt mijn vork op de siroop.

"Geweekte dadels gemengd met water," zegt hij. "Vind je het lekker?"

"Ik ben er gek op." Ik stop de rest van het eten in mijn mond.

Hij grijnst en haalt wat eruitziet als gewone havermout en een kleine salade uit de koelkast.

Ik kijk naar het groenvoer. "Een salade als ontbijt?"

"Ik ben nog niet met pensioen," zegt Art. "Dit is een

waar feestmaal vergeleken met wat de danseressen eten."

Hij valt het voedsel wolfachtig aan en maakt er korte metten mee.

"Kan ik dat opeten?" Ik wijs naar de *blins* en de pannenkoeken die hij nooit heeft aangeraakt.

"Ik heb ze voor jou gemaakt."

Aww. Hij is echt vastbesloten om via mijn maag achter mijn hart aan te gaan. En ogen. En neus.

"Hoe dan ook," zegt hij. "Ik moet naar de repetitie."

Ik doe mijn best om mijn teleurstelling te verbergen. "Wanneer kom je terug?"

"In de middag. Als je thuis bent, lunch dan zonder mij. Het staat in de koelkast."

Ik staar hem aan. "Heb je ook lunch voor me gemaakt?"

Een hoek van zijn mond komt omhoog in een grijns. "Waar zijn nepechtgenoten anders voor?"

Ik kan zoveel dingen bedenken. Zoveel dingen. "Oké, denk ik. Zie je later."

Hij verlaat de keuken en ik volg hem als een puppy naar de deur. Ik kijk toe hoe hij zijn schoenen aantrekt. Dan draait hij zich naar me toe, ogen warm en chocolade-achtig, en ik heb het gevoel dat hij een touw rond mijn baarmoeder gooit en me naar zich toe trekt.

Ik zwaai naar hem, onder de invloed van zijn geur. Zijn ogen glanzen en lijken te verduisteren tot een bijna-zwart. Voor even heb ik het gevoel dat hij misschien naar me toe leunt, maar hij zegt alleen zachtjes, "Doe de deur op slot."

Ik slik en doe een stap terug. De kortstondige bedwelming van krankzinnigheid is verbroken. Met een onechte grijns buig ik. "Ja, schat. Ik zal al je bevelen opvolgen, lieverd."

Hij schudt zijn hoofd en vertrekt.

Ik doe als een goede echtgenote de deur op slot. Als het moet, kan ik doen alsof.

Negenentwintig

Er gaan nauwelijks een paar minuten voorbij voordat mijn voeten me rechtstreeks naar Arts kantoor brengen.

Ik zou niet rond moeten snuffelen. Ik zou het echt niet moeten doen.

Oh, wie neem ik in de maling? Ik stap het kantoor binnen en kijk rond.

Een bureau, een stoel en twee aan de muur gemonteerde monitoren en dat is het wel zo'n beetje.

Vereist investeren zo'n Spartaanse omgeving?

Alsof ik bezeten ben, zet ik de computer aan.

Er wordt om een wachtwoord gevraagd.

Hmm. Blue zou dit in een oogwenk hacken.

Ik typ 'ballet' in.

Nee.

Ik probeer 'Baryshnikov'.

Jackpot. Ik zit erin.

Tot mijn teleurstelling, is de enige app die op het

bureaublad staat om te handelen. Er is ook niets interessants in zijn browsergeschiedenis te zien, alleen Gmail, Forbes en andere vergelijkbare saaie sites.

Geen porno?

Ik vergrendel de computer en ga de kamer uit om mijn eigen laptop te pakken.

Aangezien mijn browsergeschiedenis bloos-inducerend is, moet ik mijn wachtwoord minder raadbaar maken voor het geval Art ook een snuffelaar is. Momenteel is mijn wachtwoord 'klittra', de Zweedse term voor vrouwelijke masturbatie.

Wat zou minder voor de hand liggend zijn? Boontje flippen? De leuning poetsen? In een baan rond Venus draaien? Finding Nemo?

Tot slot open ik gewoon een leeg kladblokdocument, sluit mijn ogen en typ willekeurig wat in. Daar gaan we dan. Niemand zal dit gebrabbel ooit raden. Ik besteed een paar minuten aan het onthouden van het nieuwe wachtwoord en stel het dan in voordat ik mijn blog bezoek.

Interessant.

Ik heb een nieuwe, zeer enthousiaste fan met een grappige schermnaam: EekhoornBoner.

"Verbazingwekkend opgeschreven," zegt EekhoornBoner over mijn laatste post.

"Je bent briljant," zegt ze (of hij?) over de post waarin ik het over mijn favoriete dildo heb.

En het complimenteren gaat verder, tot het punt waarop ik een griezelig gevoel krijg dat ik deze persoon ken. Op de een of andere manier. Willekeurige vreemden zijn op het internet zelden aardig tegen je. Vandaar het bestaan van de term 'trol', maar niet het tegenovergestelde daarvan.

Zou dit Art kunnen zijn? Misschien besloot hij om mijn blog te bekijken om hem te steunen en is hij een beetje doorgeschoten met zijn lof?

"EekhoornBoner" klinkt niet als hem, dat wel. "PaardenBoner" is meer zijn stijl.

Belangrijker nog, EekhoornBoner stelt me een aantal zeer interessante vragen over de lastigere technieken met de speeltjes. Wie hij of zij ook is, ze weten wel van seksspeeltjes. En hoewel Art zelf als seksspeeltje kan worden gekwalificeerd, betwijfel ik of hij genoeg over hen weet om EekhoornBoner te zijn.

Ik ken maar weinig mensen die zoveel over orgasmen weten en —

Wacht eens even.

Zou het mijn moeder kunnen zijn?

Nee. Gia, Honey en Blue zijn niet wreed genoeg om haar over de blog te vertellen. Niet zonder eerst uitgelokt te worden, in ieder geval.

Voor het geval dat, app ik elk van hen en vraag hen of ze reacties op mijn blog hebben gepost.

Hun antwoorden zijn allemaal ontkennend, gevolgd door vragen over Art.

Mijn antwoorden leiden tot een nieuwe Zoomsessie, waarbij ik mijn zussen op de hoogte breng van mijn samenleefsituatie.

"Hij heeft de looks *en* de kookvaardigheden. Verdorie."

Gia en Blue beamen het sentiment. Ik richt het gesprek op het EekhoornBoner-mysterie, maar niemand geeft toe die naam te hebben gebruikt of het mam te hebben verteld. Blue biedt zelfs aan om haar speciale vaardigheden te gebruiken om EekhoornBoner te traceren. Maar als ze zegt dat ze er een gunst voor wil, weiger ik beleefd.

"Veel succes dan," zegt Blue en beëindigt het gesprek. Mijn andere twee zussen volgen.

Met een zucht sluit ik de Zoom-app en begin ik te brainstormen over wat inhoud voor mijn blog.

Oh, ik weet het. Ik heb nooit beschreven wat ik als Dj'en beschouw. Geweldig. Ik schrijf een post om het uit te leggen, en voor de lol doe ik mijn best om zo vaak mogelijk zinnen als "scratch het als een langspeelplaat" te gebruiken.

Zodra ik post, plaatst EekhoornBoner de opmerking: "Je bent heel productief. Deze blog is perfect."

Moet ik EekhoornBoner vragen wie hij of zij is?

Nee. Ik kom er wel achter. Uiteindelijk.

Op dit moment heb ik trek, dus ik kijk wat Art voor de lunch voor me heeft gemaakt.

Dumplings?

Ik bijt er in eentje.

Jammie. Het is zoet, gevuld met kwark, rozijnen en dadels.

Als dessert heeft hij een fruitsalade voor me achtergelaten, dus eet ik de taart van laatst, gewoon om dwars te liggen. Het is alleen dat Art toch wint. Zijn eten zat zo vol fruit dat ik maar één stuk taart kan verdragen — dat is voor mij een ongehoorde terughoudendheid.

Mijn gelukkige buik inspireert me om iets te doen wat ik al een tijdje van plan ben om te doen — onderzoeken hoe Russische mannen over vrouwen met rondingen denken. Puur zoals een antropoloog dat zou doen, natuurlijk niet omdat ik persoonlijk belang heb bij het antwoord.

De resultaten van mijn onderzoek zijn veelbelovend — of zouden dat zijn — als ik hier enig belang bij had. Bijvoorbeeld, wanneer ik "curvy figuur" in het Russisch vertaal, dan zegt het "soblaznitel' naya figura." Als je vervolgens "soblaznitel' naya figura" weer naar het Engels vertaald, dan wordt het "verleidelijk figuur." Betekent dat niet dat "curvy" en "verleidelijk" uitwisselbaar zijn in de Russische cultuur?

Wat voor Russen in het algemeen geldt, betekent niet dat een specifieke Rus (zeg, Art) van bepaalde specifieke rondingen houdt (zeg, de mijne).

Ik sluit vol walging mijn laptop. Ik heb niet echt een probleem met mijn lichaam — tenminste niet tot dit hele gedoe met Art. Hij is voor mij gewoon te hoog gegrepen, en het feit dat hij door al die ballerina's omringd is, helpt niet.

Aan de andere kant gaat hij met pensioen, zodat de ballerina's niet meer bij hem in de buurt zullen zijn. En misschien denkt hij niet dat hij boven mijn niveau is. Hij heeft me tenslotte ingehuurd om zijn vrouw te zijn, dus hij moet denken dat ons samenzijn op zijn minst een beetje aannemelijk is. Hij vond me ook prima toen ik dronken was. En hoe zit het met die tentdeken gisteravond? Is het mogelijk dat —

De deurbel gaat.

Ik controleer het kijkgaatje.

Als je het over de duivel hebt. Art houdt zijn rijbewijs al bij zijn gezicht.

Grijnzend doe ik de deur open.

Hij komt binnen met twee grote papieren zakken in zijn handen.

"Ben je gaan winkelen?" vraag ik.

Hij knikt. "Wat vind je van een fusiediner? Ik zat aan *Pommes Anna* van zoete aardappel te denken, samen met gebakken gele weegbree in Cubaanse stijl en zoet-en-niet-zure varkensvlees?"

"Wauw. Super chic. Kan ik je helpen om het te maken?"

"Tuurlijk." Hij neemt de boodschappentassen mee naar de keuken, en ik volg.

"Hier." Hij geeft me een zak zoete aardappelen. "Was en schil deze alsjeblieft."

Ik doe wat hij zegt, en kijk af en toe stiekem naar hem. Het is bijna onmogelijk, maar hij is net zo sexy als hij kookt als wanneer hij aan yoga doet.

Ugh, wat is er mis met mij, hem van alle plaatsen in de keuken te begeren? Zijn mijn hormonen helemaal doorgedraaid?

Tegen de tijd dat alles op het fornuis staat te koken, maken de heerlijke aroma's me vraatzuchtig voor voedsel, waardoor het gemakkelijker is om de andere vorm van honger te negeren.

"Wil je van mijn salade mee-eten?" vraagt Art. "Ik breng het op smaak met vijgenbalsamicoazijn, wat erg zoet is, en ik kan er wat verse druiven of rozijnen in doen."

Dit weer.

Ik vernauw mijn ogen tot spleetjes naar hem. "Als je erop staat dat ik fruit en groenten eet, geef je me dan een of andere hint?"

Art schrikt terug alsof ik hem geslagen heb. "Ik hou van fruit en groenten en ik wil de ervaring met je delen. Het is net als met de filmlijsten." Een pan begint boos te fluiten, dus hij draait aan de knop op het fornuis voordat hij weer naar mij kijkt. "Toen ik een kind was, waren fruit en groenten schaars buiten het zomerseizoen, en zelfs toen waren ze voor ons in het *detdom* een zeldzame delicatesse. Sommige kinderen hadden zelfs scheurbuik. Dus nu ik er onbeperkt toegang toe heb, eet ik het elke kans die ik krijg."

Stinkdier. Ik heb hem weer aan de slechte tijden in het weeshuis herinnerd en deze keer vanwege mijn stomme onzekerheden.

Ik haal diep adem. "Oké. Als het net als de filmlijsten is, dan neem ik wat salade."

Het is mijn boetedoening — vooral als er boerenkool in zit.

Het blijkt dat zelfs de salade van Art heerlijk is... Ik bedoel, voor een salade. Net als de rest van het eten. Ik heb het gevoel dat het het beste is wat ik ooit heb gegeten, hoewel mijn deelname aan de voorbereiding daar misschien iets mee te maken heeft.

"Weet je," zeg ik als ik verzadigd genoeg ben om te kunnen praten. "Als investeren niet lukt, dan kun je chef-kok worden."

"Bedankt, maar koken voor geld zou niet zo leuk zijn."

Ik houd mijn hoofd schuin. "Ik denk dat betaald worden voor iets waar je van geniet de ultieme droom is."

Hij lacht. "Heb je het over je blog?"

"Misschien." Ik schraap mijn keel. "Daarover gesproken... heb jij hem toevallig gelezen?"

Hij grijnst. "Een beetje."

"Heb je commentaar gegeven?"

Hij schudt zijn hoofd. "Aangezien de doelgroep vrouwen is, voelde ik me een indringer en commentaar geven zou het erger hebben gemaakt."

Dus hij is niet EekhoornBoner. Ik dacht toch al van niet.

"Wat betreft betaald worden voor dingen die je leuk vindt om te doen," zegt hij. "In het begin hield ik van ballet, maar toen het mijn baan werd, ging er iets verloren. Ik denk dat ik daarom ben gaan investeren. Ik wil financieel onafhankelijk zijn, en hobby's najagen die niet bezoedeld zijn door geld. Maar hé, iedereen is anders."

"Yep. Ik kan het er niet meer mee oneens zijn."

Hij lacht. "In een goed huwelijk moet je de kunst van het vreedzaam oneens zijn weten."

"Je weet veel over het huwelijk," zeg ik. "Ben je eerder getrouwd geweest?"

Niet verkeerd, Lemon. Heel netjes.

"Ik heb de juiste persoon niet gevonden." Hij staart me doordringend aan. "En hoe zit het met jou? Ben ik met een gescheiden vrouw getrouwd?"

De zoete aardappel waar ik op kauwde, gaat bijna in het verkeerde keelgat. "Ik, getrouwd? Ik heb nauwelijks gedate."

Hij staart me aan. "Nauwelijks gedate?"

Ik staar naar mijn bijna lege bord. "Weet je nog hoe gevoelig mijn neus is?"

Hij knikt, zijn wenkbrauwen fronsen terwijl ik omhoogkijk.

"Dat maakt intimiteit moeilijk."

Hij legt een hand op de mijne. "Het spijt me. Dat wist ik niet."

"Mijn langste relatie was met een man die dwangmatig douchte. Daarvoor heb ik een paar zeer korte, kokhals opwekkende affaires gehad."

Hij trekt zijn hand weg. "En ik dan? Moet je van mij kokhalzen?"

Ik schud hevig met mijn hoofd. "Jij bent een zeldzame uitzondering — een beetje zoals de leden van mijn familie, althans als ze geen parfum op hebben."

Hij kijkt opgelucht. "Ik zou het haten om het idee te hebben dat je me walgelijk vindt."

Is dat zo? Waarom? Omdat ik niet dapper genoeg ben om dat te vragen, ga ik voor iets waar ik net zo nieuwsgierig naar ben. "En hoe zit het met jou? Ben je vergeten hoeveel ballerina's je hebt gedate?"

Hij trekt zijn neus op. "Moeilijk om te vergeten wanneer het getal bijna nul is."

"Bijna nul?" Is het omdat ze zo dun zijn dat ze een fractie zijn van een gewone vrouw?

"Nou, ik heb een paar informele dates met ballerina's gehad, en zelfs die hadden tot zoveel drama geleid dat ik ze nu koste wat het kost vermijd. Er is een Russisch gezegde: 'Spuug niet in de put. Misschien wil je er nog water uit drinken.' En aangezien ik met hen samenwerk..." Hij haalt zijn schouders op.

Ik grinnik. "De Engelse versie daarvan is nog minder poëtisch: 'Poep niet waar je eet.'"

Hij krimpt ineen. "Hoe vulgair dat ook klinkt, het past nog beter bij de situatie."

"Dus, als het geen ballerina's zijn, wie dan wel? En vertel me niet dat je niet met een miljoen vrouwen hebt gedate."

Dat zou onmogelijk te geloven zijn.

"Ik heb gedate," zegt hij. "Maar geen miljoenen, en het is nooit iets serieus geworden. Mijn langste relatie was met een operazangeres."

Ik trek een wenkbrauw op. "Is ze beroemd?"

Hij vertelt me haar naam, en ik pak mijn telefoon om haar op te zoeken.

Wauw. Heel mooi. Ook onmiskenbaar curvy.

Hmm. Durf ik hoop te hebben?

"Nu moet je me de naam van een van jouw exen geven om te stalken," zegt Art als ik opkijk.

Ik geef hem de naam van een jongen met wie ik op de universiteit uitging. "Hij is niet zo getalenteerd als jouw ex en hij was een zweter."

"Een betweter?" Art haalt zijn telefoon tevoorschijn en typt de naam in.

"Nee, hij weet niet veel beter."

Art fronst naar zijn scherm. "Hij is een advocaat. Ik haat advocaten."

Heeft hij altijd een hekel aan advocaten gehad, of heeft hij die gevoelens nu net ontwikkeld, zoals ik plotseling een hekel aan operazangeressen heb gekregen?

"Hoe dan ook," zeg ik. "Naar welke film laat je me vandaag kijken?"

"*The Caucasian Captive*. En jij?"

Oh ja. Hij heeft die gisteren gekozen. Ik vertel hem mijn keuze, en we gaan naar de woonkamer en beginnen de marathon — en tegelijkertijd knuffelen we op de bank.

The Caucasian Captive blijkt echt grappig te zijn, vooral de drie kerels die een rip-off lijken te zijn van de Three Stooges. Oh, en er is een lied over beren. Hoe Russisch is dat?

"Dus," zeg ik als de aftiteling loopt. "Ik denk dat het mijn beurt is om op deze bank te slapen."

"Eerlijk gezegd heb ik besloten om jou de slaapkamer voor altijd te geven. Ik denk dat hij mijn aanwezigheid rustgevend vindt." Hij wijst naar Fluffers landhuis.

Fluffers zwarte ogen glinsteren.

Ik weet niet zeker of rustgevend het juiste woord is, maar je lijkt wel de reus die me minder snel zal opeten... in ieder geval totdat je met pensioen gaat van ballet.

"Weet je het zeker?" Ik kijk naar de bank. "Ik vind het prima om om de beurt te gaan."

"Ik sta erop."

"Bedankt," zeg ik en sta op. "Dan kan ik maar beter naar bed gaan."

Hij zet de tv uit. "Jij kunt eerst douchen."

Wat aardig van hem. Ik ga douchen en doe mijn ding. Als ik klaar ben, trek ik een nachtjapon aan die mijn rondingen op de juiste manier accentueert — zonder reden — en ga terug om Art te halen.

Oh hemeltje.

Art zit daar en hij wiegt Fluffer in zijn grote, sterke handen.

Mijn borst voelt aan alsof hij smelt, als bevroren bananenijs.

"Wie was er dol op zijn stofbadje?" zegt Art. "Wie is mijn—"

Hij krijgt de kans niet om af te maken wat hij wou zeggen, omdat Fluffer mij ziet en uit Arts handen springt.

Serieus?

Met een luide tsjilp gaat de chinchilla zijn landhuis binnen, zoals ik zou doen als ik geconfronteerd werd met een T-Rex.

"Ik denk niet dat ons huisdier me leuk vindt," zeg ik, en de pijn in mijn stem is slechts gedeeltelijk een grap.

Art bekijkt me van top tot teen in mijn nachtjapon, en ik zou zweren dat hij waardeert wat hij ziet. De "houdt van rondingen"-theorie krijgt steeds meer grip, niet dat het betekent dat hij *mij* wil.

Toch, één - nul voor Lemon.

"We hebben allemaal tijd nodig om aan elkaar te wennen," zegt hij, een beetje hees.

Misschien kan Art aan me wennen, maar Fluffers bange blik wekt niet veel vertrouwen.

"Hier." Art geeft me een raar, rozijnachtig object. "Dit is een traktatie waar ze dol op zouden moeten zijn."

Onze vingers raken elkaar, en ik voel een aangename zing door mijn lichaam kaatsen.

Ik ruik aan de bes. Geen idee.

"Wat is dit?"

"Gedroogde rozenbottel," zegt Art en haalt een ander plantending tevoorschijn. "Dit is een paardenbloemwortel. Nog een traktatie."

Hij geeft hem aan me, en onze vingers raken elkaar weer.

Ik ben niet zeker over de chinchilla, maar al dit aanraken is een enorme traktatie voor mij.

"Bedankt." Ik loop naar het landhuis en steek de paardenbloemwortel erin. "Hier, Fluffer, kom het maar halen."

"Ik ga douchen," zegt Art.

"Oké," antwoord ik ademloos.

De schuimende beelden overspoelen mijn geest

weer — dat wil zeggen, totdat de chinchilla aanvalt en de paardenbloemwortel uit mijn handen rukt.

"Wauw. Dat is een beetje gewelddadig, maar whatever."

Fluffers ogen glanzen van de overwinning.

Hoe kon ik er zeker van zijn dat de paardenbloemwortel geen aas was? Beter veilig dan opgegeten worden.

Hij begint te knabbelen en ziet eruit alsof hij van elke hap geniet. Het is zo schattig. Ik wil hem echt aaien.

Natuurlijk, aai me met je vleesetende tanden.

Nadat de wortel op is, pakt Fluffer een houten stok en knaagt eraan terwijl ik met een grijns toekijk.

Ik wil zijn aandacht weer trekken en hou de rozenbottel vast. "Wil je dit?"

In een waas van vacht stormt Fluffer naar me toe, grijpt de nieuwe traktatie, springt dan naar de bovenste plank en draait zijn rug naar me toe terwijl hij ervan geniet.

Onbeleefd, maar op een leuke manier.

Als de traktatie op is — en het kan mijn verbeelding zijn — is er veel meer warmte in Fluffers ogen te zien. Misschien zelfs een beetje vertrouwen.

Als je me dat twintig jaar lang geeft, mag je me opeten.

"Was hij een brave jongen?" vraagt Art en hij laat me schrikken.

Ik spring overeind en neem hem in me op. Hij draagt een pyjama, dat is jammer, maar zijn natte haar maakt mijn verbeelding voor boven de achttien toch erger, en ik stik bijna in mijn kwijl. "Dat was een snelle douche," stamel ik.

"Het is een gewoonte die ik in het leger heb opgepikt."

Mijn mond valt open. "Heb je in het leger gezeten?"

Was hij een onderdeel van de supergeheime, Russische ballet-special forces? In *Avengers: Age of Ultron* kregen we een kijkje in het verleden van Black Widow en ontdekten we dat ze ballet trainde, dus alles is mogelijk. Misschien kan Art zelfs dans-vechten, zoals het meisje in de laatste *Jumanji*-remake.

"Ik was dienstplichtig," zegt Art. "Dat zijn alle Russische mannen."

Ik dwing mijn nog open mond dicht te gaan, omdat het zien van mijn tanden de arme Fluffer bang zou kunnen maken. "Dat wist ik niet. Was het zwaar?"

Hij haalt zijn schouders op. "Vergeleken met het *detdom* was het een makkie."

Verdomme. Elke keer als hij het over het weeshuis heeft, wil ik met een knuffel naar hem springen, maar ik denk dat dat geen correct gedrag voor een nepechtgenote is.

"Welterusten," zeg ik, maar de woorden klinken als een vraag.

Ik wil echt dat hij antwoordt met, "Blijf."

"Goedenacht." Hij blaast me een luchtkus toe.

Boe. Maar hé, dat is *iets*.

Ik vang de kus op als ik weet dat hij niet kijkt en houd hem in mijn vuist totdat ik de slaapkamerdeur op slot heb gedaan.

Ik voel me een mafkees en steek de denkbeeldige kus in mijn slipje. Kan ik nog gekker zijn? Ik geef de hormonen de schuld — en de enige manier om ze te temmen bevindt zich in de la van mijn nachtkastje.

Het duurt een uur en een paar orgasmes, maar ik val eindelijk in slaap.

DE DAAROP VOLGENDE DAGEN VOLGEN EEN SOORTGELIJKE ROUTINE. Art wordt als eerste wakker, maakt ontbijt en lunch, en dan doe ik met hem mee met yoga voordat hij naar zijn ballettraining gaat. Als hij terugkomt, koken we samen en kijken naar meer films van onze lijsten.

Ik heb elke dag het gevoel dat ik dichter bij hem kom — een aangename illusie. Het lijkt steeds meer en meer alsof we echt man en vrouw zijn, alleen met een disfunctioneel seksleven. Maar hé, niet elke relatie is perfect.

We hebben aanstaande zaterdag ook onze bruiloftsreceptie. Art is alles aan het plannen, maar dat betekent niet dat ik immuun ben voor stress. Ik heb over elke bloem die Art heeft gekozen mijn veto uit moeten spreken, omdat de geur van hen me gek zou hebben gemaakt.

In plaats daarvan hebben we voor vetplanten gekozen.

Als we elkaar op donderdag een goede nacht wensen, vraagt Art, "Vind je het fijn om je ouders weer te zien?"

"Ja," zeg ik met zo veel opwinding als ik op kan brengen. Als het om familie gaat, wil ik niet ondankbaar overkomen.

De waarheid is, waar ik bij de komende receptie het meest bang voor ben, is om mam en pap aan Art voor te stellen.

Als het om creatieve manieren gaat om hun dochters in verlegenheid te brengen, zouden mijn ouders in het Guinness World Records moeten staan.

"Zijn je ouders avontuurlijke eters?" vraagt Art.

Het haar in mijn nek gaat overeind staan, alsof ik een grote verstoring in de Force heb opgepikt. "Hoezo?" Hij heeft dit niet gevraagd bij het plannen van het eten voor de receptie, dus daar gaat het niet om…

Hij kantelt zijn hoofd opzij. "Ik ben gewoon aan het bedenken wat ik morgen voor ze ga maken."

Oh nee. Mijn voorgevoel kan kloppen — een besef dat mijn hart sneller laat slaan. "Heb je mijn ouders uitgenodigd om voor de receptie bij ons te komen eten?"

Hij tuit zijn lippen. "Niet alleen voor het eten. Ze blijven bij ons logeren."

Ze gaan *wat*?

Stinkende stinkdier klieren. Hoe kon hij zoiets roekeloos doen? Er zijn tal van andere dochters waar mam en pap bij kunnen logeren, en dan zijn er ook nog duizenden hotels.

"Interessant," zeg ik met een verstikte stem. "Het is vreemd dat ze bereid zijn om bij ons te logeren in plaats van in een hotel."

Hij grijnst. "Je vader klonk eigenlijk best opgewonden, althans via de berichtjes. Hij dacht dat het niet privé genoeg zou zijn om me voor het eerst bij de receptie te ontmoeten."

Juist.

Dat was nou net de bedoeling.

Ik haal diep adem om kalm te worden. "Ze zijn geen kieskeurige eters."

Dat is zacht uitgedrukt. Ik ben er vrij zeker van dat mijn ouders alles hebben gegeten, van kwallen tot placenta's van mensen.

"Geweldig," zegt Art. "Het is wel een beetje raar dat ze je niet over hun bezoek hebben verteld."

Niet raar. Ze wisten waarschijnlijk dat ik zou proberen om het uit hun hoofd te praten.

Ik slaak een zucht. "Ik denk dat we morgen wel met ze zullen dealen. Op dit moment kan ik beter naar bed gaan."

Hij geeft me een warme, geruststellende glimlach. "Droom maar zacht."

Ik ren naar de slaapkamer en doe de deur dicht.

Moet ouders bellen en deze Armageddon voorkomen.

Mam neemt niet op.

Fuck.

Pap ook niet.

Ik laat bij hen allebei voicemails achter om me onmiddellijk terug te bellen, en ik app ze ook dat we moeten praten.

Mam antwoordt op het bericht:

Aan het rijden. Ik spreek je morgenochtend wanneer ik je zie.

Morgenochtend?

Kan iemand me alsjeblieft neerschieten. Verlos me uit m'n stinkende ellende.

———

Het geluid van een deurbel die in de verte klinkt, maakt me de volgende ochtend wakker.

Ik ga rechtop zitten, een shot adrenaline maakt mijn hersenen sneller helder dan een espresso.

Ik kijk hoe laat het is. Het is 10:15 uur, veel te vroeg voor normale bezoekers. Maar natuurlijk, het enige wat mijn ouders niet zijn, is normaal.

Ik ren de slaapkamer uit, nog steeds in mijn nachtjapon — net op tijd om Art uit de keuken te zien komen.

In plaats van zijn gebruikelijke yogakleding draagt hij een broek en een overhemd. De outfit staat hem geweldig, waardoor er opschudding in mijn kern ontstaat. Dat is het laatste wat ik nodig heb als mijn ouders in de buurt zijn.

"Wacht op mij!" roep ik terwijl hij door de gang naar de voordeur gaat.

Art draait zich om, zijn ogen worden donkerder als hij mijn outfit in zich opneemt.

Mijn hart slaat een slag over. Als ik twijfels had of hij het leuk vond toen hij me de laatste keer in deze outfit zag, dan zijn ze nu weg. Hij likt zelfs hongerig aan zijn lippen.

"Dat zijn je ouders," zegt hij, zijn stem is een beetje hees als zijn blik naar mijn gezicht terugkeert. "Weet je zeker dat je niet iets anders wilt aantrekken?"

En hem alleen met hen laten? Ik kan geen slechter idee bedenken. Maar ik kan niet de hele dag in een nachtjapon rond blijven lopen.

"Laat me je voorstellen, en dan zal ik me omkleden," zeg ik, mijn eigen stem hees van de slaap.

Welke schade kunnen mam en pap aanrichten in de tijd die ik nodig heb om mijn tanden te poetsen en me om te kleden?

Ik ren langs Art naar de deur en wil opendoen.

"Je hebt niet gevraagd wie het is," mompelt hij. "Hoe vaak moet ik je daar aan herinneren?"

"Iemand is chagrijnig zonder zijn ochtendsalade," mompel ik terug, maar ik kijk door het kijkgaatje, beter laat dan nooit.

Yep.

Het zijn de ouderlijke eenheden.

Mam zweert dat pap op Bob Dylan leek toen ze elkaar ontmoetten. Momenteel lijkt hij meer op Larry David — als Larry David heel erg aan zou komen. En zijn haar tot een zilveren paardenstaart zou laten groeien. En als hij een hippie zou worden. En een wilde baard zou nemen. Dus... misschien lijkt hij niet heel erg op Larry David.

Mam ziet er daarentegen buitengewoon goed uit, vooral voor iemand die acht baby's heeft gebaard. Welke voedingsstoffen we ook uit haar hebben gezogen toen ze ons droeg, ze heeft ze allang vervangen. Haar haar is zijdezacht als van een shampooreclame en haar huid is zo glad als papa's kale plek.

Terwijl ik de deur opendoe, kijk ik ze lachend aan. Ondanks alle vernedering die ze me zullen toebrengen, hou ik van ze en ben ik echt blij om ze te zien. "Hoi mam. Hoi pap."

Mam straalt terug naar me. "Namaste, zonneschijn."

"Ding 4," zegt papa, ter begroeting knikkend.

"Dat is mijn bijnaam," fluister ik luid tegen Art.

Mam wiebelt met haar wenkbrauwen. "Ik zie dat je man je niet veel kleding laat dragen. Hij zal perfect bij onze familie passen."

En zo begint het. Ik schraap mijn keel. "Ik wil jullie aan mijn echtgenoot voorstellen, Art."

Art leidt hen naar binnen, waarschijnlijk om de gevreesde handdruk onder het deurkozijn te vermijden. Yep. Zodra ze binnen zijn, steekt hij zijn hand uit om handen te schudden.

Pap gnuift erom. "Je bent Russisch. Geef me een kus."

En het gaat door.

Art houdt zich goed. Met een brede grijns omhelst hij papa en kust hij hem op elke wang — wat hopelijk is wat pap bedoelde. Weet ik veel, wie weet is er een oude Hymantraditie voor de vader om zijn nieuwe schoonzoon te tongzoenen.

Mam kijkt jaloers toe en ik ben er vrij zeker van dat ze wenst dat Art haar kuste.

Wanneer Art en pap eindelijk loslaten, zegt ze gretig, "Mijn beurt."

Ik zucht terwijl Art haar met een nog bredere grijns knuffelt en kust.

Mam ziet er net zo gelukkig uit als Petunia — het varken dat ze een orgasme heeft gegeven.

"Het is leuk jullie te ontmoeten, meneer en mevrouw Hyman," zegt Art nadat hij zich op de een of andere manier uit de klauwen van mam heeft gewurmd.

"Zelfs mijn vader noemt zichzelf niet meneer Hyman," zegt pap. "Je hoort nu bij de familie. Noem me pap."

"En mij, mam," zegt mam.

Een spervuur van emoties flitst over Arts gezicht. Was dat verlangen? Dankbaarheid? Vreugde? Verdriet? Het gaat allemaal te snel om ze te kunnen lezen.

"Dat zal ik doen, *mam*," zegt hij en hij geniet van het laatste woord. Hij wendt zich tot pap en lijkt er net zo van te genieten om te zeggen, "Kom alsjeblieft binnen, pap."

Pap ziet er extatisch uit, waarschijnlijk omdat dit het dichtste is dat hij ooit bij het krijgen van een zoon is gekomen. De anderen van de zesling en ik danken ons bestaan aan het verlangen van mijn ouders naar een jongen. Na de tweelingmeisjes, hadden ze met die hoop in het achterhoofd hun toevlucht genomen tot geassisteerde voortplantingstechnologie, en de wet van Murphy heeft voor de rest gezorgd.

"Doe alsjeblieft je schoenen uit," zeg ik.

"Oh, het is goed," protesteert Art.

"Nee," zegt mam. "We hebben hierover gelezen. Russen trekken hun schoenen uit als ze binnenkomen, dus doen wij dat ook."

Pap doet z'n haveloze sandalen uit. "Dit is ook een kans voor me om de mooie voeten van je moeder te zien."

Alsjeblieft, leg alsjeblieft niet aan Art uit wat dat betekent. Voor mijn geestelijke gezondheid. Mijn ouders vinden het leuk om kinky dingen te 'onderzoeken', en een die paps voorkeur lijkt te hebben gekregen is de voetfetisj.

Mam doet haar schoenen uit, en ik zie rode nagellak, een enkelband, en teenringen — een bewijs dat papa's voetfetisj nog steeds actief is.

"Hier." Art haalt twee paar pantoffels tevoorschijn in de juiste maten. Wauw. Iemand heeft zich hier echt op voorbereid.

Mam schuift haar voeten in de pantoffels en pap pruilt.

Leg dit alsjeblieft niet uit. Alsjeblieft.

Gelukkig zegt pap niets over het verdwijnen van zijn lustobjecten en trekt hij gewoon zijn eigen pantoffels aan.

"Wat voor soort thee willen jullie?" vraagt Art en hij

leidt iedereen naar de keuken. "We hebben zwarte, groene, Darjeeling en Russische caravan."

Mam staart Art aan. "Ik heb zin in iets Russisch."

"Ik ook," zegt papa.

De hoeken van Arts mond komen omhoog — waardoor ik ook zin krijg. "Goede keuze."

"Gaan jullie maar theedrinken, dan ga ik me even omkleden," zeg ik.

Ik herhaal: in welke problemen zouden ze kunnen komen in de paar minuten dat ik weg ben?

Voor het geval dat, sprint ik helemaal naar de slaapkamer, poets mijn tanden in de helft van de gebruikelijke tijd, en sla het flossen over. En toch, als ik terugkom in de keuken, zie ik dat dat nog steeds te lang heeft geduurd.

Ik staar naar de scène voor me, wat er op het eerste gezicht uitziet alsof pap Art oraal bevredigd — net als de manier waarop ik dat in een bepaalde video had gedaan waar we nooit over praten.

Maar nee. Dat is het niet, hoewel wat er echt gebeurt niet veel beter is, of gepaster.

Pap masseert Arts linkervoet.

Ja. Dat is wat er in de oogwenk dat ik weg was, is gebeurd. Mijn vader heeft besloten om mijn man een voetmassage te geven. Hij doet het met zoveel kracht dat zijn paardenstaart zich om Arts enkel wikkelt.

Dit zou vreemd zijn, zelfs als pap niet alleen had gezinspeeld op zijn voetfetisj.

Ik zoek naar woorden, en het enige wat ik kan bedenken is, "Pap. Wat voor de duivel?"

Pap kijkt naar me op, zijn gezicht is de definitie van onschuld. "Art heeft ons zojuist over zijn ballettraining verteld en hoe moeilijk het is om op zijn voeten te staan, dus—"

"Ja, natuurlijk," zeg ik. "Heeft hij je gevraagd om midden in onze keuken op je knieën te gaan zitten?"

"Ik vind het echt niet erg," zegt Art.

Mam grinnikt. "Ik herinner me mezelf als een pasgetrouwde. Ik was al jaloers als iemand zelfs maar naar Harry niesde."

Ja, paps naam is Harry Hyman, die altijd aan maagdelijke wollige mammoeten doet denken.

Mijn wangen branden. "Ik ben niet jaloers. Ik sch—"

"Mijn excuses." Pap laat Arts voet los, trekt een sok uit zijn zak, trekt hem over Arts voet, trekt zijn pantoffel aan en gaat op de dichtstbijzijnde stoel zitten. "Vanaf het moment dat Crystal en ik over polyamorie begonnen te leren, heb ik mijn best gedaan om te vergeten dat jaloezie überhaupt bestaat."

Stinkdier op een cracker. Mijn zussen en ik maakten soms grapjes dat mam en pap op een dag een sekscommune zouden beginnen. Die grap was duidelijk een vloek, omdat het misschien werkelijkheid wordt.

"TMI," sis ik naar mam voordat ik me wanhopig naar Art draai. "Waarom vertel je ons niet wat dit ontbijtspul is?" Ik gebaar naar de enorme gedekte tafel.

Art haalt een deksel van een schotel en onthult kleine zwarte balletjes. "Kaviaar." Hij wijst vervolgens naar de *blins* en legt uit wat ze zijn en eindigt met, "*Blins* met kaviaar is een klassieker."

Geen wonder dat hij zeker wilde weten dat mijn ouders geen moeilijke eters zijn. Kippeneieren lijken volkomen normaal voor het ontbijt, maar viseieren — smerig.

Alsof hij mijn gedachten leest, trekt Art drie kleine schotels mijn kant op, haalt de deksels eraf en legt uit, "Lycheegelei, mangojam, en dadelsiroop."

Mam ziet er erg onder de indruk uit. "Heb jij dit allemaal gemaakt?"

Hij knikt terwijl ik zeg, "Ja, hij heeft zelfs de viseieren gelegd."

Oh shit. Dit komt te dicht bij het onderwerp van —

"Wist je dat Crystal een kuikensekser is?" vraagt pap.

Dit is mijn schuld. Ik had het over eieren.

Art legt wat *blins* op ieders bord. "Wat is een kuikensekser?"

Ik kijk naar mijn man. "Ben je vergeten wat ik net over TMI heb gezegd?"

Mijn vader negeert me en zegt, "Een kuikensekser kan vrouwelijke kuikens van haantjes onderscheiden."

Art schept voor iedereen wat kaviaar op, behalve voor mij. "Dat is fascinerend. Bedankt voor het uitbreiden van mijn woordenschat. Wat doe jij... Pap?"

Zuchtend doe ik een beetje van elke fruitige zoetigheid op mijn *blins*. Niets kan pap afleiden van wat hij gaat zeggen.

"Ik ben een penetratietester," kondigt papa

triomfantelijk aan. Zoals gewoonlijk zocht hij een excuus om dit te zeggen. "Het is niet zo vies als het klinkt."

Me erbij neerleggend om dit te laten gebeuren, neem ik een hap van mijn ontbijt. Het is heerlijk, maar het is moeilijk voor me om te beslissen wat ik het lekkerst vind: lycheegelei, mangojam of dadelsiroop.

"Hij penetreert computersystemen," zegt mam samenzweerderig. "Dat wil zeggen, als hij mij niet penetreert."

Dat is letterlijk de reden waarom mijn zussen en ik nooit meer dan één keer iemand van school bij ons thuis op bezoek hebben gehad. Behalve Fabio dan.

Het interessante is dat Art niet ineenkrimpt of om een scheiding vraagt. Aan de andere kant, voor zover hij weet, praten alle ouders zo.

"Over banen gesproken," zegt pap. "Art, kun *jij* ons vertellen wat Ding 4 voor de kost doet? Ze blijft het maar stilhouden."

Oh nee. Ik ben hier nog niet klaar voor. Moet afleiden. "Mam," zeg ik, terwijl ik mijn stem met urgentie doordring. "Ben je net zo goed met eekhoornpenissen als met de penissen van hanen?"

Zo. Als mam EekhoornBoner is, dan zal ze zichzelf nu verraden.

Mam staart me aan alsof ik degene ben die altijd gek doet. "Een haan heeft geen penis. Hij bevrucht eitjes met zijn cloaca."

Dat is waar ze zich op concentreert in plaats van op

eekhoornpenissen? De vraag naar mijn baan is tenminste vergeten.

En, hebben hanen geen pikken? Dat is nogal ironisch, gezien hun Engelse naam 'cock'.

Nog een opmerking: als Blue dit gesprek over vogels zou horen, dan zou ze flippen.

"Wacht." Pap stopt de rest van zijn eten in zijn mond.

Stinkdier. Misschien is mijn werk niet vergeten?

Als papa klaar is met slikken, zegt hij, "Waarom vroeg je naar eekhoornpenissen?"

Art kijkt me met een nieuwsgierige uitdrukking aan. Ik wed dat hij a) dat ook wil weten, en b) beseft dat deze appel niet zo ver van de rotte boom is gevallen.

Ik imiteer pap en stop al mijn overgebleven *blins* in m'n mond om mezelf de tijd te geven om na te denken.

Ze houden me als haviken in de gaten.

Hebben haviken penissen? Waarschijnlijk niet.

"Nou," zeg ik als ik klaar ben met slikken. "Ik vroeg het vanwege... onze chinchilla. We noemen hem een hij, maar ik zie geen genitaliën die zijn geslacht bewijzen."

"Een chinchilla?" Mam kijkt om zich heen, haar ogen glanzen van opwinding. "Die hebben we niet op de boerderij."

"Juist," zeg ik. "Maar je hebt wel Q-Tip, een mannelijke eekhoorn, dus ik dacht dat je je sekserexpertise zou kunnen gebruiken om te verifiëren dat Fluffer een jongen is."

Zo. Als ze daar intrappen, dan probeer ik ze ook de Verrazzano Bridge te verkopen.

"Mag ik alsjeblieft de chinchilla zien?" Mam klinkt als een vijfjarige.

Ik werp Art een bezorgde blik toe. "Misschien na het ontbijt?"

Mam doet wat pap en ik net deden — haar bord leeg eten.

Art eet ook zijn eten op. "Zal ik de introductie doen?" zegt hij. "Kom mee."

Mijn ouders volgen hem alsof ze naar het Beloofde Land gaan.

Als we de woonkamer binnenkomen en ze de arme Fluffer zien, gilt mam van blijdschap en pap roept oeh en aah.

Fluffer deelt hun enthousiasme helemaal niet.

Ik wist dat ik ooit als ontbijt zou eindigen. Ik wist het.

Art haalt het stofbad tevoorschijn en zet het voor de kleine man neer.

Het blijkt dat zijn angst voor ons niet zo sterk is als zijn drang om een bad te nemen, en terwijl Fluffer rondrolt, bekijkt mam hem nauwlettend — vermoedelijk voor het geval hij zijn penis laat zien.

Als het stofbad voorbij is, schudt ze haar hoofd. "Ik heb geen idee. Je zult een knaagdierenspecialist moeten raadplegen."

"Hij of zij is wel heel schattig," zegt pap. "En dat doet me aan vorige week denken."

Mam grijnst alwetend. "Ja."

Ik vraag nadrukkelijk niet wat er vorige week is gebeurd. Het antwoord is niet iets wat iemand wil horen.

Art heeft de memo niet gekregen. "Wat is er vorige week gebeurd?"

"We zijn harig geworden," zegt pap.

"Op onze probeer-een-nieuwe-kink-avond," voegt mama eraan toe.

Oh, de beelden. De beelden. Ik zie ze het in Wookie-pakken doen. In Ewok-pakken. Kneazles. Nifflers. Pygmee Puffs. Fizgig. Gizmo. Tribbles. De lijst zal nooit eindigen.

Kan iemand alsjeblieft mijn hersenen bleken? Ik heb ze niet meer nodig.

Te oordelen naar Arts gezichtsuitdrukking, weet hij niet waar pap het over heeft — en het siert hem dat hij er niet naar vraagt.

Het maakt nu echter niet uit. Ze zullen uitweiden als ze niet afgeleid zijn.

"Jongens," zeg ik, om elke vorm van uitleg te voorkomen. "Heb ik jullie al over de geweldige Russische films van Art verteld?"

De uitwijking werkt prachtig. Mijn ouders schreeuwen om een voorbeeld te zien, dus Art zet *The Diamond Arm op.*

De film blijkt een misdaadkomedie te zijn, en Art moet hem regelmatig pauzeren om met mam en pap over Rusland te praten — die blijkbaar een reis daarheen plannen.

"Ben je ook dicht bij de poolcirkel geboren?" vraagt mam aan Art die uitlegt waar Kolyma ligt — een plek die in de film wordt genoemd.

Hij vertelt hen dat hij in Riga, Letland, is geboren,

en dat dat iets dichter bij de poolcirkel ligt dan Moskou, de stad waarin hij is opgegroeid. Hij stelt ook voor om liever Letland te bezoeken in plaats van Rusland omdat het veiliger is.

Tegen de tijd dat de aftiteling begint, is het lunchtijd en nodigt Art iedereen uit om naar de keuken te gaan.

Het hoofdgerecht lijkt op en smaakt naar draadjesvlees, maar het is eigenlijk van jackfruit gemaakt. Over het geheel lijkt fruit hier het thema te zijn. Er staat fruitsushi, fruitsalade en fruitcake op tafel.

"Botanisch gezien is een avocadorol ook vruchtensushi," zegt Art terwijl hij iedereen een portie van zijn zoete creatie geeft. "Maar ik wilde iets anders voor jullie maken. Iets gedenkwaardigs."

"Dit is heerlijk," zegt papa als hij een stuk met frambozen-mangokiwi met pindakaas probeert. "Het enige probleem is dat ik hierdoor trek krijg in echte sushi." Hij en mam wisselen enge blikken uit.

Ik vraag me af waar dat over gaat.

Nee, vergeet dat. Ik wil het niet weten. Ik stuur het gesprek zelfs terug naar hun hypothetische reis naar Letland, waardoor mijn ouders Art nog meer met vragen bestoken.

Als onze maaltijd voorbij is, eisen mijn ouders één van Arts balletvoorstellingen te zien. Het is al een tijdje geleden dat ik bij zoiets heb zitten kwijlen, dus daar ben ik ook voor in.

Art zet *Doornroosje* op, waarin hij de mannelijke hoofdrol speelt. Het kijken duurt een eeuwigheid, omdat mijn ouders hem blijven vragen hoe elk van de passen wordt genoemd (een lawine van Franse woorden), wie de muziek schreef (Tsjaikovski), enzovoort.

Aan mijn kant, als Arts karakter verschijnt, zou ik willen dat ik niet in het gezelschap van mijn ouders was. Zijn rol is prins Désiré, wat heel toepasselijk is gezien de rauwe, vleselijke gevoelens die hij in mij oproept.

Ik verschuif ongemakkelijk in mijn stoel. Regel voor de toekomst: draag een inlegkruisje bij het kijken naar ballet met Art. Of beter nog, kijk ernaar zonder mam en pap.

Als ze hier niet waren, dan zou ik mijn kleren voor Art uittrekken en alles zich laten begaan.

Ergens in Act 3 krijgt Art een berichtje. Hij leest het en fronst.

"Is alles goed?" vraag ik.

Hij laat de telefoon zakken. "Dat was de organisator van ons evenement. De laatste weersvoorspelling geeft een kans van dertig procent op regen, dus de mensen in de botanische tuin plaatsen tentpaviljoens boven alle tafels. Ze hebben ons nodig om ervoor te tekenen."

Ik voel een steek van schuld. Mijn overgevoelige neus is de reden waarom de receptie buiten plaatsvindt.

Ik kijk hoe laat het is. Het is half vijf. Mijn ouders zullen waarschijnlijk snel aan het avondeten gaan denken.

"Zullen we gaan kijken?" vraag ik aan Art.

Hij knikt.

Ik wend me tot mam en pap. "Willen jullie mee?"

Mam schudt haar hoofd. "Gaan jullie maar."

Mijn schuldgevoel verdiept zich. Ik ben blij dat ze niet meegaan. Ik kan wel een pauze gebruiken om steeds gesprekken naar veilige wateren te sturen.

"Weet je zeker dat jullie het hier alleen redden?" vraagt Art.

"Ga," zegt pap. "In de tussentijd kunnen wij nog een film kijken."

"Moeten we op jullie wachten met het avondeten?" vraagt mam.

"Nee," zeg ik. "Ik weet dat jullie zo zullen willen eten. Bestel gewoon iets. We zullen waarschijnlijk onderweg een hapje gaan eten."

"Klinkt goed," zegt pap. "Wanneer denk je dat jullie terugkomen?"

Art controleert zijn telefoon. "Het zal niet langer dan een paar uur duren."

"Oké." Mam geeft pap een betekenisvolle blik. "We zullen wat sushi bestellen." Ze wendt zich tot Art. "Heb je een afhaalmenu?"

Voordat ik mam over deze coole uitvinding genaamd Google kan vertellen, produceert Art een papieren menu uit een lade in de keuken.

"We moeten gaan," zegt hij tegen me nadat hij het aan mijn moeder heeft gegeven.

Ik spring overeind. "Laten we dat doen."

———

"Vind je het erg als ik mijn portfolio controleer?" vraagt Art als we in de taxi stappen.

"Natuurlijk niet."

Hij haalt zijn telefoon tevoorschijn en ik begin een groepsbericht met al mijn zussen om hen over de ouderlijke situatie te laten weten. Dankzij de stinkende autocorrectie zegt de tekst uiteindelijk:

Houders zijn met mij en Art aan het metselen. Ga je gang en geniet van het leedvermaak.

Serieus, autocorrectie? Je verknoeit "ouders" maar niet "leedvermaak?"

Blue is de eerste die antwoord met een LOL.

Jouw beurt zal komen, app ik. *Bereid je voor op lunches en/of diners.*

Houd ze uit de buurt van pindakaas, zegt Olive en ze voegt een kotsende emoji toe.

Vreemd. Was dat iets dat automatisch gecorrigeerd werd, of is er een verhaal?

Wauw, springt Honey bij. *Als Art bij je blijft na dit bezoek, dan zal je huwelijk eeuwig duren.*

De rest van de berichten van mijn zussen zitten vol grappen ten koste van mij.

Ik kijk naar Art. Het gekke is, hij lijkt het goed te kunnen vinden met mijn ouders. Nee. Meer dan goed. Ik geloof dat hij van hun gezelschap geniet.

Niet dat het uitmaakt. Ons huwelijk is niet echt.

De taxi stopt. Dat was snel. Het verkeer moet ongewoon rustig zijn geweest.

De organisator van het evenement, een overdreven gespierde man, begroet ons bij de ingang van de tuin.

Wauw. Ik ken deze gast. Omdat ik een goede en ondersteunende vriendin ben, heb ik al Fabio's pornofilms bekeken, en deze man zat in een van de scènes. Uiteraard ben ik te beschaamd om hier commentaar op te geven, dus ik hou me gewoon stil terwijl hij ons naar de plek leidt waar de receptie zal plaatsvinden.

Terwijl we lopen, voelt mijn buik als het slagveld voor een ballet van zwanen. Ik heb nog nooit iets met trouwspullen gehad — althans niet zoveel als sommige vrouwen — maar als ik me een droomlocatie zou voorstellen, dan zou dit hem zijn. Art heeft alles tot in de puntjes geregeld, van de klassieke witte tafelkleden op Scandinavische tafels tot de prachtige planten en smaakvolle decoraties.

"Dus, tijd voor de waarheid," zegt de organisator. "Vind je de tenten afschuwelijk?"

Ik bestudeer de schone witte prieeltjes die boven elke tafel staan. Ze bieden zowel schaduw — belangrijk voor mijn zon-mijdende zus, Olive — en ze bieden bescherming tegen mogelijke regen. "Ik vind ze mooi."

De organisator kijkt me aan alsof ik gek ben. "Mooi? Die dingen?"

Art legt een hand op de schouder van de man. "Ontspan, Festus. Ze zijn perfect."

Festus? In de video was hij pappie.

Festus kijkt naar de hand op zijn schouder, alsof hij op het punt staat om flauw te vallen. Of om op een orgastische manier te exploderen. "Als jij het zegt."

"Dat zeggen we," zeg ik. "Je kunt nu gaan." Hoe dom

het ook is, de enige schouder die ik wil dat Art aanraakt, is die van mij.

Van mij.

Art trekt zijn hand weg. Festus kijkt teleurgesteld, maar herpakt zich snel en kijkt me verward aan. "Vind je dit echt goed?"

Had hij een bruidzilla verwacht?

Ik knik en Art grijnst.

"De receptie gaat nog steeds door?" vraagt Festus vaag ongelovig.

"Dat gaat het," zeg ik.

"Geweldig." Festus ademt een grote hap adem uit. "Laat me het de mensen van de botanische tuin vertellen." Hij rent weg, zonder twijfel bang dat we van gedachten veranderen.

"Dank je," zeg ik tegen Art, gebaren makend naar de tafels om ons heen. "Dit wordt een geweldige receptie."

Jammer dat het niet echt is.

Arts blik is zo warm dat het als een knuffel voelt. Hij stapt naar me toe, houdt mijn handen vast en knijpt lichtjes. "Ik ben blij dat je alles leuk vindt."

Ik bevochtig mijn plotseling droge lippen. "'Leuk' is een te mild woord voor wat ik voel."

Zijn blik valt op mijn mond en zijn stem wordt hees. "Weet je... mensen verwachten dat we morgen kussen."

Hij kijkt met zijn ogen in de mijne, en ik voel me als een stuk nougat gevangen in gesmolten chocolade. Mijn woorden komen ademloos naar buiten. "Ben je bang dat het er nep uit zal zien?"

"Het is... een aandachtspunt."

De zwanen in mijn buik slaan razendsnel in het rond. "Wil je repeteren?"

Hij neemt mijn gezicht in zijn grote handen. "Het is alleen maar verstandig."

"Verstandig is mijn tweede naam," zucht ik en Art duwt zijn lippen tegen de mijne.

HOOFDSTUK
Eenendertig

Heilige oxytocine.

Hij smaakt een beetje naar chocoladetruffels, maar het mondgasme dat ik ervaar laat de snoep-gerelateerde in zijn schaduw staan.

Dit is niet echt. Het is surrealistisch.

Onze tongen dansen het meest ingewikkelde ballet ooit, en ik voel me alsof ik een buitenlichamelijke ervaring heb. Alsof zijn lippen rillingen door mijn ziel sturen.

Iemand schraapt zijn keel.

Art lijkt het niet te merken of te interesseren, maar ik trek me met tegenzin terug. Mijn gezicht is heet en dat geldt ook voor de meer privégedeeltes van mijn lichaam als ik me tot Festus wendt, die heel hard probeert om niet walgend te kijken.

Met een snuf zegt hij, "We zijn helemaal klaar," voordat hij er aan toevoegt, "Ga nu maar een kamer nemen."

Ik raak mijn gezwollen lippen aan. "Bedankt?"

Zou degene die al die anale trucs deed met stenen mogen gooien?

"Juist," zegt Art, zijn stem is hees. "Dank je."

Ik kijk hem aan en we vertrekken snel, alsof Festus een beer is die ons achtervolgt. Fabio zou hem een stier noemen, denk ik.

M'n geest draait door.

Dat was niet alleen een "laten we doen alsof we kussen"-kus. Het voelde schokkend echt aan.

Was het voor Art net zo? Ik wil het vragen, maar wat ik er uiteindelijk uitgooi is, "Ik ben uitgehongerd."

Hij ziet eruit alsof hij iets wil zeggen — misschien "Ik ben ook vraatzuchtig" — maar dan drukt hij zijn lippen op elkaar en knikt naar een Mexicaanse foodtruck die aan de overkant van de straat geparkeerd staat. "Wil je daar een hapje gaan eten?"

Dus we praten er niet over. Prima.

We nemen het eten mee en nemen een taxi.

De rit gebeurt in stilte, en mijn churro taco's smaken nergens naar als ik ze opeet.

Art lijkt ook niet van zijn garnalentaco's te genieten.

Als we het appartement binnenkomen, lijkt alles rustig te zijn in de woonkamer. De tv staat niet aan, mam en pap zijn nergens te bekennen, en zelfs Fluffer slaapt.

Mijn ouders zijn vast nog ergens aan het eten.

Art leidt de weg naar de keuken, stopt dan waar hij staat bij de ingang en staart in verwarring naar iets in de keuken.

Ik ga bij hem staan en volg zijn blik.

Oh, stinkdier.

Mam ligt naakt op de keukentafel. Ze is met sushi, maki en sashimi bedekt.

De tijd lijkt te vertragen terwijl mijn adrenaline omhoogschiet.

In wat op een oogwenk lijkt, merk ik onwelkome details op, zoals het feit dat mams rechter tepel met tonijn-sashimi is bedekt en haar linker tepel met zalm-sashimi, en dat er sojasaus in haar navel zit.

Ik huiver om te denken aan wat ze met de wasabi hebben gedaan.

Pap is ook naakt, zijn zaakje wordt nauwelijks door de tafel bedekt.

Vanaf daar wordt het alleen maar erger. Paps mond is op weg naar een van de stukken van uni-sashimi die op een shiso-blad op mams hoo-ha liggen — en ik ben er niet zeker van dat mijn zus Olive me een plezier heeft gedaan toen ze me vertelde dat uni van de reproductieve klieren van de zee-egel is gemaakt.

De woorden die aan mijn mond ontsnappen lijken meer op een gil. "Wat is dit in hemelsnaam?"

Mam draait onze kant op, en als ze zich schaamt, dan kan ik het verdomme niet zien. "Oeps. Jullie twee zijn vroeg terug."

"Oeps?" Ik stamp met mijn voet alsof ik weer vier ben. "Dat is wat je hierover te zeggen hebt? Oeps?"

Pap stopt met zijn verontrustende traject, staat op en kijkt me streng aan. "Praat niet zo tegen je moeder."

Oh, mijn ogen.

Mijn arme ogen.

De tafel verbergt niet langer paps edele delen.

Ik zou mezelf met de eetstokjes kunnen verblinden die daar liggen, maar wie weet waar die hebben gezeten?

Mijn wangen moeten roder zijn dan de zalm die mams tepel bedekt terwijl ik eruit pers, "Ik ga naar de woonkamer en zal pas met jullie twee praten nadat jullie je hebben aangekleed."

Hun antwoorden negerend, stamp ik naar buiten en Art volgt me.

Eenmaal in de woonkamer fluistert hij, "Hé. Ze hebben een gezond liefdesleven. Dat is een goede eigenschap."

Geweldig. Dat is wat ik nu nodig heb — mijn nepechtgenoot die de gezondheid van de slaapkamergewoontes (en die van de keuken) van mijn ouders bespreekt.

"Ik geloof dat Fluffer meer hooi kan gebruiken." Ik loop naar het landhuis om het dienblad te vullen.

Fluffer kijkt naar me als een harige havik.

Blijkt dat er een lot is dat erger is dan alleen gedood worden voor voedsel. Dat lot is in sashimi veranderd worden, boven op het naakte lichaam van een reus geplaatst worden en dan opgegeten te worden.

Mijn ouders verschijnen, eindelijk zijn ze gekleed.

"Ik ga me niet verontschuldigen dat ik een seksueel wezen ben," zegt mama meteen.

Ik haal diep adem om kalm te worden. "Hoe zit het met het negeren van basishygiëne op onze keukentafel?"

Hierop wisselen mam en pap wel schuldige blikken uit.

"Als je me vertelt waar je je schoonmaakproducten bewaart, dan zal ik de tafel schoonmaken," biedt mam aan.

Ik ben in de verleiding om ze te vertellen dat de tafel nu van hen is, maar Art zegt eerst iets. "Maak je geen zorgen. Ik zal zorgen dat hij morgenochtend schoon wordt gemaakt."

De blik die pap aan Art geeft grenst aan aanbidding. "Dank je... zoon."

Zijn dat tranen in papa's ogen? Wil hij zo graag een andere man in de familie hebben, of is hij zo gefrustreerd over de coïtus interruptus?

Ik knip met mijn vingers om hun aandacht te trekken. "Nieuwe regel: iedereen kan seksuele wezens zijn, maar niet terwijl we allemaal samen in dit kleine appartement zitten."

Mam kijkt intens teleurgesteld, maar knikt. Pap trekt aan zijn baard en steekt zijn hand op om op zijn vingers te tellen. "Oké," zegt hij uiteindelijk. "Nog achttien uur. Ik denk dat we dat wel aankunnen."

"Goed. En geen sushi of pindakaas." Ik heb geen idee wat ze met dat laatste doen, maar voorkomen is beter dan genezen.

Mam en pap knikken weer.

Ik ontspan me marginaal. "Laten we het over slaaparrangementen hebben. Ik denk dat jullie het grote bed moeten nemen, dan zullen Art en ik—"

"Nee, nee," zegt mam. "We hebben onze yogamatten meegenomen."

"Huh?" is mijn geniale antwoord.

Papa straalt van trots. "We slapen al een paar weken op yogamatten. Mijn rugproblemen zijn weg."

"Dat is geweldig," zegt Art. "Maar je had je eigen matten niet mee hoeven te nemen. Jullie hadden die van ons kunnen lenen."

Alleen als hij die yogamatten in hetzelfde vuur wil verbranden als de keukentafel.

"Die van ons zijn van kurk gemaakt," zegt mama. "Dat werkt beter voor ons."

Gebruiken ze geen kurkmatten in hete yoga, omdat ze beter tegen zweet kunnen? Waarom wi—

Laat maar zitten. Ik hoop dat ik het nooit zeker zal weten.

Als mam en pap hun matten uit een koffer halen en ze in het midden van de woonkamer neerleggen, komen de gevolgen van deze regeling bij me op.

Nu mijn ouders hier zijn, kan Art niet op de bank slapen.

Hij en ik staan op het punt om het bed te delen.

"HEBBEN JULLIE NOG IETS NODIG?" vraagt Art aan mam en pap terwijl ik dit schokkende besef verwerk.

"Nee, dank je," zegt mama.

"Je bent een genadige gastheer geweest," zegt papa. De blik die hij mij geeft, lijkt te zeggen, "In tegenstelling tot sommige mensen."

Art glimlacht hartelijk. "Dank je wel. Slaap lekker."

Mijn glimlach is veel minder vriendelijk. "Laat de yogamatwantsen niet bijten."

Art en ik gaan naar de grote slaapkamer, en met elke stap, versnelt mijn hartslag.

"Ik kan op de vloer slapen," fluistert Art zodra de slaapkamerdeur dicht is.

"Doe niet zo belachelijk," fluister ik terug. "Het laatste wat we tijdens de receptie willen is dat je last hebt van je rug."

Hij zwaait afwijzend. "Mijn rug is heel sterk."

Juist. Dat moet wel, om met al die ballerina's te jongleren.

"Je zult op de vloer geen goede nachtrust krijgen," zeg ik. "We willen niet dat je op alle foto's wallen onder je ogen hebt. Laten we gewoon het bed delen."

Om mijn punt te benadrukken, ga ik naar de badkamer. Art volgt niet, wat ik als instemming beschouw.

Terwijl ik douch, verdampt een deel van mijn bravoure en wordt het door angst vervangen.

Waarom stond ik erop om samen te slapen?

Wat als ik omrol in mijn slaap en mezelf per ongeluk op Mr. Big spiets? Of wat als Mr. Big in mijn mond eindigt? Er is zoiets als slaapwandelen, dus waarom zou slaapzuigen niet kunnen?

Die overpeinzingen zijn een herhaling van die kus, die als sinds het is gebeurd door mijn hoofd blijft gaan.

Het leek zo echt. Alsof hij me echt *wilde* kussen. En ik voelde me zeker op het punt staan om toe te geven aan de onmogelijke verleiding die Art is.

Terwijl de beelden door mijn hoofd flitsen, moet ik mezelf ervan weerhouden om elke masturbatietechniek waarover ik ooit heb geblogd, uit te oefenen. Ik wil niet vallen en betrapt worden. Als ik vandaag nog een keer in verlegenheid word gebracht, zou ik kunnen imploderen, als een gloeilamp die een hamer probeert te molesteren.

Op de een of andere manier beëindig ik mijn avondroutine en verlaat ik de badkamer met mijn gezond verstand nog intact — dat is totdat Art de badkamer ingaat. Nu moet ik vechten tegen de verleiding van de seksspeeltjes die vlakbij liggen.

Ik kan het niet.

Ik zou het niet moeten doen.

Maar —

De badkamerdeur gaat open.

De in pyjama geklede Art stapt naar buiten, sluit de slaapkamerdeur en glijdt met mij onder de dekens, terwijl hij tegelijkertijd het licht uitdoet.

Wauw. Dat was een nog snellere douche. Dat betekent dat hij niet heeft gemasturbeerd. Betekent dat dat hij het niet wilde? Of was hij ook bang om uit te glijden en te vallen?

Het enige wat ik weet is dat als ik had toegegeven aan de verleiding van seksspeeltjes, ik betrapt zou zijn geweest… en een deel van me vraagt zich af of dat zo'n slechte zaak zou zijn geweest.

Misschien als hij opgewonden was geraakt en —

"Ben je wakker?" mompelt Art zachtjes.

"Nee," fluister ik. "Ik praat altijd in mijn slaap."

"Wil je praten over wat er is gebeurd?"

Bedoelt hij de kus of het sushi-incident?

Hoe dan ook, antwoord ik met, "Tuurlijk. Laten we praten."

Hij doet het nachtlampje aan en we draaien ons naar elkaar toe.

Oh hemeltje.

Alleen een miezerige paar centimeter scheidt ons van weer zoenen.

"Je was nogal hard daarnet," zegt hij zachtjes. "Ik

was verrast."

Dit gaat dus over het sushi-incident. "Kies je de kant van mijn ouders?"

Hij schuift een centimeter naar me toe. "Geen kanten. Het is gewoon dat ze aardig lijken. Gezien je werk vind ik het ook vreemd hoe ongemakkelijk je je voelt over hun uiting van seksualiteit."

Ik staar hem aan. "Noem je me veroordelend?"

"Dat heb ik niet gezegd, dat zijn jouw woorden."

Ik stomp op mijn kussen. "Hoe zou *jij* je voelen als je *jouw* ouders dat zou zien doen?"

Hij krimpt ineen en een treurige uitdrukking trekt over zijn gezicht.

Oh, stinkdier. Nu voel ik me een harteloze idioot. Ik schuif opzij tot onze neuzen elkaar bijna raken en leg zachtjes mijn hand op zijn wang. "Het spijt me. Ik dacht niet na." Ik bijt op mijn lip. "Of misschien gaf je me gewoon het gevoel dat ik een slechte dochter was en reageerde ik dat af. Het helpt niet dat we de hele tijd tegen ze hebben gelogen en—"

Hij bedekt mijn hand met de zijne, zijn eelt aangenaam ruw op de gladde achterkant van mijn handpalm. "Nee, het spijt mij. Je liegt tegen ze vanwege mij, en—"

Ik kus hem. Ik kan er niets aan doen. Het was de bedoeling dat het een rustgevende kus, een het-spijt-me-kus, had moeten zijn, maar ik schat het verkeerd in.

Hij verstijft een tel, en dan kust hij me met zulke rauwe passie terug dat als ik Doornroosje was geweest, ik met een hartaanval wakker zou zijn geworden.

Drieëndertig

NET ALS TIJDENS ONZE KUS IN DE BOTANISCHE TUIN, ervaar ik een etherische, buitenlichamelijke vreugde. Als we van het bed zouden zweven, dan zou het me niet verbazen.

Art ademt zwaar en trekt zich terug om mijn blik te ontmoeten. De hitte in zijn gesmolten chocolade ogen zou op een dozijn crèmes brûlées suiker kunnen karamelliseren. "Ik wil je," mompelt hij en de honger in zijn stem stuurt een erotische rilling over mijn rug.

Mijn hart bonkt hard tegen mijn ribben terwijl ik de verstikkende deken van ons af schop. "Oh? Kun je wat specifieker zijn?"

Kan gesmolten chocolade in magma veranderen? "Ik wil je over mijn hele gezicht laten komen," zegt hij en hij spreekt elk woord duidelijk uit. "En daarna over mijn pik."

Dat ik kan spreken is een wonder. "Hoe zit het met regel één?"

"Fuck regel één," gromt hij.

Ik lik mijn lippen. "Hoe zit het met de overeenkomst met mijn ouders? Niemand zou de komende achttien uur seks onder ons dak moeten hebben."

"Fuck dat ook." Hij gaat op het bed zitten en trekt zijn T-shirt uit.

Oh hemeltje.

Die buikspieren.

Die V die naar Mr. Big leidt.

Om Matthew McConaughey in *Magic Mike* te parafraseren, er zullen vanavond in dit huis veel wetsovertreders zijn.

Ik ga rechtop zitten en doe ook mijn pyjama uit.

Zijn ogen zwerven over mijn naakte vlees alsof het een onbeperkt cupcakebuffet is, en zijn stem wordt nog heser. "Je bent perfect, *kislik*."

Kus en lik is ook wat ik wil. Ik spring van het bed en wurm me uit mijn broek. "Je ziet er zelf ook niet slecht uit."

Hij neemt mijn benen in zich op, zijn neusgaten bewegen terwijl hij zijn voeten op de grond zet. "Zoals ik al zei, verdomd perfect."

Opstaand scheurt hij zijn pyjamabroek uit — en dan bedoel ik echt scheuren — in stukjes katoen.

Terwijl ik voor het eerst Mr. Big in het echt zie, komen de kleine haartjes op de achterkant van mijn nek omhoog.

Dit doet me denken aan toen ik voor het eerst onder het Empire State Building stond. Ja, ik wist dat het groot genoeg was voor King Kong om te beklimmen tijdens die documentaire, maar als je er eenmaal onder staat, waardeer je het formaat echt.

Als een ster gevangen in het zwaartekrachtpunt van een superzwaar zwart gat, voel ik me aangetrokken tot de dampkring van Art — en hij naar de mijne.

Terwijl ik zijn schouders vastgrijp, ga ik op mijn tenen staan en onze lippen vinden elkaar opnieuw.

Pure heerlijkheid. Nog beter dan donuts met ijs.

Ik voel me licht in het hoofd, deels door de orale sensaties, maar nog veel meer door zijn bedwelmende geur.

Zonder zijn lippen weg te halen, tilt Art me op en legt me op het bed.

Wauw. Al dat ballerina jongleren heeft hem doordrenkt met de manuele vaardigheden van een god.

Hij knabbelt aan mijn onderlip en beweegt zijn diensten van mijn mond naar mijn nek.

Fuck, ja.

Ik reik naar beneden en streel Mr. Big.

Hij is glad, net als hard snoep. Heel hard snoep.

Grommend van genot neemt Art wraak door mijn nek een kleine, maar hongerige beet te geven.

Denkt hij ook aan mij in desserttermen? Zo ja, dan keur ik dat goed.

Hij knabbelt zich een weg naar beneden naar mijn sleutelbeen, en dan zit zijn gezicht tussen mijn borsten. Ik verstijf in afwachting, en dan... ja! Hij verplaatst zich en zuigt aan mijn linker tepel, zijn mond warm en nat op mijn gevoelige vlees. Tegelijkertijd kneedt hij de andere borst, waardoor de gewaarwordingen intenser worden.

Hijgend krom ik me tegen hem aan terwijl hij zijn aandacht op de andere tepel richt. Dan, alsof hij zich aangetrokken voelt tot precies waar ik hem het liefst wil hebben, glijdt hij met zijn tong over mijn buik totdat ik zijn warme adem op mijn geslacht voel.

Ik snak naar adem en hij kijkt op, zijn ogen vurig. "Weet je nog wat je moet doen?"

Mijn wangen branden van hernieuwde kracht. "Help me het te herinneren."

"Je zal klaarkomen." Zijn stem is met duistere beloften gevuld. "Van mijn tong."

Ik knik, want wat valt er te zeggen?

Hij kust mijn clitoris, de druk van zijn lippen vederlicht.

Ik zuig lucht naar binnen.

Hij geeft zijn doelwit een heerlijke lik, het soort dat ik voor een lepel panna cotta reserveer.

Ik bal mijn handen in de lakens.

Hij maakt zijn tong wijd en plat.

Mijn tenen krommen zich.

Hij likt me weer.

Een kreun ontsnapt van mijn lippen.

Hij doet dat kusding, gevolgd door zijn platte tongding, dan een lik, en dan nog een ronde van alles, en dan nog een.

Met een schreeuw doe ik wat me werd opgedragen — ik kom over zijn hele mooie gezicht klaar.

"Dat is een goede *kislik*," mompelt hij hees en kijkt

op. "Nu zul je nog een keer komen. Op mijn pik." Zijn lippen glanzen als hij met zijn tong over hen heen gaat, schijnbaar van de smaak genietend.

Als antwoord kruip ik naar het nachtkastje, zoek een condoom en geef het aan hem, en kijk dan met ingehouden adem toe terwijl hij hem om Mr. Big begint te rollen. Hoewel het condoom een Magnum is (ik was optimistisch toen ik ze kocht), weet ik niet zeker of het zal passen.

Oef.

Het arme latex scheurt niet. Eens kijken of hij in *mij* past.

In een waas van vloeiende beweging, doet Art zijn ballet-geïnspireerde manoeuvreermagie weer, en bevind ik me op handen en voeten.

Hoe?

Mr. Big streelt zachtjes langs mijn opening.

Oh hemeltje. Vergeet het hoe. Vergeet al het andere.

Ik concentreer me op de sensaties — eerst een strekking, dan prachtige volheid.

Art grijpt met zijn sterke handen mijn heupen vast, zijn duimen kneden mijn billen.

Eindelijk. Onze *pas de deux* staat op het punt om te beginnen.

De eerste stoot is zacht — *adagio*, zoals ze het bij ballet noemen. De volgende paar zijn dat ook. Dan vertraagt Art, alsof hij wil checken of ik me volledig heb aangepast aan zijn (vrij grote) invasie.

Ik antwoord door terug te duwen tegen Mr. Big en mijn rug te krommen. Als ik kon twerken, dan zou ik dat meteen doen, maar helaas, dat is een vaardigheid die ik nog niet onder de knie heb.

Toch begrijpt Art de boodschap. Zijn volgende stoot is harder en sneller. Dan nog harder.

Ik klem de lakens weer in mijn vuisten. Een enorme golf van genot bouwt zich op in mijn kern.

Arts vingers graven zich in mijn vlees, zijn bewegingen komen in *allegro* grondgebied.

Mijn ademhaling verandert in een snakkend gekreun.

"Ja," gromt Art. "Kom voor me." Hij versnelt zijn tempo totdat hij zo snel in me stoot dat er geen balletterm voor is.

Oh, fuck.

Hier is het.

Mijn orgasme komt aan land en ik kom klaar, Arts naam roepend.

Hij kreunt en Mr. Big wordt onmogelijk harder en groter, en stuurt seismische naschokken door mijn overgevoelige geslacht.

Op het moment dat ik zijn ontlading voel, knijpt Art in mijn clitoris en wringt een ander orgasme uit me — ik schreeuw in het kussen.

In de nasleep merk ik dat ik weer omgegooid ben, dit keer om in het lepeltje veranderd te worden. Een arm over mijn ribbenkast slaand, kust Art kust mijn oor, tedere, nauwelijks hoorbare woorden van lof mompelend, en een ongewone tevredenheid omhult me, een die Zen-monniken zouden kunnen ervaren na een maand van meditatie… of na het breken van hun gelofte van celibaat zijn.

Ik voel me warm en verzorgd, omringd door Arts verleidelijke geur, en ik sluit mijn ogen en val in de beste slaap van mijn leven.

Vierendertig

IK WORD WAKKER TERWIJL IK TEGEN ART AAN LIG, met mijn hoofd in de kromming van zijn schouder en met zijn arm om me heen.

Warmte overspoelt mijn borst. Ik zou graag voor altijd zo wakker worden.

Het is alleen... Ik heb geen altijd. In het beste geval heb ik zo lang als nodig is om een verblijfsvergunning te krijgen. In het ergste geval, zullen we zodra mijn ouders vertrekken, weer in verschillende kamers slapen.

Ik forceer mijn ogen open terwijl er meer ongewenste realiteit naar binnensluipt.

Is die buitengewone seks wel gebeurd? Kan het een droom zijn geweest?

Nee. Er is een pijn om te bewijzen dat het allemaal echt was.

Maar wat dan? De warme en wazige gevoelens in

mijn borst zijn angstaanjagend. Ik vraag me af wat Art van het hele gebeuren vindt.

Heeft gisteravond bijna net zoveel voor hem betekent als voor mij?

Er wordt hard op de deur geklopt.

"Namaste, zonnestraal," roept mam luid. "Als je nu niet opstaat, kom je te laat voor je haar- en make-upafspraken."

Stinkdier. Hoelang zal het duren voordat mam die deur breekt?

Ik maak mezelf los van Art en kijk naar de tijd.

Wauw. 11:05.

Art slaapt nooit zo laat uit. Nooit.

"Mam, ik kom er zo aan," roep ik, terwijl ik een badjas aantrek.

Art opent één oog. "Vanwaar dat lawaai?"

"Sorry," fluister ik blozend. "Ik moet ergens heen. Blijf nog maar even liggen als je wilt."

Ik haast me naar de badkamer. Als ik bijna klaar ben met het poetsen van mijn tanden, komt Art bij me en hij is al aangekleed. Meer warmte stijgt naar mijn gezicht als onze ogen elkaar ontmoeten, en hij geeft me een scheve grijns voordat hij zijn eigen tandenborstel pakt.

Oké. Dus dat is hoe we het spelen, helemaal cool. Begrepen.

Ik poets krachtig mijn tanden, en hij ook. De huiselijkheid ervan beroert iets in mijn borst. Ik wil de tandpasta uitspugen en hem met vragen bestoken over wat gisteravond betekende, maar voordat ik naar dat dubieuze idee kan handelen, is er een luidere klop op de deur in de slaapkamer.

"We zijn officieel te laat," roept mam.

Ik ontmoet Arts ogen in de spiegel en slik per ongeluk de rest van mijn tandpasta door. "Ik moet gaan."

Met de tandenborstel nog steeds in zijn mond, geeft Art me een duim omhoog.

Ik haast me terug naar de slaapkamer, kleed me aan en doe de deur open.

Mam kijkt stiekem naar het bed. "Platonische nacht, hè?" vraagt ze en wiebelt met haar wenkbrauwen.

"Een dame geeft nooit haar bedgeheimen prijs," mompel ik.

Mam grijnst. "Een dame niet, maar hoe zit het met jou?"

Daar geef ik niet eens antwoord op. In plaats daarvan ga ik naar de keuken, waar pap een kop koffie drinkt.

"Goedemorgen," zeg ik en ik begin zonder nadenken voedsel in mijn mond te duwen. Ik heb energie nodig voor dit hele optutgebeuren.

Mam komt binnen en kijkt naar me. "Klaar?"

"Ja," antwoord ik en op dat moment loopt Art ook de keuken in.

Pap grijnst naar hem. "Klinkt alsof jij en ik een mannenochtend uit zullen hebben."

Ik slik het laatste stukje muffin door waar ik op kauwde. "Dat is geen ding."

"We maken er ons ding van," zegt Art en wendt zich tot mijn vader. "Heb je ooit van een *banya* gehoord?"

Pap schudt zijn hoofd.

"Het is iets wat ik graag doe als ik gestrest ben of gewoon tot rust wil komen," zegt Art. "Een geweldige manier om een grote dag als deze te beginnen."

Ik trek mijn neus op. "Je gaat hem toch niet meenemen naar die zaak met *taranka*, of wel?"

Art ziet er teleurgesteld uit. "Is de geurgevoeligheid genetisch?"

"Nee," zeggen mam en pap tegelijk.

"In dat geval, ja," zegt Art. "Gaan we naar Easy Fume."

Mam trekt me aan m'n elleboog. "We zijn veel te laat."

Terwijl ik me door haar weg laat leiden, vraag ik me af of pap en Art bij de *banya* naar het tweede honk zullen gaan. Het is waarschijnlijk, maar hé, het ziet er daar misschien sociaal aanvaardbaar uit.

Zodra we buiten zijn, duwt mam me in een taxi, wat ons naar afspraak nummer één van een miljoen brengt.

Het doel van al het opdoffen en mooi maken is dat ik op het feest de best uitziende persoon met mijn gezicht zal zijn. Het mooie is dat mijn moeder de hele tijd praat, wat me ervan weerhoudt om stil te staan bij Art en wat er gisteravond is gebeurd.

Uren later kondigt mama aan dat ons doel is bereikt.

Ik staar naar mezelf in de spiegel en fluit. Ik weet

niet zeker of de tijd het waard was, maar ik zie er geweldig uit — wat een beetje zonde is, gezien het feit dat het hele gebeuren een farce is.

"Maak je geen zorgen," zegt mam, als ze mijn frons verkeerd leest. "Ik heb je zussen gewaarschuwd om geen wit te dragen en sowieso om hun best te doen om ervoor te zorgen dat je vandaag de mooiste van de zesling bent."

Mooi. Ik hoop dat ze er ronduit verfomfaaid uitzien.

———

Als mama en ik in de botanische tuin aankomen, staan onze echtgenoten — die van haar is echt (hopelijk) en die van mij nep (helaas) — al op ons te wachten.

Art bekijkt me van mijn opgestoken haar tot mijn hoge hakken, en de hitte in zijn ogen geeft me een tintelende flashback naar gisteravond.

"Je ziet er geweldig uit, *kislik*," zegt hij hees, en ik weet niet of hij het meent of gewoon zijn rol speelt om dit er echt uit te laten zien.

Hoe dan ook, antwoord ik, "Bedankt, liefste," en bekijk hem ook van top tot teen. Hij draagt een smoking die op maat is gemaakt, zijn haar is zorgvuldig verzorgd en zijn gezicht is gladgeschoren. Ik probeer niet te kwijlen en mompel, "Je ziet er goed genoeg uit om mijn zussen jaloers te maken."

Mam knipoogt naar me. "Degene die vrijgezel zijn, dat is zeker."

"Je bent laat," zegt pap. "Iedereen is er al."

"Wacht," zegt Art. "Laten we wat foto's nemen."

Ik zoek in mijn tas om mijn telefoon te pakken en besef dat hij weg is.

Stinkdier. In mijn haast om hier te komen, heb ik hem aan de oplader laten liggen.

Ach ja. Art kan de foto's maken met zijn telefoon, en iedereen die me zou kunnen bellen, zal bij de receptie zijn.

Als de foto's genomen zijn, leiden de mannen ons naar de prieeltjes, en ik ontdek dat het "mannenuitje" zo'n groot succes was dat pap van plan is om uitstapjes naar de banya met Art een regelmatig iets te laten worden.

"Bedankt dat je hem hebt meegenomen," fluister ik in het oor van Art en weersta heldhaftig de drang om erop te knabbelen.

"Oh, het was een genoegen," fluistert hij terug, zijn lippen kietelen mijn oor. "Het enige probleem was dat we het kort moesten houden."

Voordat ik kan antwoorden, stappen we in de open ruimte waar mensen zich mengen, en iedereen stopt met praten om naar ons te staren.

Huh.

Dit moet zijn hoe het voelt als je naar voren stapt voor de officiële "eerste dans" op een bruiloft. Het is leuk om in het middelpunt van de belangstelling te staan. Dat wil zeggen, tot ik twee ogen zie die branden van haat.

De ogen in kwestie zijn van de Zwarte Zwaan, die

duidelijk geen enkele tact heeft. Waarom zou ze anders een witte jurk dragen?

Met een schok, herinner ik me dat ze me in de kleedkamer van de banya had geconfronteerd. Ik was al dronken, wat het incident wazig maakte in mijn geheugen, maar ik herinner het me nu duidelijk. Ze zei nare dingen tegen me, althans ik neem aan dat ze dat deed. Haar toon was gemeen en ze noemde me een Russische koe. Nee, sorry, gewoon *een* koe.

Art volgt mijn blik en fronst zijn wenkbrauwen. Ik vraag me af of hij ook niet blij is om de Zwarte Zwaan hier te zien. Maar als dat het geval is, waarom heeft hij haar dan uitgenodigd?

Maar ik denk dat hij haar niet *niet* kon uitnodigen. Naast haar zitten een heleboel andere balletmensen van Arts werk — vermoedelijk allemaal. Het zou raar zijn om één collega buiten te sluiten, zelfs als ze een trut is.

Misschien fronst hij om het witte tutu-achtige ding dat ze draagt. Of omdat het zo triest is dat al zijn mensen van het werk komen, zonder enige familie erbij te hebben — tenzij je de twee vrienden van de detdom meetelt die naast een aantal dansers zitten. Ik herken ze van de foto's die Art me heeft laten zien; ze wonen in NYC. Ik moet ze straks gedag zeggen.

Wat mij betreft, ik herken bijna alle gezichten aan de niet-ballettafels als mijn familieleden of hun introducees. Bijvoorbeeld de tweeling, Gia en Holly, die zitten met twee knappe mannen, hun vriendjes.

Ik kijk nog eens goed naar hun tafel. Naast Holly zit

een vrouw die ik niet herken. Ze is mooier dan alle collega's van Art, en dat is een hoge lat. Is ze een ballerina die bevriend is geraakt met Holly, de minst sociale van mijn zussen? Of doen Holly en haar vriend aan polyamorie?

Wacht eens even. Holly's vriend lijkt een beetje op de mysterieuze vrouw. Gia had het ook over een —

Iemand schraapt luid genoeg zijn keel om de kristallen glazen op de tafels te laten trillen.

"Dames en heren," zegt Fabio in een microfoon. "Geef alsjeblieft een zoet welkom aan Lemon en Artjoms Skulme."

Iedereen juicht en klapt.

"Zoet?" fluister ik in mams oor. "Was het jouw idee om *hem* de microfoon te geven?"

"Sorry," fluistert mam terug. "Hij zei dat hij braaf zou zijn."

Zul je altijd zien. Ze heeft al sinds onze schooltijd een *zwak* voor Fabio.

Als iedereen stil is, kijkt Fabio me aan. "Wil je met je nieuwe partner-in-lime dansen?"

Een dans? We zijn nog niet eens gaan zitten.

Art lijkt mijn gebrek aan enthousiasme niet te delen. Het tegenovergestelde zelfs. Hij stapt gracieus van me weg en steekt dan een hand uit op de chicste manier die mogelijk is — iets wat ik zou verwachten aan het hof van Louis XIV te zien, niet in New York City.

Terwijl ik zijn hand vastneem, begint het door mijn hele lichaam te tintelen.

Klassieke muziek begint te spelen, een nummer dat ik Art eerder heb horen afspelen.

Ik vernauw mijn ogen tot spleetjes naar mijn man. "Heb jij dit gepland?" fluister ik.

Hij knipoogt naar me en trekt me in een dans.

Wauw. Ik ben helemaal geen danser, maar met Art die leidt, doe ik het eigenlijk als een pro.

Art trekt me dichterbij. "Sorry," fluistert hij. "Ik wilde niet dat je prestatieangst zou hebben, dus heb ik dit als een verrassing gehouden."

Voordat ik kan antwoorden, draait hij me rond.

Verdorie.

Dit is leuk. En heet. En nep. Dat laatste verzuurt mijn vreugde, en ik ben blij als de dans snel voorbij is.

"Kom mee." Art sleept me naar onze stoelen terwijl Fabio aankondigt dat mijn ouders de volgende zijn die gaan dansen.

Mam en pap nemen de dansvloer, terwijl Art een beetje van alles op mijn bord legt. Het eten is geweldig, en interessant genoeg zijn alle gerechten van een niet-onwelriekende soort — duidelijk dankzij Art.

Nadat mam en pap klaar zijn met dansen, vertelt Fabio iedereen om een tijdje te eten, maar waarschuwt hij dat "het dansen binnenkort zal worden hervat."

Zodra mam en pap weer aan tafel zitten, begint pap mam over de banya te vertellen en springt Art af en toe bij. Ik laat ze praten terwijl ik mijn gezicht vul. Het is lang geleden sinds mijn overhaaste ontbijt, en ik ben uitgehongerd.

Net als ik alles op mijn bord op heb, tikt iemand me drie keer op de schouder.

Ik draai me om en sta oog in oog met Holly en de aantrekkelijke vrouw van haar tafel. "Ik wilde je feliciteren," zegt Holly. "En ik wil je aan Bella voorstellen."

Vijfendertig

STINKDIER, maar natuurlijk. Ik stond op het punt dit uit te zoeken voordat Fabio me onderbrak. Dit is Bella Chortsky — de eigenaar van het seksspeeltjesbedrijf Belka en de persoon met wie ik over een sponsormogelijkheid probeer te praten.

Toen Gia haar voor het eerst had genoemd, was het in de context dat Bella Holly's nieuwe BFF was, dus het is niet zo verwonderlijk dat Holly haar als haar tweede introducee heeft meegenomen.

Maar ik dacht dat Bella me aan het ghosten was. Haar warme glimlach lijkt er echter niet een te zijn die een ghoster aan de ghostée zou geven.

Ik realiseer me dat ik als een idioot naar Bella kijk, spring overeind en schud haar de hand. "Lemon. Leuk om je te ontmoeten."

Bella's glimlach wordt breder. "Leuk om je in het echt te ontmoeten."

Is dat zo? Maar hoe zit het met het ghosten?

"Het is eigenlijk best vreemd," vervolgt Bella. "Ik heb het gevoel dat ik je al ken."

"Echt waar? Hoezo?"

Ze trekt een perfecte wenkbrauw omhoog. "Al die correspondentie op je blog?"

Welke correspondentie? Word ik in de maling genomen?

Holly rolt met haar ogen naar Bella. "Ik had het je al gezegd. Ze weet niet dat *belka* eekhoorn betekent."

Bella wendt zich tot haar BFF. "Hoe kon ze dat niet weten? Ze is met een Rus getrouwd."

Betekent *belka* eekhoorn in het Russisch? Wacht eens even... "Ben jij EekhoornBoner?"

Bella ziet er schaapachtig uit. "Ik dacht dat je het wist. Het spijt me. Voor het geval je het je afvraagt, Boner is de naam van mijn hond. Het is een afkorting van Bonaparte."

Haar hond. Tuurlijk.

Ze grijnst om wat ze op mijn gezicht moet lezen. "Hoe dan ook, zou het nu een goed moment zijn om te praten?"

"Natuurlijk. Wat dacht je van daar?" Ik gebaar naar een open plek waar geen tafels zijn.

"Geweldig." Ze gaat naar de plek die ik voorstelde. Als ik haar volg, zie ik de koffer die ze bij zich heeft. Hij is bedekt met kleine handgetekende, veelkleurige penissen en vagina's.

Huh. Ik wed dat mijn moeder mij of een van mijn zussen zou vermoorden om zo'n koffer te hebben.

Als we eindelijk privacy hebben, kan ik het niet

helpen om eruit te flappen, "Ik ben in de war. Ik kreeg een app van je dat we niets meer hoefden af te spreken."

"Nou, ja." Bella staat met haar bijzondere koffer op het gras naast zich. "Holly had me voor dit evenement uitgenodigd, dus ik dacht dat we vandaag wel konden praten. Ik ben blij dat ik dat gedaan heb. Het stalken van je blog heeft me in de tussentijd alle info gegeven die ik nodig had. Op dit moment weet ik dat Belka geïnteresseerd is om met je samen te werken. We hoeven alleen maar de details glad te strijken."

Oh wauw. Dit is ongelooflijk. Ik heb zin om op en neer te springen van vreugde, maar ik vecht tegen de verleiding. Het is beter om het rustig aan te doen, omdat we over geld moeten praten. "Wat voor details?"

Stinkdier. Ik betrap mezelf erop dat ik van voet op voet spring. Hopelijk denkt ze dat ik moet plassen.

Bella opent de koffer en onthult genoeg dildo's en speeltjes om een leger enthousiaste nymfomane mensen tevreden te stellen. Ik vecht tegen een zucht van ontzag. Het is net als in *Pulp Fiction* waar een gouden licht uit de aktetas schijnt.

"Glorieus, dat zijn ze." Bella ziet eruit als een trotse ouder terwijl ze naar een paar anale kralen kijkt. "En omdat je man me had gewaarschuwd geen parfum te dragen, heb ik ervoor gezorgd dat deze ook geurvrij zijn."

Ik knik met mijn hoofd, nog steeds verbijsterd.

"Wat zeg je ervan om ze allemaal te testen en een

gesponsorde post met je recensie erover te schrijven? Belka zal voor elke post vijfduizend betalen."

Vijfduizend? Mijn ogen vallen er bijna uit, en er probeert zich een *kreet* uit mijn keel te werken. Ik slik hen terug, maar een verraderlijke grijns bloeit nog steeds op mijn gezicht.

Tot zover het cool spelen.

Natuurlijk is de onderhandeling nog niet voorbij. "Eén ding," zeg ik, en streef naar tenminste een klein beetje zakelijke-bijeenkomst-geschikte kalmte. "De recensies zullen eerlijk zijn. Als ik een speeltje niet leuk vind, dan zeg ik het en ook de reden. Ik zal ook transparant zijn met mijn volgers over onze regeling."

"Klinkt eerlijk. Ik geloof in mijn product." Ze reikt in de koffer en pakt een extra grote dildo. "Goede of slechte recensie, het is voor mij een winsituatie."

"Oh?"

"Goed is duidelijk," zegt ze. "Maar slecht is nuttig, omdat als je goede redenen hebt waarom iets niet werkt, het ons een kans geeft om het product te verbeteren — en dat is waar ik voor sta."

Huh. Ze is erg toegewijd aan het genot van vrouwen. We hebben veel gemeen.

"Trouwens, wat vind je hiervan?" Ze trekt aan de twee uiteinden van de dildo die ze vasthoudt en het ding opent zich en onthult een kleinere dildo die erin zit. Ze doet het weer, en er is een nog kleinere dildo te zien. Dan nog kleiner.

"Het is een prototype," zegt ze. "Voorlopig noemen we ze matroesjkapikken." Ik kijk toe hoe ze bij haar laatste piepkleine speeltje aankomt en het blijkt dat het heel goed kan trillen.

Ik tuit mijn lippen. "Ik zou de matroesjkapikken moeten gebruiken om het zeker te weten, maar uit mijn hoofd zou dit een geweldige reisgezel zijn voor iemand die graag met verschillende maten speelt."

"Echt hé?" Ze zet de matroesjkapikken weer in elkaar tot een oversized dildo.

"Het is ook het ultieme cadeau," zeg ik.

"Hoe dat zo?"

Ik grijns. "We weten meestal niet welke maat voorkeuren onze vriendinnen hebben als het om deze dingen gaat, maar dit is een 'one size fits all'."

"'One size fits all,'" zegt ze bedachtzaam. "Ik denk dat ik dat ga gebruiken als je het niet erg vindt."

Ik open mijn mond om te zeggen dat ik vereerd zou zijn, maar dan klinkt Fabio's stem.

"We hervatten het dansen met een vader-dochter-dans," zegt hij in de microfoon.

Bella laat de matroesjkapikken terug in de koffer vallen en ritst hem dicht. "Je kunt maar beter gaan. We praten binnenkort verder. Ik twijfel er niet aan dat dit het begin is van een mooie vriendschap."

Ik schud haar krachtig de hand en ren naar de dansvloer waar pap staat te wachten.

Als we beginnen, beginnen paps ogen te tranen. Die van mij volgen.

"Ik wist niet zeker of we dit wel moesten doen," zegt hij met een gebroken stem. "Deze dans is immers een uitvloeisel van de patriarchale geschiedenis. Maar je moeder stond erop en nu ben ik blij dat ze dat heeft gedaan."

"Ik ook," fluister ik.

Dan herinner ik me dat mijn huwelijkse status nep is, en de warme gevoelens veranderen in verdriet. Ik voel me ook schuldig, omdat ik tegen pap heb gelogen. Hij heeft in de naam van stinkdieren tranen in z'n ogen.

Als de dans voorbij is, snuit papa zijn neus en leidt me terug naar de tafel.

Laat alle formele onzin alsjeblieft achter de rug zijn.

Nee.

Fabio kondigt de volgende fase aan: een dans tussen de schoonmoeder en haar nieuwe schoonzoon.

Ik richt mijn ogen op mam, die er als een kind op kerstochtend uitziet.

Is dit waarom ze erop stond dat deze dansen moesten plaatsvinden? Grr. Aan de andere kant, Art ziet er zo blij uit om deel te nemen dat ik mijn jaloezie een paar minuten zal onderdrukken... dat wil zeggen, tenzij mam zijn kont pakt.

Nee.

Hun dans is behoorlijk PG, hoewel ik mam vanavond nog steeds niet in de buurt van sushi vertrouw.

En als de muziek stopt, kijkt mam ontzettend teleurgesteld.

Fabio spreekt weer. "Op dit moment wil Art graag een paar woorden tegen zijn nieuwe bruid zeggen."

Iedereen juicht terwijl Art naar voren gaat en de

microfoon van Fabio pakt voordat hij naar me toe komt. Ik ben niet zeker van het protocol, dus ik sta op.

"Lemon, mijn *kislik*," zegt Art ceremonieel. "Vanaf het moment dat ik je zag, wist ik dat dat *het* voor mij was. Ik wist dat ik mijn persoon gevonden had. Mijn licht. Dat wat de rest van mijn leven zoet zou maken."

Mijn knieën beginnen te knikken en ik heb geen andere keuze dan terug in mijn stoel te ploffen.

Art fronst bezorgd.

"Ik ben in orde," snik ik. "Vermoeide benen. Ga verder."

Het is de grootste leugen die ik ooit heb verteld.

Ik ben niet in orde.

Ik schreeuw vanbinnen.

Zijn woorden klinken zo verdomde oprecht dat het pijn doet. En omdat ik weet dat het leugens zijn, laten ze in plaats van mijn hart te verwarmen, het voelen alsof het uit elkaar scheurt.

Vervloek dit nephuwelijk. Ik wil dat Art de waarheid vertelt. Ik zou er alles voor over hebben als hij de waarheid sprak, maar ik weet dat hij dat niet doet.

"Het lijkt erop dat ik haar weer ondersteboven heb gekregen." Art kijkt om zich heen en geeft iedereen een samenzweerderige grijns.

Iedereen behalve ik juicht.

"Hoe dan ook, waar was ik?" Art kijkt me aan. "Ah, juist. Ik stond op het punt mijn vrouw de mooiste vrouw te noemen die ik ooit heb ontmoet. De slimste ook. De —"

Mam snikt zo hard dat ik mis wat Art nu zegt.

Sinds wanneer is ze zo zoetsappig? Moet de belofte van kleinkinderen of iets dergelijks zijn.

Pap knijpt zachtjes in haar schouder in een poging om haar te kalmeren. Ik wou dat iemand *mij* kalmeerde. Ik zit in een emotionele achtbaan en ik weet niet eens waarom. Ik heb me voor deze poppenkast aangemeld. Ik zou niets moeten voelen bij Arts neppe toespraak.

Mam stopt met huilen en de stem van Art bereikt me weer. "— iemand wiens hand ik elke avond wil vasthouden. Iemand die ik zal eren en respecteren. Iemand aan wie ik trouw zal blijven. Iemand die ik nooit in de steek zal laten. Iemand—"

Mam begint weer te huilen, luider deze keer, en is ontroostbaar voor paps aanraking. Tegen de tijd dat ze rustig wordt, vang ik alleen het laatste deel van wat Art zegt op, namelijk, "Doe met me mee en drink op de gezondheid van mijn vrouw."

Mensen drinken hun drankjes op, terwijl Art mijn kant op komt. Wanneer hij me bereikt, beginnen een stel stemmen, "*Gor'ko! Gor'ko! Gor'ko!*" te schreeuwen.

"Wat betekent dat?" fluister ik in Arts oor.

"We hebben hiervoor getraind," zegt hij. "Het betekent 'bitter.'"

Ik frons. "Is dat een of andere rare grap met betrekking tot mijn naam? En hoe hebben we hiervoor getraind?"

"Het is gewoon een Russische traditie. Dat is wat

mensen schreeuwen als ze willen dat de bruid en bruidegom kussen."

Dus 'bitter' betekent 'kus'. Wat Russisch. En ik begrijp nu wat hij bedoelt met onze training.

Art kijkt naar mijn lippen. "Het is duidelijk dat als je dat niet—"

Ik sta op, sla mijn armen om zijn nek en ga op mijn tenen staan om mijn lippen tegen de zijne te drukken. Ik kanaliseer alle gevoelens veroorzaakt door zijn toespraak in de kus.

In de verte hoor ik gejuich en mam begint weer te huilen.

Ik besteed er geen aandacht aan. Mijn hoofd tolt en mijn hart gaat tekeer. Ik wil zo graag dat Art die woorden meent en ik wil dat hij me hier en nu neemt.

Met grote tegenzin trek ik me terug van de kus.

Fabio fluit. "Dat was nogal een PDA."

Iedereen juicht.

"En nu," gaat Fabio dramatisch verder. "Het moment waarop jullie allemaal hebben gewacht. Iedereen kan dansen met wie hij wil!"

Nog meer gejuich.

Art en ik zitten, en ik drink een glas water om mezelf na de kus te kalmeren.

Iemand tikt op mijn schouder.

Is Bella terug?

Ik draai me om, maar het is niet mijn nieuwe zakenpartner. Het is een aantrekkelijke man van een van de tafels met balletmensen.

"Mag ik deze dans?" vraagt hij met een hoffelijke buiging.

"Nee," gromt Art net als ik mijn mond open doe om in te stemmen.

Geschrokken, kijk ik naar hem. "Waarom niet?"

"Omdat deze dans van mij is," zegt Art op een harde toon. "En de rest ook."

Dus nu gedraagt hij zich als een bezitterige echtgenoot? Als dit echt was, zou ik het leuk vinden.

"Mijn excuses," zegt de man en hij gaat weg.

"Je kunt met een van haar zussen dansen," roept mam hem na. "Ze kleden zich meestal beter en ze dragen normaal gesproken parfum."

Hoezo hebzuchtig? Ze is op de bruiloft van de ene dochter, maar is de rest al aan het uit pimpen.

Als de man uit het zicht is, zegt Art, "Zullen we deze dans nemen?"

Ik schud met mijn hoofd. "Ik moet eerst mijn neus poederen." En mijn onhandelbare hart onder controle krijgen. Ik kijk om me heen. "Weet iemand waar het toilet is?"

Mam zegt me waar ik heen moet, en ik vertrek snel.

Tussen die toespraak, die kus en al het andere, sta ik op het punt om niet alleen gevoelens te hebben, maar ook gevoelens te uiten waar hij niet over wil horen, vooral niet tijdens onze nep bruiloftsreceptie.

Het toilet ruikt naar chloor. Ik hou mijn adem zo veel mogelijk in als ik kan terwijl ik mijn ding doe, en tegen de tijd dat ik weer ga, ben ik wanhopig op zoek naar frisse lucht.

In plaats daarvan word ik door een wolk van bewapende parfum geraakt.

De Zwarte Zwaan staat voor me, in al haar ongepaste witte-tutuglorie.

Ik doe een stap achteruit. De uitdrukking op het gezicht van de ballerina is zo beangstigend dat ik blij ben dat mijn blaas leeg is.

Met een zwaar accent en een stem die net zo sexy als eng is, sist ze, "Je huwelijk. Het is oplichterij."

Fuck.

Hoe is ze erachter gekomen? Zal ze het de regering vertellen? In hoeveel problemen zouden Art en ik komen?

Ik stel me voor dat Art gedeporteerd wordt. Ik stel me advocaten voor. De gevangenis.

Stinkend stinkdier.

De Zwarte Zwaan kijkt me nog steeds venijnig aan.

Wat moet ik doen? Wat moet ik verdomme doen?

Ontkennen. Ja, dat is mijn beste en enige strategie.

Ik stotter maar een beetje terwijl ik zeg, "Ik heb geen idee wat je bedoelt."

De Zwarte Zwaan zet een dreigende stap naar me toe en steekt haar hand in haar tas.

Shit. Sta ik op het punt te worden neergestoken met een glasscherf?

Ze haalt een stuk papier tevoorschijn.

Hmm. In China was er vroeger een martelmethode

die 'dood door duizend sneden' werd genoemd. Wil ze me dat aandoen met de randen van dat papier?

Ze duwt het papier in mijn onstabiele handen. "Hier. Dit is waarom je zijn vrouw niet bent."

Daarmee voert ze een pirouetteachtige draai uit en huppelt weg.

"Je stinkt nog erger dan Pepe LePew," schreeuw ik naar haar rug. Dan kijk ik verward naar het papier.

Het lijkt op een soort document, maar dan in het Cyrillisch. Het enige dat herkenbaar is, is een datum van tien jaar geleden.

Toch verspreidt om de een of andere reden de angst zich door mijn binnenste.

Die vrouw wilde me niets leuks geven om te lezen, dat is zeker.

Een andere vrouw komt naar me toe, een van Arts gastenlijst. Een ballerina? Gaat zij me ook papieren geven?

"Hoi," zeg ik, terwijl ik mijn onrust verberg. "Spreek je Russisch?"

Ze schudt haar hoofd. "Nee, sorry. Ik ben Amerikaans."

"Mag ik dan je telefoon lenen terwijl je naar het toilet gaat?"

Ze kijkt aarzelend, en waarom zou ze dat niet doen?

"Ik ben de bruid," zeg ik. "Arts vrouw. De helft van de reden dat je hier bent."

Dat doet het. Ze pakt een telefoon, ontgrendelt hem en geeft hem aan mij. "Oké. Alsjeblieft."

Ze verdwijnt in de diepten van het toilet terwijl ik mijn favoriete vertaalapp download en hem boven de tekst hou.

De vertaalde woorden staren me vanaf het scherm aan, even verwarrend als onmogelijk.

Nee. Nee, dat kan niet.

Er verspreidt zich ongeacht een Siberische kou door mijn aderen.

Met onstabiele vingers download ik een andere vertaalapp en scan de tekst opnieuw.

Hetzelfde resultaat.

Ik zoek een vertaalwebsite en typ de woorden 'huwelijksakte' in en klik vervolgens op 'vertalen naar het Russisch'.

Het resultaat is precies de titel van het document dat ik bij me heb.

Er is geen twijfel meer.

In mijn handen heb ik het bewijs dat ene Artjoms Skulme al getrouwd was toen we elkaar ontmoetten.

HOOFDSTUK
Zevenendertig

DE SCHOK VERPLETTERT MIJN LONGEN. Het kost me heel wat moeite kleine ademhalingen naar binnen te krijgen.

Art is getrouwd.

Art heeft een vrouw die ik niet ben.

Dat was een irrationele angst van me, dat hij een geheime vrouw had in Rusland.

Of misschien niet zo irrationeel. Hij reageerde vreemd toen ik hem vroeg of hij getrouwd was.

Zou het waar zijn?

Mijn hart knijpt zich bij elke verwoede hartslag pijnlijk samen. Visioenen van mij in de gevangenis en van Art die gedeporteerd wordt, komen keihard terug. Is dat niet wat er zal gebeuren als de regering achter zijn polygamie komt? Zeker, en ik twijfel er niet aan dat de Zwarte Zwaan ervoor zal zorgen dat ze erachter komen.

Mijn mond voelt als schuurpapier aan als ik naar

strohalmen begin te grijpen. Misschien was Art getrouwd, maar is hij nu gescheiden? Nee, dat klopt niet. Hij heeft tegen me gezegd dat hij nooit getrouwd was geweest. Hij heeft hoe dan ook tegen me gelogen — maar waarom loog hij over zijn scheiding? Ik had het prima gevonden om zijn tweede vrouw te zijn, nep of echt. Het enige scenario dat logisch is, is dat hij nooit gescheiden is — wat betekent dat hij nog getrouwd is.

Fuck. Ik ben met een getrouwde man getrouwd.

Ik ben een echtbreker. Nou, een neppe, maar toch. Of ja, niet zo nep. Ik ben nu twee keer met hem naar bed geweest. Dat is echt een echtbreker.

Mijn longen vernauwen zich verder. Ik heb het gevoel alsof er een zwaarlijvig stinkdier op mijn borst staat. Vreemd genoeg voel ik ook een prikkeling op mijn wijsvinger.

Ik breng de vinger naar ooghoogte.

Precies wat ik nodig heb. Een papiersnee. Nog negenhonderdnegenennegentig te gaan om het als Chinese marteling te kwalificeren. Russische marteling is wat ik nu al doormaak.

Brandende druk bouwt zich op achter mijn ogen, en ik druk met mijn handen op mijn ogen om te voorkomen dat de dwaze tranen zullen vallen. Idioot. Waarom dacht ik dat Art in mij geïnteresseerd zou zijn? Natuurlijk heeft hij een vrouw. Natuurlijk was dit volledig nep, een middel om een verblijfsvergunning te krijgen. Ik had nooit —

"Hé, Lemon," zegt iemand en ik laat mijn handen zakken en zie Honey naar me toe lopen.

Fronsend stopt ze voor me. "Wat is er? Je bent bleker dan Gia."

Voordat ik kan antwoorden, komt de eigenaar van de telefoon naar buiten, dus ik geef hem terug en bedank haar met een wankele stem.

"Gaat het?" vraagt ze, en ik glimlach gespannen naar haar.

"Ja, dank je."

Ze stopt de telefoon in haar tas en loopt weg. Zodra ze uit het zicht is, duw ik het certificaat in Honeys handen.

Ze knijpt haar ogen samen naar het document. "Waar kijk ik naar?"

Terwijl ik de situatie met een verstikte stem aan haar uitleg, veranderen haar handen in vuisten.

"Wil je dat ik haar snij?" vraagt ze wanneer ik klaar ben. "Of hem?"

Ik schud mijn hoofd en schuif als een zombie in de richting van mijn tafel. Honey zegt iets rustgevends, maar ik hoor het niet. Ik zit te veel in mijn hoofd, ik ben alle goede dingen die er tussen mij en Art zijn gebeurd, opnieuw aan het afspelen, maar ik bekijk ze door deze nieuwe, beschadigde filter.

Leugens, allemaal leugens. Verachtelijke leugens.

Als ik aan tafel kom, prik ik met mijn vinger in Arts schouder.

Hij kijkt op en zijn wenkbrauwen fronsen. "Wat is er aan de hand?"

Ik kanaliseer nog steeds een zombie, strek mijn rechterhand uit en wijs naar de Zwarte Zwaan.

Hij volgt mijn blik en zijn wenkbrauwen komen samen. "Heeft Alisa iets gezegd?"

Mijn kin trilt verraderlijk. "Ze heeft me alles verteld."

Hij knijpt zijn ogen dicht en ademt hoorbaar uit. Als hij ze opent, staat hij op en zegt met een lage stem, "Ik kan het uitleggen."

Kan hij het uitleggen? Ik weet niet wat ik had verwacht — ontkenning, misschien — maar niet dit.

Ik duw hem, maar ik kan net zo goed proberen om een stenen muur omver te duwen. "Blijf bij me uit de buurt."

Zijn chocoladeogen staan vol pijn. Daar is de Oscar-winnende acteur weer. "Kislik, ik —"

"Noem me niet zo! Noem me niets."

Hij reikt naar mijn hand. "Als we gewoon —"

"Stop!" Ik trek mijn hand weg. Mijn hart voelt alsof het in stukken breekt. "Ik ben klaar met deze poppenkast. Vaarwel."

Ik draai me om en ren weg. Art komt me achterna, schreeuwt iets, maar ik verhoog het tempo totdat ik volledig op mijn hakken sprint. Mijn hart klopt zo hard in mijn oren dat ik zijn leugens niet eens kan verstaan — en ik ben er blij om.

Ik heb er genoeg gehoord.

Terwijl ik door de uitgang ren, zie ik een taxi naast het trottoir stationair draaien, met Honey erin. Ze houdt de deur open en zwaait naar me.

Ik duik in de taxi en we schieten naar voren terwijl ik moeite heb om op adem te komen. Mijn beenspieren branden en mijn voeten voelen alsof ze rauw zijn gewreven, maar het is niets vergeleken met hoe ik me van binnen voel.

"Waar gaan we heen?" vraag ik na een minuut met een doffe stem.

"Naar huis," zegt Honey sympathiek.

Huis? Ik heb eigenlijk geen thuis. Waar ik aan heb gedacht als "thuis" is de plek waar Art en ik deden alsof we samen woonden. Mijn oude kot is van mijn spullen ontdaan en onderverhuurd, dus het is in die zin van het woord geen thuis.

Een deel hiervan moet op mijn gezicht te zien zijn, omdat Honey in mijn hand knijpt, "Ik bedoelde mijn huis."

"Oh. Bedankt." Het geprik in mijn wijsvinger keert terug, dus steek ik de vinger in mijn mond. Het smaakt koperachtig, naar bloed.

"Wat ben je aan het doen?" Honey's ogen zijn op mijn vinger gericht, terwijl haar gezicht verbleekt.

"Papiersnee van de huwelijksakte," zeg ik met een gespannen stem. "Het was niet genoeg om me metaforisch te laten bloeden. Het moest het ook echt doen."

Bij het horen van het woord "bloeden," wordt Honey zo wit als een doek. "Mag ik je om een gunst vragen?"

Ik kijk haar knipperend aan. "Tuurlijk. Wat is het?"

"Beloof eerst dat je geen vragen zult stellen."

Ik knik. Ik heb sowieso niet de energie om iemand te ondervragen.

"Ik wil die vinger niet zien... vooral niet als er bloed is."

"Waarom niet?" Ik staar haar aan, even afgeleid.

"Geen vragen. Je hebt het beloofd."

Oké, whatever. Ik verstop mijn beledigende vinger in de plooien van mijn jurk.

De enige verklaring die ik kan bedenken is dat ze een probleem heeft met bloed, maar dat zou vreemd zijn. Ze staat erom bekend om mensen te snijden die haar dwarszitten. Nou, ze heeft tenminste één meisje gesneden op de middelbare school. Toch zou je niet echt in een trut snijden als de aanblik van het bloed van die trut je gevoelige gevoeligheden zou aantasten.

Onder normale omstandigheden zou ik haar genadeloos ondervragen, maar ik heb geen enkele neiging om dat nu te doen. In plaats daarvan gaan mijn gedachten naar Art en zijn leugens, en het brandende gevoel achter mijn oogleden keert terug.

Niet huilen. Verdomme niet gaan huilen. Hij is het niet waard.

Als je het over de leugenachtige duivel hebt. De telefoon van Honey gaat, en als ze ernaar kijkt, zegt ze: "Hij is het."

Huh? Oh, tuurlijk. Ik heb mijn telefoon bij "ons thuis" laten liggen.

Ik slik moeizaam. "Vertel hem dat ik zijn leugens niet meer wil horen."

Honey neemt de telefoon op.

"Hoi," zegt ze. "Krijg de klere." Daarmee hangt ze op.

Hij belt weer.

Ze stuurt hem naar de voicemail en verwijdert de boodschap die hij achterlaat.

Hij belt nog een keer. Ik stel voor dat ze zijn nummer blokkeert of haar telefoon uitzet. Ze kiest voor de blokkeeroptie en verwijdert voor de goede orde zijn nummer. Net als ze klaar is, stopt de taxi.

"Kom mee." Ze springt eruit en houdt de deur voor me open.

Mijn borst knijpt zich samen. Art hield altijd deuren voor me open, maar dat doet hij waarschijnlijk ook voor zijn andere vrouw. Zijn echte vrouw.

Terwijl ik Honey volg, loop ik weer als een zombie.

Als ik bij haar thuis binnenkom, struikel ik bijna over Bunny.

Als kattenblikken konden doden, dan zou ik nu een hoop as zijn — wat een opluchting zou kunnen zijn, gezien hoe ik me voel.

"Je kunt mijn bed nemen," zegt Honey, naar haar slaapkamerdeur gebarend.

"Wat? Nee. Ik wil me niet opdringen."

Ze pakt Bunny van de vloer en streelt nadenkend zijn vacht — en tijdens het proces lijken ze allebei op Bond-schurken. "Wat denk je hiervan? Je kunt mijn bed verdienen... door dat stukje van in de auto nooit te noemen." Ze kijkt bezorgd naar mijn vinger met de papiersnee.

Ik maak een vuist om de misvorming te verbergen. "Dat gebeuren over bloed?"

Ze huivert. "Ook geen vragen stellen."

Ik zucht. "Je hebt een deal."

Eerlijk gezegd is Honey vandaag zo behulpzaam geweest... dat ik haar mijn stilte verschuldigd ben over de bloedkwestie... zelfs zonder het offer van de slaapkamer.

"Als je het niet erg vindt, ga ik even liggen," zeg ik vermoeid.

"Wil je gezelschap?"

Ik schud met mijn hoofd.

Ze houdt haar kat mijn kant op. "Wil je met iets warms knuffelen?"

Ik schud weer met mijn hoofd. Ten eerste wil ik alleen zijn. Maar wat nog belangrijker is, is dat mijn ogen laten opeten niet de manier is waarop ik aan mijn einde wil komen.

"Begrepen," zegt Honey zachtjes. "Geef me een gil als je iets nodig hebt."

Ik bedank haar en ga de slaapkamer in.

Ik heb het gevoel alsof ik nog met een draadje overeind sta — een draadje dat knapt zodra ik alleen ben.

Terwijl ik op het bed val, begraaf ik mijn gezicht in het kussen en laat de tranen stromen.

Achtendertig

Een klop maakt me wakker.

Ik kijk slaperig om me heen en vraag me af waar ik ben.

Dan komt het allemaal terug, inclusief het feit dat ik bij Honey thuis ben.

"Zus, je zult naar me willen luisteren," schreeuwt Honey. "Hup, hup."

Ik sta op, strompel naar de deur en doe hem open. "Wat?"

Honey stapt achteruit. "Bij nader inzien kun je eerst je tandenpoetsen."

Walgt ze van *mijn* geur? Oh, de ironie. Nu ik niet zo overweldigd ben, kan ik allerlei onaangename dingen detecteren — kattenbakvulling, Honey's leren jas, haar antiperspirant en een vage hint van Fabio's smerige cologne.

Maar toch, eerlijk is eerlijk, dus poets ik mijn tanden met een reservetandenborstel en spat wat water op mijn gezicht. Als ik me wat meer mens voel, controleer ik of mijn papiersnee — die vreselijke verwonding van gisteravond — genoeg is genezen om Honey's fragiele mentale toestand te sparen.

Yep. Geen teken van bloed.

Als ik uit de slaapkamer kom, struikel ik natuurlijk bijna over die verdomde kat. Hij blaast naar me en walst de slaapkamer in. Hierin doet hij me denken aan Woofer, die ook graag wacht tot iemand met beweegbare duimen deuren voor Zijne Majesteit opent.

"Dus," zeg ik als ik Honey in de keuken vind. "Wat is het noodgeval?"

"Dit." Ze zwaait met het papier dat Zwarte Zwaan me heeft gegeven. "Ik heb reden om te vermoeden dat dit geen echt document is — of in ieder geval niet zo oud is als het lijkt."

Ik ga hard in een stoel zitten. "Hoe weet je dat?"

Ze duwt een klein bordje met een éclair naar me toe. "Ik weet niet zeker of je dit weet, maar ik ben een papierexpert."

Ik bijt in de éclair, maar de stresshormonen die door mijn aderen stromen laten het als een vetvrije, suikervrije mueslireep smaken. "Je bedoelt dat letterlijk, toch? Want het klinkt alsof je zegt dat je niet echt een expert bent, maar op papier wel."

Ze fronst. "Wil je dit wel of niet horen?"

"Sorry. Ik hou m'n mond." Ik duw de rest van de smakeloze éclair in mijn mond, me herinnerend dat Honey in de problemen was gekomen voor het vervalsen van coupons. Haar expertise in papier moet uit die kant van haar leven voortkomen.

"Hoe dan ook, zoals ik probeerde te zeggen, gisteravond keek ik naar dit certificaat, en ik realiseerde me dat het er veel te oud uitzag voor de datum die erop staat. In eerste instantie dacht ik dat Russisch papier misschien slechter is en daardoor extra snel veroudert, maar na wat testen ben ik ervan overtuigd dat dit een vers stuk drukpapier is dat is bevlekt door koffie."

Ik ruk het papier uit haar handen, ruk mijn neusfilters eruit en neem een diepe snuif.

Fuck.

Ze heeft gelijk.

Onder de weerzinwekkende geur van het parfum van de Zwarte Zwaan zit de vage bloemige en houtachtige geur van koffie van goede kwaliteit.

Ik slik het stuk eclair door dat in mijn keel vastzit. "Denk je dat het certificaat nep is?"

"Waarom zou je het anders op deze manier oud maken?"

Ik bijt op mijn lip. "Zou het echt kunnen zijn, en dat iemand er door de jaren heen koffie op heeft gemorst?"

"Nee. Dit is met sterk verdunde koffie gedaan, anders zou het papier er eeuwenoud uitzien."

Er is een tinteling in mijn borst, alsof er zwanenveren langs mijn hart strijken. "Waarom zou hij het dan toegeven?"

Honey houdt haar hoofd schuin. "Heeft hij dat wel

gedaan? We weten niet precies wat hij bedoelde toen hij zei, 'Ik kan het uitleggen.'"

Stinkdier. Ze heeft gelijk. Ik had hem uit moeten laten spreken.

"Weet je het zeker?" vraag ik, bang om te hopen.

Honey's telefoon pingt.

Mijn hartslag springt omhoog.

Art?

Maar nee.

Het is een tekst van Blue, die Honey me triomfantelijk laat zien:

*Heb de huwelijksakte met **geclassificeerd** vergeleken. Er is in Rusland op die datum niets uitgegeven. Heb ook **geclassificeerd** nagekeken en ik heb ontdekt dat Art nooit eerder getrouwd is geweest in Rusland of in de VS, dat wil zeggen, totdat hij met Lemon trouwde.*

Nog een ping, en er verschijnt een tweede app van Blue:

Over Lemon gesproken, vertel haar dat de dansende trut heeft gekregen wat haar toekomt. Om mysterieuze redenen heeft "zij" papieren ingediend om haar naam permanent in "Korstige Vagina" te veranderen, en iemand met vrienden op de juiste plaatsen heeft ervoor gezorgd dat de naamswijziging werd versneld. Als ze echter de naamswijziging ongedaan wil maken, dan moet ze dat aanvragen, en dat zal zo lang duren als deze dingen eventueel zouden kunnen duren.

Honey straalt naar de telefoon. "Stel je voor dat je aartsvijand iemand een legitimatiebewijs geeft met de tekst 'Korstige Vagina'. Of een restaurantreservering boekt als Korstige Vagina. Of naar de dokter gaat, waar ze een patiënt met de naam Korstige Vagina zullen roepen. Of —"

Ik wuif haar weg. Ik geef op dit moment niets om wraak op de Zwarte Zwaan. Niet als ik me realiseer wat een monumentale trut ik voor Art moet zijn geweest.

Ik heb hem geen kans gegeven om het uit te leggen.

Ik ben ten overstaan van iedereen van onze bruiloftsreceptie weggerend.

Fuck. Fuck.

Hij moet zo kwaad zijn.

Dat zou ik zijn als ik hem was.

"Ik moet hem bellen." Ik pak de telefoon van Honey.

Ze rukt hem weg, buiten mijn bereik. "Ik heb hem geblokkeerd en zijn nummer verwijderd, weet je nog? Laten we eens kijken of Blue kan helpen."

Ze vuurt een app af, en een minuut later appt Blue ons Arts nummer. Ze vertelt ons ook dat Art gisteravond naar me heeft gevraagd, en dat ze hem heeft verteld dat ik in orde was.

"Hoe wist ze dat ik in orde was?" vraag ik aan Honey.

"Geen idee." Honey scant haar omgeving alsof ze op zoek is naar verborgen microfoons of camera's.

"Hoe dan ook," zeg ik. "Bel hem. Nu."

Honey belt het nummer en geeft me de telefoon.

De oproep gaat naar voicemail.

De moed zakt me in de schoenen.

"Art, neem op, alsjeblieft."

Dat doet hij niet.

Ik bel terug.

Hetzelfde resultaat.

Verdomme.

Ik moet nu met hem praten. Ik zal barsten als ik dat niet doe.

Ik typ een bericht naar Blue om te vragen of ze hem met haar spionnen-juju kan lokaliseren. Dankzij autocorrectie luidt de tekst als volgt:

Kun je Art via zijn blubber citeren?

Op de een of andere manier begrijpt ze me, omdat ze antwoordt met:

Ik heb wat tijd nodig.

Grommend van frustratie, bel ik mam.

"Namaste, zonnestraal," zegt ze. "Ben je —?"

"Mam, waar is Art?" eis ik.

"Ik heb geen idee," zegt ze. "Nadat je was vertrokken, hebben je vader en ik een hotel geboekt en zijn we erheen gegaan voordat Art thuiskwam. We wilden niet midden in een —"

"Dank je wel. Spreek je snel." Ik hang op.

Nou, dat was een doodlopende weg, en Blue heeft ook nog niets.

Overeind springend zeg ik, "Ik ga naar huis. Hij is waarschijnlijk daar."

"Ik ga met je mee," zegt Honey.

Ik schud met mijn hoofd. "Ik regel dit. Ik laat je wel weten wat er is gebeurd."

Ze salueert naar me. "Ga hem halen."

Ik doe mijn neusfilters weer in. "Dat ben ik van plan."

Als ik ons huis binnenloop, is er nergens een teken van Art te bekennen.

Ik loop naar Fluffers herenhuis, en de kleine man kijkt me behoedzaam aan.

Waarom zie je eruit als een chagrijnige kat en ruik je ook zo? Ga je me eindelijk opeten?

Het goede nieuws is dat de chinchilla onlangs gevoed is, dus Art is gisteravond thuisgekomen.

Ik pak mijn telefoon van de oplader en bel hem.

Voicemail.

Ik app hem.

Niets.

Ik app Blue om te zien of ze eindelijk weet waar hij is.

Geen antwoord.

Ik sprint naar het kantoor van Art en gebruik opnieuw het wachtwoord 'Baryshnikov'.

Oké, ik zit erin. Wat nu?

Oh, ik weet het. Ik typ 'vind mijn telefoon' in en klik op de eerste link die verschijnt.

Eureka. De telefoon is op een adres in Brighton Beach, en ik wed dat Art daar ook is.

Mijn telefoon pingt.

Het is Blue, die hetzelfde heeft ontdekt als ik, maar een paar seconden te laat.

Oké. Dat geeft de doorslag. Ik boek een rit naar Brighton Beach.

Ik nader het gebouw dat mijn bestemming is, en de moed zakt me in de schoenen. Het bord erboven zegt 'Easy Fume', maar ik heb dit mentaal 'de *taranka*-plek' genoemd en daarna gekokhalsd.

Achteraf gezien is het logisch dat hij hier is. Hij heeft gezegd dat dit is waar hij heen gaat als hij gestrest is. Ook het niet opnemen van zijn telefoon of het beantwoorden van appjes is nu logisch. Hij heeft waarschijnlijk zijn telefoon in een kluisje laten liggen.

Misschien moet ik hier wachten?

Nee.

Ik moet dit zo snel mogelijk oplossen. Hij kan op dit moment daarbinnen zijn en een andere vrouw slaan.

Niet als ik er iets over te zeggen heb.

Ik haal diep adem in een poging om mijn bloed met zuurstof te verzadigen. Hopelijk kan ik mijn adem een tijdje inhouden en dus de horror niet ruiken als ik naar binnen ren.

Als ik me bijna licht in het hoofd voel door de waanzinnige ademhaling, doe ik de deur open.

Nu of nooit.

Ik stap de visachtige stank in.

Negenendertig

Fuck mij. Op de een of andere manier kan ik het ruiken zonder adem te halen.

Ik kan maar beter opschieten.

Ik ren naar binnen en negeer het ongeruste geroep van de gastvrouw. Wat denkt ze, dat ik een soort van zweten-en-vluchtenmanoeuvre probeer?

Als ik dertig seconden in de banya ben, kan ik het niet helpen om adem te halen.

Mijn ogen tranen, en het kost me al mijn wilskracht om niet te kotsen.

Het is officieel.

Een *taranka*-geur is erger dan je neus onder de staart van het stinkendste stinkdier in de geschiedenis van stinkdieren te houden. Erger dan de combinatie van rotte eieren, uienbrood en de geparfumeerde oksels van de Zwarte Zwaan (of moet ik Korstige Vagina zeggen).

Mijn benen voelen door het gebrek aan zuurstof zwaar aan.

Met de heldhaftige inspanning van een triatleet die de finish nadert, ga ik door.

In de verte zie ik een handdoekenrek. Achter me schreeuwt de gastvrouw nog steeds in het Russisch.

Oké. Als ik de handdoeken haal, dan overleef ik misschien deze olfactorische aanval.

Het geschreeuw achter me wordt heviger.

Stinkdier.

Ik dwing mezelf om te joggen, waardoor ik sneller adem, waardoor er meer stank in mijn arme neus trekt, waardoor ik wil vallen en me in een bal wil krullen.

Nee.

Ik zal het redden.

Op de een of andere manier.

Op mijn tanden knarsend, ga ik naar de handdoeken.

Ben er bijna.

Gewoon nog een voet.

Eindelijk.

Ik pak een handdoek en probeer er doorheen te ademen. De stank is gedempt, maar ademen is op deze manier veel moeilijker.

"Wat ben je aan het doen?" roept de gastvrouw en ze schakelt over op geaccentueerd Engels.

Ik geef geen antwoord. Dat zou kostbare zuurstof verspillen.

Met de handdoek tegen mijn gezicht gedrukt,

passeer ik het nabijgelegen zwembad en haast me naar wat een *parilka*-deur moet zijn.

Het handvat is heet genoeg om mijn hand te verbranden, maar ik trek de deur open en schreeuw in de stomende dieptes, "Art, ben je hier?"

Geen antwoord, en de stoom maakt het moeilijk om te zien of hij hier wel of niet is.

Ik doe de deur dicht en draai me om.

Zo. Aan de andere kant van het zwembad staat een lange, atletisch gebouwde man, die alleen een zwembroek draagt, met zijn rug naar me toe. Is dat Art?

Het is de beste aanwijzing die ik heb. Ik hou mijn adem in en sprint die kant op — dat is het moment dat de gastvrouw me tackelt.

Plons.

Ik land in het zwembad.

Fucker.

Ik begin te zwaaien en naar adem te snakken — dat is het laatste wat ik hier wil doen.

Op de een of andere manier overleef ik het. De stank van chloor uit dit zwembad zou me normaal gesproken doden, maar het bedekt de geur van *taranka*, dus ik ben er dankbaar voor — in ieder geval totdat ik per ongeluk wat van het smerige zwembadwater inslik.

Nu ben ik helemaal niet dankbaar en vrees ik voor m'n leven.

"Wacht even, *kislik*," zegt een pijnlijk vertrouwde stem, en dan grijpen sterke handen me vast en trekken me als een natte pop uit het water. In een oogwenk word ik als een bruid door de banya getild.

Ik veeg zwembadwater uit mijn ogen en geniet van het prachtige gezicht van Art. Zijn donkere haar is nat en druppels water kleven aan zijn wimpers, wat hun dikte benadrukt.

"Hoi," zeg ik naar adem snakkend.

"Niet ademen. Ik haal je hier weg." Hij versnelt, en in een paar seconden, zijn we uit de afschuwelijke zaak en op straat.

Ik adem mijn eerste *taranka*-vrije adem in en heb bijna een orgasme.

Art zet me niet neer. Hij draagt me naar de overkant van de straat en de promenade op.

Oh, de oceaanlucht. Die is net zo welkom als de handen die me vasthouden.

Als hij ziet dat ik weer kleur op mijn gezicht krijg, zet Art me eindelijk op mijn voeten.

"Mag ik *nu* ademen?" vraag ik.

Zijn lippen komen omhoog. "Ik denk dat dat nu wel kan."

Ik vul mijn longen met luxueus zoute lucht, en laat die er dan uit met een whoesh. "Het spijt me. Ik had niet —"

"Nee, het spijt mij." Hij trekt een gezicht. "Ik had het je moeten vertellen."

"Dat is het dus. Ik heb geen idee wat het is dat 'je me had moeten vertellen.'"

Hij fronst. "Maar ik dacht dat Alisa —"

"Ze heeft me laten denken dat je met een andere vrouw getrouwd was."

Zijn ogen worden groot. "Ze heeft wat?"

"Ze gaf me een huwelijksakte waarin stond dat je in Rusland getrouwd was."

Zijn kaak spant zich gevaarlijk aan. "Dat is een leugen," zegt hij met een lage, harde stem. "Ik ben nooit —"

"Dat weet ik nu." Ik knijp ongeveer een liter zwembadwater uit mijn haar. "Het document dat ze me gaf was nep."

"Oh." Hij pakt mijn hand. "Dus ze heeft je niet verteld wat er echt is gebeurd?"

Mijn hand zou warm aan moeten voelen in zijn handpalm, maar dat is niet zo. Wat als 'wat er echt is gebeurd' erger is dan de 'geheime vrouw'?

"Ze heeft me niet veel verteld," zeg ik voorzichtig. "Dat zou jij wel moeten doen."

Hij zucht en laat mijn hand los om zijn vingers door zijn natte haar te halen. "Weet je nog dat ik je over een paar casual afspraakjes met ballerina's had verteld?"

Oh, stinkdier. Ik denk dat ik weet waar dit heen gaat. "Degenen die tot zoveel drama hebben geleid dat je nu ballerina's vermijdt zoals de pest?"

Hij knikt plechtig. "Eén in het bijzonder dwong me die houding aan te nemen — en zoals je misschien hebt geraden, was dat Alisa."

Ik weersta de drang om op mijn voorhoofd te slaan. Dit is zo logisch. Nu ik het weet, kan ik niet geloven dat ik het niet eerder had vermoed. Hij was met haar naar bed geweest en het was gevolgd door drama — en ze hunkert duidelijk nog steeds naar hem. Met geweld. En hé, nadat ik zelf met hem naar bed ben geweest, kan ik haar een soort van begrijpen — maar niet vergeven.

"Ben je boos?" vraagt hij.

Ben ik dat? Een beetje. Ik haat het idee van hem met een andere vrouw. Aan de andere kant, is het lang voordat wij elkaar hadden ontmoet gebeurd, en hij heeft ervoor moeten boeten door met haar soort van gek om te hebben moeten gaan.

"Ik ben meer in de war dan boos," zeg ik. "Als ze je ex is, waarom nodig je haar dan uit voor onze receptie?"

Hij zucht weer. "Dat heb ik niet gedaan. Ze is gewoon naar het feest gekomen. Ik wilde geen grote scène maken waar het hele bedrijf bij was." Zijn neusvleugels trillen. "Als ik had geweten wat voor stunt ze uit zou halen, dan had ik haar door de beveiliging naar buiten laten escorteren."

Is dit een goed moment om hem te vertellen dat haar naam op het punt staat om Korstige Vagina te worden? Nee. Het klinkt misschien alsof ik kleinzielig ben.

Ik vernauw mijn ogen naar hem, voornamelijk voor de grap. "Zweer dat je geen gevoelens meer voor haar hebt, en ik zal dit hele gebeuren vergeten."

"Ik heb nooit gevoelens voor haar gehad," zegt hij. "Maar, over gevoelens gesproken... Ik moet je iets vertellen."

"WAT?" fluister ik en ik wacht met ingehouden adem tot hij spreekt.

Hij komt dichter bij me en pakt mijn gezicht in zijn handpalmen.

Alsof hij op dit moment heeft gewacht, steekt de oceaanwind op, waardoor ik me herinner hoe nat we allebei zijn — en in mijn geval, dankzij zijn aanraking, in meerdere opzichten.

"Alles wat ik tijdens die toost bij de ceremonie heb gezegd, is hoe ik me echt voel," zegt Art, met zijn ogen in de mijne kijkend. "Ik wilde je al vanaf het moment dat ik je in mijn kleedkamer betrapte. Ik denk dat ik je daarom heb gevraagd om verblijfsvergunningsvrouw te worden. Ik moest je leren kennen, en dat was het beste voorwendsel dat ik kon bedenken om je in mijn leven te krijgen."

Ik voel me alsof ik op het punt sta om te vluchten

terwijl ik zijn handen met de mijne bedek. "Je bedoelt dat je niet op zoek was naar een nepvrouw?"

"Niet totdat ik jou ontmoette. Het idee kwam in die kleedkamer opeens bij me op. Daarvoor had ik andere manieren overwogen om de verblijfsvergunning te krijgen."

Ik bijt op mijn lip terwijl hij zijn handen laat vallen. "Waarom heb je niet eerder iets gezegd? Me vertellen dat het niet allemaal nep was?"

Hij krimpt ineen. "Ik wist niet zeker hoe je zou reageren. Ik wilde niet op meer aandringen en je verliezen. Je was zo vastbesloten om je regels te volgen dat we niet met elkaar naar bed zouden gaan dat ik dacht dat het enige wat je uit onze regeling wilde halen, het geld was — en ik wist dat ik je liever als mijn nepvrouw in mijn leven had dan je helemaal niet te hebben."

"Dus… je zegt dat je me leuk vindt?"

Hij schudt zijn hoofd. "Jij en ik passen gewoon bij elkaar, zoals een banya en berkenbomen. Dus nee. Ik vind je niet gewoon leuk." Hij trekt me dichterbij, zijn ogen warm en zacht. "*Kislik*… Ik hou van je."

Mijn hart ontploft in zwanenveren.

"Ik ben hard voor je gevallen," vervolgt hij. "Ik —"

"Wacht," zeg ik naar adem snakkend. "Er is iets dat je moet weten. De dag dat we elkaar ontmoetten, was ik er niet voor een uitdaging. Ik had je lang daarvoor op tv gezien en raakte zo door je geobsedeerd dat ik, als een stalker, je kleedkamer binnen ben geslopen."

Ik stop met ademen, bang dat hij me door mijn bekentenis weg zal duwen.

In plaats daarvan pakt hij mijn beide handen vast. Zijn stem is hees. "Ik voel me gevleid, *kislik*. En ik ben zo blij dat je dat hebt gedaan."

Oef. Zal ik hem de rest vertellen? Wie A zegt, moet ook B zeggen. "Ik heb aan je dansriem geroken, omdat ik je uit mijn systeem wilde hebben," flap ik eruit.

Een sexy grijns vormt zich om zijn lippen. "En hoe ging *dat*?"

"Het werkte averechts — en het liet me in liefde bij de eerste snuif geloven."

Hij trekt me dichterbij. "Je bedoelt —"

"Ik hou ook van jou," zeg ik plechtig. "Ik wil je vrouw blijven. Je belangrijkste sapje zijn. Je —"

Hij legt me met een kus het zwijgen op.

Een zoete, verslindende kus die een miljoen morgens belooft.

Epiloog
ART

"Ik zeg het je," zegt Lemon, haar stem gedempt door het gasmasker. "Ik ruik een alcoholdoekje."

De dokter, of Ava, zoals ze genoemd wil worden, rolt met haar ogen, maar alleen zodat ik het kan zien. "Onmogelijk," zegt ze. "Je man heeft het glashelder gemaakt dat je een geurgevoeligheid hebt, dus ik heb er persoonlijk voor gezorgd dat er geen open alcoholdoekjes in deze kamer liggen. Of restjes van de lunch. Of een vleugje parfum. Of —"

Lemon gromt gefrustreerd in haar gasmasker. "Het doekje bevindt zich in een kamer hiernaast."

Ze kijkt me smekend aan.

"Mijn *kislik*." Ik klop liefdevol op het deel van Lemons buik dat niet bedekt is met gel. "Hoe eerder deze echo kan beginnen, hoe eerder ik je in de frisse lucht kan krijgen."

"Juist." Lemon wendt zich tot Ava. "Doe het dan. Snel."

Ava doet haar ding — en op haar conto, knippert ze niet eens met een oog als het om de ALLEEN 4 MR. BIG-tattoo gaat.

Ik staar naar de resultaten op het scherm, waar *iets* gebeurt.

"Daar." Ava wijst naar een kronkelende klodder. "Een hartslag."

Mijn borst vult zich met pure vreugde.

Een baby.

Onze baby.

"Wacht eens even," zegt Ava, waardoor ik me bijna doodschrik. "Er is er nog een."

Ik staar naar het scherm.

Lemon rukt haar gasmasker af en onthult haar stralende teint. De zwangerschap heeft wonderen gedaan voor haar toch al mooie gezicht. "Kun je dat nog eens zeggen?" zegt ze met een verstikte stem, alsof ze probeert om niet in te ademen. "Ik denk dat het masker mijn gehoor heeft gedempt."

Ava grijnst. "Je krijgt een tweeling. Gefeliciteerd."

En zomaar ineens verdubbelt mijn vreugde.

In één klap is mijn nieuwe familie groter geworden — en een grote familie is al mijn droom zolang ik me kan herinneren.

"Een tweeling," zegt Lemon, die verbijsterd klinkt. Ze lijkt het alcoholdoekje helemaal vergeten te zijn. In plaats daarvan kijkt ze me beschuldigend aan. "Heb je er twee baby's in gestopt?"

Uh-oh. Ik pak haar hand. "Ben je niet blij?"

Ik dacht dat ze er net zo snel limonade van zou maken als ik. Had ik ongelijk?

Ze knippert met haar ogen en knijpt dan in mijn vingers. "Ja. Nee. Ik weet het niet. Ik ben geschokt, maar dat zou ik waarschijnlijk niet moeten zijn. Tweelingen maken deel uit van het Hyman-DNA."

Ik grijns. "En nu maken ze ook deel uit van het Skulme-DNA."

Ze knippert opnieuw, schudt haar hoofd en dan verspreidt een langzame, prachtige glimlach zich over haar gezicht, waardoor haar groene ogen schitteren. "Een tweeling," zegt ze zachtjes. "Ja, ik denk dat ik een beslissing heb genomen: ik ben gelukkig."

Tegen de tijd dat ze stopt met praten, ziet ze er echter een beetje groen uit. Ik help haar het masker weer op te doen voordat de geuren haar laten overgeven, zoals ze op de weg hierheen hadden gedaan. En vanmorgen bij ons thuis. En gisteravond. En elke keer dat ze aan banya of stinkdieren of chloor denkt.

Ze haalt een paar keer diep adem en als haar gezicht weer zijn gebruikelijke bleke tint heeft, wendt ze zich tot Ava. "Het zijn er maar twee, toch? Niet zes?"

"Nee. Twee," zegt Ava. "Ga nu maar. Ga frisse lucht inademen."

———

Zodra we ons appartement binnenkomen, zorg ik ervoor dat Lemon iets eet. Ze heeft haar ontbijt door de luchtverfrisser in de taxi verloren, en ze eet nu voor drie.

Nadat ze klaar is met haar toast, ziet ze er zichtbaar beter uit, dus breng ik haar een fruittaart.

"Wil je dit met me delen?" vraagt ze.

Ik pak graag een lepel.

De helft van haar desserts bestaan tegenwoordig uit fruit en ze geniet er echt van, vooral de meer exotische, zoetere zoals mango en cherimoya. De andere helft zijn zoete brouwsels zoals deze taart, en omdat ik niet meer professioneel dans, geef ik af en toe ook toe wat toe, vooral als ze me uitnodigt om te delen. Niet dat ze de laatste tijd in een stemming is om te delen, nu haar eetlust zo onvoorspelbaar is.

"Heeft het beest honger?" vraagt ze wanneer we het dessert hebben gesloopt.

Ze bedoelt Fluffer, maar mijn geest gaat ergens anders heen en laat wat zij Mr. Big noemt in beweging komen. Haar weelderige nieuwe rondingen hebben me gek gemaakt, en het kost me alles wat ik in me heb om haar niet aan te vallen. Misschien moet ik lid worden van een steungroep? Of er een beginnen? AEVZV— Anonieme Echtgenoten Verslaafd aan Zwangere Vrouwen.

Met moeite haal ik mijn geest weg van gedachten van verwarde lakens en zachte, heerlijk volle borsten. "Ik heb hem daarstraks te eten gegeven, maak je geen zorgen."

Fluffer is de laatste tijd veel toleranter met haar

gezelschap, maar hij geeft er nog steeds de voorkeur aan als ik voor hem zorg. Ik kan niet zeggen dat ik het erg vind.

"In dat geval ga ik een blog schrijven," zegt ze.

Moet ik haar zeggen te wachten, zodat ik eindelijk mijn grote nieuws kan onthullen? Het is een aankondiging die verbleekt in vergelijking met de tweeling, maar toch.

Nee. Haar werk is super belangrijk voor haar, vooral nu, dankzij het enorme succes dat haar partnerschap met Bella is geworden.

We gaan samen op de bank zitten en ik controleer mijn aandelenposities op mijn laptop terwijl zij op de hare schrijft.

Enige tijd later schraapt ze haar keel.

Als ik naar haar kijk, trekt ze haar neus op. "Ik ruik weer hondenadem."

"Ik ga het regelen." Ik sluit de laptop en ga naar het appartement aan de overkant om de buurman te vragen de tanden van zijn hond te poetsen.

Eerst dacht de buurman dat Lemon zich de slechte adem van zijn hond voorstelde, maar toen begonnen hij en ik haar klachten bij te houden en realiseerden we ons dat ze alleen iets zegt als hij vergeet de tanden van zijn huisdier te poetsen.

Ik klop op zijn deur en zodra hij hem opent, geef ik hem een fles wijn. "Bedankt voor je begrip."

Hij grijnst. "Toen mijn vrouw zwanger was, was ze ook gevoelig voor geuren."

Ja, maar zijn vrouw had geen superheldenneus *voor*

de zwangerschap.

Als ik terugkom, straalt Lemon naar me. "Veel beter. Dank je schat."

"Graag gedaan. Ben je klaar met je post?"

Ze zet haar computer opzij. "Net klaar. Hoezo?"

Ik pak de allerbelangrijkste envelop en geef hem aan haar.

Ze kijkt erin en haar ogen worden groter. "Is het gekomen?"

Ik knik. "Ik ben de trotse eigenaar van een verblijfsvergunning."

"Nu al?" Ze springt op en geeft me een dikke knuffel. "Joepie! Ik dacht dat het langer zou duren."

Ik omhels haar terug, adem haar zoete geur in, en Mr. Big wordt weer alert. Ik heb alles nodig wat ik in me heb om het platonisch te houden, maar het lukt me. Op de een of andere manier. Ik vertel haar ook niet dat het haar zus Blue was die de dingen heeft helpen versnellen, omdat Lemon erg trots is op hoe ze dat interview met de overheid heeft gedaan.

"Het was nog sneller dan je denkt," zeg ik als ze zich terugtrekt. "Ik heb het een week geleden ontvangen, maar ik zat op een goed moment te wachten om het je te vertellen."

Ze geeft me een zoete Lemonglimlach die nooit faalt om mijn hartslag te versnellen. "Dus dat is het, toch? Je blijft hier bij mij?"

Verdomme. De strijd tegen Mr. Big voortzetten wordt met de seconde moeilijker.

Ze leunt naar voren en snuffelt aan mijn nek.

Dat is het.

Het gevecht is over. Mr. Big heeft gewonnen.

"Ja," grom ik. "Ik blijf bij jou. Voor altijd."

En het komende uur, laat ik haar precies zien hoeveel uithoudingsvermogen ik heb.

Voorproefjes

Bedankt voor je deelname aan de reis van Art en Lemon!

Op zoek naar meer romcoms om hardop te lachen? Maak kennis met de Chortsky broers en zus in Moeilijke dingen:

- *Moeilijke code* – een werkplek romance die eigenzinnige QA-tester Fanny Pack en haar mysterieuze Russische baas, Vlad Chortsky volgt
- *Hardware* – het hilarische verhaal van Bella Chortsky, een ontwikkelaar van seksspeeltjes, en Dragomir Lamian, een potentiële investeerder in haar volgende grote onderneming
- *Harde byte* – een nep date romcom met Holly, een priemgetal-geobsedeerde anglofiel die

een deal maakt met Alex Chortsky (aka de
Duivel) om haar droomproject te redden

En als je geen genoeg kunt krijgen van de zussen
Hyman, kijk dan ook eens naar:

- *Koninklijk bedrogen* – een ranzige koninklijke
  romance met waaghals prins Tigger en Gia
  Hyman, een film-geobsedeerde goochelaar
  met smetvrees
- *Femme fatale-isch* – een spion romcom met
  aspirant femme fatale Blue Hyman en een
  sexy (mogelijke) Russische agent
- *Over octopussen en mannen* – een romcom
  van vijanden tot geliefden over Olive, een
  octopus-geobsedeerde zeebioloog, en haar
  zinderend hete (en woedend makende)
  nieuwe baas

Meld je aan voor mijn nieuwsbrief op
www.mishabell.com/nl/ om van mijn toekomstige
boeken op de hoogte te blijven.

Misha Bell is een samenwerking tussen het schrijfteam
van een man en zijn echtgenote, Dima Zales en Anna
Zaires. Als ze niet bezig zijn om je als Misha te laten
lachen, dan schrijft Dima sci-fi en fantasy en Anna
schrijft duistere en eigentijdse romantiek.

Sla de pagina om om previews van *Over octopussen en mannen* door Misha Bell en *Wall Street Titan* door Anna Zaires te lezen!

De chagrijnige buurman van mijn grootouders is net
zo heet als de dodelijke zon van Florida. En net als de
zon, is hij slecht voor me. Mijn smaak in mannen is
verschrikkelijk - vraag maar aan mijn ex en zijn
straatverbod.

Vraag je je af wat ik in Florida bij mijn grootouders
doe? Nou, mijn beste vriend is een octopus, en hij heeft
een grotere tank nodig, dus heb ik een baan
aangenomen in een aquarium in de Sunshine State.

Ik had niet verwacht dat die sexy, langharige chagrijn
zou proberen om voor een of ander duister plan mijn
octopus te kopen. Ik had ook niet verwacht om na een
nachtelijke duik in zee, op het strand met hem te
vrijen.

En het laatste wat ik had verwacht was hem op mijn

eerste dag bij mijn nieuwe baan tegen te komen... waar hij mijn baas is.

———

"Ah, Kappertje. Wat ga je doen?"

Ik grijns. Mijn naam is Olive (mijn ouders zijn slecht in hun hippie-dippie-heid), en als opa me Kappertje noemt, dan bedoelt hij 'kleine olijf', waardoor ik me weer een klein meisje voel. Ik zal hem natuurlijk nooit vertellen dat zijn bijnaam voor mij botanisch onjuist is: kappertjes zijn de bloemen van een struik, terwijl olijven een boomvrucht van een heel andere soort zijn.

"Ik neem Beaky mee voor een wandeling," antwoord ik, naar de tank knikkend.

Opa tuurt naar het glas en Beaky kiest precies dat moment om zichzelf op een rots te laten lijken — zoals hij elke keer doet als opa naar hem probeert te kijken.

Opa wrijft in zijn ogen. "Zit daar echt een octopus in? Ik heb het gevoel dat jij en je oma proberen om me te laten denken dat ik seniel word."

"Nee. Het is Beaky die met je aan het rotzooien is."

Ik kan het mijn opa niet kwalijk nemen dat hij mijn achtarmige vriend niet heeft gezien. Als het om camouflage gaat, blazen octopussen kameleons omver. En als een kameleon in het water zou vallen, dan zou geen enkele camouflage voorkomen dat hij de lunch van een octopus zou worden.

Opa schudt zijn hoofd. "Waarom?"

Ik haal mijn schouders op. "Hij is een wezen met negen hersenen, één in zijn hoofd en één in elke arm. Als je zijn gedachten probeert uit te vogelen, dan zou iedereen hoofdpijn krijgen."

Opa tuurt weer naar de tank, maar Beaky blijft in zijn rotsachtige gedaante. "Waarom ga je eigenlijk met hem wandelen?"

"Om te voorkomen dat hij zich gaat vervelen. Wat hij echt nodig heeft, is een grotere tank, maar voorlopig zal hij het met een andere omgeving moeten doen."

"Vervelen?"

"Oh ja. Een verveelde octopus is erger dan een zevenjarige jongen die strak staat van de cafeïne en een verjaardagstaart. In Duitsland heeft een octopus genaamd Otto herhaaldelijk het hele elektrische systeem van het Sea Star Aquarium kortsluiting gegeven door water in de 2.000 watt overheadspot te spuiten. Omdat hij zich verveelde."

Opa trekt zijn borstelige wenkbrauwen op. "Maar je maakt toch puzzels voor hem? Je laat hem toch tv kijken?"

Ik knik. Puzzels maken voor octopussen is eigenlijk waar ik beroemd om ben en hoe ik aan mijn nieuwe baan ben gekomen. "Speelgoed en de tv helpen," zeg ik, "maar ik heb nog steeds het gevoel dat hij zich opgesloten voelt."

Grommend duikt opa in zijn zak en haalt er een pistool uit zo groot als mijn arm. "Neem dit mee." Hij duwt het naar me toe.

Ik knipper met mijn ogen naar het instrument van de dood. "Waarom?"

"Bescherming."

"Van wat? We zitten in een gesloten complex."

Hij duwt het wapen met grotere urgentie naar me toe. "Het is beter om een pistool te hebben en het niet nodig te hebben."

Ik neem het aanbod niet aan. "De misdaadcijfers in Palm Islet zijn tien keer lager dan in New York."

Opa haalt de clip uit het pistool, controleert hem, duwt er een extra kogel in en klikt hem er weer in. "Het zou me gemoedsrust geven als je het mee zou nemen."

"In naam van Cthulhu," mompel ik binnensmonds.

"Gezondheid," zegt opa.

"Dat was geen nies. Ik zei, 'Cthulhu.'" Bij opa's lege blik slaak ik een zucht. "Hij is een fictieve kosmische entiteit die door HP Lovecraft gecreëerd is. Afgebeeld met octopuskenmerken."

"Oh. Zit hij in de sexy tekenfilms van je oma?"

"Absoluut niet." Ik huiver bij de gedachte. "Cthulhu is honderden meters lang. Hij is een van de Grote Ouden, dus zijn attenties zouden een vrouw net zo snel verscheuren als dat ze haar gek zouden maken."

"Oké dan." Opa probeert het pistool weer in mijn handen te duwen. "Neem het mee en ga."

Ik verberg mijn handen achter mijn rug. "Ik heb geen vergunning."

"Je maakt een grapje." Hij kijkt me ongelovig aan.

"Morgen neem ik je mee naar een les om een verborgen vuurwapen te dragen."

Ik vecht tegen een oogrol ter grootte van een Cthulhu. "Ik heb het morgen een beetje druk, met een nieuwe baan en zo."

Met een frons verbergt hij het pistool ergens. "Wat dacht je van dit weekend?"

"We zullen zien," zeg ik zo vrijblijvend mogelijk voordat ik mijn handtas van de rugleuning van een stoel grijp en nogmaals op de afstandsbediening druk om de tank de garage in te rollen.

Mijn grootouders verlaten, net als andere Floridianen, hun huizen liever op deze manier, in plaats van bijvoorbeeld via de voordeur.

Zodra mijn grootvader uit het zicht is, houdt Beaky op om een rots te zijn, zet zijn armen in zijn zij en wordt opgewonden rood.

"Je zou je moeten schamen," zeg ik streng.

Wij zijn de God Keizer van de Tank, verordend door Cthulhu. We zullen de glorie van ons gezicht niet aan degenen schenken die het niet verdienen. Schiet op, onze trouwe priesteres-onderdaan. We willen de zon op onze zuigers voelen.

Yep. Ellen DeGeneres sprak met een fictieve octopus in *Finding Dory*, terwijl mijn echte in mijn hoofd tegen me praat. En ik ben niet de enige die deze denkbeeldige gesprekken voert. Al vanaf dat mijn zussen en ik kinderen waren, hebben we dieren stemmen gegeven. In mijn gedachten klinkt Beaky als negen mensen die tegelijk praten (het hoofdbrein en de acht in zijn armen), en zijn toon is heerszuchtig (octopussen hebben tenslotte blauw bloed). Oh, en zijn woorden komen er met dat zwakke gorgelachtige geluidseffect uit dat in *Aquaman* werd gebruikt toen de Atlantiërs onder water spraken.

Ik open de garagedeur.

Het is super helder buiten, ondanks de eeuwenoude eiken die voor voldoende schaduw zorgen.

Met een zucht pak ik een grote tube van mijn favoriete minerale zonnebrandcrème uit mijn tas en bedek mezelf van top tot teen met een dikke laag. De UV-index is 10, dus ik wacht een paar minuten, en dan bedek ik mezelf met een tweede laag. Ik doe dit stiekem in de garage om te voorkomen dat mijn grootouders me over het nemen van een baan in de Sunshine State gaan plagen terwijl ik paranoïde ben over blootstelling aan de zon.

En nee, ik ben geen vampier — hoewel mijn zus Gia er met haar gothic-make-up en zo verdacht veel als een uitziet. Het vermijden van de zon is echt wetenschappelijk, gezien de schadelijke effecten van UV-stralen, zowel A als B, evenals blauw licht, infrarood licht en zichtbaar licht. Ze veroorzaken allemaal DNA-schade. Dit probleem kwam een paar jaar geleden op mijn radar toen Sushi, mijn anemoonvis, huidkanker kreeg, waarschijnlijk doordat haar aquarium bij een raam stond. Sindsdien ben ik voorzichtig. Ik ga zelfs zo ver dat ik een drievoudige laag UV-beschermende coating over Beaky's tank heb gelijmd.

Realiseer ik me dat ik me meer zorgen over de zon maak dan wie dan ook die geen paranoïde dermatoloog is? Tuurlijk. Maar kan ik stoppen? Nee. Ik denk dat een bepaald niveau van neurose in mijn DNA is geprogrammeerd, tenminste als ik ook maar enigszins op mijn identieke zeslingzusjes lijk. Maar goed, als ik in de tachtig ben en er jonger uitzie dan al mijn zussen, dan zullen we zien wie het laatst lacht.

Als ik klaar ben met de zonnebrand, trek ik een lichtgewicht jack met ritssluiting aan dat met UV-beschermende chemicaliën is bedekt, een hoed met een brede rand en een gigantische zonnebril.

Zo. Als ik dit echt zou overdrijven, dan zou ik een van die Darth Vader-brillen dragen, nietwaar?

Mijn hartslag versnelt als ik Beaky's tank de volle zon in volg, maar ik kalmeer door mezelf eraan te herinneren dat de zonnebrandcrème zijn werk zal doen. Als de tank de oprit afrolt en op een schaduwrijk trottoir bij het meer komt, wordt mijn ademhaling nog rustiger.

Tot nu toe gaat het goed. Nu maar hopen dat ik niet te veel vervelende vragen van nieuwsgierige buren krijg.

Terwijl we langs de oever van het meer wandelen vliegen er een paar reigers weg. Beaky staart hen aandachtig aan en verandert een paar keer van gedaante.

We willen die dingen graag proeven. Wees een goede priesteres en lever ze bij de tank af.

Ik klop op de bovenkant van de tank. "Ik zal je een garnaal geven als we terug zijn."

We zien allebei een wasbeer die in het gras bij het meer aan het graven is, waarschijnlijk op zoek naar schildpad- of alligatoreieren.

Ook dat willen we proeven.

"Ik zal je een garnaal zonder de puzzel geven," zeg ik tegen hem.

Meestal stop ik zijn lekkernijen in een van mijn creaties, waardoor de maaltijd extra leuk voor hem wordt, maar als hij trek heeft gekregen door naar alle landdieren te kijken, dan wil ik zijn bevrediging niet uitstellen.

Een anderhalve meter lange alligator kruipt langzaam uit het meer.

Ja, we zijn zeker weten in Florida.

Beaky ziet hem en pakt twee kokosnootschalen van de bodem van zijn aquarium en sluit ze over zijn lichaam, zodat hij er voor de wereld — en voor de alligator — als een onschuldige kokosnoot uitziet.

"Dat ding kan je niet pakken als je in de tank zit," zeg ik sussend. "Om het nog maar niet te hebben over het feit dat hij banger voor mij is. Hopelijk."

De statistieken over alligatoraanvallen zijn in ons voordeel. In een staat met koppen als 'Man in Florida slaat alligator in elkaar' en 'Man in Florida gooit alligator door het raam van Wendy's drive-through', hebben de alligators geleerd om ver, ver uit de buurt van de krankzinnige mensen te blijven.

Omdat Beaky het nieuws niet leest of online

statistieken bekijkt, kijkt zijn oog sceptisch terwijl het tussen de kokosnootschalen door gluurt.

Ik richt mijn aandacht weer op het trottoir — en zie hem.

Een man.

En wat een man.

Hij had in plaats van Jason Momoa in *Aquaman* kunnen spelen. Als ik de hoofdrolspeler voor mijn natte dromen zou casten, dan zou deze man zeker de rol krijgen.

De gedachte zendt warmteslierten naar mijn lagere regionen, met name het deel dat ik persoonlijk als mijn wunderpus beschouw — ter ere van *wunderpus photogenicus*, een verbazingwekkende octopussoort die in de jaren tachtig werd ontdekt.

Ik heb trouwens ooit een foto van mijn wunderpus gemaakt, en die is ook *fotogeniek*.

Maar terug naar de vreemdeling. Sterke, mannelijke gelaatstrekken door een onberispelijk getrimde baard omlijst, cyaankleurige ogen zo diep als de oceaan, een gebruind, gespierd lichaam in low-riding jeans en een mouwloze top gekleed die krachtige armen laat zien, dik, blond gestreept haar dat naar beneden valt tot zijn brede schouders — hij zou op een surfer lijken als hij niet zo'n sombere uitdrukking op zijn gezicht had gehad.

Beaky moet de alligator zijn vergeten, want hij is uit zijn kokosnoot en kijkt gefascineerd naar de vreemdeling.

Zal je altijd zien. Aquaman heeft de kracht om met octopussen te praten, net als met andere zeedieren.

Ik realiseer me dat ik ook naar hem sta te staren en raak gespannen naarmate hij dichterbij komt. Anders dan in New York, waar het gebruikelijk is om een vreemdeling te passeren zonder hun bestaan te erkennen, groet iedereen hier in Florida op zijn minst zijn buren.

Wat moet ik zeggen als hij tegen me praat? Durf ik überhaupt mijn mond open te doen? Wat als ik hem per ongeluk vraag om zijn gang met me te gaan?

Wacht eens even. Ik denk dat ik het weet. Hij laat ook een huisdier uit, in zijn geval een hond van het teckelras, ook bekend als een hotdog, het meest fallische lid van de hondensoort. Ik hoef alleen maar iets over zijn worstje te zeggen — degene die met zijn staart kwispelt, niet zijn Aqua-mannelijkheid.

Als de man twintig meter bij me vandaan is, lijkt hij me voor het eerst op te merken. Zijn blik richt zich eigenlijk meer op Beaky's tank, en zijn sombere uitdrukking wordt ronduit vijandig — kaken op elkaar geklemd, mond naar beneden gericht, ogen keihard. Het gekke is dat hij er nu niet minder heet uitziet. Misschien wel meer.

Wat is er met me aan de hand? Geen wonder dat ik uiteindelijk met klootzakken uitga zoals —

Zijn diepe, sexy stem is het soort kou dat zelfs in deze vochtige sauna een koude wind kan veroorzaken. "Hoeveel voor de octopus?"

Ik knipper met mijn ogen en knijp dan mijn ogen

tot spleetjes naar de vreemdeling, terwijl mijn nekharen als stekels op een kogelvis omhoog komen. Hij wil Beaky kopen? Waarom? Wil hij hem opeten?

Dit is tenslotte de staat waar mensen alligators, schildpadden (zelfs de beschermde soorten), brulkikkers, tijgerpythons en limoentaart eten.

Knarsetandend wijs ik naar de kwispelende hond naast hem. "Hoeveel voor de braadworst?"

Een grijns krult zijn volle lippen. "Laat me raden... een New Yorker?"

Aquaman? Meer Aqua-klootzak. "Laat *mij* raden. Floridaman?" Ik kan me de rest van de kop voorstellen: "... steelt octopus in tank en probeert er seks mee te hebben."

Gezien wat mijn oma over Regel 34 had gezegd en waar ik nu sta, is het niet zo vergezocht. Ik heb eens een artikel over een man uit Florida gelezen die probeerde om op een parkeerplaats bij een winkelcentrum een levende haai te verkopen. Wat is in vergelijking seks met een octopus?

Zijn dikke wenkbrauwen trekken zich samen. "De verhalen waar je op doelt, gaan over mensen die uit een andere staat komen. Ze gaan nooit over echte Floridianen."

"Oh, ik heb gelezen waar je het over hebt," zeg ik gnuivend. "'Man uit Florida krijgt de allereerste penistransplantatie van een paard.' Ik ben er vrij zeker van dat het artikel zei dat de dappere pionier in Melbourne geboren en getogen is — dat is twee uur rijden van hier."

Oeps. Ben ik te ver gegaan? Iedereen lijkt hier een pistool te dragen. En aangezien ik hem eerder aantrekkelijk vond en met mijn dating-trackrecord, zou hij best gevaarlijk kunnen blijken te zijn.

In plaats van een wapen te trekken, wrijft de vreemdeling over de brug van zijn neus. "Eigen schuld als ik ruzie met een New Yorker wil maken. Vergeet het nieuws. Die tank is te klein voor die octopus. Hoe zou jij het vinden om je leven in een Mini Cooper te leven?"

Ik adem diep in, mijn maag trekt zich samen. "Hoe zou *jij* het vinden om aan de lijn te lopen?" Ik wijs met mijn kin naar zijn worstje, wiens staart niet meer kwispelt. "Of om gedwongen te worden je schreeuwende blaas en darmen te negeren totdat je meester zich verwaardigt om je mee te nemen voor een wandeling? Of dat er met je voortplantingsorganen wordt gerommeld?"

Hij kijkt me afkeurend aan. "Tofu is niet gecastreerd. Sterker nog, hij —"

"Tofu?" Mijn mond valt open. "Als in, een tofu-hotdog? Over dierenmishandeling gesproken."

De aderen die in zijn nek opzwellen, zien er afleidend sexy uit. "Wat is er mis met de naam Tofu?"

Voordat ik kan antwoorden, jammert Tofu meelijwekkend.

"Goed gedaan," zegt de vreemdeling. "Nu heb je hem van streek gemaakt."

"Ik ben er vrij zeker van dat jij dat deed." *Door de arme hond Tofu te noemen.*

"Dit gesprek is voorbij." Hij draait zijn rug naar me toe en trekt aan de lijn. "Kom, Tofu."

Tofu werpt me een droevige blik toe die lijkt te zeggen, *ik vind het niet prettig als mijn papa en mijn nieuwe mama ruziemaken.*

Met een zucht rol ik Beaky's tank in de tegenovergestelde richting.

———

Bezoek www.mishabell.com/nl/ om jouw exemplaar van *Over octopussen & mannen* vandaag nog te bestellen!

Fragment uit Wall Street Titan door Anna Zaires

Een miljardair op zoek naar de perfecte vrouw...

Op vijfendertigjarige leeftijd heeft Marcus Carelli het
allemaal: hij is rijk, machtig en zo knap dat vrouwen
voor hem in katzwijm vallen. Als selfmade miljardair
staat hij aan het hoofd van een van de grootste
hedgefondsen van Wall Street en heeft hij de macht om
met een vingerknip grote bedrijven te gronde te
richten. Het enige wat ontbreekt? Een vrouw die net
zo'n prestatie is als de miljarden op zijn bankrekening.

Een kattenvrouwtje dat een date wil...

De zesentwintigjarige Emma Walsh werkt bij een
boekenwinkel en is volgens haar beste vriendin ene
kattenvrouwtje. Daar is ze het niet per se mee eens,
maar het is moeilijk de feiten te negeren. Versleten
kleding vol kattenharen? Check. Laatste professionele

knipbeurt? Meer dan een jaar geleden. O, en drie katten in een piepkleine studio in Brooklyn? Yep, die heeft ze dus.

En ja, oké, ze heeft al niet meer gedatet sinds... nou ja, dat weet ze niet precies. Maar daar valt wat aan te doen. Daar zijn datingsites toch voor?

Een persoonsverwisseling...
Eén high-end matchmaker, één datingapp, één misverstand dat alles verandert... Tegenpolen trekken elkaar aan, maar kan het echt wat worden?

———

Ik huppel haast van opwinding als ik naar Sweet Rush Café loop, waar ik Mark zal zien voor een etentje. Dit is het gekste wat ik in tijden heb gedaan. Vanwege mijn avonddienst bij de boekwinkel en zijn colleges hebben we maar een paar berichtjes kunnen uitwisselen, dus het enige waar ik op af kan gaan zijn die onscherpe foto's. Toch heb ik hier een goed gevoel over.

Ik heb het idee dat Mark en ik echt bij elkaar kunnen passen.

Omdat ik toch een paar minuten te vroeg ben, blijf ik even stilstaan bij de deur en sla de kattenharen van mijn wollen jas. De jas is beige, wat beter is dan zwart, maar spierwit haar valt toch op. Ik neem aan dat Mark het niet zo erg zal vinden – hij weet hoeveel haren Perzen verliezen – maar ik wil er toch acceptabel uitzien voor onze eerste date. Het heeft me een uur gekost om mijn krullen zo ongeveer onder controle te krijgen en ik draag zelfs een beetje make-up, iets wat net zo zeldzaam is als een tsunami in een meertje.

Ik adem diep in en stap het café binnen om te kijken of Mark er al is.

Het is een klein en knus tentje met een halve cirkel van zitjes om een koffiebar heen. De geur van geroosterde koffiebonen en baksels doet het water in mijn mond lopen en mijn maag rammelen van de honger. Ik was van plan het bij koffie te houden, maar nu besluit ik toch ook een croissant te bestellen. Dat kan met mijn budget nog nét.

Er zijn maar een paar plekken bezet, waarschijnlijk omdat het dinsdag is. Ik kijk om te zien of iemand Mark zou kunnen zijn en zie een man in zijn eentje aan de tafel het verst weg zitten. Hij zit met zijn gezicht naar de andere kant, dus ik zie alleen de achterkant van zijn hoofd, maar zijn haar is kort en bruin.

Het zou hem kunnen zijn.

Ik raap mijn moed bij elkaar en loop naar hem toe. 'Hallo,' zeg ik. 'Ben jij Mark?'

Hij draait zich naar me om en mijn hartslag schiet de stratosfeer in.

De man tegenover me lijkt in niets op de foto's in de app. Hij heeft bruin haar en blauwe ogen, maar daar houdt de gelijkenis op. Er is niets ronds en verlegen aan de harde lijnen van deze man. Van de stalen kaaklijn tot de haviksneus is zijn gezicht puur mannelijk, voorzien van een zelfverzekerdheid die neigt naar arrogantie. De beginnende stoppelbaard op zijn slanke wangen benadrukt zijn jukbeenderen nog meer en zijn wenkbrauwen zijn dikke, donkere lijnen boven zijn ongelofelijk lichte ogen. Hoewel hij zit en ik sta, ziet hij er toch lang en krachtig gebouwd uit. Zijn schouders zijn wel een kilometer breed in zijn maatpak en zijn handen zijn twee keer zo groot als de mijne.

Dit kán de Mark uit de app niet zijn, tenzij hij keihard heeft gesport sinds die foto's zijn gemaakt. Zou het kunnen? Kan iemand zoveel veranderen? Hij heeft in zijn profiel niets gezegd over zijn lengte, maar ik ging ervan uit dat hij dat deed omdat hij net als ik verticaal niet zoveel te bieden heeft.

De man naar wie ik kijk heeft op alle vlakken meer dan genoeg te bieden, en hij draagt absoluut geen bril.

'Ik ben… Ik ben Emma,' stotter ik terwijl hij naar me blijft staren met een hard en onaangedaan gezicht. Ik weet bijna zeker dat ik de verkeerde voor me heb, maar ik dwing mezelf toch te vragen: 'Ben jij toevallig Mark?'

'Ik geef er de voorkeur aan om Marcus genoemd te worden,' antwoordt hij tot mijn schrik. Zijn stem is een diep, mannelijk geluid dat iets vrouwelijks in me wakker schudt. Mijn hart begint nog sneller te slaan en mijn handpalmen beginnen te zweten als hij opstaat en botweg zegt: 'Je bent niet wat ik verwachtte.'

'Ik?' Wat de fuck? Er schiet woede door me heen die alle andere emoties wegvaagt terwijl ik de botte reus tegenover me aangaap. Die klootzak is zo lang dat ik mijn hals in een onnatuurlijke hoek moet buigen om naar hem te kijken. 'En jij dan? Je lijkt totaal niet op je foto's!'

'Waarschijnlijk zijn we allebei misleid,' zegt hij met een strakke kaak. Voordat ik antwoord kan geven, wijst hij naar het zitje. 'Nou ja, laten we nu dan maar samen eten, Emmeline. Ik ben hier niet voor niks naartoe gekomen.'

'Het is Emma,' verbeter ik hem boos. 'En nee, bedankt. Ik ga al.'

Zijn neusvleugels verwijden zich en hij doet een stap naar rechts om me de weg te blokkeren. 'Ga zitten, Emma.' De manier waarop hij mijn naam uitspreekt klinkt als een belediging. 'Ik moet wel even met Victoria praten, maar goed, we kunnen als twee volwassen mensen met elkaar eten.'

Mijn oren branden van woede, maar ik ga toch liever zitten dan hier een scène te trappen. Mijn oma heeft me van jongs af aan geleerd beleefd te zijn, en zelfs nu ik mijn eigen volwassen leven leid, vind ik het moeilijk om tegen haar leefregels in te gaan.

Ze zou het niet goedkeuren als ik zijn ballen een knietje gaf en hem zei dat hij naar de maan kon lopen.

'Dank je,' zegt hij en hij gaat tegenover me zitten. Zijn ogen schitteren ijsblauw als hij het menu oppakt. 'Dat was toch niet zo moeilijk?'

'Ik weet het niet, Marcus,' zeg ik met de nadruk op zijn formele naam. 'We kennen elkaar net twee minuten en ik voel me nu al moordlustig.' Ik zeg het met een damesachtige glimlach die mijn oma's goedkeuring zou kunnen wegdragen. Daarna gooi ik mijn tas in de hoek van het zitje en pak het menu op zonder mijn jas uit te trekken.

Hoe sneller het eten er is, hoe sneller ik hier weg kan.

Een diep gegrinnik doet me verschrikt opkijken. Tot mijn verbazing is die lul aan het grijnzen. Zijn tanden flikkeren op in licht zijn gebronsde gezicht. Geen sproetjes, registreer ik met jaloezie; zijn huid is perfect gaaf, zonder ook maar een moedervlekje op zijn wang. Hij is niet standaard knap, daarvoor zijn zijn trekken te grof, maar hij is schokkend aantrekkelijk op een potente, puur masculiene manier.

Tot mijn afschuw voel ik een warm verlangen in mijn binnenste en trekken mijn spieren zich samen.

Néé. Echt niet. Deze klootzak windt me níét op. Ik kan hem niet uitstaan.

Tandenknarsend kijk ik naar het menu en ik stel vast dat de prijzen hier tot mijn opluchting heel redelijk zijn. Ik sta er altijd op dat ik bij een date voor mijn eigen eten betaal, en nu ik Mark heb ontmoet – pardon, Marcus – kan ik me goed voorstellen dat hij me zou meenemen naar een tent met veel poeha waar een glas kraanwater meer kost dan een tequilashotje. Hoe kan ik hem zo verkeerd hebben ingeschat? Hij heeft overduidelijk gelogen dat hij in een boekhandel werkt en studeert. Met welke reden begrijp ik niet, maar alles aan de man tegenover me schreeuwt geld en macht. Zijn krijtstreeppak omhult zijn breedgeschouderde lichaam alsof het op maat voor hem is gemaakt en zijn blauwe overhemd is fris gestoomd, en ik weet vrij zeker dat zijn subtiel geruite das van een duur merk is waar zelfs Chanel bij verbleekt.

Terwijl dit alles tot me doordringt, begin ik wantrouwig te worden. Haalt er soms iemand een grap met me uit? Kendall misschien? Of Janie? Ze weten allebei op wat voor mannen ik val. Misschien heeft een van hen besloten me op deze manier naar een date te lokken. Maar waarom ze me met hém op een date zouden sturen, en waarom hij daarmee instemde, is een groot raadsel.

Fronsend kijk ik op van het menu en ik bestudeer de man tegenover me. Hij grijnst niet meer en bestudeert nu het menu met een rimpel in zijn voorhoofd die hem ouder maakt dan de zevenentwintig jaar van zijn profiel.

Dat was vast ook een leugen.

Mijn woede neemt toe. 'Dus, Marcus, vertel eens, waarom heb je me geschreven?' Ik laat het menu op de tafel vallen en kijk hem aan. 'Heb je überhaupt wel katten?'

Hij kijkt op en zijn fronsrimpel wordt dieper. 'Katten? Nee, natuurlijk niet.'

De neerbuigendheid in zijn toon zorgt ervoor dat ik bijna mijn oma vergeet en hem over de tafel heen een klap in het gezicht wil geven. 'Is dit een soort grap voor je? Wie heeft je hiervoor geritseld?'

'Pardon?' Zijn dikke wenkbrauwen gaan arrogant omhoog.

'O, hou op, zeg. Je hebt gelogen in je bericht en nu

heb je het lef om te zeggen dat ík niet ben wat je verwachtte?' Ik voel de stoom zowat uit mijn oren komen. 'Jij hebt míj een berichtje gestuurd en ik ben volkomen eerlijk geweest op mijn profiel. Hoe oud ben je? Tweeëndertig? Drieëndertig?'

'Vijfendertig,' zegt hij langzaam en zijn fronsrimpel komt terug. 'Emma, waar heb je het over...'

'Klaar nu.' Ik pak mijn tas beet, schuif het zitje uit en sta op. Wat oma me ook geleerd heeft, ik ga niet eten met een sukkel die toegeeft dat hij me een loer heeft gedraaid. Ik heb geen idee waarom een man zoals hij met mij zou willen dollen, maar ik weiger aan de grap mee te werken.

'Eet smakelijk,' zeg ik en ik draai me om om naar de uitgang te lopen voor hij me de weg weer kan blokkeren.

Ik heb zoveel haast dat ik bijna een lange, slanke brunette omverloop die het café binnenkomt en de kleine, mollige man die in haar kielzog volgt.

Wall Street Titan is nu verkrijgbaar. Ga naar www.annazaires.com/book-series/nederlands/ voor meer informatie en om jouw exemplaar te bestellen.

Over de auteur

Ik ben dol op het schrijven van humor (vaak de ongepaste soort), happy endings (beide soorten) en personages die eigenzinnig genoeg zijn om rare snuiters te worden genoemd (omdat... rare ballen). Als je van romance houdt die veel komedie en feel-good vibes bevat, ga dan naar www.mishabell.com/nl/ en meld je voor mijn nieuwsbrief aan.